LOUISE CANDLISH

Après avoir étudié l'anglais à l'University College de Londres, Louise Candlish travaille en tant que relectrice et rédactrice publicitaire de livres illustrés, puis décide de se tourner vers l'écriture. Elle commence par des romans d'amour et des sagas familiales, mais elle se fait connaître avec ses thrillers psychologiques et domestiques. Parmi eux, *Our House* (*Chez nous*, Sonatine, 2020) est lauréat en 2019 du British Book Award dans la catégorie « Thriller de l'année » et a été désigné comme « Livre de l'année 2018 » par *The Washington Post*, *The Guardian* ou encore le *Daily Mail*. Son dernier roman, *Bien sous tous rapports*, a été publié chez Sonatine en 2023.

BIEN SOUS TOUS RAPPORTS

ÉGALEMENT CHEZ POCKET

CHEZ NOUS

BIEN SOUS TOUS RAPPORTS

LOUISE CANDLISH

BIEN SOUS TOUS RAPPORTS

Traduit de l'anglais
par Caroline Nicolas

SONATINE ÉDITIONS

Titre original :
THOSE PEOPLE
Éditeur original : Simon & Schuster UK Ltd

ISBN : 978-2-266-34116-5
Dépôt légal : juin 2024

À mes correctrices, Jo et Danielle,
avec ma gratitude

1

Ralph

— Oui, on est conscients que quelqu'un a été tué, évidemment. Quelle horrible façon de mourir, absolument atroce. Ma femme est l'une des premières à être arrivées sur les lieux. Elle est en face à l'instant, au nº 2, chez Sissy Watkins – Naomi Morgan, elle s'appelle, vous lui avez probablement déjà parlé ?

— Non, je n'étais pas là personnellement, je jouais au tennis, au club de l'autre côté de la rue principale. J'ai dû partir d'ici vers 20 heures.

— Oui, tout paraissait normal à l'angle quand je suis parti. Le dépotoir habituel. Des piles de gravats partout, des voitures garées dans tous les sens, comme une espèce de puzzle en 3D complètement dément. Une véritable zone sinistrée. Écoutez, je ne prétends pas faire votre boulot à votre place, mais vous vous épargnerez pas mal de travail sur le terrain si vous oubliez le reste d'entre nous et que vous allez lui demander directement comment c'est arrivé.

— De Darren Booth, bien sûr, qui d'autre ? L'homme responsable de ce drame ! Et pendant que vous y êtes, peut-être que vous pourriez demander à la municipalité

où elle était pendant toute cette affaire, hein ? Si vous voulez mon avis, elle a été d'une négligence criminelle ces derniers mois. Ces compressions budgétaires sont allées beaucoup trop loin et il suffit d'un énergumène comme ce type pour que tout à coup on ait l'impression de vivre au Far West.

— La relation que j'avais avec lui ? Une relation de haine mutuelle, je dirais. J'ai immédiatement reconnu le genre de mec que c'était. Le genre qui se contrefout de ce que les autres peuvent penser. Un sauvage, en un mot. Je me rappelle notre première conversation – si on peut appeler ça comme ça –, le week-end où il a emménagé. Il a failli s'en prendre à moi avec une masse...

Mr Ralph Morgan, 7 Lowland Way,
enquête de proximité par la police de Londres,
11 août 2018

Huit semaines plus tôt

Le premier indice que quelque chose clochait, en ce vendredi soir, fut que la place de parking devant chez lui était occupée par une Toyota blanche crasseuse et tellement délabrée qu'elle semblait bonne pour la casse. Certainement pas le véhicule qu'aurait choisi qui que ce soit de sa connaissance dans Lowland Way.

Quand on s'engageait dans la rue par l'extrémité donnant sur le parc, comme Ralph le faisait généralement lorsqu'il rentrait de son entrepôt dans le quartier de Bermondsey, on pouvait suivre la courbe ascendante des tailles – et des prix – des habitations, depuis les jolis cottages ouvriers jusqu'aux rangées d'étroites maisons mitoyennes à deux étages, puis aux grandes demeures victoriennes indépendantes, du côté de Portsmouth Avenue. Ces dernières étaient incontestablement les propriétés les plus désirables, avec leurs vieilles briques dont le rouge incandescent contrastait de façon spectaculaire avec le vert des ormes plantés le long de la rue.

Cela faisait plus de quinze ans que Ralph et sa famille occupaient le n° 7, tandis que son frère Finn et sa propre famille étaient en résidence au n° 5, juste à côté, depuis douze ans. Il n'y avait pas meilleur endroit où vivre, les deux frères étaient d'accord sur ce point, et ce pour moitié moins que ce qu'on pouvait payer dans certains quartiers de Londres.

Le parking était le gros point faible. Les jardins à l'avant n'étaient pas assez profonds pour permettre d'y garer une voiture, et la municipalité n'avait mis aucun panneau pour réserver les places dans la rue aux résidents, ce qui, dans les faits, voulait dire que c'était la foire d'empoigne. Et que de temps en temps, un intrus s'invitait.

En dépassant la Toyota, il se rendit compte qu'il ne voyait plus rien à travers son pare-brise. Il lui fallut un instant pour comprendre que quelque barbare d'ouvrier était en train de briser en mille morceaux le mur du n° 1, dans un nuage de poussière qui flottait jusque dans la rue. À côté, une camionnette blanche occupait la place de deux voitures, ce qui expliquait le stationnement perturbé.

« Qu'est-ce que c'est que ce bordel ?! » S'arrêtant à la hauteur du maçon, il baissa sa vitre pour le héler. « Excusez-moi, qu'est-ce qui se passe ici ? »

Le type ne l'entendit pas. Sous sa combinaison grise, il était étonnamment mince au vu de la tornade de poussière qu'il avait produite à lui tout seul.

« Hé ! Vous pouvez arrêter, s'il vous plaît ? » fit Ralph en haussant la voix.

Cette fois, l'ouvrier s'interrompit, restant une seconde ou deux le dos tourné à la rue, et à la voiture de Ralph, avec une immobilité que ce dernier trouva légèrement sinistre. Puis il se retourna pour s'approcher, masse à la main. Il avait le visage maculé de poussière, une expression de défi nonchalant.

« Puis-je vous demander qui vous a embauché pour abattre ce mur ? demanda Ralph.

— Tu peux *demander* tout ce que tu veux, mon pote. »

Son accent était du sud de Londres, non d'Europe de l'Est comme Ralph s'y était naturellement attendu, et son ton tranquille faisait paraître celui de Ralph péremptoire et importun.

« Est-ce la municipalité ? Parce qu'elle n'a aucun droit de le démolir. Ce mur appartient à cent pour cent au n° 1, j'ai vu les documents de mes propres yeux. »

Les n°s 1 et 3, maisons mitoyennes occupant une généreuse parcelle voisine de celle de Finn, étaient les seules habitations d'après-guerre de la rue et, construites assez en retrait pour permettre l'existence d'une courte allée commune, les seules à jouir d'un stationnement privé. Le haut mur à l'angle de la rue, unique vestige de la villa victorienne d'origine, rasée pendant le Blitz, était depuis quelques années menacé par la municipalité, qui voulait élargir le virage permettant de tourner dans Lowland Way depuis Portsmouth Avenue – ce qui reviendrait à inviter le tout-venant à emprunter leur tranquille rue résidentielle pour éviter les embouteillages. Soutenus par la propriétaire du n° 1, la vieille Jean, les Morgan avaient mené campagne contre ce projet – et remporté la victoire.

Depuis le décès de Jean fin décembre, la maison était vide et le mur, oublié. À l'évidence, Ralph aurait dû rester plus vigilant.

Une nouvelle pensée lui vint.

« À moins que... Attendez, il y a un nouveau propriétaire ? Est-ce lui qui vous a embauché ?

— C'est ça, oui, y a un nouveau proprio. »

Il y avait une malveillance arrogante dans la façon dont ce type agrippait sa masse, avec la vitre de Ralph ouverte juste à côté. Avec quelle facilité il aurait pu lui défoncer le crâne, s'il l'avait voulu !

Ralph ne quittait pas des doigts la commande de sa vitre. Il éprouvait une antipathie primaire envers cette personne, comme s'il venait de rencontrer un membre d'une tribu rivale entré dans son village sans permission. Il releva brusquement les yeux vers son visage, essayant de le jauger. L'homme devait avoir quoi, cinquante-cinq ans ? Il avait le crâne sérieusement dégarni, rosi par le soleil ou l'effort, et de profondes rides comblées de poussière : il était plus âgé que Ralph, certainement.

Ce dernier toussa, pris à la gorge par la poussière.

« Est-ce que je peux avoir son numéro ? Que je lui explique la situation.

— Une autre fois, mon pote, répondit le maçon. Je suis occupé, là. »

Et, retournant à son mur en levant sa masse, il l'abattit dessus avec une violence sans retenue devant laquelle Ralph se crispa sur son siège.

Piochant dans ce qu'il avait retenu de son cours de maîtrise de soi – *Expirez plus que vous n'inspirez... Répétez-vous : tu perçois une menace qui n'est peut-être pas là* –, il referma sa vitre et repartit en marche arrière dans Lowland Way pour se garer sur la première place disponible, tout là-bas devant le n° 19. Il était normalement très doué pour les créneaux, mais il lui fallut ce soir-là s'y reprendre à plusieurs fois avant de pouvoir enfin éteindre le moteur.

En consultant son téléphone, il découvrit, trop tard, qu'il avait raté un appel de Naomi, suivi d'un SMS :

> Nouveau voisin au n° 1, il a pas l'air facile ! Rentre vite qu'on en discute.

Oh, merde.

En entrant chez lui, Ralph s'efforça de concilier son horreur à la vue du mur démoli et l'euphorie nerveuse d'une bataille réactivée.

« T'as vu ce qui se passe dehors, Nao ?

— Ça, j'ai vu ! »

Naomi était dans la cuisine, à l'arrière de la maison. Cofondatrice d'un site web pour mamans d'enfants d'âge préscolaire – « curatrice, pas rédactrice », reprenait-elle souvent Ralph –, elle travaillait dans l'espace aménagé chez son associée, à vingt minutes de marche sportive, et elle avait généralement déjà lancé la préparation du dîner lorsqu'il rentrait. (Ralph se faisait une fierté de prendre le relais aux fourneaux le week-end.) Mince dans sa tenue de yoga grise et grande même avec ses ballerines noires, elle faisait l'effet d'une épouse et mère tout droit sortie d'une publicité, ainsi postée devant l'îlot recouvert de marbre, en train de remuer une salade aux feuilles luisantes ; comme d'habitude, elle ramena les tomates cerises par-dessus dans l'espoir de tromper les rétifs à la verdure.

À son approche, elle se retourna, les pinces à salade en l'air. Une mèche de cheveux noirs – longs et lisses, régulièrement inspectés pour débusquer la moindre trace de gris – lui tomba devant les yeux et elle la repoussa d'un poignet élégamment plié.

« Je suis aussi horrifiée que toi, chéri, crois-moi. Mais c'est trop tard pour sauver le mur, alors il ne sert à rien de se prendre le bec avec le nouveau propriétaire ce soir. Je me disais qu'on pourrait aller se présenter à lui demain matin lorsqu'on y verra plus clair – que la poussière sera retombée, si je puis dire. Se renseigner sur ses projets, l'empêcher de faire encore n'importe quoi. »

Comme un chien entendant la voix de son maître, Ralph se trouva apaisé. Il y avait dans les voyelles bien formées de Naomi toute une vie d'assurance, la certitude qu'elle n'allait pas seulement répondre à vos attentes, mais les surpasser.

« Qu'est-ce qui te fait penser que ce type est le proprio ? J'ai cru que c'était juste le maçon, moi.

— J'ai regardé sur le site du cadastre et il mentionne un certain Darren Booth. Je l'ai googlé et j'ai trouvé une photo. C'est bien le type qui est en train de fracasser le mur, pas de doute. »

Ayant terminé de préparer la salade, Naomi ouvrit le réfrigérateur et tendit une bière à Ralph. Le vendredi était un des quatre jours où ils s'autorisaient à boire le soir, avec l'objectif déclaré, à long terme, de passer à deux jours seulement. Bien que les portes de la cuisine soient grandes ouvertes sur le jardin, il y avait assez d'appareils ménagers en marche pour cacher tout bruit du chantier trois portes plus loin.

Il prit sa première gorgée. OK, donc il avait commis une erreur, ce n'était pas ainsi qu'il aurait dû mener sa première conversation avec un nouveau voisin. Nul besoin de barber Naomi avec les détails.

« Il n'y a aucun arrêté de classement, donc je suppose que rien ne l'empêche de le remplacer s'il n'en aime pas le style », concéda-t-il.

Ils ne le savaient que trop bien. En tant que communauté, les riverains tiraient une grande fierté de leur rue et s'étaient rendus modestement célèbres avec Dimanche On Joue Dehors, leur initiative pour interdire la circulation dans la rue afin que les enfants puissent y jouer comme autrefois. (Ça avait été l'idée de Naomi ; elle s'était vu remettre une récompense par le maire.) Sur le plan esthétique, cependant, chaque ménage était libre de prendre ses propres décisions, grâce à l'agaçante tolérance de la municipalité en matière de permis de construire.

« Est-ce qu'on sait quoi que ce soit sur lui ? demanda-t-il. D'où il sort, par exemple ?

— Il n'est pas sur Facebook ni Twitter, donc je ne sais rien de personnel, répondit Naomi en commençant à disposer assiettes et couverts sur la table, mais j'ai trouvé son nom dans des recommandations pour la réparation de voitures à Forest Hill, c'est comme ça que je l'ai identifié. Sissy est en train de fouiner pour en savoir plus. Elle ne le reconnaît pas, mais ce doit être un parent de Jean, s'il a hérité de la maison.

— Je crois que tu as raison. »

La maison n'avait pas été mise en vente, et lorsque les voisins au nº 3, Ant et Em Kendall, avaient téléphoné au notaire pour se renseigner, on leur avait répondu que la procédure de succession suivait son cours – autrement dit, qu'ils se mêlent de leurs oignons.

« Même dans l'état où elle est, elle doit valoir sept cent mille livres. Jamais quelqu'un comme lui n'aurait trouvé le fric pour l'acheter. »

Quelqu'un comme lui : c'était gonflé de la part d'un nouveau riche comme Ralph, qui avait grandi dans un parc HLM du Kent, mais c'était peut-être également ce qui lui donnait le droit de faire des généralités. Il comprenait mieux que quiconque les options limitées qu'on y avait pour réussir dans la vie.

Dans son cas, c'était le talent pur qui l'avait propulsé à la tête d'un commerce de gros spécialisé dans les petits articles en cuir, qui lui appartenait exclusivement. Avec une équipe de vingt employés sous ses ordres. Et, en sa possession, un entrepôt en bord de fleuve qui valait à présent dix fois le prix auquel il l'avait acheté, grâce à l'embourgeoisement de Bermondsey dans les années 2000, en comparaison duquel celui de Lowland Gardens semblait poussif.

Il était en train de faire un sort à sa bière.

« Mauvaise nouvelle pour les Kendall. C'est effroyable, toute la poussière.

— Ils sont en vacances, alors avec un peu de chance, ils rateront le pire. »

Naomi mit des gants de cuisine et transféra un grand plat Le Creuset du four sur la table en appelant les enfants, qui étaient à l'étage, chacun dans sa chambre, certainement en train de s'enfiler leur dose postscolaire du poison numérique de leur choix. Ralph les imaginait la tête renversée en arrière et les yeux mi-clos comme les junkies de *Trainspotting*. (À l'évidence, il n'y avait pas de Vendredi On Joue Dehors.)

« Où sont les chiens ? demanda-t-il.

— Tess est en train de les promener pour moi. Il faut que je pense à lui rendre la politesse un de ces jours, répondit Naomi avant d'ajouter avec une grimace : Dieu sait quand. »

Les enfants arrivèrent, d'abord léthargiques mais hurlant bientôt à qui mieux mieux pour raconter leur journée. Libby avait douze ans, Charlie en avait sept, mais leur différence d'âge ne faisait rien pour tempérer leur rivalité. Le sujet de Darren Booth passa à la trappe. Naomi n'aimait pas casser du sucre sur le dos des gens devant les enfants ; c'était donner le mauvais exemple. Ne jamais sous-estimer les apparences, lui avait appris sa mère.

Les autres peuvent aller se faire foutre avec leur opinion : c'était la leçon que Ralph avait reçue de son propre père.

Ah oui, et aussi : *Défends ton territoire.*

Comme d'habitude, sa femme faisait preuve d'un instinct sans faille, nota Ralph avec satisfaction. Déclarant plus malin, d'un point de vue tactique, d'accueillir le nouveau venu en groupe, elle avait invité Sissy, Finn et Tess à se joindre à eux pour faire les présentations.

Finn arriva pendant que Naomi était partie déposer les enfants à leurs activités du samedi matin, entrant par les portes vitrées à structure d'acier faites sur mesure pour leur cuisine, qui avaient coûté les yeux de la tête. (« Retour sur investissement, chéri », avait avancé Naomi en citant des prix immobiliers ; elle savait exactement quels arguments utiliser pour le convaincre.) Leurs deux familles avaient libre accès à la maison de l'autre par l'arrière, la clôture séparant les deux jardins ayant été ôtée lorsque les enfants étaient très jeunes – ce qui était complètement différent, au cas où quelqu'un voudrait le savoir, du massacre auquel ce nouveau type était en train de se livrer. Ils avaient regazonné leur jardin commun de façon à créer un espace assez grand pour une partie de foot ou de badminton, et leurs enfants grandissaient désormais avec, pour leur usage privé, l'équivalent d'un petit parc, à treize kilomètres du centre de Londres ; qui ne serait pas fier de cet exploit ?

« Sergent Finn au rapport », annonça Finn en se servant du café avec les mains puissantes et surdimensionnées qui rappelaient à Ralph l'été que son frère avait passé à jouer les ouvriers de chantier lorsqu'il avait la vingtaine.

De deux ans plus jeune que Ralph et sans doute plus séduisant (les cheveux plus épais, les yeux plus bleus, bla, bla, bla), Finn n'était cependant ni aussi riche – ce qui était le plus important, tout le monde le disait – ni aussi grand – ce qui était vraiment le plus important, tout le monde le *savait*.

« Brave homme, répliqua Ralph. Ce Booth ne m'inspire pas du tout.

— C'est comme ça que s'appelle l'envahisseur ?

— À en croire Nao. Elle sera là dans une minute. Où est Tess ?

— Elle est partie déposer les enfants à la piscine. Elle a dit d'y aller sans elle. »

Peu importait. Ce n'était pas que Tess se laissait marcher sur les pieds, mais elle n'avait pas le talent de sa belle-sœur pour les premières impressions, ce que prouva cette dernière en revenant, majestueuse et dynamique avec son top côtelé rouge sang et sa jupe en jean vintage, les jambes encore bronzées de leurs vacances de Pâques à Dubaï. Elle avait les cheveux dénoués, comme Ralph les aimait.

« Salut, Finn, prêt pour l'offensive de charme ? Sissy a dit qu'elle nous rejoignait là-bas. » Elle ramassa vivement la boîte de *biscotti* qu'elle comptait offrir au nouveau venu. « Je suppose qu'il va nous inviter à prendre le café ? »

Je ne compterais pas trop là-dessus, songea Ralph. Ce type ne faisait probablement pas la différence entre des *biscotti* et des petits-beurre.

Le créneau sans enfants n'étant pas long, tous trois se mirent immédiatement en route. Depuis que les Kendall avaient rafraîchi le n° 3 d'un coup de peinture et de stores à imprimé de palmiers, le n° 1 offrait un pendant bien morne à sa jumelle, mais le contraste ce matin-là était plus prononcé que jamais. Le mur était complètement éventré ou, plus exactement, dissocié en une montagne de briques et de gravats sur la pelouse, et cela avait pour effet de donner à l'habitation un aspect nettement plus désolé que lorsqu'elle était inoccupée. La fourgonnette blanche avait été rentrée et garée dans l'allée, à côté d'une Ford Focus vieille de dix ans stationnée en partie sur l'herbe, et pare-chocs contre pare-chocs avec une

Honda qui débordait de l'allée sur le trottoir, gênant le passage. Cette dernière était soulevée par un cric hydraulique d'aspect professionnel, et sous son châssis était allongé Booth, le visage tout juste visible.

« Bonjour, dit Ralph. Je crois qu'on n'est pas partis du bon pied hier. »

Peut-être était-ce la formulation qu'il avait choisie, ou bien les ruines du mur en périphérie de son champ de vision, mais il eut l'envie soudaine de s'avancer pour lui piétiner la tête comme un hooligan.

Ne sois pas cinglé. Expire plus que tu n'inspires.

« Est-ce qu'il vous serait possible de sortir de là-dessous une minute ? » lança Naomi, d'un ton impeccablement enjoué, et Booth s'écarta dûment de la voiture pour se relever d'un bond, avec une agilité perturbante.

Sans poussière ni saleté pour les masquer cette fois, ses traits étaient plus nets : un front bombé et un nez aplati de boxeur ; une bouche décontractée, presque tendre, qui contrastait avec l'insolence de ses yeux pâles.

Était-ce vraiment de l'insolence, ou bien ce qu'y projetait Ralph lui-même ? Il n'était pas égocentrique au point de ne pas soupçonner que le ressenti des autres puisse être différent du sien. Peut-être qu'eux allaient le trouver sympathique.

« Nous voulions vous souhaiter la bienvenue dans la rue, reprit Naomi d'un ton chaleureux. Je m'appelle Naomi Morgan et voici mon mari, Ralph, et son frère Finn. »

Booth leur jeta un coup d'œil à chacun, avant de poser son regard sur Ralph.

« C'est quoi, ça, le retour des frères Kray ? »

Naomi sourit, sans se laisser démonter.

« Ils ne sont pas jumeaux, non, mais ils sont voisins. Nous habitons respectivement aux n°s 5 et 7. »

Booth plissa les yeux comme si c'était quelque chose de difficile à concevoir.

« Vous êtes *frères*, et vous êtes *voisins* ?

— Oui, répondit Naomi. Nous avons de la chance, c'est un arrangement très plaisant. Vous vous demandez probablement qui habite à côté de chez vous ? »

Elle indiqua d'un geste le n° 3 et Booth regarda par-dessus son épaule comme s'il remarquait seulement maintenant que sa nouvelle maison était mitoyenne avec une autre.

« Ant et Em Kendall, un couple charmant qui vient d'avoir un adorable petit garçon. Ils sont en vacances en ce moment, ils rentrent le week-end prochain, je crois. »

Les pauvres, songea Ralph.

« Je n'ai pas retenu votre nom, hier », fit-il.

Il le connaissait, bien sûr, mais il ne voulait pas que ce type sache qu'ils s'étaient renseignés sur lui comme la police secrète.

« Darren.

— Eh bien, Darren, je vais être franche, reprit Naomi d'un ton de conspiratrice. Nous sommes déçus de voir ce mur abattu parce que nous avions fait campagne pour le sauver il y a trois ans, lorsque la municipalité voulait élargir la route. C'était de la spoliation terrienne caractérisée, complètement illégale.

— Vous devez veiller à le reconstruire exactement au même endroit, sinon ils reviendront à la charge en moins de deux, conseilla Finn.

— Il a raison, renchérit Ralph. C'est pour ça que j'étais si consterné hier. Désolé si je me suis montré un peu sec. » Il était conscient que ses excuses ne semblaient pas sincères – elles ne l'étaient pas – mais la vue de Sissy traversant la rue pour les rejoindre lui inspira un regain de bonhomie : « Ah, Sissy, venez faire la connaissance de notre nouveau voisin, Darren !

— Bonjour, tout le monde », dit Sissy avec son amabilité et son absence de prétention habituelles. Elle tenait à la main un bouquet de crocus noué d'un ruban vert. « Ravie de vous rencontrer, Darren. Je vois que vous avez déjà bien commencé… »

À détruire un élément historique de notre rue, termina Ralph en pensée. À ses yeux – à leurs yeux à tous –, Sissy était un parangon du savoir-vivre à l'ancienne. Solidement bâtie, le regard franc, elle maintenait toujours ses cheveux striés d'argent à l'écart de son visage avec des épingles, comme pour afficher la pleine mesure de son intégrité. Aujourd'hui, elle était vêtue d'une jupe et d'un chemisier bien repassés, ce qui signifiait probablement qu'elle avait des hôtes à son Bed & Breakfast, comme c'était souvent le cas le week-end. Elle devait déjà leur avoir servi le petit déjeuner. Lowland Way était une rue large, large comme une avenue, mais Ralph ne lui enviait pas sa vue directe sur le dépotoir que Booth avait créé en moins de vingt-quatre heures.

« Êtes-vous un parent de Jean ? demanda-t-elle à Darren.

— C'était la demi-sœur de ma mère. On n'était pas proches. »

Bien que ce soit Sissy qui ait posé la question, Ralph remarqua que Darren avait les yeux fixés sur lui en répondant.

« C'était une dame charmante, continua Sissy. Toutes mes condoléances. Vous êtes nouveau dans le quartier ? Où viviez-vous auparavant ? »

Là encore, il adressa sa réponse à Ralph.

« Dans le Loughborough Estate. »

Sacré surclassement, alors : le Loughborough Estate, un quartier de logements sociaux à quelques kilomètres au nord, n'était pas sans sa part de criminalité et de dénuement.

« Vous êtes seul, ou vous avez une famille ? demanda Naomi.

— Il n'y a que moi et ma chère et tendre.

— Est-ce qu'elle est là ? Occupée à défaire les cartons, je suppose. Je serais ravie de pouvoir lui donner ces fleurs. » Sissy montra son bouquet. « Elles viennent de mon jardin.

— Elle est encore au lit, je crois. »

Ralph n'eut pas besoin de tourner la tête pour savoir que Naomi comme Sissy devaient se retenir de hausser les sourcils à ces mots. Il était 10 h 30 ; les autres familles de la rue étaient réveillées depuis 7 heures.

« Cette maison a tellement de potentiel, n'est-ce pas ? dit Naomi. Les constructions des années 1970 sont vraiment en vogue en ce moment. Vous avez fait intervenir un architecte ?

— Un architecte ? répéta Darren avec un ricanement méprisant, comme si elle avait suggéré qu'il demande l'avis des conservateurs des palais royaux sur ses douves. Je fais tous les travaux moi-même, ma p'tite dame. »

Tous les travaux ?

« Ça a l'air ambitieux, fit Naomi avant d'incliner légèrement la tête d'un air interrogateur. Vous avez fait une demande de permis de construire, alors ? Je ne crois pas avoir vu de panneau. »

Ralph dissimula un sourire narquois. Il n'y avait pas plus doué que Naomi pour rappeler ainsi, tout en douceur, qu'il y avait des règles (même dans cette municipalité) et qu'ils s'entendraient tous parfaitement tant que Darren pensait à les suivre.

Darren haussa les épaules.

« Faut d'abord que j'étudie un peu les lieux. Mais déjà, la salle de bains a besoin d'être refaite, et le toit d'être réparé. »

Aucune de ces deux choses ne nécessitait un permis de construire, Ralph le savait.

« Qu'est-ce que vous faites dans la vie ? demanda Finn.

— Ben, je suis mécano, ça se voit, non ? » répliqua Darren comme si c'était une question complètement stupide, en indiquant les outils à ses pieds.

Ralph se remémora ce qu'avait dit Naomi au sujet des avis le recommandant comme réparateur automobile et, survolant du regard les trois voitures dans l'allée, il avisa une Peugeot garée dans la rue, capot ouvert : si elle était aussi à Booth, cela faisait cinq véhicules, en comptant la fourgonnette. Auxquels il fallait peut-être également ajouter la Toyota crasseuse. La fourgonnette servait probablement de réserve à outils ; Ralph se retint tout juste d'en ouvrir les portières pour inspecter ce qu'elle contenait.

« Où se trouve votre garage ? » demanda-t-il. Puis, ne recevant pas de réponse, il ajouta : « Vous n'avez quand même pas l'intention de faire ça ici ? »

Darren promena les yeux d'un frère à l'autre avec la même expression moqueuse que précédemment.

« C'est l'Inquisition ou quoi ? »

Mais Ralph savait reconnaître une diversion. Il fallait un permis pour tenir un commerce dans un espace résidentiel, et il soupçonnait fortement ce type de ne pas en avoir.

Soutenant son regard, il insista :

« Donc ces véhicules sont tous pour votre usage personnel, c'est ça ? Assurés, et toutes taxes payées ?

— Ralph, intervint doucement Naomi, évitons les conclusions…

— Hé, ducon, mêle-toi de ce qui te regarde, cracha Darren, lui coupant la parole, et il y eut un hoquet collectif de stupeur.

— Je ne suis vraiment pas sûr que ce soit la meilleure façon de vous adresser à vos nouveaux voisins », commença Ralph, avant de sentir les doigts de sa femme sur son bras, l'invitant à reculer.

Comme par un effet de contrepoids, Finn s'avança d'un pas pour faire front commun avec son frère.

« Bien, je suis sûre que vous aimerez beaucoup vivre ici, dit Naomi à Darren, comme si la scène n'avait pas pris un tour déplaisant. Nous serions ravis que vous veniez avec votre femme prendre un verre chez nous prochainement, n'est-ce pas, les garçons ?

— Ouais », répondit Ralph, bien qu'à sa connaissance, aucun mufle de l'acabit de Booth n'ait jamais passé le seuil du n° 7, sauf pour relever un compteur.

Ayant remis leurs *biscotti* et leurs fleurs, Naomi et Sissy s'en allèrent. Après un dernier regard froid à Darren, Finn leur emboîta le pas. Seul Ralph s'attarda, entretenant avec le voisin un dialogue silencieux.

Tu es prévenu, disait le regard fixe de Ralph.

À quoi celui de Darren répondait :

Je vois pour qui tu te prends, mais je sais que tu vaux pas mieux que moi.

Réprimant un frisson, Ralph battit en retraite. Quelques gravats du mur étaient tombés du côté de l'allée commune qui appartenait à Ant et Em, et il passa quelques instants à les repousser du pied, avant d'aller retrouver Finn et Naomi sur le trottoir.

« Je n'ai que deux mots à dire, déclara Naomi aux deux frères alors qu'ils rentraient chez eux.

— Quoi ? demanda Ralph. "Quel connard" ? »

Assez fort, peut-être, pour que Booth l'entende.

« Non, répondit Naomi. "Restez ouverts." Et ne vous avisez pas de vous approcher de ces voitures. Je sais à quoi vous vous amusiez autrefois. »

Les deux frères avaient rayé plus d'une carrosserie et dégonflé plus d'un pneu lorsqu'ils étaient ados, et Ralph avait raconté des morceaux choisis et édulcorés de cette époque à sa femme. Elle était toute prête à plaisanter de sa délinquance juvénile, mais il ne se faisait pas d'illusions : si elle l'avait connu dans leur jeunesse, elle aurait été rebutée. Le seul regard qu'elle lui aurait accordé aurait été de pitié, peut-être à l'occasion d'une mission de volontariat au sein de la communauté dans le cadre du Prix du duc d'Édimbourg, un truc comme ça. Heureusement qu'ils s'étaient rencontrés après leurs vingt ans, donc, alors que Ralph s'était rangé, qu'il avait déjà reçu deux promotions du gros importateur pour qui il travaillait à Battersea et qu'il était en train de se renseigner sur les frais liés à la création de sa propre entreprise. Il habitait en colocation à Clapham avec un jeune collègue qui fréquentait assidûment les bars, et Naomi faisait partie des nombreuses jolies étudiantes de master attirées par les troquets du quartier à la fin des années 1990.

À l'époque, ils ne se seraient pas souciés de quelqu'un comme Darren Booth. Ils n'auraient eu que faire de vieux murs ou de voitures en réparation devant chez leurs voisins.

Mais les choses avaient changé.

2

Ant

— Non, personne n'a vu, pour autant que je sache, mais on a entendu. Enfin, moi j'étais à l'étage, en train de prendre ma douche, alors je n'ai pas tant entendu que senti. Ma femme, Em, était en bas et elle est sortie immédiatement. Elle vous a dit que c'était elle qui avait appelé l'ambulance ? Elle a dû revenir vite fait attraper son téléphone, et elle m'a crié dans l'escalier de prendre le relais avec Sam – c'est notre bébé. À son ton, j'ai compris qu'il était arrivé quelque chose d'affreux, mais je n'avais rien imaginé d'aussi horrible ! Lorsque enfin je suis sorti, les secours étaient déjà arrivés et c'était le chaos dans la rue. Ils avaient bloqué l'accès et toutes les voitures qui arrivaient par le côté du parc étaient obligées de faire demi-tour. Il y avait une foule de badauds.

— Je dirais qu'on est proches, oui. Amis, pas seulement voisins.

— Darren Booth ? Non, je ne lui ferais pas confiance pour deux sous. Il nous pourrit la vie depuis le premier jour, c'est le voisin insupportable par excellence – et pourtant, croyez-moi, j'ai vraiment essayé de lui accorder le bénéfice du doute. Je veux dire, qui a envie de

se brouiller avec le type qui habite juste à côté ? Ça vous détruit une vie.

— Enfin, voyons, vous pouvez voir par vous-même dans quel état c'est. Ces agents que j'ai vus emporter des bouts de ci et ça, ils sont de la police scientifique ?

— De l'inspection des chantiers, d'accord. Eh bien, ils vous diront la même chose que moi : c'était ni fait ni à faire, ce truc. Franchement, je suis étonné que quelque chose de ce genre ne soit pas arrivé plus tôt.

Mr Anthony Kendall, 3 Lowland Way,
enquête de proximité par la police de Londres,
11 août 2018

Sept semaines plus tôt

Leur avion était arrivé en retard à Gatwick, la circulation sur l'A23 avait été le même cauchemar que d'habitude, et la fatigue au volant joua donc sûrement un rôle dans le fait qu'Ant ne reconnaisse pas sa propre rue. Il rata le tournant et dut continuer sur Portsmouth Avenue pour prendre la suivante à droite et remonter Lowland Way depuis l'extrémité donnant sur le parc.

Environ la moitié des riverains avaient déjà enlevé leur voiture en prévision de Dimanche On Joue Dehors.

« On dirait que quelqu'un a acheté la maison d'à côté », fit Em en examinant avec horreur ce qui ressemblait à une décharge, à l'endroit où se trouvait autrefois le jardin voisin ; il y avait même un lavabo au sommet de la pile, penché de façon presque recherchée, comme une cerise sur un gâteau. « Tu as vu dans quel état c'est ? Je n'en reviens pas que personne ne nous ait prévenus.

— Ils ne voulaient pas nous gâcher les vacances, probablement. À l'évidence, ils sont en train de rénover la salle de bains. Combien de voitures ils ont ? »

Ant s'était habitué à avoir l'allée commune pour eux tout seuls, mais à présent il devait faire attention pour aller se garer à reculons de leur côté.

« On va avoir les fenêtres maculées de poussière, grommela Em. J'espère qu'on n'en a pas laissé une ouverte. »

Sa remarque n'était pas totalement anodine. Ant savait que de son point de vue, fermer fenêtres et portes était une tâche dévolue aux hommes – un vestige, peut-être, de l'époque primitive où les femmes n'avaient pas la force musculaire nécessaire pour faire rouler le rocher permettant de boucher l'entrée de la caverne. Dingue.

« On devrait aller leur dire bonjour », suggéra-t-il.

Mais une fois à l'intérieur, entre les bagages à défaire, la lessive à lancer, le repas de Sam à lui faire prendre et tout le rituel du bain et du coucher qui coupait en deux chaque soirée, il oublia complètement les nouveaux voisins et le paysage d'apocalypse à côté de chez eux. Puis, vers 20 heures, alors qu'Em était encore en train d'endormir Sam au son cristallin d'une berceuse égrenée par sa boîte à musique Winnie l'Ourson, le hurlement strident d'une perceuse retentit soudain, avant de s'interrompre.

Il monta l'escalier quatre à quatre pour voir Em sortir de la chambre de Sam, en refermant la porte derrière elle.

« C'était quoi, ça ?

— Ça venait de chez les voisins. » Elle entra la première dans la chambre d'amis, séparée de celle de Sam par une cloison creuse. « Ils doivent être en train de monter des étagères ou un truc comme ça de l'autre côté du mur. À cette heure-ci !

— À leur décharge, ils ne savent pas qu'on a un bébé, répondit Ant. Ils n'ont probablement même pas remarqué qu'on était rentrés.

— Alors il va falloir le leur dire », fit Em avec un soupir.

Grâce aux meilleures nuits qu'ait faites Sam dans sa jeune vie lorsqu'ils étaient en vacances, elle ressemblait un peu plus à l'Em d'autrefois : jeune, belle et généreuse en sourires. Malgré sa peau claire, elle avait même réussi à bronzer un peu.

« On savait que quelqu'un allait emménager tôt ou tard. »

C'était vrai, mais ce qu'ils avaient peut-être considéré comme allant de soi, c'était que les nouveaux voisins seraient, à défaut de personnes âgées friandes de calme comme Jean, au moins des gens prévenants et conscients de leur impact sur le monde, comme Finn et Tess Morgan, de l'autre côté.

Avant même que Sam ne soit né, les Morgan s'étaient montrés soucieux du bruit que faisaient leurs enfants, lequel pouvait être considérable du fait qu'ils s'étaient créé un jardin commun avec le frère de Finn, Ralph, qui avait lui aussi deux enfants – Ant n'était toujours pas sûr desquels étaient à qui. Souvent, des amis étaient invités, ce qui donnait lieu à un épouvantable concert de hurlements et de voix autoritaires, auxquels s'ajoutaient les jappements d'une meute de chiens, dont l'un en particulier était plutôt loquace. Mais dès que le volume sonore devenait intolérable, un visage confus apparaissait au-dessus du mur, généralement celui de Tess :

« Oh, mon Dieu, est-ce un cauchemar pour vous ? Je suis vraiment désolée. C'est l'anniversaire d'Isla aujourd'hui, et toute sa classe est là, plus les parents. Vous verrez, le moment venu, on ne peut exclure personne ! Pourquoi ne venez-vous pas prendre un verre de prosecco avec nous ? »

Ant et Em s'étaient ainsi vu inviter à une demi-douzaine de fêtes, et même proposer un petit escabeau pour enjamber le mur, bien qu'Em, enceinte à l'époque, ait préféré opter pour la méthode traditionnelle des portes d'entrée. Tess et elle s'étaient liées d'amitié – elles étaient toutes les deux mères au foyer (si on avait encore le droit d'utiliser ce terme) ; temporairement dans le cas d'Em, car elle devait retourner au travail à la fin de l'année.

Secrètement, Ant avait une préférence pour Naomi Morgan, qui était d'un charisme extraordinaire, et sexy, aussi, pour une femme qui avait passé la quarantaine.

« C'est illégal de se brouiller avec ses voisins dans cette rue », avait-elle déclaré à Ant la première fois qu'ils s'étaient rencontrés, presque aguicheuse avec ses grands yeux noir d'encre et son sourire à la courbure coquine. Dans une culture de balayages blonds, son rideau de cheveux de jais était exotique. « On est pratiquement une communauté hippie », avait-elle ajouté.

Une grosse exagération. Les deux familles partageaient leurs jardins, mais la maison de Ralph et Naomi était manifestement la leur, avec des compositions florales dignes d'Elton John et une collection d'œuvres d'art originales que, d'après Em, Finn et Tess n'avaient aucun espoir d'égaler. (Il y avait une sculpture, en particulier, une sorte d'homme-cactus en cuivre tout hérissé de piques, dont Ant avait mentalement noté qu'elle pouvait représenter un danger pour Sam lorsqu'il commencerait à marcher.)

« Ils n'ont clairement pas d'enfants en bas âge, sinon ils ne feraient pas un boucan pareil », ajouta Em.

Et, comme si c'était le signal attendu, un bourdonnement de voix leur parvint de derrière le mur, celles d'un homme et d'une femme, à la limite de l'intelligible. Puis, trente secondes plus tard, du rock. Du rock très violent.

« Ils ont mis ça pour couvrir le bruit de la perceuse, devina Ant. On dirait du thrash metal, quelque chose du genre. Comment ils s'appelaient, ces vieux groupes ? Megadeth en faisait partie, ou pas ? Dis donc, c'est raide. Un peu d'Ed Sheeran, ça fait pas de mal, non plus ! »

Em jeta un coup d'œil par l'entrebâillement de la porte de Sam et afficha une moue qui signifiait : *On est bons pour l'instant.*

« Je suppose que par ailleurs, ils sont charmants », ajouta Ant d'un ton plein d'espoir.

Em sourcilla.

« On dirait une réplique de film, juste avant que tu voies l'Étrangleur de Boston en train d'ajuster sa cagoule sur le seuil de la maison voisine. Oh, c'est pas vrai ! (Le vrombissement de la perceuse avait repris, et le volume de la musique monté d'un cran.) Il ne va pas rester endormi encore longtemps si ça continue. »

Lorsque le bruit de la perceuse retentit une troisième fois, ils regardèrent fixement le mur, comme s'ils s'attendaient à voir un trou y apparaître sous leurs yeux.

L'air avait un goût différent, songea Ant, comme si ses propriétés atmosphériques avaient été modifiées. C'était surréaliste de penser qu'il y avait quelqu'un à deux pas d'eux, de l'autre côté du mur, presque aussi proche d'eux qu'ils l'étaient l'un de l'autre. Cette personne était-elle consciente de leur présence ? Pouvait-elle entendre leurs voix ? Et quel genre d'architecte concevait des maisons ainsi jumelées, d'ailleurs, avec les portes d'entrée et les escaliers à chaque extrémité ? N'aurait-il pas été plus judicieux de les placer côte à côte au centre, afin de séparer les séjours par deux poches d'isolation constituées des vestibules et des cages d'escalier ? En l'état, leurs deux familles auraient aussi bien pu habiter une grange unique divisée en deux par un paravent.

« Il faut que tu ailles leur dire quelque chose », déclara Em.

On était devenu *tu* avec une rapidité remarquable. Ça aussi, c'était un boulot d'homme, apparemment.

« Ça ne fait que cinq minutes que ça dure, objecta-t-il raisonnablement. Sam est crevé par le voyage, il est possible que ça ne le réveille pas. Descendons plutôt essayer de réaliser la Grande Ambition. »

La Grande Ambition était de terminer un épisode de n'importe quel programme sur Netflix sans être interrompus par les pleurs de Sam. Autrefois, ils s'étaient fait des marathons de séries avec le reste de la société, une saison de *House of Cards* en une semaine de travail, comme un deuxième emploi. Mais désormais, c'étaient eux qui vivaient dans un château de cartes. Un seul faux pas, comme ne pas atteindre la porte d'entrée avant que le livreur appuie sur la sonnette, ou entrouvrir une fenêtre juste au moment où un des chiens des Morgan aboyait après un renard, et tout s'écroulait autour d'eux.

Trente-quatre minutes étaient passées et un grand verre de vin bien entamé lorsque Sam se mit à pleurer. Ce n'est qu'en mettant la télévision en pause qu'ils se rendirent compte à quel point la musique était forte. On distinguait aisément les paroles – une chanson de Metallica qu'Ant reconnut vaguement. Un tempo légèrement plus lent que le thrash metal du début, mais tout aussi marqué par le martèlement des basses. Ah, et là c'était le refrain : « *Sad but true* ». Triste mais vrai.

C'était le cas de le dire.

Em monta à l'étage et revint avec Sam dans les bras. Il avait le visage enfoui dans le creux du cou de sa mère, cherchant à réintégrer le sommeil qu'on lui refusait si violemment.

« Ant, est-ce que tu peux aller leur demander de mettre un terme au Hellfest, s'il te plaît ! »

Son intransigeance ressortait pleinement, et Ant eut l'impression d'être l'enfant dans cette conversation. Petit, il s'était souvent vu reprocher son impulsivité – « Prends le temps de réfléchir une minute », lui disaient ses professeurs ; « Qui agit à la hâte se repent à loisir, Anthony » (celle-là était de son grand-père) – et, dans un effort pour corriger ce défaut à l'âge adulte, il était devenu, peut-être, un peu trop passif.

« Tu as raison », s'exclama-t-il en se levant d'un bond.

Dehors régnait une désagréable odeur d'après démolition, comme si d'anciens égouts avaient été atteints. De l'autre côté de la rue, l'impeccable jardin de Sissy, la lumière dorée qui émanait de la fenêtre de son salon, semblaient appartenir à un autre pays. Pour atteindre la porte des nouveaux voisins, il passa devant la fenêtre de leur séjour, mais ne distingua pas grand-chose par l'entrebâillement des rideaux qui y pendaient depuis le départ de la vieille Jean : des cartons ouverts au contenu débordant, des sacs-poubelle remplis d'affaires. Arrivé sur le seuil, il actionna le heurtoir, mais personne ne vint lui ouvrir, ce qui était logique puisque la musique était assez forte pour faire crouler les murs. Puis, brutalement, la chanson se termina et il put mettre à profit les quelques secondes de silence avant la suivante pour frapper de nouveau.

Cette fois, la porte s'ouvrit. Devant lui se trouvait une petite femme blonde et maigre d'environ quarante-cinq ans, vêtue d'un de ces ensembles à mi-chemin entre la tenue de sport et le pyjama, et affichant l'attitude d'une personne prompte à s'énerver – ou peut-être simplement ivre. Au lieu de lui dire bonjour, elle se contenta d'un geste pour le saluer, une cannette de Heineken à la main, une expression agacée sur le visage.

« Oui ?

— Vous êtes la nouvelle propriétaire ? » demanda Ant, haussant la voix pour se faire entendre par-dessus la musique qui déferlait autour de lui pour se perdre dans la nuit.

Si les autres voisins ne l'avaient pas entendue jusqu'alors, c'était sûrement le cas maintenant.

« Quoi ?

— Est-ce que vous êtes la nouvelle propriétaire ? » répéta-t-il.

Inexplicablement, elle éclata de rire, un son crispé et sans humour.

« C'est à Darren que vous voulez parler.

— OK, eh bien, c'est au sujet de la musique... »

Mais elle s'était déjà retournée pour hurler à pleins poumons :

« Darren ! DARREN ! »

L'homme qui s'approcha était le bricoleur de service, à en juger par son bleu de travail crasseux. Il avait entre cinquante et soixante ans, et le visage buriné à un point qui suggérait soit une sérieuse consommation d'alcool, soit une passion pour les randonnées en bord de mer. Lui aussi tenait une cannette à la main, ainsi qu'une cigarette, dont l'extrémité rougeoyante était toute proche de ses phalanges.

« Ouais ? dit-il à la femme, comme s'il n'y avait pas devant lui une porte ouverte et, à quelques pas, un inconnu.

— Il veut parler au "nouveau propriétaire", répondit-elle. Dites donc, môssieur le proprio !

— Va te faire foutre », répliqua-t-il.

Malgré l'emballement de son pouls, Ant s'efforça d'afficher un sourire convaincant.

« Ant Kendall, se présenta-t-il. Je vis à côté, avec ma femme, Em. La maison qui se trouve juste là. » Il indiqua le mur du doigt, pour bien attirer l'attention sur l'étroite proximité des deux habitations. « Donc vous êtes Darren et... ?

— Jodie. » Le visage de la femme se crispa d'une méfiance renouvelée. « Attendez, c'est pas encore cette histoire de mur, quand même ? Ça fait une semaine qu'un tas de casse-pieds nous enquiquinent à ce sujet. Comment est-ce qu'on pouvait savoir qu'il y avait bisbille avec la municipalité ? »

Surpris par son hostilité, Ant fut néanmoins réconforté par ce « tas de casse-pieds » : quelqu'un était déjà passé se plaindre avant lui, probablement Sissy ou un des Morgan.

« Non, ce n'est pas ça, c'est juste qu'on a un bébé à côté et que sa chambre est juste là, de ce côté de la maison… »

Alors qu'il indiquait la fenêtre de Sam, Darren lui jeta son mégot encore allumé aux pieds et, songeant aux voitures toutes proches, Ant l'écrasa prudemment. Em avait plaisanté au sujet d'un tueur en série, mais lui ne pouvait penser qu'à un de ces films où une fraternité d'étudiants s'installe en plein milieu d'une honnête banlieue résidentielle et entreprend de faire la fête tous les soirs. Très bon sujet de comédie – quand on n'était pas directement concerné.

« Je ne sais pas si vous entendez, mais il commence à être très contrarié », ajouta-t-il.

Un sentiment d'échec s'empara de lui ; il savait qu'il ne disait pas ce qu'il fallait.

Enfin, la femme parut comprendre.

« Pas de problème, dit-elle avec un haussement d'épaules.

— Merci d'être si compréhensive. »

Mais entre le moment où il regarda la porte se refermer devant lui et celui où il passa le seuil de sa propre maison, il prit conscience, d'abord dans ses pieds – sous la forme de puissantes vibrations montant du sol – puis dans ses oreilles que le volume de la musique avait en réalité été haussé. Il retourna en courant chez les nouveaux voisins, mais soit ils ne l'entendirent pas tambouriner à la porte, soit ils choisirent de l'ignorer.

Chez eux, Em avait ramené Sam au rez-de-chaussée. Il hurlait à présent, comme s'il souffrait physiquement. Les bébés n'avaientils pas l'ouïe hypersensible ? Ce niveau de décibels était-il encore plus insupportable pour lui que pour eux ?

« Qu'est-ce qui s'est passé ? » demanda Em – en hurlant.

C'était comme si un groupe jouait en live de l'autre côté du mur.

« Je ne sais pas. » Il s'assit sur l'accoudoir du canapé. « Ils m'ont répondu qu'ils allaient baisser le volume, mais on dirait plutôt qu'ils l'ont monté. »

Ils se regardèrent avec effarement.

« Quand j'ai dit qu'on avait un bébé, ils n'ont quand même pas pu… Ils n'ont quand même pas pu croire que c'était du bruit qu'on fait, nous, que je parlais ? Que je m'excusais pour ses pleurs ?

— Seulement si ce sont de parfaits crétins. » Le ton d'Em se fit soupçonneux. « Pourquoi ? Tu as donné l'impression de t'excuser ? Quelle quantité de vin tu as bue, Ant ? » Elle secoua la tête. « On ne peut pas tolérer ça. Je vais aller faire un tour en voiture avec Sam jusqu'à ce qu'il se rendorme.

— Quoi, à cette heure-ci ?

— Il n'est que 21 h 30. C'est ça ou on appelle la police.

— On ne peut pas faire ça. On n'est voisins que depuis quelques heures. »

Il la suivit dehors et l'aida à installer Sam dans son siège auto, hurlements de guitares dans une oreille et vagissements de bébé dans l'autre, avant de regarder la voiture s'éloigner dans la rue. De retour à l'intérieur, il se resservit un verre de vin et se rendit avec dans le jardin à l'arrière, plongé dans l'obscurité. Chez les voisins, une autre chanson avait commencé et son intro de plus en plus rapide sortait par la fenêtre ouverte de leur cuisine comme une série d'explosions contrôlées.

Sans réfléchir, Ant ramassa le premier objet qu'il trouva, un morceau de pot de fleurs en terre cuite, pour le jeter violemment par-dessus le mur.

Sa propre fureur le surprit.

Le lendemain matin, Em et Sam firent la grasse matinée mais Ant, qui n'avait pas réussi à sombrer plus profondément que dans une somnolence agitée, s'habilla pour aller acheter café et pains au chocolat à la boulangerie dans la grand-rue. À côté régnait un silence miséricordieux, mais le chahut de Dimanche On Joue Dehors commençait déjà à grandir. Comme d'habitude, Ant se félicita de pouvoir garer sa voiture chez lui et donc de ne pas avoir à la changer de place, comme le faisaient les autres riverains pour créer un tarmac sur lequel pouvaient déferler en hurlant les enfants. Ça avait été un des attraits de cette maison lorsqu'ils cherchaient à acheter, les agents leur ayant donné un lien vers un article dans le *South London Press* à ce sujet, qu'Ant avait depuis vu encadré dans la cuisine de Ralph et Naomi. Alors qu'il faisait la queue à la boulangerie, il le relut, pour se rappeler la solide et inébranlable respectabilité de leur quartier :

UNE RUE DU SUD DE LONDRES
REMPORTE LE PRIX
DES ESPACES URBAINS

Les résidents d'une rue de Lowland Gardens, dans le sud de Londres, ont remporté un prix pour leur initiative communautaire, qui donne aux enfants un aperçu des jeux d'extérieur auxquels leurs aînés pouvaient se livrer en toute sécurité autrefois, sans se poser de questions.

Chaque dimanche, Lowland Way est débarrassé de ses voitures, fermé à la circulation et cédé aux enfants pour l'opération Dimanche On Joue Dehors. De la planche à roulettes aux échasses, de la marelle au hula hoop, tout est permis – sauf une chose, les écrans.

« Cela faisait longtemps que j'étais mal à l'aise de voir le temps que mes enfants passaient à l'intérieur, les yeux rivés sur leurs écrans, explique Naomi Morgan, quarante-trois ans, curatrice web et mère de deux enfants, à l'origine de cette initiative. Maintenant, on n'a pas à les persuader d'éteindre leurs appareils : ils le font tout seuls ! »

Invitée à une réception à l'hôtel de ville avec sa belle-sœur et voisine Tess Morgan, trente-huit ans, Naomi Morgan a reçu le prix des Espaces urbains des mains du maire de Londres, qui a commenté : « Dimanche On Joue Dehors est un merveilleux exemple d'une communauté qui s'allie pour améliorer sa propre qualité de vie. »

Lowland Gardens, une enclave arborée à l'ouest de Crystal Palace, s'est longtemps enorgueillie de

> faire profil bas, mais avec des prix de l'immobilier qui ont augmenté de presque cinq pour cent de plus que la moyenne de la capitale ces six derniers mois, il semble que ses charmes discrets soient sur le point d'être découverts par une horde de nouveaux acheteurs.

Il y avait une photo de Naomi et Tess en compagnie du maire : Naomi, immense en talons, son grand sourire allongeant son visage et lui donnant l'apparence d'un cheval de course à la robe lustrée. (Tess, malheureusement, avait été prise en train de cligner des yeux.)

Non, il n'allait pas ressasser ce qui s'était passé la veille au soir : un malencontreux épisode qui avait par pur hasard coïncidé avec leur retour de vacances. Après une semaine chargée de travaux de rénovation, les nouveaux venus devaient avoir pris quelques verres pour se détendre, et seul un rabat-joie leur aurait reproché cela. Aujourd'hui, Lowland Way allait retrouver tout le charme de son esprit de communauté et de ses prix immobiliers en hausse.

Considérablement rasséréné par le café noir allongé, localement torréfié, dans sa main, il rebroussa chemin, n'entendant d'abord que les habituels cris aigus et gais d'enfants en train de jouer. Puis, alors qu'il longeait le terrain du n° 1 côté Portsmouth Avenue, il discerna des paroles de chanson qui n'avaient pas lieu de parvenir aux oreilles d'un enfant.

« *Je vais t'choper... Putain, je vais t'buter...* »

Qu'est-ce que... En arrivant dans Lowland Way, il s'attendait à trouver des parents rassemblés pour objecter, mais rien n'avait changé en son absence, à part que la foule était un peu plus dense, les voix un peu plus excitées : certains des enfants étaient montés sur leurs vélos et faisaient une course de slalom entre des poteaux. Arrivé à l'entrée de son allée, il jugea que la musique n'était probablement pas assez forte pour gêner quiconque ne se trouvait pas près du coin de la rue, et un brusque frisson d'inquiétude le parcourut. Ils étaient un peu isolés, là, seuls avec le n° 1 à l'écart du reste ; si cette affaire tournait à… – à quoi ? –, pourraient-ils compter sur le soutien de leurs autres voisins ?

Il mit un moment à repérer Darren, qui se tenait devant les portes ouvertes de sa fourgonnette, et fut choqué de voir qu'il était torse nu. Sa poitrine était couverte d'un fin duvet gris légèrement répugnant.

Ant s'approcha avant d'avoir le temps de mollir.

« Bonjour, Darren.

— Hein ? fit l'intéressé, comme s'il ne l'avait jamais vu de sa vie.

— On a fait connaissance hier soir. »

Bien qu'Ant soit techniquement de son côté de l'allée, il avait l'impression de faire intrusion dans la vie privée de son voisin en lui parlant alors qu'il était à moitié dévêtu. Mais malgré ses quinze ou vingt ans de plus, ce dernier était en meilleure forme que lui, et dénué de toute gêne. Un profond hâle brun-rouge indiquait que la semi-nudité était peut-être pour lui un état habituel.

« Je vis juste à côté.

— Ah oui, c'est vrai. Ça va ? »

Ni poli ni impoli, mais simplement préoccupé par autre chose.

« Ça va. Enfin, je veux dire, sauf que... Serait-il possible de baisser le volume de votre musique ? Vous risquez de recevoir des plaintes comme quoi les paroles ne sont pas exactement adaptées à toutes les oreilles. »

Risquez de recevoir des plaintes ? Quel lâche il faisait. Heureusement qu'Em n'était pas là pour l'entendre.

« Adaptées à toutes les oreilles ? répéta Darren, et son expression changea, devenant brusquement suspicieuse. Attendez, c'est vous qui nous avez réveillés ?

— Quoi ?

— Il y a une demi-heure ? Quelqu'un a tambouriné à la porte comme un putain d'huissier.

— Non. » Ant se crispa devant son usage désinvolte de ce juron. « Peut-être était-ce quelqu'un qui voulait savoir si cette Peugeot est à vous ? Ou la Toyota blanche devant le n° 7 ? Nous fermons la rue à la circulation tous les dimanches. Dimanche On Joue Dehors ? C'est assez connu dans le coin, je suis surpris qu'on ne vous en ait pas parlé lorsque vous avez récupéré la maison.

— Tous les dimanches ? » Booth lâcha un rire bref. « Aucune chance, mon pote. Si ces mômes sont là dehors à hurler tous les week-ends, ça va me prendre la tête. »

Il claqua les portes de sa fourgonnette, dans le but évident de signifier la fin de la conversation à Ant, qui resta hésitant, les bras ballants, avec son sachet de viennoiseries au bout des doigts.

Il tremblait légèrement sous l'effet de l'adrénaline, et eut honte d'être aussi inapte à gérer la confrontation.

« *Fini de pioncer... Salope, pour toi j'ai des projets...* »

Avant qu'il ait pu mettre sa clé dans la serrure, la porte s'ouvrit à la volée et Em sortit en trombe. Elle s'était manifestement habillée à la va-vite : le haut boutonné de travers, elle avait des claquettes aux pieds et un des cubes de construction mous de Sam à la main. En passant devant lui, elle lui jeta rapidement un regard d'incrédulité – non devant ce qui se passait, comprit-il, mais devant le fait qu'il n'ait pas réussi à y mettre fin.

« Excusez-moi ? lança-t-elle à Darren d'un ton strident. Excusez-moi, j'ai dit ! Vous pouvez baisser cette musique ? C'est bien trop fort ! »

Ant comprenait son exaspération, bien sûr, mais ce n'était pas la bonne approche de se montrer d'emblée énervée et agressive, avant même de s'être présentée ; et, fatalement, le type réagit en se renfrognant, sur la défensive.

« Et vous êtes qui pour décider de ça ?

— La mère d'un bébé de six mois ! »

À cet instant, Jodie apparut pour égaliser leur nombre, se rapprochant davantage d'Ant et Darren, ce qui donna l'impression qu'ils étaient tous trois contre Em. Elle sortait de la douche et avait le visage luisant, les cheveux qui pendaient mollement en mèches humides. Son nez se terminait en pointe, remarqua Ant, et alors qu'elle portait son attention sur chacun d'eux tour à tour, on aurait dit qu'elle se laissait guider par son odorat.

« C'est quoi le problème ?

— Le problème, c'est votre musique, répondit sèchement Em. Vous voulez bien la baisser, s'il vous plaît ?!

— Pas besoin d'être si agressive », répliqua Jodie en se redressant de toute sa taille.

Elle avait un petit tatouage sur le côté du cou, des caractères chinois ou quelque chose du genre.

Em s'empourpra.

« C'est moi qui suis agressive ? Et vous alors, qui passez du heavy metal toute la nuit, et maintenant ça, un dimanche matin ? C'est pas agressif, peut-être ?

— Em, pas la peine de s'énerver », intervint Ant, espérant qu'il ne paraissait pas aussi déloyal qu'il avait l'impression de l'être.

Il était conscient des regards que les gens dans la rue leur jetaient ; si cela continuait comme ça, ils allaient attirer une foule.

« C'est vraiment n'importe quoi, ici, dit Darren à Jodie alors que les hurlements de Sam sortaient à flots par la porte ouverte. Leurs enfants pètent un câble, mais ils supportent pas un peu de musique.

— Il y a une différence ! s'exclama Em, et Ant fut soulagé lorsqu'elle délaissa la dispute pour retourner à l'intérieur s'occuper de Sam.

— Peut-être pourrions-nous discuter un jour, quand vous ne serez pas si occupés ? suggéra-t-il. Faites-moi juste signe quand vous aurez un moment de libre. »

Em avait refermé leur porte derrière elle et il se sentit bête de devoir la rouvrir pour rentrer à son tour.

« Pas des marrants, hein ? » entendit-il Jodie dire à Darren alors qu'il passait enfin le seuil de sa maison.

Il attendit à l'entrée de la cuisine qu'Em ait fini de calmer les pleurs de Sam. Il pouvait voir ses épaules se soulever de colère.

« C'est qui ces gens, enfin ? demanda-t-elle durement.

— Ce sont ceux à côté de chez qui on doit vivre, alors je ne suis pas sûr qu'il soit très judicieux de se brouiller avec eux dès le premier jour. »

En la voyant se renfrogner furieusement, il ne fut pas sûr que sa remarque ait été très judicieuse non plus.

« J'aurais dû me douter que tu n'allais pas me soutenir, lâcha-t-elle d'un ton vexé.

— Qu'est-ce que tu racontes ? protesta-t-il. Bien sûr que si, je te soutiens.

— Bah c'est pas l'impression que j'ai eue. "Pas la peine de s'énerver" : c'est bien toi, ça, toujours à vouloir ménager la chèvre et le chou. »

C'était bien lui, ça ? L'escalade soudaine lui coupa le souffle.

« Sauf que ménager la chèvre et le chou, c'est plus facile avec une clôture, et on n'en a pas, si ? Pas devant. Et si on en avait une, ils l'abattraient probablement aussi. » Elle le fusilla du regard comme s'il était directement responsable de cette catastrophe purement imaginaire. « Eh bien, les choses ont intérêt à ne pas continuer comme ça, parce qu'il n'y a rien pour nous séparer d'eux, pas vrai ? Rien, littéralement. »

3

Tess

— J'étais là ce matin, oui. J'étais dans le jardin, derrière, en train de jouer avec les enfants, quand on a entendu ce grand bruit, comme une voiture qui explose – chut, Dex, le gentil officier de police me parle de quelque chose de très grave. Va finir de regarder Spider-Man *avec ta sœur.*

— Oui, donc je suis sûre d'avoir aussi entendu un cri, mais peut-être que je l'ai imaginé. Mon mari est sorti et on s'est juste regardés en disant : « Mais qu'est-ce que... ? » Puis notre belle-sœur, Naomi, a dit à sa fille de surveiller les plus jeunes pendant quelques minutes et on s'est précipités à l'avant de la maison, et on a vu un énorme nuage de poussière devant le n° 1. Em Kendall était déjà là et elle nous a dit que Booth était par terre quelque part au milieu des décombres. On l'a entendu gémir et tousser. On n'a vu que lui au début, et on n'a pas réalisé qu'il y avait quelqu'un d'autre là-dessous. Puis on a vu ce pied qui dépassait. C'était vraiment affreux, je n'oublierai jamais cette image.

— Je dois dire que bien que ce soit absolument bouleversant, d'une certaine façon j'ai le sentiment que

c'était inévitable. Aucun de nous n'était en sécurité avec eux. Tôt ou tard, il allait arriver quelque chose à quelqu'un.

— Eux qui ? Darren Booth et son horrible femme, bien entendu. Jodie, elle s'appelle. Vous savez que, ce matin, elle n'est même pas sortie de chez elle ? Pas immédiatement, en tout cas. On vous l'a dit ? Toute la rue était là, à essayer éperdument d'aider, et elle était encore à l'intérieur, en train de dormir ! Il a fallu que quelqu'un passe par la porte de derrière pour aller la chercher. Elle est sous traitement médicamenteux, apparemment, mais si vous voulez mon avis, elle cuvait surtout son vin de la veille. Ce sont de gros buveurs, ils aiment faire la fête.

— Eh bien, je les qualifierais d'aigris. Aucune envie de coopérer avec les gens qui les entourent. Ils ne font que ce qu'ils veulent. C'est une forme de sociopathie, ou de narcissisme, je dirais.

— Non, je ne suis pas psychiatre, je suis mère au foyer. Il y a plus de similitudes entre les deux qu'on pourrait le croire, je peux vous le dire.

Mrs Tessa Morgan, 5 Lowland Way,
enquête de proximité par la police de Londres,
11 août 2018

Six semaines plus tôt

Que les cygnons étaient beaux ! Encore si petits, si doux, si confiants. Quelle joie que leurs élégants parents aient choisi l'étang de Lowland Gardens pour élever leur famille, une première ici de mémoire d'homme. D'autres oiseaux avaient déjà bâti leur nid sur la petite île auparavant, il y avait eu des oisons et des canetons, des bébés foulques (avaient-ils un nom spécial ? Elle regarderait plus tard sur Internet), mais jamais de cygnons.

Tess était en route pour aller déposer Isla à l'école, un trajet de quelques minutes à pied le long de Lowland Way puis au sud à travers le parc. Autrefois considéré comme dangereusement proche du Rushmoor Estate au nord, le poumon vert qui donnait son nom à leur quartier jouissait désormais du meilleur aménagement paysager que l'embourgeoisement puisse offrir et d'une paillote vintage en guise de snack-bar, où deux élégantes jeunes femmes servaient des *latte* artisanaux à 3 livres pièce. Dieu savait qu'il y avait probablement des gamins dans la cité qui ne savaient pas ce qu'était un cygnon (sans parler d'un *latte* artisanal) ; ou, s'ils le savaient, ils pensaient sûrement que c'était une bonne idée de leur donner des chips à manger. Il n'y avait pas une minute, justement, Tess avait dû poliment mettre en garde une mère et ses jeunes enfants contre ce crime.

Six cygnons avaient éclos au cours de la troisième semaine de mai, et fait leurs premières incursions dans l'eau – nageant derrière maman avec un synchronisme digne de Busby Berkeley[1] – sous les caméras d'une légion d'iPhone cantonnés derrière la grille. Depuis, Tess, Naomi et quelques autres voisins géraient ObservonslesCygnons, partageant des photos avec le reste de la rue sur la page Facebook des riverains.

Tess les compta rapidement : quatre, cinq, six. Parfait. Tous présents à l'appel. Papa patrouillait non loin,

1. Grand chorégraphe et réalisateur de comédies musicales dans les années 1930. (*Toutes les notes sont de la traductrice.*)

repoussant les corbeaux. Elle prit sa photo quotidienne puis rassembla sa propre couvée : Isla, neuf ans, Dex, quatre, et leur golden retriever Tuppy, ainsi que les deux chiens de Naomi, Kit et Cleo, que Tess s'était engagée, sans trop savoir comment, à promener chaque matin. Les chiens, comiquement angoissés d'avoir été abandonnés à jamais, étaient attachés à distance prudente pour que les cygnes ne leur crachent pas dessus.

Une fois, elle avait dit à Finn aimer Tuppy autant que leurs deux enfants et il avait réagi comme si elle venait de faire une plaisanterie hilarante. Puis, en voyant le sérieux de son expression, il avait dit :

« Je comprends ce que tu veux dire. *Presque* autant. Mais la mort d'un chien est moins grave que la mort d'un enfant, n'est-ce pas ? Si on va jusque-là ? »

Ça dépend des circonstances, avait songé Tess. Une mort cruelle était pire qu'une mort douce quelle que soit l'espèce.

« Maman, on peut avoir une glace ? demanda Dex.

— Non. Il est 8 h 30 du matin, tu viens de prendre le petit déjeuner. Et de toute façon, ce n'est pas encore ouvert.

— J'aurais choisi caramel au beurre salé, dit-il tristement.

— Libby dit que le caramel au beurre salé lui donne mal à la tête », intervint Isla.

Libby, l'aînée de Naomi, était en gros la copie hypocondriaque de cette dernière, mais Naomi avait dûment banni le caramel au beurre salé de sa cuisine, en disant que son emploi avait de toute façon atteint des proportions dangereuses et qu'il y aurait sûrement des conséquences à court terme. En entendant cela, Tess s'était représenté un tsunami brun doré, lent mais meurtrier, prêt à déferler sur Londres avant de poursuivre sa route, Dieu seul savait jusqu'où. Jusqu'au pays de Galles, peut-être ?

Lorsque Tess avait eu Isla, Naomi l'avait vivement encouragée à continuer de travailler, ne serait-ce qu'à temps partiel, afin de protéger l'employabilité dont elle aurait peut-être envie ou besoin plus tard, mais Tess ne l'avait pas écoutée. Y avait-elle réfléchi sérieusement, ou bien avait-elle inconsciemment cherché à défier Naomi ? Dès que Dex aurait débuté l'école en septembre, elle commencerait à chercher du travail. Bon, OK, à en croire les médias, tous les métiers étaient désormais accomplis par des automates ou des milléniaux non rémunérés, mais c'était sûrement une exagération, et Naomi avait dit qu'elle trouverait *peut-être* si elle avait encore moins de quarante ans. (Elle en avait trente-neuf.)

Pourquoi ses réflexions étaient-elles ainsi guidées par ce que disait Naomi ? Comme si elle était incapable de penser par elle-même.

« Allez, venez, il faut qu'Isla aille à l'école. »

Mais Dex s'accrochait à la grille les séparant des cygnes en pleurnichant.

« Oh, mon chéri, tu m'as entendue, tu n'auras pas de glace.

— Il s'inquiète pour les cygnons, il veut pas les laisser tout seuls, expliqua Isla. Il a peur que le nouveau monsieur leur fasse du mal. Il aime pas les animaux comme nous qu'on les aime.

— Comme nous on les aime. Quel nouveau monsieur ? Tu veux dire le nouveau voisin, au coin de la rue ? »

Ayant raté les présentations à l'arrivée des Booth (Naomi, bien sûr, avait choisi un moment convenant à l'emploi du temps de sa propre famille, pas de celle de Tess), elle avait eu l'intention de passer les saluer toute seule, mais Finn lui avait dit de ne pas s'en donner la peine, car le type était un con. Les plaintes d'Em au sujet du couple, qu'elle décrivait comme des fêtards sans la moindre considération pour les sentiments – ou l'ouïe – des autres, semblaient confirmer cette description.

« Est-ce qu'on va avoir un problème avec eux ? avait-elle demandé à Finn.

— Si c'est le cas, avait-il répondu avec un haussement d'épaules, Ralph et Naomi le régleront. »

Et en effet, Naomi avait été prompte à réagir, postant sur la page Facebook des riverains :

> Naomi Morgan : Quelqu'un d'autre a un problème avec ce qui se passe au nº 1 ?
> Sissy Watkins : Qu'est-ce qui s'y passe ? Ce ne sont pas juste des travaux de rénovation ?
> Em Kendall : Moi j'ai un GROS problème. La musique à fond. On s'est plaints je ne sais combien de fois, mais ils refusent de la baisser.

Em avait passé l'intégralité de leur premier moment ensemble après son retour de vacances à fulminer contre les nouveaux venus.

« Tu entends leur musique, toi ? avait-elle plusieurs fois demandé. Je t'ai dit que j'avais appelé la police et qu'ils m'avaient répondu que c'était quelque chose à voir avec la municipalité ? À moins qu'on se sente menacés, ils ne feront rien. Et en plus, on peut se prendre une amende pour emploi abusif du numéro d'appel d'urgence. On croit rêver. »

Tess avait pris la décision de ne pas s'en mêler personnellement, tant qu'ils ne s'approchaient pas des enfants – ou des chiens.

« Bon, tant mieux si vous ne vous sentez pas menacés, avait-elle répondu.

— Pas pour l'instant », avait rétorqué Em, du ton que les gens utilisent quand ils sont déterminés à voir les faits leur donner raison, même si c'est à leur détriment.

« Il n'y a vraiment pas de quoi avoir peur de lui », dit Tess à Dex, revenant au présent. C'était un été sec et sans vent, et la chaleur désormais familière commençait déjà à se faire sentir. « Parfois les gens paraissent un peu bourrus, mais sont très gentils au fond.

— Lui, il est pas gentil, insista Isla. Il a été très impoli avec nous.

— Tu lui as parlé ? s'effara Tess. Quand ?

— Quand j'étais avec Libby. » Elle dit cela avec fierté, car sa cousine, de trois ans son aînée, était son idole. « On promenait les chiens et on a vu tous ces déchets dans son jardin et Libby lui a dit que les ordures devaient aller à la poubelle, pas par terre, sinon il aurait des rats. Il s'est mis très en colère et il a essayé de donner un coup de pied à Tuppy ! »

Tess crispa le poing sur la laisse du retriever et se baissa pour lui caresser le poitrail.

« Quoi ? Il ne l'a pas touché, quand même ?

— Non, il a seulement fait *semblant*, expliqua Isla. Il a dit “Dégagez ce clébard de chez moi !” et il a dit un gros mot. Celui qui commence par P. »

Ce dernier détail eut au moins le mérite de distraire Dex de ses larmes et de permettre à Tess de leur faire reprendre leur route. Le parc semblait brusquement avoir perdu un peu de sa splendeur.

« Je crois que la meilleure chose à faire pour l'instant est de ne pas passer devant son jardin à moins d'être avec un adulte. Empruntez l'autre trottoir, d'accord ?

— D'accord. »

En arrivant devant son école, les pensées d'Isla étaient vite passées à autre chose, mais celles de Tess, après lui avoir dit au revoir et être rentrée avec Dex et les chiens, restèrent fixées sur les remarques des enfants au sujet des nouveaux voisins – et sur sa réticence antérieure à se montrer solidaire d'Em. Quelle était cette célèbre citation, déjà, « rester neutre, c'est se ranger du côté de l'oppresseur » ? (Et de qui était-elle ? Nelson Mandela ? Gandhi ? Pas Naomi en tout cas.) Brusquement, il lui parut impératif, en rentrant chez elle, d'enfermer les chiens dans le jardinet à l'avant et de se rendre directement au n° 1.

La collection, apparemment en pleine expansion, de vieilles voitures et d'éléments de cuisine et de salle de bains à jeter occupait tout l'allée et une grosse partie du jardin. Bien qu'il n'y ait aucun signe d'activité, la porte d'entrée était légèrement entrouverte et Tess la poussa pour passer la tête dans le vestibule.

« Il y a quelqu'un ? Vous savez que votre porte d'entrée est ouverte ? »

Il n'y eut pas de réponse. Elle entra, tenant Dex par la main, et jeta un coup d'œil dans le séjour. Elle savait, pour avoir rendu visite à Jcan, que le plan du rez-de-chaussée comprenait un étroit couloir menant à des toilettes, tandis qu'on accédait au séjour par une porte immédiatement sur la droite. Une double porte à croisillons séparait ce dernier de la cuisine. Elle avait été enlevée, un aménagement qui, savait Tess, était autorisé par la municipalité tant que l'encadrement et le mur porteur restaient en place.

« Ça sent pas bon », se plaignit Dex en essayant de la retenir alors qu'elle continuait de s'avancer doucement dans le séjour.

Le canapé, une masse informe de nylon marron à l'aspect inflammable, était jonché de cannettes de bière vides, et le sol autour envahi d'une flottille d'assiettes sales et de bols remplis de mégots – elle eut une pensée pour le petit Sam, de l'autre côté du mur : risquait-il de souffrir de tabagisme passif ? Il y avait un énorme écran de télé contre le mur central, une chaîne Hi-Fi à l'ancienne avec des enceintes – vraisemblablement la source de la musique qui torturait Em – et un enchevêtrement de câbles et de consoles de jeux. Les appuis de fenêtres étaient grenelés par la poussière qui s'y amassait. Bien que l'endroit soit loin d'être un taudis, il offrait un sordide contraste avec les autres demeures qu'elle avait pu voir dans Lowland Way, même celles qui n'étaient pas dans la classe, dominée par Naomi, des parquets en chêne contrecollé et des coussins Christian Lacroix.

Dans la cuisine, une partie du mur de gauche était nue et ravagée de trous là où des placards avaient été arrachés, et elle fut perturbée de voir une flamme sur l'un des brûleurs de la gazinière. Il n'était quand même pas resté allumé toute la nuit ? Avec la porte d'entrée entrouverte, la flamme aurait facilement pu être soufflée. Elle ferma le gaz.

« On ferait mieux de revenir plus tard », dit-elle à Dex en retournant dans le vestibule. Mais au pied des marches menant à l'étage, elle s'arrêta, compulsivement attirée par le vieux tapis d'escalier bleu de Jean, à présent gris à force qu'on y piétine la poussière. « Assieds-toi sur les marches, mon cœur, je reviens dans trente secondes. Ne touche à rien, d'accord ? »

Alors qu'elle montait sur la pointe des pieds, passant devant les rectangles sombres laissés sur le mur par les cadres photos de Jean désormais disparus, puis devant la salle de bains, où les travaux de rénovation semblaient en être encore au stade de la démolition, un sinistre pressentiment commença à s'emparer d'elle. Il y avait quelque chose qui clochait dans tout ça. Y avait-il des violences conjugales en jeu ? De la toxicomanie ? Et cette porte ouverte : se pouvait-il qu'un intrus soit entré pour assassiner ces gens dans leur lit ?

Ne sois pas ridicule.

À pas de loup, elle longea le palier en direction de la porte ouverte de la chambre donnant à l'avant de la maison, percevant une odeur de sueur et d'haleine avinée avant même de voir Booth. Il gisait sur le dos dans un lit double, seul et tout habillé. Endormi, pas assassiné. À côté de la porte se dressaient ses bottes, probablement celles-là mêmes avec lesquelles il s'en était pris à un animal sans défense. Tess sentit brusquement une haine irrationnelle supplanter l'état d'indignation dans lequel elle était arrivée. *Je pourrais le tuer*, songea-t-elle, se surprenant elle-même. *Personne ne m'a vue entrer.*

« Maman ! *Maman !* »

Sursautant, ellc se précipita vers l'escalier. Au bas des marches, une femme entre deux âges, portant un jean noir effiloché et le genre de top blanc moulant qu'elle-même avait cessé de porter vers vingt-cinq ans, dominait Dex de toute sa taille et se retourna pour faire face à son intruse en affichant un mécontentement compréhensible.

« Mais vous êtes qui, putain ? »

À l'évidence, c'était Jodie. Elle tenait à la main un sac en plastique bleu, ce qui indiquait une expédition à l'épicerie au coin de Portsmouth Avenue et de Crofton Road, laquelle se trouvait à dix minutes au moins de Lowland Way. Quel genre de personne laissait la porte d'entrée ouverte lorsqu'elle partait faire ses courses ? Et un brûleur allumé ?

« Qu'est-ce que vous fichez là-haut ? demanda-t-elle d'un ton impérieux. Qu'est-ce que vous faites chez moi ? »

Descendant à toute vitesse, Tess atteignit Dex et l'attira contre elle, en lui couvrant instinctivement les oreilles. Bien qu'il semble plus déconcerté qu'effrayé, elle était horrifiée : qu'est-ce qui lui était passé par la tête, de le laisser près d'une porte ouverte comme ça ?

« Je suis désolée, je vous cherchais – si vous êtes Jodie ? Moi c'est Tess, j'habite un peu plus loin dans la rue. J'ai cru qu'il y avait un problème, parce que la porte était ouverte.

— Ça veut pas dire que vous pouvez entrer comme ça et vous mettre à fouiner », répliqua sèchement la femme, et elle n'avait pas tort.

Elle n'était pas dénuée d'une certaine beauté sous son maquillage qui avait coulé et ses traits bouffis de lendemain de cuite, et il y avait de la vivacité dans son regard. Pas idiote non plus, donc.

« Vous avez raison. Mais j'ai senti une odeur de gaz, mentit-elle. J'ai fermé le brûleur de votre gazinière, j'espère que cela ne vous dérange pas. Vous l'aviez laissé allumé. Vous êtes bien Jodie ? retenta-t-elle.

— Coupable », répondit l'intéressée en découvrant à moitié ses dents.

Celles du haut étaient parfaitement alignées, mais celles du bas excessivement de travers, comme si elles appartenaient à deux bouches différentes.

Tess se rappela sa mission initiale.

« Oui, eh bien la raison pour laquelle je suis là, c'est que je voulais parler à votre mari au sujet de mon chien. J'ai appris qu'il avait essayé de lui donner un coup de pied ? Je n'en ai pas été témoin moi-même, mais ça a beaucoup affecté mes enfants, donc si vous pouviez lui passer le message…

— Quel message ? »

Jodie déchira l'emballage de ses cigarettes et en sortit une à l'aide de ses ongles pointus vernis de bleu pétrole. Tess espéra que Dex n'allait pas voir la photo de poumon malade sur le paquet.

« Que Tuppy est parfaitement inoffensif et qu'il n'est pas acceptable de s'en prendre à un animal.

— Tuppy ? C'est un nom, ça ?

— C'est un personnage de P. G. Wodehouse. Tant que j'y suis, puis-je vous demander combien de temps vont prendre vos travaux ? Je sais que ces choses sont difficiles à estimer, mais… »

Mais au moins elle pourrait revenir vers Em avec des informations utiles.

Jodie haussa les épaules.

« Quelques mois, j'imagine.

— J'ai entendu dire que vous faisiez ça tout seuls ? »

D'après l'expérience de Tess, cela voulait dire des années, pas des mois.

« C'est Darren qui fait tout, oui. » Jodie se détourna pour se diriger vers le séjour, en ayant manifestement terminé avec sa visiteuse. Puis son téléphone sonna et son attitude lorsqu'elle y répondit changea, devenant nettement plus aimable et ouverte. « C'est ça, vous voulez réserver un créneau pour un essai sur route ? Quand vous voulez cet après-midi. Darren est hors circuit ce matin. Laissez-moi prendre mon agenda.

— OK, murmura Tess, eh bien, je ne vais pas vous déranger plus longtemps. »

Mais lorsqu'elle essaya d'ouvrir la porte d'entrée, elle découvrit qu'elle ne savait pas actionner le verrou, un mécanisme récemment installé à en juger par les lacérations dans le bois tout autour.

Dex perçut sa panique.

« Maman ? Est-ce qu'on est prisonniers ?

— Bien sûr que non, mon chéri. Excusez-moi ? lança-t-elle à Jodie, et elle put elle-même entendre l'agitation excessive dans sa voix. La porte est coincée. Vous pouvez nous ouvrir, s'il vous plaît ? »

Sa geôlière s'approcha d'un pas nonchalant, l'appel qu'elle avait reçu – ou sa cigarette – l'ayant manifestement mise de meilleure humeur.

« Pas besoin de paniquer, mon chou, c'est juste un nouveau verrou. J'ai pas l'intention de vous kidnapper. Le donjon SM est pas encore en état de recevoir, vous voyez ce que je veux dire ? »

Tess fronça les sourcils.

« Je ne crois pas que ce soit là un vocabulaire approprié en présence d'un enfant.

— Eh, c'est vous qui vous promenez en douce dans la chambre des autres », répliqua Jodie avec un rire. Elle déverrouilla la porte et leur fit signe qu'ils pouvaient sortir. « Qu'est-ce que vous faisiez à l'étage, au fait ? Je crois pas que vous me l'ayez dit. Allez, au revoir. »

Alors qu'elle refermait la porte, Tess entendit le téléphone sonner de nouveau et elle s'attarda sur le seuil, tendant l'oreille.

« C'est ça, Lowland Way, on est en train de s'installer. Merci, oui, on s'y attendait pas vraiment et, au début, Darren voulait la vendre direct, mais après on a vu quel joli bout de terrain c'était, et on en avait marre l'un comme l'autre de nos boulots respectifs, alors on s'est dit, ouais, on n'a qu'à tenter le coup, s'établir à notre compte, tu vois ? »

S'établir à leur compte ? releva Tess. Attends, qu'est-ce que Jodie avait dit une minute plus tôt, au sujet d'un essai sur route ? À l'autre bout de la parcelle, deux voitures étaient garées à l'écart du reste et à moitié couvertes, les portions visibles de leur carrosserie étincelant au soleil, comme neuves. Le gros tas de briques et d'éléments de salle de bains empêchant d'y accéder par le chemin, Darren devait avoir roulé sur le trottoir pour aller les garer là-bas. Il y avait toujours des enfants et des chiens qui arrivaient en courant au coin de ce trottoir.

Rentrée chez elle, Tess se joignit à la conversation Facebook qu'elle avait jusqu'alors évitée, au sujet du n° 1 :

Ils tiennent un commerce de voitures d'occasion ou quoi ?

Il s'écoula un moment avant qu'elle reçoive une réponse de Naomi, qui était au travail et très stricte sur la séparation du professionnel et du privé dans sa consultation des réseaux sociaux pendant les heures de bureau :

J'en suis à peu près certaine, oui. Ralph enquête.

« J'espère seulement que ces tensions avec les nouveaux voisins seront réglées à temps », dit Tess à Finn ce soir-là, en refermant l'article, sur le site du *Guardian*, qui présentait les problèmes de voisinage comme le deuxième plus gros obstacle à la vente d'une maison (après le risque d'inondation).

Elle lui avait bien sûr raconté le perturbant incident impliquant Jodie et la gazinière allumée sans surveillance, en choisissant toutefois de ne pas inclure dans les détails son inexplicable décision de monter discrètement à l'étage et d'observer le mari endormi. (*Je pourrais le tuer.*)

« À temps pour quoi ? demanda Finn.

— Pour quand on mettra la maison sur le marché. »

Finn réagit avec le genre d'absence de réaction qui demandait un véritable effort. Parfois, quand elle regardait son mari, Tess n'arrivait pas à voir au-delà de sa ressemblance avec Ralph – les deux frères avaient les mêmes cheveux bruns et ras, la même mâchoire carrée, le même nez fort et aquilin – mais seulement lorsqu'il était sûr de lui. Pas quand il était mal assuré, comme à présent.

« On n'est pas totalement décidés à déménager, si ? »

Elle le regarda en fronçant les sourcils, la tête légèrement penchée.

« Ah, moi si, je suis totalement décidée.

— D'accord. »

Mais elle était la seule – et ce n'était pas elle qui rapportait l'argent à la maison. Il ne dit rien de la sorte, bien sûr, se contentant de lui indiquer la scène dans le jardin commun : enfants et chiens, cris et jappements, des balles qui volaient dans tous les sens.

« Et moi j'hésite encore. Regarde comme ils sont heureux avec leurs cousins. »

Dex était en réalité déjà au lit, ce qui ne laissait qu'Isla, mais Tess évita de chicaner.

« On continuerait à venir les voir, on resterait proches.

— Pas comme maintenant. »

Non, songea-t-elle, *pas comme maintenant. Et c'est le but.*

Ce n'était pas que Tess n'appréciait pas Ralph et Naomi, car elle les aimait beaucoup – la plupart du temps. C'était qu'elle craignait de se faire totalement absorber par eux. Elle craignait que Ralph n'arrête jamais de demander à Finn de quitter son poste de responsable logistique pour un spécialiste de l'événementiel en entreprise afin de le rejoindre chez Morgan Articles en Cuir, et qu'un jour Finn ne perde le courage de lui dire non et ne convienne qu'effectivement ses compétences étaient éminemment transférables et qu'en effet ce serait bien de gagner plus d'argent. On ne peut pas être voisins et en plus travailler ensemble, tel était son argument, mais combien de temps pourrait-il encore le lui servir ?

Ce n'aurait pas été si grave s'il s'était agi de l'entreprise de Finn et que Ralph était celui qui se faisait recruter, mais le fait était que c'était toujours Ralph et Naomi qui avaient quelque chose de mieux à offrir, toujours eux qui faisaient les choses les premiers. Ils les faisaient les premiers, puis ils briefaient Finn et Tess sur la meilleure manière de les faire à leur tour, avec une généreuse abondance de détails incluant notamment les pièges à éviter. Eh bien, Tess voulait connaître l'excitation du pionnier. Elle voulait commettre ses propres erreurs.

Bien que ce sentiment de claustrophobie ait dû se développer en elle depuis des années, il s'était présenté brusquement, à l'occasion de discussions concernant le choix d'un collège pour les enfants. Sans option publique correcte dans les environs immédiats, Naomi avait eu l'intention de faire entrer Libby dans le privé, mais Finn et Tess n'auraient jamais eu les moyens de permettre à Isla de la suivre : ils n'avaient ni les mêmes revenus que Ralph et Naomi, ni les parents fortunés de cette dernière pour les aider. Ils auraient été obligés de sortir de la zone.

Mais ça ne s'était pas passé comme ça. Naomi avait découvert la liaison ferroviaire entre Lowland Gardens et la plus proche des *grammar schools*[1] du Kent, un prof particulier avait dûment préparé Libby à l'examen d'entrée, et peu de temps après, Naomi passait son numéro à Tess avec la furtivité d'un dealer de drogue.

« Il faut que tu commences maintenant, pour plus de sûreté », lui avait-elle conseillé.

1. Écoles en grande majorité publiques qui sélectionnent leurs élèves sur la base de leurs résultats.

Finn, pour sa part, avait cru le problème réglé. Grâce au prof particulier de Naomi, Isla suivrait la voie ouverte par Libby, elle-même suivie de Charlie, puis de Dex. Une affaire rondement menée.

« Je ne sais pas comment les gens réussissent à faire ces démarches sans ce genre d'informations privilégiées, avait-il exulté.

— Peut-être qu'ils apprécient de les découvrir par eux-mêmes », avait rétorqué Tess.

Il avait eu l'air stupéfait.

« Tu veux que la candidature d'Isla soit rejetée ?

— Bien sûr que non ! Je veux juste pouvoir décider toute seule du collège où elle ira. Ne vois-tu pas que ce n'est pas nous qui pensons qu'elle devrait prendre le train pour aller à l'école à des kilomètres d'ici ; c'est eux. Ce n'est pas leur enfant, Finn.

— Non, mais il faudrait être fou pour ne pas profiter de leur expertise. Ralph dit qu'il faut commencer avec le prof particulier deux ans à l'avance.

— Tu n'écoutes pas ce que j'essaie de te dire », avait répondu Tess, et la discussion était restée un moment dans l'impasse.

Comment Naomi gérait-elle ce genre de situation avec Ralph ? s'était-elle demandé. Elle avait dans l'idée qu'une sorte de négociation par le sexe était employée. Eh bien elle, dans son couple, elle tablait sur la patience.

Après l'article de presse sur Dimanche On Joue Dehors, elle avait fait estimer la maison par un agent immobilier, en prenant soin de choisir un jour et une heure où Naomi serait au travail. Expliqué avec quelle facilité la clôture entre chez eux et le n° 7 pouvait être remontée, et les démarcations traditionnelles restaurées.

Finn avait été stupéfié lorsqu'elle lui avait annoncé le prix estimé ; tout cet argent gratuit l'avait fait rougir de plaisir.

« C'est quatre fois le prix qu'on l'a payée !

— Je sais. Si on déménageait un peu plus loin de Londres, peut-être plus près de chez mon frère, on pourrait acheter la nouvelle maison comptant. Imagine, vivre sans emprunt à rembourser. »

Sans Ralph et Naomi, voulait-elle dire, et Finn n'était pas bête ; il avait lu entre les lignes. Inévitablement, son interprétation avait été complètement réductrice.

« Elle abuse de toi, je sais bien.

— Elle n'*abuse* pas de moi. » Tess avait fait attention à ne pas s'énerver. « Ça me fait plaisir de l'aider. Mais j'aimerais également aider mon côté de la famille. »

Et *être* aidée, une fois de temps en temps, avait-elle ajouté mentalement.

« J'ai l'impression de comploter, s'était plaint Finn, l'air morose.

— C'est exactement ça, le problème, avait-elle rétorqué. On ne complote pas, on décide juste ce qui est le mieux pour notre famille, comme d'autres le font dans tout le pays. Je n'ai pas envie qu'on me donne l'impression d'être une Lady Macbeth pour avoir suggéré quelque chose de parfaitement sensé et raisonnable.

— Tu as raison, avait-il répondu. Laisse-moi juste me faire à l'idée.

— N'oublie pas, pas un mot », l'avait-elle mis en garde.

À Ralph, sous-entendait-elle. S'il avait vent de ce projet, il le bloquerait. Naomi se mêlait de tout, mais elle était également pragmatique. Elle pouvait aisément recruter une nouvelle auxiliaire ; elle pouvait payer un professionnel pour les services que Tess lui rendait en tant que belle-sœur et voisine. Mais Ralph, c'était une autre histoire. Ayant perdu leur mère quand ils étaient grands ados et entretenant au mieux des rapports sporadiques avec leur famille élargie, étant passés de lits superposés dans un logement social de quarante mètres carrés à des suites parentales dans une paire de majestueuses demeures de trois cents mètres carrés dans Lowland Gardens, s'étant pour ainsi dire réinventés, les deux frères n'avaient que l'autre pour maintenir le lien avec leur identité d'origine. Presque tous les vendredis, ils allaient boire un verre ensemble, entre hommes, appelant ça un hommage à leur père, qui était mort avant que Tess rencontre Finn et qui, de l'aveu même des deux frères, avait été un machiste invétéré et une brute. Cette coutume agaçait plus Tess que Naomi, la seule femme de sa connaissance à poursuivre la tradition des soirées de couple le samedi, quinze ans après son mariage. Réservant dans de vrais restaurants et monopolisant Daisy, la baby-sitter qu'ils se partageaient. S'habillant pour séduire.

Cette dernière conversation avait eu lieu deux mois plus tôt. Mais Tess n'avait pas prévu que de nouveaux voisins à une maison de là pourraient rendre leur maison invendable – ou du moins à un prix assez élevé pour tourner la tête à Finn.

« Eh bien, quelle que soit notre décision, une chose est sûre, on ne peut rien faire cet été », dit-elle à présent, apaisant ce dernier. Il avait un sursis avant de risquer le mécontentement de Ralph. « C'est quand même fort, en effet », ajouta-t-elle alors que de la musique entrait par les portes ouvertes.

Pas une agression, mais une intrusion, oui, assurément.

« Black Sabbath, “War Pigs”. Super chanson, dit Finn. Pas assez fort pour réveiller Dex, si ?

— Sa fenêtre est fermée. Mais imagine comment ce doit être pour Em et Ant. » Tess fronça les sourcils, se représentant une fois de plus des voitures roulant sur les trottoirs, des chiens injuriés et menacés. Combien de temps avant que l'un d'eux finisse sous les roues du voisin ? « Je me demande si on devrait suggérer à Ralph et Naomi de se retrouver pour parler de ces gens ? Avant que ça tourne au ridicule. »

Ces gens. La formule était snob, le ton méprisant, mais Finn ne la reprit pas. À la place, il convint qu'il était grand temps que le couple à qui Tess reprochait de jouer les rois du quartier – au point qu'elle voulait vendre la maison pour lui échapper – prenne ses responsabilités et se dresse contre les envahisseurs.

4

Sissy

— Non, je ne suis vraiment pas sûre d'être en état... Mais si c'est juste une ou deux questions...

— Oui, j'étais chez moi ce matin. J'étais à l'étage, dans une des chambres qui donnent sur l'arrière, lorsque j'ai entendu le bruit dehors. Je me suis dit que ça devait être un camion en train de livrer du gravier en face. Alors je suis allée dans la chambre à l'avant pour vérifier...

— Excusez-moi. J'ai juste besoin d'une minute.

— Non, ça va, je peux continuer. Comment c'était là-bas ? Eh bien, c'était un chantier, mais d'amateur, extrêmement dangereux, avec des voitures partout, portières et capot ouverts – il laissait le moteur tourner lorsqu'il retournait à l'intérieur. C'est un accident qui ne demandait qu'à arriver, et voilà, c'est arrivé.

— Non, je ne m'entendais pas avec lui avant ça. Je sais que certains des autres voisins le voyaient seulement comme un homme égoïste qui ne faisait pas attention aux autres, et peut-être que c'était mon opinion aussi au début. Mais j'ai vite compris la vérité.

— Que c'était purement et simplement quelqu'un de méchant. Un homme mauvais.

Ms Sissy Watkins, 2 Lowland Way,
enquête de proximité par la police de Londres,
11 août 2018

Cinq semaines plus tôt

Vous avez un nouveau commentaire client sur DuCentreàlaPériphérie !

L'alerte s'afficha avec la note d'urgence qui était autrefois réservée aux chirurgiens de garde, mais qui signifiait désormais que quelqu'un d'insignifiant avait fait une remarque en passant sur une autre personne tout aussi insignifiante, sans penser une seule seconde aux conséquences. Sissy avait lu dans le *Telegraph* que les concepteurs de la Silicon Valley pensaient tout avec des notifications et des systèmes de notation pour maintenir les gens dans un état de dépendance à la dopamine, tels des Pablo Escobar des temps modernes. Elle avait vu à la télévision un épisode de série sur une communauté où les services auxquels vous aviez droit étaient déterminés par votre popularité ; votre propre opinion de vous-même était sans importance, il n'y avait que celle des autres gens qui comptait. Terrifiant ! (Ça se passait dans « l'avenir proche », quoi qu'ils entendent par là.)

Elle se connecta docilement à l'espace membres de DuCentreàlaPériphérie. Les notes étaient données sur cinq, comme sur Amazon, sauf qu'elles utilisaient des pictogrammes en forme de jardinière et non d'étoile.

C'était la toute première fois qu'elle n'en recevait que deux :

> Magnifique demeure ancienne dans Lowland Gardens. Hôtesse charmante, chambre spacieuse, petit déjeuner délicieux. Pourquoi seulement deux jardinières, alors ? Le problème, c'est que le lendemain, le voisin d'en face était debout à l'aube à faire rugir des moteurs dans son allée. On se serait cru à un rassemblement de Hell's Angels. Tu parles d'un réveil brutal – un dimanche ! Et alors qu'on s'en allait, il est sorti de chez lui si brutalement qu'on a bien cru qu'on allait y passer. Il y avait des enfants qui jouaient à quelques mètres seulement ! Donc même avec la meilleure volonté du monde, nous ne pouvons tout simplement pas recommander à d'autres de séjourner ici. Désolé.
> Harry et Elaine Cogan, près de Plymouth, Devon.

Sissy ne put que soupirer. Chaque mot était vrai.

L'incident avait eu lieu le week-end précédent. Avec ses constantes et mystérieuses interversions de voitures entre l'allée, la brousse de son jardin et la rue, il était inévitable que Dimanche On Joue Dehors s'avère un point de friction avec Darren Booth, et c'était en effet ce qui s'était passé. Les clients de Sissy s'en allaient après un petit déjeuner tardif et, Lowland Way étant fermé à la circulation, elle les accompagnait jusqu'au coin de Portsmouth Avenue pour qu'ils y attendent leur taxi. Il y avait quatre voitures dans la rue : deux devant le n° 1, une devant chez Ralph et Naomi, et une devant chez Sissy, presque certainement toutes à Booth. En traversant la rue, ils l'avaient vu debout à l'entrée de son chemin, une clé de voiture à la main – sur le point de commencer à déplacer les véhicules, avait-elle supposé. (Comme elle était naïve !)

« Oh, regarde les petits », s'exclamèrent les Cogan, tandis que Sissy saluait de loin Naomi et les autres parents sortis en même temps que leurs enfants.

Bien que tout l'intérêt de l'opération soit de débarrasser la rue de ses dangers potentiels, les parents s'attardaient à leur portail parce que, eh bien, on ne pouvait pas savoir quand un pédophile allait passer et se servir, n'est-ce pas ? *Je ne me le pardonnerais jamais s'il arrivait quelque chose*, disaient les mères, leur hypervigilance légitimée en une sorte de slogan. Être parent semblait s'accompagner de tant de superstitions, à les entendre. On se serait presque cru au Moyen Âge.

Les pédophiles n'existaient pas vraiment à l'époque où son fils Pete était enfant ; du moins autant qu'elle s'en souvienne.

Pour accorder le bénéfice du doute à Booth (là encore, quelle naïveté), il n'avait peut-être pas lu les prospectus que Naomi et Tess plaçaient chaque samedi après-midi sur les pare-brise, et que Sissy connaissait par cœur :

> *Cher Grand,*
> *Merci d'enlever votre voiture de la rue suffisamment à l'avance pour Dimanche On Joue Dehors. Cette petite faveur nous apporte énormément à tous !*
> *Affectueusement, les enfants de Lowland Way.*

Le tract était rédigé dans une jolie police manuscrite, et en haut se trouvait une recommandation du maire de Londres lui-même.

« Cela fait des années que je n'ai pas vu des enfants jouer à la marelle, remarqua Mrs Cohen.

— Oui, ils ont le droit de dessiner à la craie sur la chaussée », répondit Sissy.

Elle s'était habituée à présenter comme exceptionnelles des activités qui étaient complètement quelconques dans sa propre enfance parce que, systématiquement, ses clients étaient charmés par celles-ci et tendaient à en parler dans leurs avis.

Puis, avec consternation, elle vit Booth installé au volant d'une des voitures dans son chemin : il ne s'apprêtait quand même pas à en mettre une autre dans la rue ? Ce serait vraiment se montrer buté. Le brusque rugissement de moteur fit sursauter et légèrement reculer les enfants qui se trouvaient à côté. Sous les essuie-glaces, le message des Morgan claqua au vent, ignoré.

« Attendez un instant », dit-elle aux Cogan, enhardie par leur présence, leurs attentes respectables.

Elle s'aventura dans l'allée de Booth et le regarda à travers la fenêtre à moitié ouverte de la voiture. S'il ne baissa pas complètement la vitre ni n'éteignit le moteur, il prit au moins note de sa présence, ce qui était plus que ce qu'il avait fait par le passé. Mais à son âge, il était fréquent qu'elle ne soit pas traitée sur un pied d'égalité. Le fait que Booth n'ait probablement que quelques années de moins qu'elle était sans importance : tout indiquait que c'était le genre de machiste à considérer une femme aux cheveux gris, portant des soutiens-gorge confortables, comme indigne de son attention.

« Vous n'avez pas vu le mot sur vos voitures au sujet de Dimanche On Joue Dehors ? »

Elle se permit d'attraper le papier derrière l'essuie-glace et de le lui tendre par la fenêtre.

« Hein ? » fit-il.

Voyant qu'il ne le prenait pas, elle le laissa tomber sur ses genoux.

« Vous n'avez pas remarqué ce qui se passait ces derniers week-ends ? On dirait que vous n'avez pas de quoi toutes les garer dans votre chemin, mais il y a plein de places libres dans Portsmouth Avenue. »

Booth garda la tête tournée vers elle et son regard se durcit.

« J'ai déjà dit qu'elles resteraient là où elles sont. »

Déjà dit : il avait dû être approché par d'autres voisins et avoir choisi de ne pas obtempérer. Naomi avait-elle essayé ? Si elle n'avait pas réussi à le convaincre, personne n'y arriverait.

« Je vois. Eh bien, merci. »

... *de votre manque total d'amabilité*, ajouta-t-elle intérieurement. Quel désagréable personnage. Jean se serait retournée dans sa tombe de voir ce manque mesquin d'esprit de communauté. Sissy l'avait mieux connue que quiconque dans la rue, et bien qu'elle ait su qu'un neveu vivait dans le sud de Londres, elle ne se rappelait pas avoir entendu Jean évoquer un seul acte familial de sa part. Peut-être avait-elle cru qu'il vendrait la maison sans y mettre les pieds, imaginé qu'un autre couple comme les Kendall s'y installerait – ces pauvres Kendall, comme Sissy les appelait dorénavant en son for intérieur. À la place, d'après Tess, ces gens avaient jugé les lieux parfaits pour y monter leur commerce de voitures, et s'y étaient installés eux-mêmes.

Au moins, ils n'avaient pas touché au vieil érable, qui créait une magnifique forme architecturale au-dessus du portail latéral et du côté gauche de la maison. (Libby Morgan, se souvenait-elle, en avait fait, lorsqu'elle était petite, un charmant tableau qu'elle avait offert à Jean pour Noël.)

Elle se détourna de Booth et guida les Cogan entre les poteaux de plastique pour atteindre l'angle de Portsmouth Avenue, où les voitures passaient sans ralentir, leurs clignotants s'éteignant lorsque les conducteurs découvraient la présence du panneau « ROUTE FERMÉE ». Alors qu'elle écoutait d'une oreille Mrs Cogan lui détailler les complications de la suite de leur voyage, elle prit conscience du bruit d'une voiture qui se rapprochait, et sentit un frisson de panique lui étreindre le cœur en se rendant compte que le véhicule arrivait derrière elle, dans Lowland Way – et qu'il accélérait au lieu de freiner. Faisant volte-face, elle vit Booth faire une embardée pour éviter le panneau et renverser un des poteaux, avant de monter brièvement sur le trottoir. Les Cogan et elle se dispersèrent juste à temps et, sans même lever la main pour s'excuser, Booth tourna dans Portsmouth Avenue et s'éloigna en accélérant. Il freina brusquement au feu suivant, manquant d'emboutir une Range Rover.

« Ça va pas ?! » hurla Mr Cogan en faisant quelques pas furieux après le véhicule qui s'éloignait, avant de renoncer pour revenir voir comment allait sa femme, qui semblait manquer d'air et être désorientée.

« Seigneur, s'exclama Sissy d'une voix haletante. Vous n'avez rien, l'un et l'autre ? »

Un véhicule qui approchait par la droite – le taxi – s'arrêta brutalement ; le chauffeur avait l'air aussi effaré qu'elle.

« Ça va, ça va, assura Mrs Cogan avec un effort. Et vous ? Vous avez vu que c'était votre voisin si impoli ? À quoi il joue, à conduire comme ça ? »

Le poteau avait roulé jusque dans le caniveau de Portsmouth Avenue et Sissy s'efforça de ne pas penser à la scène si différente que cela aurait été si la voiture avait heurté, au lieu de plastique, de la chair humaine.

« Vous connaissez son numéro d'immatriculation ? demanda Mr Cogan. Nous devrions le signaler à la police.

— Je vais m'en occuper, répondit Sissy. Je vous en prie, n'y pensez plus. »

Alors que le taxi s'éloignait, Naomi s'approcha précipitamment.

« J'ai vu ce qui s'était passé de là où j'étais ! Est-ce que ça va ?

— Je crois. »

Sissy la regarda récupérer le poteau et le serrer contre elle comme pour le protéger d'une autre attaque. Même dans les vêtements de sport qu'elle portait le week-end, Naomi offrait toujours une apparence tellement soignée et sexy : la vision hollywoodienne d'une épouse et mère.

« Franchement, il n'a vraiment pas besoin de jouer les dissidents comme ça, grommela Naomi.

— Est-ce qu'on peut demander à la municipalité de nous aider ?

— Non, le concept repose uniquement sur la bonne volonté des gens. Personne n'est légalement obligé de déplacer sa voiture. Généralement, quand quelqu'un fait de la résistance, j'essaie de rallier sa moitié à la cause, mais dans le cas présent, elle est tout aussi délicate à gérer. »

Sissy essaya de ne pas se formaliser qu'elle parte aussi légèrement du postulat que tout le monde avait une « moitié ». Ce genre de susceptibilité exacerbée, avait-elle découvert, était le symptôme le plus persistant de la peine que lui avait causée son divorce, un tout petit peu plus de trois ans auparavant. Comment Colin aurait-il réagi face à Booth ? Il pouvait se montrer assez pugnace dans les affaires locales. Mais il était déjà évident que, confronté à ce genre d'ingérence, Booth envoyait balader les gens sans ménagement. Et de toute façon, Colin n'était pas là ; il vivait à Blackheath avec sa nouvelle compagne, savourant, comme il l'avait formulé avec un manque de tact sidérant, « sa dernière chance ».

« Je vais bien trouver une solution, je suppose, reprit Naomi. En attendant, je ne peux pas prendre le risque qu'il continue à entrer et sortir à cette vitesse. »

Elle entreprit de repositionner le poteau et le panneau « ROUTE FERMÉE » dans l'alignement de la maison des Kendall, isolant de fait celle de Sissy et rouvrant le coin de la rue au stationnement.

« Les enfants ? lança-t-elle d'une voix de stentor chic et pleine d'assurance. Restez de ce côté du panneau, d'accord ? C'est dangereux de l'autre côté. »

Toute l'affaire mit Sissy en colère. Non seulement Darren Booth avait mis en danger ses clients, mais il lui avait valu d'être exclue de la charmante ambiance festive. Elle ne pouvait pas le laisser s'en tirer comme ça. Lorsqu'il revint, une heure plus tard, elle prit une profonde inspiration et traversa la rue, puis attendit qu'il sorte de sa voiture.

« Mr Booth ? » Elle n'était plus encline à l'appeler par son prénom. « Auriez-vous une minute ? »

Avec un peu d'insistance, elle réussit à le forcer à la regarder dans les yeux. Il avait le visage légèrement empourpré, une expression coléreuse, une tache de cambouis sur le front.

« Vous avez conduit d'une façon très dangereuse tout à l'heure. Vous avez vraiment failli nous renverser, vous en êtes conscient ? »

Booth claqua sa portière en marmonnant quelque chose.

« Je vous demande pardon ? s'exclama Sissy. Est-ce que vous venez de me traiter de casse-couilles ?

— Je crois que tu te fais des films, cocotte, répondit Booth avec une moue dédaigneuse. J'ai jamais traité personne de rien. »

Faisant abstraction de sa grammaire douteuse, Sissy le fixa du regard en fronçant les sourcils.

« Bien. Parce que ce serait la dernière chose que vous auriez intérêt à dire à quelqu'un que vous avez failli écraser. Cette personne pourrait décider de vous signaler à la police. C'est exactement ce que mes clients du Bed & Breakfast voulaient faire ! »

Alors même que les mots sortaient de sa bouche, elle regretta d'avoir mentionné sa chambre d'hôte, comprenant instinctivement que moins il en savait sur ce qu'elle faisait, mieux cela valait. Mais il lui avait déjà tourné le dos pour rentrer chez lui.

Presque immédiatement, la porte du n° 3 s'ouvrit et Em Kendall en sortit à reculons, tirant la poussette de son bébé – Sissy eut l'intuition qu'elle avait attendu que Booth soit rentré pour sortir ; si c'était vraiment le cas, cela voulait dire que les rapports entre les deux familles s'étaient déjà sérieusement dégradés. Em était une femme menue au teint clair, dont l'humeur était aisément déterminable au pli de sa bouche : aujourd'hui, un sourire peiné, vite remplacé par une moue renfrognée. Lorsqu'elles se retrouvèrent au bout du chemin, elle ne fit aucune remarque sur l'agitation de Sissy, préférant s'affairer autour de son bébé, l'air préoccupé.

« Comment allez-vous, Em ? lui demanda Sissy en se forçant à sourire pour essayer de retrouver sa bonne humeur. Et comment va le petit Sam ? »

Em jeta un regard méfiant par-dessus son épaule.

« On irait tous les deux beaucoup mieux si on pouvait faire une bonne nuit de sommeil de temps en temps. C'est un véritable cauchemar. Le mur qui nous sépare est si fin. Sam n'arrive pas à dormir, et du coup nous non plus. »

Sissy émit un murmure compatissant.

« Dur pour Ant, devoir se lever tous les matins pour aller au travail sans avoir pu se reposer correctement.

— Dur pour moi, rétorqua Em, pas sèchement mais presque. Lui au moins, ça lui fait une pause. »

Sissy se garda bien de contester. Elle avait été jeune mère elle-même et n'avait pas l'impression que cela faisait si longtemps, même si la génération d'Em imaginait que des siècles s'étaient écoulés depuis. *C'est tellement plus difficile maintenant* était l'état d'esprit dominant, ce qui était complètement illogique compte tenu des innombrables avancées qu'il y avait eu depuis, mais Sissy acceptait le fait que chaque nouveau parent soit persuadé de vivre un martyre unique.

« C'est encore tout récent. Je suis sûre que les choses vont s'apaiser avec nos nouveaux voisins.

— Je n'y crois pas trop. On a dit qu'on se donnait jusqu'à la fin du mois, et après… »

Em jeta un coup d'œil à son téléphone, sans terminer sa phrase. Elle l'avait à la main, comme tout le monde désormais, comme si ces téléphones étaient des dialyseurs dont on ne pouvait se séparer sans mettre sa vie en danger.

« Et après, quoi ? » la relança Sissy.

Em releva les yeux.

« Et après, on les tue. » Son ton impassible trompa Sissy, ne serait-ce qu'une fraction de seconde, et l'expression stupéfaite de celle-ci la fit rire. « Non, on se plaint aux autorités. Pas à lui, évidemment. Il s'en fiche complètement. »

Plus tard, lorsque Sissy repenserait aux événements, elle s'étonnerait de la confiance qu'ils avaient tous eu en cette notion d'*autorités*.

Oui, même Em.

> Sissy, je crois que nous avons une cause commune. Je ne sais pas si vous avez vu sur Facebook, mais nous nous retrouvons jeudi à 20 heures pour discuter de la situation. Ralph.

Sissy ne répondit pas au SMS de Ralph, pas immédiatement, préférant chasser Booth, avec sa conduite dangereuse et sa grossièreté, de ses pensées. Il y avait, après tout, la largeur de deux trottoirs et d'une rue entre leurs propriétés ; si elle s'installait dans la cuisine à l'arrière de la maison, avec Radio 4 et le ronronnement du lave-linge ou du lave-vaisselle en fond sonore, la vie était exactement comme avant : aucun bruit extérieur ne venait la troubler. Quant à la monstruosité que les nouveaux voisins avaient fait de leur parcelle, elle avait décidé qu'elle allait laisser pousser sa haie à l'avant, sacrifiant un peu de lumière pour créer un pare-vue. Si elle ne la voyait pas, elle n'y penserait pas. Un par un, ses objets préférés – un coussin brodé par sa mère, une photo de Pete lors de son premier jour d'école – migrèrent du salon, devant, à la cuisine, où elle passait à présent le plus clair de ses journées.

Bien sûr, quiconque venait chez elle ne pouvait guère manquer de remarquer *leur* maison, et c'était donc invariablement le premier sujet de discussion.

« Qu'est-ce qui se passe en face de chez toi ? demanda Pete la première fois qu'il vint la voir après l'arrivée des Booth. C'est le chaos là-bas.

— Je pensais que vous étiez à l'abri des problèmes de voisinage ici », remarqua Amy, sa petite amie, lorsque Sissy leur expliqua.

Pete et elle louaient un appartement dans une tour du nord de Londres et avaient un voisin du dessus qui organisait des fêtes sur le toit, dont il faisait la promotion sur les réseaux sociaux. Ces soirs-là, ils vivaient dans la peur de voir quelqu'un passer en chute libre devant leur fenêtre. (Jusqu'alors, seules des bouteilles avaient fait le trajet, ce qui en soi était déjà alarmant.) Mais c'était différent quand on était locataire : le responsable des nuisances pouvait déménager – ou, en désespoir de cause, on pouvait partir soi-même. Sissy se demanda si le règne de paix qu'elle avait connu dans Lowland Way pendant près de trente ans tenait autant à la chance pure qu'à un effort conscient pour le cultiver. Naomi Morgan et elle aimaient toutes deux à penser que, chacune à sa façon, elles avaient donné le ton, montré l'exemple à leurs voisins, mais peut-être qu'en vérité, elles n'avaient simplement jamais rencontré la moindre opposition.

« Quand est-ce qu'il s'est débarrassé de ce vieil arbre ? demanda Pete, scandalisé.

— Hier, répondit Sissy avec tristesse. Il s'est levé et il s'y est attaqué à la tronçonneuse, comme ça, sans prévenir.

— Pourquoi ?

— Pour faire de l'espace pour ses voitures, je suppose. »

Sissy avait regardé en ligne si l'érable faisait l'objet d'une interdiction d'abattage, mais non, ce qui était bien dommage, en particulier pour le pauvre arbre lui-même. Les consignes municipales mentionnaient l'obligation de prendre des mesures pour abattre les arbres en toute sécurité, et il n'y avait aucune indication que Booth y avait dérogé, aucun signalement de blessures ou de dégâts.

« Les gens ne mettent pas des palissades, normalement, pour contenir un peu les travaux ? demanda Amy.

— Je ne suis pas sûre qu'il lui arrive de faire les choses "normalement" », répondit Sissy.

Mais en voyant le souci commencer à se dessiner sur le visage de Pete, elle balaya le reste de leurs questions. Il avait mal vécu le divorce et aidé à faire campagne contre la vente de sa maison d'enfance quand Sissy et son père avaient entrepris de la faire estimer. Elle n'avait réussi à racheter la part de Colin qu'au prix d'un nouvel emprunt à un taux inconfortable – le premier qu'elle ait fait en son nom seul, à son âge ! – et d'un projet de Bed & Breakfast.

« Eh bien, surtout, n'hésite pas à appeler Amy si tu as besoin d'aide », dit Pete.

Tous deux travaillaient pour le même cabinet de conseil, mais alors que son client du moment à lui était basé à Aberdeen, en Écosse, ce qui l'obligeait à rester là-bas du lundi au vendredi, Amy était à Londres à longueur de semaine. Parfois, elle venait voir Sissy toute seule, ce qui était adorable. Tout comme elle. Sissy espérait qu'ils allaient se marier et fonder une famille, mais se gardait bien de suggérer des choses aussi ennuyeuses et conventionnelles.

Il faisait encore jour lorsqu'ils repartirent et qu'elle les raccompagna jusqu'au portail. Ils s'attardèrent un moment, le regard attiré, inévitablement, par le nº 1.

« Vous savez quoi, je ne crois pas que j'avais seulement remarqué cette maison, avant, fit Amy.

— Il n'y avait pas grand-chose à remarquer », répondit Sissy.

Le nuage de poussière habituel était là, causé par les travaux de la journée : c'était comme si la maison et tout ce qui l'entourait avaient été produits par quelque maléfice.

« Qui c'est, la femme en train de sortir ? demanda Pete.

— Oh, ça, c'est Jodie. »

Venue récupérer quelque chose dans la voiture à l'entrée du chemin, Jodie était manifestement d'humeur irascible, et elle claqua la portière avec plus de force que nécessaire. Sissy avait eu peu de contacts avec elle depuis son arrivée, et les faits ne lui donnaient pas envie d'en rechercher. L'intéressée était incapable de lâcher un sourire, et il y avait une telle mesquinerie dans son regard, l'expression non pas tant d'une vie qui avait été dure, mais d'une attitude dure face à cette vie. Elle et Darren étaient bien assortis, supposait Sissy.

Les voyant la regarder, Jodie s'approcha à grands pas du bord du trottoir pour leur hurler :

« Vous voulez ma photo ?

— Pourquoi pas ? répliqua Amy, d'une voix forte.

— Arrêtez... » souffla Sissy, à la fois mortifiée et électrisée par son audace.

Jodie leur adressa un doigt d'honneur et fit volte-face pour rentrer chez elle.

« Eh ben ! fit Pete. Tu n'exagérais vraiment pas. » Il l'embrassa pour lui dire au revoir. « N'oublie pas, si jamais tu as besoin d'aide, on est là. »

Après leur départ, Sissy découvrit une nouvelle notification sur son téléphone : une autre mauvaise évaluation.

> Tout était parfait sauf l'emplacement de la maison dans la rue – je suggère que DuCentreàlaPériphérie ajoute la fonction Google Street View pour qu'on puisse voir. Même dans ces belles rues, il y a un coin craignos. (Deux jardinières)

Elle ouvrit ses messages et sélectionna celui de Ralph.
Cette réunion est une excellente idée, écrivit-elle. J'en serai.

5

Ralph

— « Un grief particulier » ? Combien de temps vous avez devant vous ?

— Eh bien, de mon point de vue, ce ne sont pas tant les travaux que les voitures. Il les vend de chez lui sans permis, et en a au moins six garées dans la rue quel que soit le jour de la semaine. Ça a totalement chamboulé le stationnement. Vous voyez ce monstre complètement déglingué là-bas ? Il est à lui. Je suis sûr qu'il le laisse là exprès pour m'énerver. Histoire de rester au ras des pâquerettes, vous savez ?

— Attendez, je vois ce que vous êtes en train de penser, et je vais vous dire une chose : Lowland Way n'est pas un de ces endroits où la classe moyenne vit dans sa bulle et croit avoir tous les droits. Non, ici, on est conscients de la chance qu'on a. Le Rushmoor Estate est juste de l'autre côté du parc, comme vous le savez sûrement. Je coupe par-là parfois, juste pour me rappeler combien la vie pourrait être différente. Ce que j'essaie de dire, c'est que c'est ironique. On vit juste à côté d'une zone à forte

criminalité comme ça, mais le criminel est ici, dans Lowland Way. Juste là où on pensait être en sécurité.

Mr Ralph Morgan, 7 Lowland Way,
enquête de proximité par la police de Londres,
11 août 2018

Trois semaines et demie plus tôt

Le soir de la réunion de voisinage, Ralph était en voiture, en train de traverser le Rushmoor Estate – où résidaient, entre autres, deux adolescents récemment placés en garde à vue pour en avoir mortellement poignardé un troisième –, lorsque Finn l'appela pour lui faire son rapport de début de soirée sur le stationnement dans leur rue. C'était leur nouvelle passion.

« Désolé, mon vieux, mais elle y est toujours.

— Surprise, surprise », répondit Ralph.

Depuis une semaine, une Ford Focus décrépite appartenant à Booth était garée juste devant chez lui, l'obligeant à laisser sa BMW à l'autre bout de la rue, sous un platane, ce qui voulait dire qu'elle avait maintenant le toit couvert de fientes d'oiseaux.

« Pourquoi est-ce qu'il met pas la baraque en vente et qu'il prend pas le fric, putain ? » C'était un sentiment qu'il avait exprimé à maintes reprises depuis que Tess avait entendu la terrible vérité de la bouche même de l'intéressé (enfin, de celle de Jodie) : la parcelle exceptionnellement vaste en coin de rue était idéale pour Booth Auto – ou quel que soit le nom qu'il donnait à sa sordide petite boîte. « Il n'est clairement pas à sa place ici », ajouta-t-il.

En règle générale, Ralph aimait qu'on sache qu'il n'était pas du genre à retirer l'échelle ; il n'était pas comme ces immigrés de la première vague qui votaient contre la seconde. Darren Booth aurait été aussi bienvenu dans Lowland Way qu'il l'avait été lui-même – s'il avait bien voulu respecter la culture dominante. S'intégrer. Mais tenir un garage et/ou un point de vente de voitures d'occasion dans le terrain vague qui lui tenait lieu de jardin n'était pas respecter la culture dominante. Ce n'était pas s'intégrer.

« On est bien d'accord, répondit Finn. Où tu es, au fait ? Tu n'as pas oublié la réunion ?

— Bien sûr que non. Je serai là dans dix minutes. »

Ralph mit fin à l'appel, préférant ne pas préciser où il se trouvait ni expliquer pourquoi il faisait souvent un détour par les coins les plus sinistres du sud-est de Londres lorsqu'il rentrait de Bermondsey. Avec la bonne chanson en musique de fond – du rock des années 1990 avec de la guitare et une énergie qui l'emportait sur la mélodie, sans la remplacer pour autant –, il était assailli par un afflux de souvenirs sensoriels, une sensation presque érotique, lorsqu'il passait tranquillement devant les mornes immeubles du Loughborough Estate puis du Rushmoor Estate. Quand il arrivait dans ce dernier, avec son parcours de dos-d'âne destinés à décourager les rodéos urbains, il allait assez lentement pour s'imprégner de l'humeur des piétons qu'il croisait : les mères adolescentes à l'air lugubre qu'il ne voyait jamais, jamais, interagir avec leur bébé, les vieux types au dos ployé et aux rêves brisés (s'ils en avaient seulement jamais eu). Des vies à des années-lumière de la sienne, et pourtant si proches.

Il avait vu qu'il existait une expression pour décrire ce genre d'activité : « porno de la pauvreté ». Ce qui le mettait mal à l'aise, mais au moins laissait entendre qu'il n'était pas le seul pervers à prendre son pied comme ça.

« Ho ! »

Il freina brusquement, et sentit sa ceinture se bloquer en travers de son torse. Une adolescente guidant une poussette déglinguée se trouvait devant sa voiture, marchant au milieu de la rue comme s'il n'y avait pas un putain de trottoir prévu exactement pour ça ! Elle était obnubilée par son téléphone, surprise, surprise ; elle y consacrait probablement plus d'argent qu'aux besoins de son enfant.

Comme le bruit de deux tonnes de machine meurtrière freinant brutalement n'avait pas attiré son attention, il fit un écart pour venir rouler à côté d'elle et baissa sa vitre.

« Hé, vous ne voulez pas marcher sur le trottoir, plutôt ? C'est fait pour ça, vous savez. »

Elle avait des écouteurs dans les oreilles, et il tendit la main pour tirer sur le fil afin de les en déloger. Immédiatement, elle se mit à lui vociférer dessus, abandonnant sa poussette pour poursuivre sa voiture d'un pas furieux et taper sur son toit du plat de la main, en crachant des mots qu'il ne reconnut pas mais dont il était à peu près sûr qu'ils n'appartenaient à aucune langue officielle. Quelque invective urbaine.

« Lâche ma bagnole, espèce de folle, s'écria Ralph en appuyant précipitamment sur le bouton pour refermer sa vitre. Va sortir ton bébé de la route avant qu'il se fasse écraser ! On devrait pas laisser faire des enfants aux gens comme toi ! »

Il n'entendit pas sa réponse, étouffée par la vitre, mais il put voir le trou humide et sombre de sa bouche hurlante et la haine qui s'était emparée de son visage.

Seigneur.

Il accéléra et elle disparut de sa vue. Le paysage changea brusquement, comme il le faisait dans le sud de Londres, les surfaces étant trop surévaluées pour permettre une transition plus douce, et le béton du Rushmoor Estate laissa bientôt place aux vieilles briques et aux jeunes feuilles printanières. Aux voitures familiales et aux maisons à sous-sol. Aux ados occupés par leurs révisions plutôt que par des bébés.

Dans Lowland Way, après s'être garé – la place la plus proche de chez lui se trouvait au coin de la rue, devant chez Sissy –, il examina la parcelle de Booth, à l'affût de nouvelles atrocités. Tout agité qu'il soit par la situation, il était stupéfait de voir combien elle était vite devenue un divertissement, à sa façon ; et, les rares jours où il ne constatait rien de nouveau, ce n'était pas tant du soulagement que de la déception qu'il ressentait, ses attentes à plat comme un pneu.

Mais ce soir, il y avait bien quelque chose : un camping-car vétuste garé dans le chemin, sale, moche et carré, peint d'un hideux orange cuivré.

Sortant son téléphone de sa poche, il chercha sur Internet la politique de la municipalité concernant le stationnement des camping-cars dans une zone résidentielle, et grogna de frustration en lisant les résultats. Relevant brièvement les yeux, il sursauta presque en voyant Booth à l'entrée de son chemin, en train de le regarder en fumant, avec une désinvolture exaspérante.

Il était en bleu de travail, comme d'habitude, le visage et les mains gris de saleté.

« Je vois que vous avez un autre classieux véhicule à ajouter à votre collection, fit Ralph d'un ton faussement aimable.

— Mêle-toi de tes oignons, mon pote », répliqua Booth d'une voix à peine audible.

Il faisait peut-être du bruit en tapant et en perçant, mais personne ne l'avait jamais entendu élever la voix.

Ralph s'avança à grands pas, prêt pour sa deuxième confrontation en moins de dix minutes.

« Mais justement, c'est mes oignons, parce que je vis aussi dans cette rue. Et c'est bien ça, le problème : c'est un endroit où on vit, pas où on travaille. » Il essaya – en vain – de masquer la rage dans sa voix. « Ça commence à bien faire, enfin ! Vous êtes dans un quartier résidentiel, et vous ne pouvez pas utiliser votre jardin comme salon d'exposition. Je vous suggère de chercher de toute urgence un autre lieu pour accueillir ces véhicules, avant qu'on les fasse tous emmener en fourrière. »

Booth afficha un grand sourire.

« Je crois que tu vas découvrir qu'on vit dans un monde libre, mon pote. »

Bien trop libre au goût de Ralph. Alors qu'il tournait les talons, un son involontaire lui échappa, une sorte de cri de guerre retenu. C'était comme s'il s'était ainsi éloigné de Darren Booth toute sa vie, frustré et énervé ; comme si leurs affrontements étaient un impératif biologique, presque ce qu'il était né pour faire.

Vivement cette réunion avec les voisins.

Vu le peu de distance qui séparait les Kendall de la source de leur exaspération, Ralph ne fut pas surpris de les voir arriver dans un microclimat de haute pression conjugale.

« C'est moi qui vais chercher un endroit où mettre Sam, d'accord ? dit Em à Ant, avec une aigreur de harpie que Ralph n'avait jamais entendue dans la voix de Naomi, même au plus dur de leurs premiers jours en tant que parents.

— Viens à l'étage avec moi, on va lui trouver une pièce au calme, lui dit Naomi, tandis qu'Ant, l'air stressé, rejoignait Ralph, Finn et Sissy au salon.

— Un verre de vin ? » proposa Ralph.

Naomi et lui avaient convenu de n'en servir qu'à dose raisonnable, pour éviter que la discussion ne déraille. Il était bien trop facile de la laisser dégénérer en tirades avinées, avait dit Naomi, sans suggérer un seul instant qu'il était peut-être l'un des plus susceptibles parmi eux de tomber dans ce travers.

Lorsqu'elle reparut en compagnie d'Em, elles étaient en train de parler du retour au travail de cette dernière.

« Si les choses continuent comme ça, il vaudrait mieux pour le bien-être de Sam qu'il passe la journée à la crèche, auquel cas je reprendrai le plus tôt possible, dit Em, et Ralph remarqua la confusion qui s'affichait sur le visage d'Ant à ces mots.

— C'est pour ça qu'on est là ce soir, Em, répondit Naomi d'une voix pleine de conviction. On ne va pas laisser les choses continuer comme ça, justement. Ah, voici Tess, enfin ! »

L'intéressée était arrivée par la cuisine, et s'assit à côté d'Em sur le plus petit des deux canapés, sous la fenêtre, avec un air préoccupé.

« Tuppy est un peu agité, expliqua-t-elle. C'est le boucan au coin de la rue, il déteste les bruits de machines. Il est constamment en état d'alerte.

— Et nous donc », répondit Ralph. À son avis, elle se souciait plus des animaux que des gens. « On attend encore quelqu'un, Nao ?

— Non, mais j'ai promis un compte-rendu à Sara Boulter, au n° 6, et à deux ou trois autres voisins. Ils aimeraient voir le problème réglé, mais ils ne sont pas aussi affectés que nous. Bref… » Naomi prit une attitude plus incisive, impatiente de lancer la réunion. « Merci à tous d'être venus. Nous sommes ici pour échanger des informations sur ce qui se passe au n° 1 et réfléchir à la meilleure façon de refaire de notre rue l'endroit sûr et paisible que nous aimons. Premièrement, je pense que nous sommes tous d'accord sur le fait que Darren et Jodie n'ont absolument rien à faire des plaintes informelles. Je les ai approchés lorsqu'ils étaient ensemble et lorsqu'ils étaient seuls, et même si je ne dirais pas qu'ils sont ouvertement hostiles… » Elle jeta un regard préventif à Ralph. « … ils ne se sont certainement pas montrés disposés à faire part de leurs projets ou à écouter de raisonnables objections.

— Désolée de te contredire, Naomi, intervint Em sans la moindre contrition, dès que Naomi s'arrêta pour reprendre son souffle, mais moi je dirais que si, ils se sont montrés hostiles. »

Sissy acquiesça.

« Vous pourrez constater qu'ils sont plus encouragés qu'autre chose par les plaintes. Lui, en particulier, se voit un peu comme un rebelle.

— Et c'est pourquoi il nous faut lancer des procédures officielles, continua Naomi. On n'a pas besoin de rebellion dans Lowland Way. Bien ; grâce à nos campagnes contre l'élargissement du virage et pour Dimanche On Joue Dehors, on sait que le plus efficace est de centraliser nos efforts, parce qu'il est très facile de se retrouver à faire les choses en double, ce qui ne fait finalement que jouer contre nous. Il faut qu'on soit méthodiques. Commençons par les voitures. »

Ralph était déjà hors de lui.

« Tout le monde a repéré le camping-car ? »

Il en décrivit la laideur à ceux qui ne l'avaient pas vu avec une délectation qui fit battre son cœur plus vite.

« Il n'y a pas une loi qui interdit de garer un véhicule de cette taille dans son jardin ? » demanda Tess.

Ralph secoua la tête d'un air sombre.

« Je viens de vérifier et vous serez ravis d'apprendre que notre municipalité est l'une des rares de Londres à ne pas imposer la moindre restriction. Il peut le garer dans la rue si ça l'amuse. Il peut en garer toute une flopée.

— Est-ce qu'on sait exactement combien de véhicules il a en tout ? demanda Naomi.

— C'est difficile de faire le compte, répondit Ant, mais je dirais une douzaine ? Il les fait tourner, donc c'est les chaises musicales dans son jardin presque tous les soirs, et maintenant que ce camping-car occupe l'espace de deux voitures, il va chercher encore plus de places dans la rue.

— Est-ce qu'on a établi avec certitude qu'il vend des voitures ? demanda Sissy.

— Oui, c'est sûr, répondit Ralph. J'ai entré quelques-uns de leurs numéros d'immatriculation sur le site d'Auto Trader et elles y étaient en vente. »

Tandis que les autres échangeaient des murmures horrifiés, il songea au fait qu'il avait conservé dans ses contacts le numéro de téléphone indiqué sur les annonces.

« Bref, pour vous tenir informés, continua Naomi, Ralph et moi l'avons signalé au bureau municipal de la répression des fraudes, et il est confirmé qu'il n'a pas de permis pour vendre des voitures, que ce soit chez lui ou dans la rue. Il va sans dire qu'ils souffrent de réductions de personnel, et avant de pouvoir affecter un agent à l'affaire, ils veulent qu'on leur fournisse la preuve que de l'argent a changé de mains. Une photo ou une vidéo seraient l'idéal. Est-ce que vous pourriez vous en occuper, Ant et Em ? Vous êtes probablement les mieux placés.

— Bien sûr, répondit Ant.

— Juste une question, fit Tess. À quoi on peut s'attendre ensuite, dans le meilleur des cas ? Même si vous arrivez à obtenir cette preuve ? Il se prend une tape sur les doigts, il accepte de payer une amende et de remplir les bons formulaires, et puis c'est tout ? Est-ce qu'il ne ferait pas juste légalement ce qu'il fait pour l'instant illégalement ? »

On pouvait toujours compter sur Tess pour sortir ce genre de remarques défaitistes, songea Ralph.

« À mon avis, la municipalité va juger sa propriété totalement impropre à une entreprise de ce genre, lui dit-il. Elle va l'obliger à tout arrêter.

— Vous y croyez vraiment, Ralph ? demanda Sissy. Peut-être devrait-on se préparer à vivre avec la réalité qu'il tienne ce garage sous une forme légèrement modifiée. Peut-être ne serait-ce pas si terrible s'il aménageait convenablement son terrain ? Il pourrait même créer une entrée du côté de Portsmouth Avenue. C'est un grand axe, après tout, avec déjà plusieurs commerces et entreprises.

— Pas question ! »

Ralph était effaré que Sissy – Sissy ! – envisage de faire le moindre compromis. Avait-elle vraiment envie d'habiter en face d'un point de vente automobile ?

« L'objectif est de l'empêcher d'utiliser son terrain à toutes fins commerciales. Cette rue a toujours été résidentielle, et c'est à nous de la préserver telle quelle.

— Il ne veut pas parler de votre chambre d'hôte, Sissy, se hâta d'ajouter Naomi.

— Évidemment, enchérit Ralph, ça va sans dire. Son entreprise à lui change tout l'aspect de la rue. En plus, ce type-là, si vous lui donnez un doigt, il vous prendra le bras. Si on accepte qu'il vende des voitures, à quoi on aura droit ensuite ? Une casse ? Un circuit de kart ? Si la municipalité se met d'accord avec lui pour élargir la route, pourquoi pas des sortes d'emplacements à louer aux camionneurs qui veulent s'arrêter ? Un camp de manouches, peut-être ?

— Ralph. » Naomi haussa un sourcil. *Ça suffit.* « Est-ce qu'on peut passer au problème du bruit ? Ant et Em, c'est vous les plus concernés, je crois.

— Oui, c'est assez insupportable pour nous. Rien à voir avec ici, ça c'est sûr. » En disant ces mots, Ant indiqua la fenêtre ouverte, par laquelle entraient le chant des oiseaux et le bruissement des arbres agités par la brise vespérale. La pulsation d'une musique était également perceptible, mais pas au point de déconcentrer. « On s'est plaints plusieurs fois. On a appelé la police, qui dit qu'agir contre les nuisances sonores de voisinage n'est pas de son ressort. C'est la responsabilité de la municipalité. Mais la municipalité, elle, dit qu'elle n'a plus le budget pour envoyer des agents lutter contre la pollution sonore, donc elle ne répond plus qu'aux plaintes écrites après l'incident. On a besoin que trois personnes se plaignent avant qu'elle passe à l'étape suivante.

— Qui consiste à ? demanda Naomi.

— Me remettre des fiches de signalement à remplir. Une fois que je les leur aurai soumises, ils enquêteront et, avec un peu de chance, leur ordonneront officiellement de faire moins de bruit. Ensuite, tout dépend de la façon dont le délinquant décide de répondre à cet ordre.

— En s'en contrefichant », intervint Em brutalement.

Elle semblait déterminée à saper les efforts d'Ant, songea Ralph. Quelle mégère.

« Peut-être que vous devriez télécharger une de ces applis qui mesurent les décibels ? suggéra Finn.

— Excellente idée, enchérit Ralph. Puis vous pourriez demander à un pédiatre ou à une assistante sociale de dire combien c'est nuisible au développement de Sam ?

— Une assistante sociale ? répéta Em, l'air paniqué.

— Juste pour étayer votre plainte si ça se termine devant les tribunaux ?

— Eh bien, éventuellement, répondit Ant. Mais on ne veut pas prendre le risque d'être accusés nous-mêmes. Quand on entend ces histoires d'enfants retirés de chez eux…

— Nous n'avons aucune raison de craindre une chose pareille, le rassura Naomi. Et je pense qu'il est prématuré de parler de tribunaux, Ralph. Bien, sinon, on peut solliciter directement le conseiller municipal. C'est un peu interminable, il faut attendre jusqu'à douze semaines pour avoir une réponse, puis, si on n'est pas satisfait de la façon dont le problème est traité, on peut s'adresser au défenseur des droits local. Là encore, il faut compter douze semaines.

— Vingt-quatre semaines ! explosa Em. On peut pas attendre si longtemps !

— Ce genre de choses peut prendre bien plus longtemps que ça, j'en ai peur, lui dit Sissy. Quand j'ai fait les démarches pour ouvrir ma chambre d'hôte, il a fallu une éternité pour que mes demandes et mes documents soient enregistrés. Peut-être sept ou huit mois en tout.

— Huit mois ! répéta Em d'une voix presque stridente. Pas moyen. Y a pas moyen, putain ! »

Ant baissa les épaules d'un air découragé. Il contemplait son verre vide avec un tel désarroi que Ralph eut pitié et le resservit.

« Et ce n'est pas seulement la musique, continua Em, en larmes à présent. Il y a aussi le bruit des travaux. Toute la saleté et la poussière.

— C'est toujours pénible, les rénovations », dit Naomi en lui tendant un mouchoir.

Ralph se rappela les visites régulières que sa femme avait rendues aux voisins pour leur offrir du vin et les tenir au courant de l'évolution des travaux lorsqu'ils avaient fait refaire leur cuisine.

« Pour leurs nouvelles salle de bains et cuisine, on ne peut rien faire, mais ils auront besoin d'un permis de construire s'ils veulent faire une extension ou n'importe quelle autre structure qu'il déciderait de construire pour ses voitures. Là encore, ça prendra du temps, mais une attaque sur plusieurs fronts finira par avoir raison d'eux. Bien ; l'inconvénient de tout ça, c'est que lorsqu'ils commenceront à recevoir lettres et visites officielles, ils devineront qui a déposé plainte et risquent de recourir à la violence verbale. » Elle prit Em de vitesse. « Je veux dire, plus qu'ils ne le font déjà. Il faut qu'on évite les disputes mesquines, qu'on reste au-dessus de la mêlée et qu'on se concentre sur ce qu'on peut essayer de combattre. Qu'on se tienne mutuellement informés et qu'on se soutienne. Ce qui me fait penser : puis-je vous demander… »

Par les fenêtres ouvertes leur parvint le bruit d'un moteur de voiture dans la rue, et elle dut élever la voix pour formuler sa dernière requête :

« Puis-je vous demander qu'à partir de maintenant, on ne se tienne au courant que par WhatsApp et non par SMS, e-mail ou la page Facebook des riverains ?

— Pourquoi ça ? s'étonna Tess.

— Les messages WhatsApp sont chiffrés de bout en bout, expliqua Finn. C'est ce qu'utilisent les terroristes.

— Les terroristes ? » répéta Sissy, effarée.

Naomi se hâta de la rassurer.

« L'intérêt, Sissy, c'est de n'avoir aucune trace écrite qui puisse être déformée pour nous donner le mauvais rôle.

— Il ne manquerait plus que ça, fit Ralph. N'oublions pas que ce n'est pas nous qui enfreignons la loi, ici. » Il adressa un clin d'œil à son frère. « Du moins tant que j'aurai pas mis le feu à sa baraque – avec lui à l'intérieur.

— Il resterait propriétaire du terrain, répliqua Finn avec un sombre sourire. Il se contenterait d'emménager dans son ravissant camping-car tout neuf. »

Un éclair passa dans les yeux de Naomi.

« Ne plaisantez pas avec ça. »

Les Kendall repartirent les premiers, Em aboyant à Ant de porter le sac à couches et ce dernier écourtant ses adieux pour suivre docilement sa femme hors de la maison. Voisins stressants ou pas, l'homme était complètement dominé par sa femme, songea Ralph, en se demandant nonchalamment s'il ne devrait pas l'inviter à boire un verre bientôt. Puis, frappé d'une horreur soudaine, son cerveau laissa réapparaître une pensée qu'il avait auparavant refoulée : ce moteur qu'ils avaient entendu une minute plus tôt, il avait été étrangement bruyant, plus agressif que les moteurs modernes. Ce n'était quand même pas…

Il se précipita à la porte, envahi d'une rage anticipée.

Incroyable. Le mastodonte orange se trouvait juste devant leur portail, rutilant grotesquement au soleil du crépuscule, bloquant entièrement la vue qu'il avait d'ordinaire sur les jolies maisons de l'autre côté de la rue.

« Non mais, j'y crois pas. Nao ! Nao ! »

Naomi le rejoignit en lui intimant de baisser le ton.

« Tu vas réveiller Charlie ! Qu'est-ce qui se passe ?

— Ce connard a enlevé la Ford Focus décatie pour mettre ça à la place ! Il vient de le faire, juste sous notre nez, pendant qu'on était en train de parler de lui à l'intérieur ! »

Les lèvres pincées de dégoût, Naomi conserva néanmoins le ton professionnel et pragmatique qu'elle avait employé tout au long de leur réunion.

« N'exagère pas non plus, chéri. Ce n'est pas une provocation délibérée. »

Ralph avait déjà presque atteint le portail, indifférent à qui pouvait l'entendre s'énerver.

« Une heure après que je lui suis tombé dessus à ce sujet ? Bien sûr que si, c'est une provocation délibérée ! »

Naomi le rattrapa pour s'interposer, la main sur le portail fermé.

« Non. Il a probablement récupéré la voiture pour travailler dessus dans son chemin. Tu sais que c'est comme ça qu'il procède.

— Conneries. Il aurait pu mettre n'importe laquelle des autres bagnoles dans son chemin à la place. Il a mis ce truc ici parce qu'il sait que ça va me donner envie de le cramer.

— Le *cramer* ? » Naomi lui jeta un regard prudent. « Tu veux dire, comme tu vas mettre le feu à sa maison ? Ne sois pas idiot. »

Elle le ramena près de leur porte, mais ils ne rentrèrent pas immédiatement. Lorsqu'elle s'arrêta sur le seuil, avec Ralph encore dans le chemin, son visage se retrouva à la hauteur du sien et il se demanda un instant si elle allait l'embrasser pour lui faire oublier sa fureur.

« Tess était un peu déprimée, il m'a semblé, finit-elle par dire à mi-voix. Est-ce que Finn t'a reparlé du fait qu'elle voulait déménager ? »

Ralph savait reconnaître un changement de sujet stratégique.

« C'est en suspens pour le moment. Elle pense que ce qui se passe au n° 1 ferait fuir les acheteurs.

— Ça, c'est certain. Eh bien, c'est toujours ça de pris,

je suppose. »

Il haussa les sourcils.

« Ne me dis pas que je dois remercier ce connard de quelque chose ! »

Naomi eut un petit rire, savourant l'ironie. Mais Ralph, apercevant le reflet orange brûlé dans ses yeux, fut incapable de se joindre à elle.

6

Ant

— Pour nous, c'est le bruit. Soit il est devant avec ses voitures, soit derrière avec ses scies et ses coupe-carreaux, soit à l'intérieur, toutes fenêtres et portes ouvertes, avec la musique à fond. Ils se fichent du jour ou de l'heure. On ne sait jamais quand ça va commencer ni quand ça va se terminer.

— C'est pour notre fils que je m'inquiète. Qui sait comment il est affecté par tout ça, par ce bruit constant dans lequel il doit grandir. Il souffre probablement du même stress qu'un gamin de bidonville en Afrique du Sud ou en Inde – je n'exagère pas. C'est censé être un bon quartier, ici ! Mais pas tant que Darren Booth y vit, ça c'est sûr.

— Oui oui, la municipalité compatit, mais on vous dit juste de suivre la procédure. Eh bien, ne le prenez pas pour vous, monsieur l'agent, mais regardez où ça nous a mené, la procédure. Le policier que je vois là-bas, il garde le périmètre, c'est ça ? Il veille à ce que personne ne contamine les lieux pendant le reste du week-end ? Donc c'est une scène de crime ?

— Ne vous inquiétez pas, je n'ai aucune intention de passer de l'autre côté du ruban. Et j'espère que ça marche aussi dans le sens inverse, hein ?

Mr Anthony Kendall, 3 Lowland Way,
enquête de proximité par la police de Londres,
11 août 2018

Trois semaines plus tôt

Si votre voisin fait un bruit qui vous cause du désagrément, nous vous recommandons fortement de NE PAS RIPOSTER…

Ant était si souvent allé sur le site d'Aide contre les comportements antisociaux que le logo apparaissait désormais sur sa page des sites les plus consultés.

« Est-ce qu'ils mettent la musique toutes les nuits ? » demanda son directeur adjoint, Paul, en tordant le cou pour regarder par-dessus son épaule à la table de conférence.

La voix d'Em le matin même résonna dans ses oreilles : *Cinq des sept dernières nuits, Ant !* Le ton accusateur, implorant, comme s'il pouvait remonter le temps, changer les lois de la physique.

Depuis qu'il était devenu père et jusqu'à récemment, il voyait la réunion de contrôle des stocks chez Saule Blanc Aliments & Boissons comme quelque chose à endurer et, dans la limite de son autorité en tant que directeur de l'approvisionnement, à abréger pour pouvoir courir prendre son train et rentrer voir Sam. Mais avec l'arrivée de Darren et Jodie, cela avait changé.

Avec ses murs bien isolés et son absence de toute menace de thrash metal, la salle de réunion était devenue un refuge où il pouvait se détendre – et recueillir les opinions de ses collègues sur son problème domiciliaire. Celui-ci l'avait rendu, bizarrement, plus intéressant à leurs yeux.

« C'est le week-end que c'est le pire, répondit-il. Mais même quand ils ne font pas la nouba, ils mettent leur télé si fort qu'on se croirait au cinéma.

— Quel genre de choses ils regardent ?

— Des courses automobiles. Parfois, *Sons of Anarchy*. D'autres fois, du porno.

— Sympa.

— Mais comme je disais, on est en train de comploter avec les voisins pour y mettre un terme. La municipalité m'a envoyé des fiches de signalement à remplir.

— C'est pas des fiches de signalement qui vont aider un bébé, fit Marie, une magasinière au cœur plus dur que la moyenne. Ce genre de stress peut nuire à son développement.

— Je sais. »

La liste des effets négatifs de l'excès de bruit présentée sur le site de l'Organisation mondiale de la santé faisait frémir : acouphènes chroniques, perte auditive permanente, problèmes de tension artérielle, spasmes musculaires et, bien sûr, altération du développement cognitif. Tout effet néfaste serait cumulatif et probablement irréversible. Ant avait commandé le meilleur casque antibruit pour bébés disponible sur le marché, ainsi qu'une sélection de bouchons d'oreilles pour Em et lui.

Autre découverte : la torture par la musique était interdite par la Convention des Nations unies contre la torture, en tant que violation des droits fondamentaux de l'homme. Interdite d'usage contre les terroristes, mais pas contre des voisins pacifiques ! C'était là la société dans laquelle ils vivaient.

De plus en plus, Em dénonçait la possibilité qu'avait Ant de « s'enfuir » au bureau comme un avantage injuste. Quant à cette remarque qu'elle avait faite à Naomi avant leur réunion, comme quoi elle voulait retourner au travail le plus tôt possible... Auparavant, elle avait exprimé le désir de prolonger le temps qu'elle pouvait passer avec Sam, sous réserve que leurs finances le permettent.

Merci de me tenir informé, avait-il songé. Étaient-ils devenus un de ces couples qui avaient besoin de la présence de tiers pour révéler d'importantes décisions personnelles à leur conjoint ? Comme un gouvernement annonçant ses piètres résultats dans le brouhaha d'une crise pour mieux les dissimuler.

L'attitude de Marie se teinta d'une effervescence soudaine alors qu'elle promettait à Ant une astuce qu'il n'avait pas encore entendue :

« Tu sais quoi ? J'ai une amie qui s'est plainte des dizaines de fois de la maison d'étudiants à côté de chez elle, sans que ça aboutisse jamais. Elle consignait tout dans un carnet, elle avait des vidéos, de toutes sortes, mais le processus était ridiculement lent. Ça a traîné plus d'un an. Avertissements verbaux, écrits, injonctions à réduire le bruit, la totale, mais ces étudiants n'en avaient rien à faire. Et puis elle a trouvé la solution. Tu sais ce qu'elle a fait ?

— Quoi ? demanda Ant avec empressement.

— Elle a prévenu la police qu'il y avait de la drogue chez eux. Dès qu'il est question de drogue, ils prennent les choses super au sérieux.

— C'est vrai ?

— Apparemment. Dans son cas, les voisins se sont calmés direct. Plus de fêtes. Quand la brigade des stups débarque, ça rigole plus, yo ! »

Tandis que les autres riaient de sa terrible imitation de loubard, Paul prit le téléphone d'Ant pour chercher quelque chose sur YouTube.

« Écoute donc. Un pote m'a passé ça l'autre soir, et je te promets que c'est pire que tout ce que ton voisin pourrait te faire subir… »

Il disait vrai : le son était à glacer le sang, grotesque, comme les gémissements d'agonie de quelque terrifiante bête mutante, et tout le monde dans la pièce lui cria d'arrêter la vidéo.

« Qu'est-ce que c'est que ce truc ? demanda Ant.

— Ça s'appelle un sifflet de la mort. » Paul lut la description à voix haute : « Un son profondément perturbant produit par un instrument en forme de crâne… Première utilisation connue du son comme outil de torture, instrument de prédilection des anciens Aztèques… Employé pour accompagner les sacrifices humains ou déstabiliser l'ennemi avant une bataille.

— Les sacrifices humains, fit Ant. Ne me tente pas. »

Lorsque Ralph lui avait demandé, à la réunion des riverains, d'obtenir la preuve que de l'argent avait changé de mains chez les voisins, Ant n'avait pas su exactement comment il allait s'y prendre, étant toute la journée au travail tandis qu'Em, quand elle ne s'occupait pas de Sam, faisait tout son possible pour éviter de rester à la maison.

Puis il eut une idée.

« Je vais installer un système de surveillance vidéo dans la chambre de Sam, expliqua-t-il à Em. Avec mon vieil iPhone. On devrait avoir une bonne vue sur son chemin de la fenêtre.

— Surveillance activée par détection de mouvements, lut Em sur la description de l'appli. Est-ce que ce serait accepté comme preuve devant un tribunal ?

— Probablement pas, répondit-il, mais on va laisser Ralph s'occuper de ça. »

L'idée d'une confrontation devant les tribunaux le perturbait. On faisait sa déposition puis on rentrait chez soi, tandis que l'accusé faisait la même chose à la porte à côté. Comment est-ce que c'était censé se passer ?

Il contrôlait les images tous les jours, plissant les yeux pour repérer les brèves apparitions de l'homme lui-même à l'écran. Gagnant sa fourgonnette d'un pas traînant pour y choisir des outils, ou descendant tranquillement dans la rue pour prendre livraison de matériaux de construction qu'il remontait ensuite en les traînant derrière lui. Et puis il y avait les pauses pour boire un café, fumer une cigarette ou engloutir un casse-croûte sans même s'asseoir, emballages et miettes laissés par terre comme pour attirer exprès les nuisibles. Comme il n'y avait pas de son, le vacarme de portes claquées, objets frappés et musique beuglante qui accompagnait normalement tout cela n'était pas enregistré : ses actions semblaient totalement banales et inoffensives.

Une fois, Booth était en train de fumer dans son chemin lorsqu'il se figea et ouvrit la bouche pour hurler sur quelque chose qu'il avait vu au bout de l'allée. Un rapide retour en arrière révéla que l'objet de son mécontentement était un chien ; la tête brièvement visible dans le champ de la caméra ne permit pas à Ant de déterminer lequel, mais c'était probablement Tuppy, le retriever de Finn et Tess, qui avait la réputation de fouiller les poubelles.

Le champ de la caméra dépassait les limites de la parcelle de Booth, incluant un bout de trottoir à l'arrière-plan, et cela le mit mal à l'aise au début de voir passer leurs voisins : Sara Boulter longeant le chantier avec une expression d'horreur discernable même en miniature, Tess se promenant avec ses enfants – et souvent, aussi, le cadet de Naomi.

Ant n'avait jamais remarqué, jusqu'alors, tout ce que Tess faisait en réalité pour Naomi, bien qu'Em lui ait raconté que cette dernière aimait émettre de petites remarques désobligeantes sur le fait que sa belle-sœur ne travaillait pas. Tess se mouvait d'un pas alangui, avec une expression bienveillante et rêveuse ; une figure de mère nourricière toujours accompagnée d'un enfant ou d'un animal, bien différente de Naomi, qui était une force de la nature et qu'on voyait souvent aller à grands pas – seule – de maison en maison. Dans la bataille juridique susmentionnée, il savait qui il ferait venir à la barre.

Les images montraient également les sorties occasionnelles de Sissy le soir, où, parfois, elle s'arrêtait au milieu du trottoir, les yeux fixés sur le terrain de Booth, les bras croisés sur sa poitrine, les épaules recroquevillées, les pieds collés au sol comme si, en faisant un pas chez lui, on risquait de sauter sur une mine.

Une fois la nuit tombée, il n'y avait plus grand-chose à voir, car l'appli avait une fonction vision nocturne limitée et il n'y avait pas de lumières de sécurité d'un côté ou de l'autre de l'allée. Parfois, les phares d'une voiture révélaient la silhouette de Ralph ou Finn raccompagnant Daisy chez elle après une soirée de baby-sitting.

« Il faut qu'on se mette d'accord sur le fait que cette surveillance a pour unique but de coincer Booth, dit-il à Em. Si jamais on surprend un des Morgan en train de rouler un palot à cette baby-sitter, on ne dit rien à personne. »

Em se renfrogna.

« Daisy a dix-sept ans. Je pense qu'on serait moralement obligés de prévenir ses parents.

— C'était juste une blague », maugréa Ant.

Il n'eut pas longtemps à attendre pour obtenir ce qu'il voulait. Moins de dix jours plus tard, il avait des images très nettes d'un visiteur en train de tendre une enveloppe à Jodie en échange d'une clé de voiture et d'un dossier qui, supposa Ant, contenait les papiers du véhicule. Sous les yeux de Darren et Jodie, l'homme monta ensuite dans une Renault à la carrosserie lustrée et disparut hors du cadre. Il ne revint pas.

« Il y a du fric dans cette enveloppe, c'est sûr », exulta Ant en montrant le passage à Em. Mais elle ne se montra pas aussi ravie que lui, loin de là, préférant accorder son attention à Sam, qui avait pleurniché toute la journée.

C'était un samedi et, à côté, un spectacle d'humoriste passait à la télé, dans son intégralité et avec les hurlements de rire de rigueur. « C'est super, hein ? Ça va pas, Em ? »

Elle lui jeta un regard incrédule.

« Au cas où tu n'aurais pas remarqué, Sam fait ses dents, il souffre le martyre, et j'essaie de le réconforter pendant que toi, tu t'amuses avec tes jouets.

— C'est pas un jouet, protesta Ant. C'est le matériel nécessaire pour filmer la preuve documentaire dont on avait besoin. C'est quoi le problème ? On croirait presque que tu n'as pas envie de les prendre en flagrant délit !

— Et toi, on croirait que tu tires une sorte de stupide satisfaction machiste du fait que Ralph et toi êtes soudain les meilleurs potes du monde dans cette histoire. Comme s'il s'agissait d'autre chose pour lui qu'un simple combat de coqs.

— Qu'est-ce que tu veux dire par là ?

— Ce que je veux dire, c'est qu'il vit deux portes plus loin, dans une maison individuelle avec un double vitrage dernier cri ! Ses enfants ne subissent même pas un millième de ce que subit ton propre fils.

— C'est justement pour Sam que j'aide Ralph, protesta Ant, sentant sa patience s'amenuiser.

— Tu es sûr de ça ?

— Évidemment que j'en suis sûr, putain. »

Em crispa les épaules, levant le menton :

« S'il te plaît, ne jure pas quand tu me parles.

— Je suis désolé. » Il reprit son sang-froid. « Je suis juste déçu que tu ne sois pas plus excitée par cette avancée.

— Une avancée ? » Son mépris avait une affreuse férocité. « La preuve de quelque chose qui était déjà évident pour quiconque a des yeux ?

— Oui. Parce que ce qui est évident pour quiconque a des yeux ne compte pas, figure-toi ! Alors s'il te plaît, tu veux bien arrêter d'être aussi tracassière ? »

Il sentait ses joues s'enflammer, son sang rugir dans ses veines.

« Pourquoi est-ce que tu t'en prends à moi ? s'écria Em. C'est pas moi qui ruine la vie des gens ! »

Alors que Sam se mettait à pleurer, elle le lui tendit et se laissa tomber dans le fauteuil le plus proche, la tête entre les mains.

Ant s'accroupit à côté d'elle, s'efforçant de réconforter mère et enfant en même temps. Il fut humilié de sentir ses propres yeux se mouiller de larmes alors qu'une explosion de rire leur parvenait de l'autre côté du mur.

« Il faut qu'on travaille en équipe, Em. Il n'y a littéralement pas d'autre moyen. On peut pas les battre tout seuls.

— On peut pas les battre tout court, répliqua-t-elle, d'une voix épaissie par la détresse.

— Ne dis pas ça. »

Cette conversation le laissa profondément blessé – et perplexe. Il sentait les murs se refermer autour de lui, et il ne savait plus où il en était avec Em.

Au moins Ralph, lui, fut ravi. Alors qu'Ant était dans son jardin, plus tard dans l'après-midi, sa tête apparut de l'autre côté du mur.

« Ces images que tu m'as envoyées sont fantastiques, mon pote, bravo ! Si c'est pas la preuve qu'il tient un commerce sur sa parcelle, je sais pas ce qui pourrait l'être. »

Il parlait d'une voix basse et intense, comme un producteur briefant son reporter vedette.

« Incroyable, le culot qu'ils ont, hein ? acquiesça Ant.

— M'en parle pas. Dommage que ce soit pas de la coke ou de l'ecsta ou quelque chose comme ça. On aurait été sûrs qu'il se ferait coffrer. »

Bien que, techniquement, ce soit Jodie qui ait été filmée en train de commettre l'infraction, Ralph n'avait que Darren à la bouche.

« Ça te dit, une petite bière ? Viens, saute par-dessus le mur. Hé, peut-être qu'on devrait envisager d'abattre celui-ci aussi ? Plus on est de fous, plus on rit. »

Il lui passa l'escabeau et Ant enjamba le mur pour gagner le jardin des Morgan comme s'il avait fait ça toute sa vie. Quelle que soit la cause du scepticisme d'Em, lui considérait les Morgan comme un don du ciel. Ils connaissaient la rue comme leur poche. Ils allaient mettre le holà à cette terrible dégringolade dans l'anarchie avant que le couple Kendall n'implose.

Un léger mouvement en périphérie de son champ de vision lui indiqua qu'ils étaient observés ; probablement par Em, avec une désapprobation qui n'avait pas lieu d'être, supposa-t-il. Il essaya de se rappeler quand ça avait commencé, cette tendance qu'elle avait à railler ses efforts. Et sa propre dégénérescence en un homme capable d'injurier sa femme. Était-ce avec l'arrivée de

Booth, aussi simplement que ça ? Ou bien avant, et ces conflits de voisinage n'avaient fait qu'exacerber ces comportements, au lieu d'y donner naissance ?

Mais lorsqu'il y regarda de plus près, il vit que la silhouette ne se dressait pas à la fenêtre de sa propre maison, mais à celle d'après. Booth.

« Taré, fit Ralph en suivant son regard. Je serais pas surpris si en plus de tout, c'était un pédophile, pas toi ? »

7

Tess

— Oui, on est allés se plaindre, tous, certains à plusieurs reprises. Mais ça n'a jamais eu le moindre effet. Soit il vous ignore complètement, soit il affiche un sourire narquois et s'en va. Elle est un peu plus disposée à parler, mais il faut dire qu'elle est en contact avec la clientèle, n'est-ce pas ? C'est elle qui gère l'aspect commercial des choses, tandis que lui fournit la main-d'œuvre. L'équipe de rêve, hein ?

— Ce qui nous a causé le plus gros souci ? Je suppose que ce que je déteste le plus, c'est la façon dont ça altère vos relations avec vos voisins. Vous vous retrouvez mêlés aux disputes des autres en plus des vôtres. En gros, ce couple, à lui tout seul, a réussi à ruiner l'ambiance de tout le quartier. Même avant cette horrible tragédie, ils avaient tout gâché.

Mrs Tessa Morgan, 5 Lowland Way,
enquête de proximité par la police de Londres,
11 août 2018

Deux semaines plus tôt

« Est-ce que Ralph et Naomi se sentent *vraiment* concernés par ce qui se passe ? demanda Em, ses lunettes de soleil surdimensionnées masquant la lueur d'indignation désormais habituelle dans son regard. Ils ne doivent pas être tant dérangés que ça, avec leur incroyable double vitrage. Est-ce que cette campagne n'est pas juste un moyen de se faire voir ? »

Elles se trouvaient dans le jardin des Morgan, avec Dex et Sam. Grâce au système d'arrosage automatique de Finn, la pelouse avait survécu à la canicule de juillet et ressemblait à une oasis verte et chatoyante au milieu d'un désert blanchi et assoiffé. Un volant de badminton gisait déchiqueté sur la terrasse – l'œuvre de Kit, aurait dit Tess (à moins que ce soit Charlie). C'était Ralph et Naomi qui avaient payé pour la terrasse en épaisse pierre naturelle qu'ils partageaient, choisie pour aller avec leur extension et posée à la place de la brique rouge existante, dont Tess avait beaucoup aimé le motif de chevrons. Deux cent cinquante mille livres : c'était le prix que cette extension avait coûté, avait révélé Ralph à Finn ; et parfois, lorsque Tess apercevait Naomi devant son îlot central, dont le marbre blanc miroitait au soleil du matin comme s'il était lui-même une source de lumière, elle imaginait un vaisseau spatial – et le plaisir que devait éprouver Naomi d'être la Terrienne à qui on en avait confié les commandes.

Elle prit un moment pour réfléchir à la question d'Em.

« Ils se sentent concernés, oui, mais pour différentes raisons. Ralph fait une affaire personnelle du problème des voitures, mais la vraie préoccupation de Naomi, c'est Dimanche On Joue Dehors. L'autre jour, je lui ai demandé si on ne devrait pas l'annuler, tu sais, puisqu'il refuse d'enlever ses voitures. Et elle m'a répondu… » Là, Tess imita la voix rocailleuse et l'élocution soignée de Naomi : « "Il faudra me passer sur le corps, mon amie." »

Em lâcha un rire. Tess remarqua qu'elle riait comme le font les gens stressés, comme si leurs indicateurs risquaient à tout moment de se dérégler et de transformer leurs rires en sanglots.

« Quand est-ce qu'il va se réveiller ? demanda Dex en appuyant légèrement le doigt sur le ventre de bébé Sam dans sa poussette. Il est *toujours* en train de dormir. »

Pauvre, pauvre petit Sam, songea Tess. Ils venaient d'aller au parc voir les cygnons, mais il avait dormi pendant toute la promenade. Comme ses parents, il n'avait eu d'autre choix que de devenir semi-nocturne. Em avait montré à Tess le casque spécial de protection auditive qu'ils avaient acheté pour lui mettre la nuit, mais il lui arrivait de le repousser dans son sommeil, et de se réveiller.

« Bientôt, promit-elle à Dex, mais il faut qu'on s'en aille maintenant, pour aller récupérer ta sœur à l'école.

— Tu commences l'école en septembre, c'est ça ? demanda Em au petit garçon. Tu seras content de pouvoir t'évader, hein ? »

Drôle de formulation, songea Tess. Dex ne répondit rien, se contentant de hocher la tête d'un air solennel. C'était presque comme s'il avait compris la fragilité d'Em, la nécessité de la traiter avec précaution.

Mais lorsque mères et fils, accompagnés de Tuppy, sortirent ensemble dans la rue, son comportement redevint plus typiquement enfantin.

« Encore un camion ! » s'écria-t-il avec excitation.

Et effectivement, à l'entrée du chemin d'Em, le moteur tournant au ralenti, se trouvait un camion chargé d'échafaudages. Le peu de bonne humeur qu'elle avait réussi à retrouver durant cette heure passée dans le jardin de Tess fondit immédiatement, et le découragement s'afficha dans toute sa contenance. Elle ôta ses lunettes de soleil.

« Oh, c'est pas vrai, qu'est-ce qui se passe encore ?

— Il doit vouloir se mettre à la réparation du toit, répondit Tess. Finn m'a dit qu'il en avait parlé lorsqu'ils ont fait connaissance.

— Super. » Em se mit à avancer d'un pas vif avec sa poussette, et Tess fut obligée de courir pour la rattraper. « Il n'a même pas fini l'intérieur. Il ne peut pas faire une chose à la fois ? »

En atteignant le chemin d'Em, elles durent avancer avec prudence pour éviter les planches que deux ouvriers portaient jusque chez Booth. Ce dernier était déjà en train d'assembler les poteaux du niveau inférieur avec un autre homme.

« Est-ce une vraie société d'échafaudages ? demanda Em. Ces planches ont l'air d'avoir au moins cent ans.

— Tombées du camion, aux deux sens du terme, murmura Tess.

— Et les ouvriers n'ont pas l'air de professionnels, si ? Ils ne devraient pas porter des casques de chantier et des vestes fluorescentes ? Mais attends ! » Em se raidit. « Ces barres débordent au-dessus de ma fenêtre ! »

C'était vrai : les perches horizontales dépassaient de trente bons centimètres la ligne de démarcation évidente entre les deux maisons, et surplombaient légèrement la fenêtre du salon des Kendall.

Em vérifia que le frein de la poussette de Sam était mis et s'avança à grands pas.

« Excusez-moi ? Hé ! Ne faites pas comme si vous ne saviez pas qui je suis ! Il faut que vous démontiez ça tout de suite : ça déborde sur ma propriété ! »

Les échafaudeurs s'arrêtèrent pour la regarder, mais Booth leva à peine les yeux, absorbé par sa tâche. Il était torse nu, comme souvent par cette chaleur, et cela mettait Tess mal à l'aise de voir sa peau huileuse de sueur. Elle eut une horrible vision de lui, empalé sur une de ses perches rouillées.

« Vous m'avez entendue ? Je dis que vous débordez sur ma propriété et que vous ne m'avez pas demandé la permission ! »

Em s'avança sous les barres de métal pour aller lui taper sur l'épaule.

Tess retint son souffle : c'était la première fois qu'elle voyait l'un d'eux établir un contact physique avec lui.

« Et alors ? fit-il en grimaçant, impatienté par cette interruption.

— Et alors, vous auriez dû nous demander ! Comme pour tout le reste, vous faites ce que vous voulez sans prévenir ni fournir d'explications, rien. C'est totalement inacceptable : *vous n'êtes pas les seuls à vivre ici !* »

C'était fâcheux qu'elle semble si émotive, presque instable ; Booth échangea un regard avec un des ouvriers, qui essaya en vain de retenir un rire.

« Ne vous moquez pas de moi ! » s'écria Em, mais ils l'ignorèrent et reprirent leurs activités.

Entendant sa détresse, Sam se réveilla et commença à geindre, et Tess s'agenouilla pour le réconforter. Dex était fasciné par la dispute et Tuppy aussi : il était littéralement en arrêt.

« Attendez un peu, vous allez voir, continua Em, hurlant à présent. On voit clair dans votre jeu, vous savez. On a des preuves !

— Des preuves de quoi, ma petite dame ? répondit Booth, imperturbable. Vous feriez mieux de vous pousser ou vous allez perdre un œil.

— C'est une menace ?

— C'est un conseil, pour votre sécurité. »

Et il la poussa pour passer, pas violemment, mais avec assez de force pour qu'elle perde légèrement l'équilibre et chancelle en direction du tas de rebuts voisin.

Tess vérifia à son tour le frein de la poussette. Elle n'aurait pas géré la situation comme Em le faisait, mais il n'était pas question qu'elle le laisse faire aussi peu de cas d'une autre femme sans intervenir. Confiant la laisse de Tuppy à Dex, elle s'approcha de Booth à grands pas.

« Vous ne pouvez pas vous arrêter trente secondes pour avoir une discussion civilisée à ce sujet ? Vous avez à peine commencé à monter cet échafaudage, ça ne vous coûtera rien de recommencer en reculant les barres de quelques centimètres. » Puis, voyant qu'il ne tenait pas plus compte de sa requête que de celle d'Em : « Est-ce que votre femme est là ? » Esquivant les ouvriers qui passaient, elle alla frapper du plat des deux mains à la porte ouverte. « Jodie ! »

L'intéressée apparut, un téléphone à la main, visiblement dérangée en plein appel.

« Qu'est-ce qui se passe ? J'essaie d'avoir une conversation, là.

— Pourriez-vous demander à votre mari de reprendre cet échafaudage ? Tel quel, il déborde au-dessus de la fenêtre d'Em et Ant. »

Jodie poussa un soupir avant de s'adresser sèchement à Darren.

« Déplace-le un peu, tu veux ? Ça te coûte rien.

— Merci. »

L'espace de deux ou trois secondes, elle crut qu'elle avait négocié un compromis significatif dans leurs relations, puis Dex, du trottoir, hurla :

« Maman, Tuppy s'est échappé ! »

Et brusquement elle vit le chien à ses pieds, aboyant et se dressant sur ses pattes de derrière tandis que Booth grondait : « Sortez ce sale cabot de chez moi ! » en levant l'outil qu'il avait à la main comme pour le lancer à la tête de l'animal.

« Vous feriez mieux de vous en aller, dit Jodie à Tess en s'interposant entre son mari et Tuppy. On ne peut pas laisser des enfants et des chiens se promener sur un chantier. »

Comme si c'était elle qui était rationnelle, pas Tess ! Comme si ce n'était pas son mari qui montait de dangereux échafaudages à moitié nu !

Attrapant la laisse de Tuppy, elle battit en retraite.

« La municipalité va entendre parler de ça. L'inspection des chantiers aussi. Et après, je viendrai vous regarder le démonter, pièce par pièce. »

Elle se tourna vers Em, qui était repartie auprès de Sam, le visage et le cou marbrés de rouge. Le petit garçon hurlait à pleins poumons.

« Est-ce que ça va ?

— Ça va. » Em entreprit d'enlever le frein avec des gestes frénétiques, en évitant son regard. « Merci pour ton aide, mais il faut que je rentre nourrir Sam. Oh, mon Dieu, il est vraiment contrarié. »

Alors qu'elle claquait sa porte derrière elle, Tess entendit Booth dire aux échafaudeurs, de sa voix étrangement douce :

« Elle est folle, celle-là. » Puis il demanda à sa femme : « Je suis censé le déplacer, cet échafaudage, alors, ou pas ?

— T'emmerde pas », répondit Jodie en gonflant les joues avant de soupirer.

S'éloignant à la hâte, avec Dex qui traînait derrière, Tess googla le site de la municipalité et trouva la page pertinente :

> Il n'est pas nécessaire d'obtenir un permis pour monter un échafaudage sur son propre terrain. Il faut, par contre, faire appel à un constructeur ou à un entrepreneur en échafaudages qualifié et compétent.

Qualifié et compétent selon qui ?

« Maman, non !

— Pardon, Dex. »

Tess rangea son téléphone avant de commettre le péché mortel contre lequel elle mettait son fils en garde quotidiennement : traverser la rue sans attendre le bonhomme vert.

Il était facile de déclarer Booth entièrement responsable de ce qui se passa le dimanche suivant, mais de l'avis de Tess, c'était aussi un peu la faute des parents. De tous les parents, elle y compris. Après tout, ils étaient tous conscients qu'ils ne pouvaient pas continuer de croire à la sécurité de leur arrangement, pas tant qu'ils n'auraient pas obtenu sa coopération et réussi à l'empêcher de déplacer ses voitures le dimanche. Il y avait désormais, dans la rue, le camping-car devant chez Ralph et Naomi, qui formait incontestablement une obstruction, ainsi que quatre autres véhicules.

La chaleur était étouffante. Même l'ombre, fournie par le feuillage d'ormes secs comme de l'amadou, donnait l'impression de ne pas protéger.

Un groupe d'enfants mené par les jumeaux des Boulter qui, à treize ans, prenaient désormais rarement part aux festivités et dont la présence attirait donc leurs pairs, étaient en train de faire du skateboard sur la portion de route devant chez eux. Dex et Charlie étaient attirés par l'énergie de la chose, bien qu'ils n'aient pas eux-mêmes de planche, et Charlie ne cessait de réclamer qu'on le laisse essayer, jusqu'à ce qu'enfin, Naomi sorte demander aux garçons plus âgés de lui donner quelques leçons. C'est une fois que Naomi fut rentrée chercher de la crème solaire et que Tess eut redirigé l'attention de Dex vers la partie de corde à sauter d'Isla et ses amies que l'incident se produisit.

La première chose qu'elle entendit fut un cri d'Ethan Boulter, suivi d'une explosion de voix plus jeunes. Charlie gisait par terre, immobile, à côté du pare-chocs arrière de la fourgonnette blanche de Darren Booth.

Manifestement, ce dernier était sorti à reculons de son chemin et s'était engagé dans la rue à contre-courant du flot de skateurs, heurtant la première cible mouvante qu'il rencontrait. Il était encore à l'intérieur du véhicule, et n'avait pas éteint le moteur.

« Où est-ce qu'il a été touché ? » s'écria Tess en se précipitant, suivie de Dex.

Elle fut assaillie par une cacophonie de voix d'enfants affolés :

« Il est mort ?

— Il a les yeux ouverts !

— Il faut lui faire du bouche-à-bouche !

— Éteignez ce moteur ! » hurla-t-elle à Booth, qui, pour une fois, obtempéra sans protester.

Agenouillée à côté de Charlie, elle pouvait voir qu'il respirait toujours, mais ça restait la plus épouvantable des visions : un petit garçon – son neveu – inerte, les yeux ouverts, comme flottant entre la vie et la mort. Il était conscient, mais rigide, peut-être sous l'effet du choc. Par-dessus son épaule, elle lança au cercle grandissant de badauds :

« Que quelqu'un aille chercher Naomi ! Isla, vas-y ! Charlie, Charlie, mon chéri, est-ce que tu m'entends ? Ça va aller… »

Il n'avait aucune blessure apparente à la tête, aux bras ou aux jambes, et, lorsqu'elle souleva son tee-shirt, rien de visible sur la poitrine non plus. Ses vêtements étaient intacts, à part sa basket gauche qu'il avait perdue et qui gisait non loin. Bien que le moteur de la fourgonnette soit maintenant éteint, elle pouvait encore en sentir la chaleur lorsque Booth sortit du véhicule – laissant sa portière ouverte comme s'il avait l'intention d'y remonter et de continuer sa route !

Em et Sara étaient apparues en première ligne.

« Mais pourquoi vous reculiez comme ça, enfin !

— Il est arrivé de nulle part, répondit Booth d'une voix inexpressive.

— Vous n'auriez pas dû être au volant pour commencer, s'écria Em. La rue est fermée aujourd'hui ! Pour l'amour du ciel, pourquoi vous ne respectez pas les règles comme tout le monde ?

— Vous n'avez pas vu les enfants qui jouaient ? » demanda Sara d'un ton impérieux.

Booth ne répondit pas. Venait-il de hausser les épaules ?

« Est-ce que quelqu'un a vu ce qui s'était passé exactement ? » demanda Tess, avant d'ajouter, en haussant le ton pour se faire entendre par-dessus un déluge de témoignages d'enfants : « Un adulte, je veux dire ?

— Moi. » C'était Karen, une maman d'un peu plus loin dans la rue qui avait une fille de l'âge de Charlie. « Je suis venue chercher Lola pour le déjeuner et j'ai tout vu. Le petit roulait à toute vitesse sur son skateboard, sans le maîtriser. Il s'est retrouvé dans le chemin de la fourgonnette et il l'a percutée sur le côté, tout près de l'arrière.

— Et lui, où a-t-il été touché ?

— À la poitrine, je crois. Il a dû avoir le souffle coupé.

— À quelle vitesse allait la fourgonnette ?

— Hé, ho, attendez une minute, là, protesta Booth, mais Karen était déjà en train d'expliquer :

— Très lentement, à peine quelques kilomètres à l'heure. Le garçon allait beaucoup plus vite – je doute qu'il ait été visible dans le rétroviseur. »

Elle adressa à Tess et Em un regard contrit. Bien qu'elle habite à l'autre bout de la rue et ne soit pas exposée de plein fouet aux nuisances de Booth, elle semblait savoir qui il était et remplir son rôle de témoin de la défense avec réticence.

C'est à ce moment-là que Jodie apparut à l'angle de Portsmouth Avenue, les mains pleines de sacs de courses, et que Naomi et Ralph arrivèrent en courant du n° 7, suivis de près par Libby. En voyant son frère étendu sur la route, l'adolescente lâcha un cri et agrippa le bras de son père, tandis qu'Isla, les joues sillonnées de larmes, restait hésitante à côté de Dex, qui sanglotait.

« Oh, mon Dieu, s'écria Naomi. Oh, mon Dieu, Charlie ! »

Au son de sa voix, Charlie bougea les yeux et Tess, défaillant de soulagement devant ces premiers signes qu'il émergeait de sa stupeur, laissa sa place à Naomi pour attirer ses propres enfants contre elle. Au portail du n° 7, Kit et Cleo aboyaient éperdument, sentant qu'il était arrivé quelque chose à leur famille.

« Tu l'as renversé, connard ? »

Sans attendre de réponse, Ralph se jeta sur Booth, mais Libby se cramponnait encore à lui et ce poids supplémentaire l'empêcha d'attraper l'homme à la gorge, ses doigts tendus le ratant de peu. En voyant cela, Jodie lâcha ses courses et essaya de le repousser en lui tapant dessus, mais toucha ce faisant la pauvre Libby, qui lâcha un cri de douleur.

« Le môme est sorti de nulle part ! protesta Booth. Je l'ai pas vu. »

Ni lui ni Jodie n'avaient tenté de s'approcher de Charlie ou demandé comment il allait, remarqua Tess.

Dans les faits, l'enfant allait mieux : il bougeait les bras et les jambes, et pleurait dans le giron de sa mère.

Appelant Finn à la rescousse, elle essaya de faire reculer Ralph.

« Tu devrais te calmer, sérieusement. Karen a tout vu, et ça ne s'est peut-être pas passé comme tu crois.

— Ah, voilà ! s'exclama Jodie. J'savais bien que c'était pas sa faute !

— Il n'aurait même pas dû être au volant, cracha Ralph.

— C'est ce que j'ai dit ! fit Em. Mais personne ne m'écoute. »

Elle ne faisait qu'aggraver les choses, et Tess songea qu'Ant, qui se tenait à quelque distance de là avec Sam dans les bras, aurait quand même pu essayer de la calmer.

« Est-ce qu'il faut qu'on appelle une ambulance ? demanda-t-elle à Naomi. Il a été heurté à la poitrine, apparemment. Il a peut-être une côte cassée.

— Il y a quarante-cinq minutes d'attente le dimanche, répondit Naomi. Je lisais justement un article là-dessus hier. Coupes budgétaires dans le système de santé. Ça ira plus vite de l'emmener nous-mêmes, si on peut le bouger sans danger. » À ces mots, Charlie commença à lutter pour se redresser. « On va prendre le risque. Va chercher la voiture, Ralph. *Ralph !* Finn, tu peux veiller à ce que la route soit dégagée pour qu'il l'amène ici ?

— Oui, bien sûr. »

Tandis que les deux frères s'activaient, Ralph détalant pour aller chercher sa BMW dans Portsmouth Avenue et Finn déplaçant poteaux et curieux, Em et Jodie continuèrent de se disputer, refusant chacune d'écouter l'autre et empourprées toutes deux par la chaleur et la colère. Booth était resté dans la rue, comme incertain de la marche à suivre. Il tendit la main vers la poignée de sa portière.

« Laissez-la exactement où elle est, lui lança sèchement Naomi. La police va vouloir l'examiner. Est-ce que quelqu'un l'a appelée ? Tess ?

— Pas encore.

— Eh bien, tu peux le faire, s'il te plaît ? »

Quelques instants plus tard, la BMW de Ralph apparut dans la rue, roulant au ralenti et tournant avec la plus grande méticulosité. Lorsque le véhicule s'arrêta devant eux, Naomi et Finn soulevèrent Charlie et l'installèrent, allongé, sur la banquette arrière, puis Naomi se glissa à côté de lui.

« Tu veux que je conduise pour pouvoir monter à l'arrière avec lui ? proposa Finn.

— Ça te dérange pas, vieux ? répondit Ralph en lui laissant sa place. Comme ça je pourrai prévenir les urgences. Allons-y. »

Avant que Tess ait pu protester, Naomi lui lança :

« Tu peux t'occuper de Libby et des chiens ?

— Bien sûr.

— Et appelle la police, lui rappela Ralph. Il ne va pas s'en tirer comme ça. »

Après leur départ, une stupeur silencieuse régna un moment. Puis les familles qui n'étaient pas directement concernées par le drame s'en allèrent, les jeux reprirent pour les plus jeunes à l'autre bout de la rue, et Booth et Jodie se replièrent chez eux.

La fourgonnette resta à l'endroit où elle était, dans la position où elle se trouvait au moment de l'impact. Il était évident aux yeux de Tess que la description donnée par Karen était vraie et que Booth avait effectué une marche arrière en arc de cercle parfaitement réglementaire ; la police ne trouverait pas de traces de pneus indiquant qu'il avait roulé trop vite. Mais il y avait aussi eu cet incident avec Sissy, non ? Cette fois-là, c'était elle qu'il avait manqué de percuter ; et il avait été vu en train de conduire dangereusement, avait dit Naomi.

« Venez juste me chercher quand la police arrivera, dit Karen à Tess. J'habite au n° 53. »

Un des cottages à l'autre extrémité de la rue, loin du front.

Après avoir confié la responsabilité de ses cousins à Libby et leur avoir dit d'attendre à l'intérieur avec les chiens, Tess appela la police. Il y eut un peu de confusion quant à la gravité de la situation, la victime ayant été retirée de la scène du crime, mais finalement, une voiture de patrouille arriva et Tess dirigea les agents vers les nos 1 et 53.

« Vous avez besoin d'un peu de contexte ? » proposa-t-elle lorsqu'ils réapparurent, et elle leur expliqua les règles de Dimanche On Joue Dehors. « Il a failli renverser la dame qui habite au n° 2, il y a quelques semaines – Sissy Watkins, elle s'appelle, si vous voulez lui parler ? Et regardez cet échafaudage ! Si ce n'est pas dangereux, ça, je ne sais pas ce qui l'est. »

Mais elle vit bien, à la façon dont ils la remerciaient, qu'ils considéraient ce déferlement d'informations comme le fait d'une femme à moitié hystérique, et elle ne put que les regarder, impuissante, quitter la scène du délit pour répondre à un appel plus urgent. Elle venait de regagner son propre portail lorsque Jodie arriva à grands pas, aussi furieuse que précédemment.

« C'est quoi votre problème, hein ?

— C'est à moi que vous parlez ? demanda Tess.

— Je vois personne d'autre aller cafter aux flics, vous si ? Pourquoi il a fallu qu'vous les appeliez, d'abord ? »

Une profonde hostilité émanait d'elle, qui avait presque sa propre odeur. Tess eut une vision d'elle-même, projetée par terre ou victime d'un de ces coups improbables dont on parlait dans les descriptions d'altercations violentes qui se soldaient par un terrible handicap ou même la mort.

« Si vous ne voyez pas pourquoi votre mari est en faute dans cette affaire, ce n'est pas moi qui vais vous l'expliquer.

— Z-avez pas besoin d'expliquer quoi que ce soit, répliqua Jodie avec mépris. C'est évident, ce qui se passe ici. »

Tess perdit patience.

« *Quoi ?* À part qu'à vous deux, vous mettez le bien-être de toute cette communauté en danger ?

— Oh, arrête ton char. Vous nous avez dans le nez depuis la seconde qu'on est arrivés dans cette rue. L'autre jour c'était l'échafaudage qu'allait pas.

— Parce qu'il n'était pas monté comme il fallait !

— Et allez pas croire que j'ai oublié que vous êtes entrée par effraction, non plus. Peut-être que je devrais en parler à la police, hein ?

— Je ne suis pas entrée par effraction.

— Vous avez bien fureté ? Décidé qu'on était pas assez bien pour vous ? Vous êtes rien qu'un tas de snobs, tous autant que vous êtes, et je crois que c'est vous la pire.

— Certainement pas », protesta Tess. Elle se rendit compte que sa réaction pouvait laisser entendre qu'elle était d'accord avec l'accusation plus générale de Jodie, et elle clarifia : « Aucun d'entre nous n'est snob. »

Jodie lui jeta un regard noir.

« Je vous ai à l'œil », dit-elle – une déclaration qui était peut-être un cliché mais n'en restait pas moins inquiétante – et, tout en s'éloignant, elle se retourna deux fois pour regarder Tess, histoire d'illustrer sa mise en garde.

Ce n'est que vers 19 heures que Ralph et Naomi revinrent de l'hôpital. Tess était au n° 7, dans le salon avec les enfants, lorsqu'elle les entendit la saluer de l'entrée et monter immédiatement l'escalier pour coucher Charlie. Finn, supposa-t-elle, devait être en train de garer la voiture. Libby se précipita à l'étage, laissant Tess attendre avec hésitation que quelqu'un réapparaisse.

« Comment il va ? » demanda-t-elle lorsque Ralph redescendit.

Elle devait lui rendre justice, il avait l'air déterminé, gonflé à bloc, tout le contraire de son propre état d'esprit.

« Il dort. On a dû attendre une éternité pour que quelqu'un l'examine. Le système de santé est vraiment dans un état déplorable.

— Ils lui ont fait une radio du thorax ?

— Oui, il n'a rien de cassé, Dieu merci. Il va avoir des bleus sur le flanc, c'est tout. Mais s'il s'était cogné la tête, ça aurait été une autre histoire. En l'état actuel des choses, il va juste être terrifié à l'idée de rejouer dehors.

— Un enfant devrait pouvoir se sentir en sécurité quand il joue dans sa propre rue », acquiesça Tess.

Il n'était pas question qu'elle dise que ce serait une bonne idée de porter un casque quand on apprenait à faire du skateboard. Voyant Naomi qui descendait pour les rejoindre, elle s'adressa à elle d'un ton jovial.

« C'est une super nouvelle, pour Charlie ! Il nous a fait une belle peur. J'ai fait des carbonara aux enfants pour le dîner, Libby m'a aidée à cuisiner. Elle a été très courageuse. Et on a promené les chiens ensemble.

— Oh, bien. » Naomi se laissa tomber sur une marche comme si elle ne se sentait pas la force de descendre jusqu'en bas, les yeux luisants de larmes. « Comment ça s'est passé avec la police, alors ? Ils ne nous ont pas encore appelés. Tu leur as donné mon numéro ?

— Rien ne s'est vraiment passé, admit Tess. Je veux dire, je leur ai expliqué qu'il s'était fait renverser – enfin, c'est Karen au n° 53 qui l'a fait. C'était la seule témoin adulte. Ils ont aussi interrogé Booth.

— Ils l'ont arrêté ?

— Non, il est encore chez lui, je crois. On dirait bien que c'était vraiment un simple accident. Il a remis la fourgonnette dans son chemin.

— Mais pas le camping-car », répliqua froidement Ralph, comme si c'était aussi la faute de Tess.

Naomi la dévisagea avec incrédulité.

« Est-ce qu'il a au moins reçu un avertissement, quelque chose ?

— Je ne sais pas. » Sous le poids conjugué de leurs regards, Tess se sentait totalement incompétente. « Je ne pouvais pas vraiment suivre la police chez lui, mais j'espère.

— Tu *espères* ?! répéta Ralph. J'y crois pas. Je vais y aller, Nao. Si la police veut pas lui donner une bonne leçon, c'est moi qui le ferai.

— Non, Ralph », lui répondit Naomi d'un ton sec, une veine sous son œil gauche palpitant visiblement.

Tess ne l'avait jamais vue aussi stressée, et l'apparition de Libby en haut des marches, se plaignant d'une migraine, n'arrangea pas les choses. Naomi se leva pour remonter, pensant au moins à dire au revoir à Tess, ce qui fut déjà plus que ce dont fut capable Ralph alors qu'il commençait à disputer l'attention de sa femme à sa fille. Pas un mot de remerciement de la part de l'un ou de l'autre, nota Tess. Mais ce n'était pas d'elle qu'il s'agissait, se rappela-t-elle ; c'était de ce pauvre Charlie.

Chez eux, Finn lui prit Dex des bras pour aller le coucher tandis qu'Isla allait se mettre en pyjama. Il semblait incroyable de penser que travail et vie de famille les attendaient le lendemain matin, comme n'importe quel autre jour. Tess entreprit de chercher de quoi dîner pour Finn et elle. Elle n'arrivait pas à déterminer si ce qui lui nouait l'estomac était de la faim ou de la nervosité, mais elle devait les plaques rouges et cuisantes sur sa peau à l'anxiété, elle le savait. Elle ouvrit la fenêtre de la cuisine pour essayer de se rafraîchir. De la musique lui parvenait du jardin de Booth, mais moins forte que d'habitude, et brusquement la voix de Ralph se détacha par-dessus.

« Me regarde pas comme ça, chérie. J'en ai besoin. »

Il devait être en train de fumer une cigarette, songea Tess. Elle avait à peine fait cette déduction qu'elle en sentit l'odeur.

Naomi semblait avoir retrouvé son sang-froid habituel.

« Charlie a décidé de dormir dans notre lit. Libby est couchée à côté de lui. Ils sont tous les deux shootés au paracétamol. Je n'en reviens pas que Tess ne se soit pas rendu compte que Libby avait mal à la tête.

— Et moi je n'en reviens pas qu'elle n'ait pas mieux géré les flics. L'un de nous aurait dû rester ici pour les recevoir. »

Hé, minute, c'était complètement injuste ! Et comme d'habitude, c'étaient eux les personnes les plus importantes au monde, eux seuls dont le point de vue méritait d'être considéré. *Le reste d'entre nous n'est là que pour les servir*, songea-t-elle. *Ce sont des égocentristes, pas si différents des Booth finalement...*

Elle se reprit mentalement, honteuse.

« Je les appellerai demain pour mettre les choses au clair, dit Naomi. Je suppose que quand on pense à toutes les situations qu'ils doivent gérer quotidiennement, celle-ci se termine bien.

— Tu as raison. Charlie n'a rien, c'est l'essentiel. Mais ce n'est pas terminé. »

Ralph s'interrompit, probablement pour tirer sur sa cigarette, et Tess imagina les toxines qui entraient dans ses poumons et coulaient par tout un réseau de tubes minuscules jusqu'à son cœur.

« De mon point de vue, ça ne fait que commencer », ajouta-t-il.

Lorsque Tess et Finn se retrouvèrent enfin seuls, assis à la table de la cuisine devant un bol de soupe, du pain et du fromage, elle hésita, ne sachant par où commencer.

« Ne recommence pas avec ces idées de déménagement, lui dit-il, anticipant l'attaque. Je suis épuisé. Les urgences pédiatriques doivent être un des pires endroits au monde. Tous ces hurlements, et la chaleur qu'ils maintiennent là-dedans, même en été !

— Ce n'est pas ce que j'allais dire, répliqua Tess, et tu n'étais pas obligé d'aller aux urgences pédiatriques. Vous n'aviez pas besoin d'être trois. »

Finn commença à dévorer son pain comme si c'était la première fois de sa vie qu'on lui donnait à manger.

« Je suis désolé. J'ai proposé sur un coup de tête. Je me suis occupé d'aller chercher les cafés. »

Tess haussa les sourcils.

« Oh, alors dans ce cas… »

Il lui sourit de toutes ses dents, lâchant son pain pour attraper et serrer doucement son bras.

« Qu'est-ce que tu allais dire, alors ? »

Elle relâcha son souffle.

« Je veux avancer nos vacances. Dès demain ou après-demain, je veux être partie d'ici. Peu m'importe ce que ça nous coûte de modifier les dates, j'ai besoin d'échapper à cette rue un moment. »

Elle avait l'impression qu'une semaine sur la côte au Portugal était tout ce qui la séparait de la dépression nerveuse. Elle voulait entendre le rugissement de l'océan Atlantique dans ses oreilles, pas les commentaires désagréables des voisins ni les cris de leurs enfants.

« Je ne suis pas sûr de pouvoir modifier mes dates de congé à la dernière minute comme ça, fit remarquer Finn. Cela fait des mois que je les ai réservées.

— Mais est-ce que tu peux essayer ? Ou simplement téléphoner pour dire que tu es malade ? »

Il hocha la tête, en portant sa dernière cuillerée de soupe à sa bouche. Tess n'avait pas encore touché à la sienne.

« Je voulais te demander », reprit-elle – le tonnerre soudain de la ligne de basse d'une chanson de Motörhead, à quelques pas de là, lui ayant rappelé la question qu'elle voulait poser. « Em m'a dit que tu avais envoyé à la municipalité une de ces plaintes officielles dont Ant a besoin pour obtenir ses formulaires. Je croyais qu'on avait décidé de ne pas témoigner, au cas où on déciderait de vendre ? Tu sais qu'on est obligé de divulguer tout conflit de voisinage aux acheteurs.

— C'est trop tard pour ça, Tess. » Finn soutint son regard, avançant la mâchoire en une mimique qui rappelait étrangement son frère. « Tu ne viens pas d'appeler toi-même la police à son sujet ? On est tous officiellement impliqués, maintenant. »

8

Sissy

— Avais-je eu des raisons de me plaindre auparavant ? Vous êtes vraiment en train de me demander ça maintenant ? Après ce qui vient d'arriver ?

— OK, mon principal grief. Mon principal grief, c'est qu'il m'a coûté toutes mes réservations. Ça vous suffit ? Il m'a coûté toutes mes réservations et je ne peux rien faire à ça !

Ms Sissy Watkins, 2 Lowland Way,
enquête de proximité par la police de Londres,
11 août 2018

Une semaine plus tôt

« Merci, elles sont magnifiques », dit Naomi en portant les roses à son nez, et Sissy la regarda inspirer profondément leur parfum avec la délectation d'une personne redécouvrant la vie. Sa peau scintillait comme de l'or. Le choc de l'accident de Charlie, la suggestion d'une tragédie, sublimait sa beauté.

Sissy se rappela la dernière fois qu'elle avait offert des fleurs à un voisin : des crocus à Darren Booth, ce premier samedi – une expérience nettement moins poétique. Il les avait probablement jetés sur son tas d'ordures dès qu'elle avait eu le dos tourné.

« Je suis désolée de ne pas être venue plus tôt dans la semaine. J'ai essayé une ou deux fois, mais il n'y avait personne.

— Vous savez comment c'est, le mois d'août, répondit Naomi. Les complications habituelles des vacances scolaires. Tess et Finn sont partis au Portugal plus tôt que prévu et j'ai emmené les enfants et les chiens chez mes parents, alors j'ai travaillé tard tant que j'en avais l'occasion. »

Alors que Naomi l'informait de l'état de santé de la victime et des appels qu'elle et Ralph avaient passés à la police et à la municipalité à la suite de l'incident, Sissy sentit, à sa grande consternation, un bâillement lui étirer la bouche.

« Je suppose que c'est là le résultat du metal des années 1980 d'hier soir ? fit Naomi. Je ne m'étais pas rendu compte que sa musique représentait un tel problème même de l'autre côté de la rue. Vous savez, vous pouvez toujours vous orienter vers du double vitrage… Je peux vous donner les coordonnées de la société qui a posé le nôtre, si vous voulez ?

— Je n'ai pas vraiment le budget pour, répondit Sissy en soupirant. J'ai à peine les moyens de nettoyer les fenêtres que j'ai déjà.

— Votre chiffre d'affaires est vraiment affecté à ce point ?

— Oui, j'ai encore des réservations, mais tous les avis récents se rejoignent : ils ne reviendraient pas, à cause de la pagaille que c'est en face. Bientôt, ma note sera trop basse pour attirer qui que ce soit hormis les touristes désespérés de dernière minute. »

Voisins bruyants, disait un commentaire récent. Bien pour une nuit ou deux, mais vous n'auriez pas envie de vivre là.

Il y avait une autre propriété dans Lowland Gardens qui auparavant avait été plus souvent disponible que la sienne, mais était désormais plus souvent réservée.

« À quelle heure vous avez finalement pu vous endormir ? demanda Naomi.

— Oh, je ne me souviens pas. Trop tard. »

Sissy sentit son cœur battre la chamade en imaginant la tête de sa voisine si elle lui avait dit la vérité au sujet de la nuit passée. Pour commencer, cette dernière ne pensait probablement pas que les femmes de plus de soixante ans avaient des relations sexuelles. (Elle ne pensait probablement pas qu'elle-même deviendrait assez vieille pour le découvrir, s'imaginant à l'abri de la ménopause et autres effroyables effets de l'âge qui attendaient les autres femmes au tournant.) Ensuite, ne trouverait-elle pas à la limite du sordide de tenir un Bed & Breakfast et de coucher avec un de ses clients ? Car c'était ce que Sissy avait fait. Darren Booth aurait pu avoir toute la troupe des Folies Bergère en train de danser le cancan devant chez lui la veille au soir, et elle n'aurait même pas fermé sa persienne.

En fait, ce n'était pas exactement vrai. Si la conversation avait été engagée avec son amant de la nuit, et le premier verre offert, ça avait été précisément à cause de

Booth. Tout était à cause de Booth dorénavant – quand ce n'était pas en dépit de lui.

Graham Reddy, l'homme de Solihull qui avait réservé chez elle, était descendu à la cuisine vers 21 h 30 avec une bouteille et lui avait demandé s'il pouvait utiliser un de ses verres à vin. Elle avait été sur le point de lui faire remarquer qu'il y en avait dans sa chambre lorsqu'il lui avait offert à boire. Lui avait demandé si les affaires marchaient bien.

« Jusqu'à récemment, oui », lui avait-elle répondu, exactement comme elle venait de l'avouer à Naomi.

C'était assurément son sentiment d'impuissance au sujet de Booth qui l'avait conduite à ouvrir une deuxième bouteille de vin, mais il y avait manifestement de l'attirance au départ. Il était du même âge qu'elle, deux fois divorcé, prêt à prendre sa retraite mais financièrement incapable de le faire. « Et je ne le serai jamais, avait-il dit. C'est comme ça. » Et cette déclaration avait semblé résumer son apparente insouciance. Ça avait été le premier rapport sexuel de Sissy depuis qu'elle avait divorcé de Colin et, à cet instant, sur le seuil de Naomi, dans la froide et rationnelle réalité du jour, l'épisode lui semblait presque fantastique, comme si elle l'avait imaginé. Oh ! Se pouvait-il qu'il ait été moralement répréhensible de prendre son argent ? Cela faisait-il d'elle une prostituée ? Les clients payaient à l'avance sur le site, mais si ça s'était fait de manière traditionnelle, par remise de chèque ou d'espèces au moment du départ, elle n'aurait pas osé le faire payer.

Elle avait remarqué la musique de Booth alors qu'ils paressaient au lit dans la chambre de devant. Il devait être 1 heure du matin, à ce moment-là.

« C'est lui, la terreur de votre quartier ? » avait demandé Graham en allant à la fenêtre.

Il ne s'était pas rhabillé et, lorsqu'il avait poussé le rideau et laissé la lumière de la rue révéler son corps pâle, Sissy avait senti le feu lui monter aux joues.

« La bourgeoise et lui sont en train de fumer à la fenêtre de leur chambre. Il m'a l'air d'une mauviette, à moi.

— Il est plus fort qu'il n'en a l'air », avait répondu Sissy.

S'enveloppant dans le drap, elle l'avait rejoint.

À moitié éclairé par-derrière, l'échafaudage au n° 1 donnait l'effet saisissant d'un exosquelette, tandis que les silhouettes de Darren et Jodie à leur fenêtre faisaient penser à des cibles de tir. Il était impossible de dire si eux avaient vu Sissy et Graham. Peut-être était-ce le vin, ou la flambée post-coïtale de confiance en soi, mais Sissy s'était sentie plus sûre de sa capacité à leur faire face que jamais auparavant.

« Je suis certaine qu'on va résoudre le problème d'une façon ou d'une autre, avait-elle continué. Mais pour l'instant, tout ce que je peux faire, c'est m'installer dans cette chambre moi-même quand j'ai des clients, pour qu'ils puissent dormir dans celle du fond.

— Sauf quand ils viennent te rejoindre », avait remarqué Graham avec un petit rire.

Il avait regagné le lit. Espérait-il passer toute la nuit là, s'étaitelle demandé, où bien retournerait-il dans la chambre pour laquelle il avait payé ?

« Ma sœur a eu un peu le même genre de problème, il y a quelques années.

— Beaucoup de gens connaissent cela, ai-je découvert. Qu'est-ce qu'elle a fait ?

— Oh, on a réussi à le faire fuir, avec quelques amis.

— Comment ?

— Je ne suis pas sûr que tu aies besoin de savoir ça, Sissy. »

Elle n'avait pas non plus besoin de connaître le nom de sa sœur ou n'importe quel autre détail de sa vie : leur relation était trop éphémère. Il lui était brusquement venu à l'esprit qu'il lui avait peut-être menti en se disant célibataire. Ou bien les gens ne s'embêtaient-ils plus à mentir, à leur âge ? Elle, en tout cas, ne s'en donnait pas la peine. Si on n'était toujours pas capable de dire la vérité quand on entrait dans sa septième décennie, on ne le serait probablement jamais.

Le lendemain matin, elle lui avait dit au revoir à la porte, déterminée à retrouver l'air de professionnalisme qu'elle avait eu lorsqu'il était arrivé. S'il avait ressenti de l'embarras, il l'avait caché en se tournant vers la rue tout en parlant.

« Maintenant que je le vois à la lumière du jour, cet échafaudage a l'air un peu dangereux.

— Il l'a monté lui-même, apparemment, avait répondu Sissy. Je suis sortie un jour, et quand je suis revenue, il était là.

— C'est toujours comme ça », avait-il répliqué, comme s'il rencontrait des types du genre de Booth chaque jour de la semaine.

Il n'y avait eu aucun projet de rester en contact. Ce n'était pas ce genre de relation.

En rentrant de chez Naomi, Sissy laissa ses pensées se tourner vers ce qu'elle avait besoin de faire avant une visite de deux jours chez sa vieille amie Anthea, dans le Wiltshire (elle dormirait bien là-bas, ça, c'était sûr : Anthea et son mari vivaient en bordure de leur village et n'avaient pas de voisins). En passant devant chez Tess avant de traverser, elle se rendit compte que l'objet du mécontentement de la rue l'observait du premier étage de son échafaudage. Elle évita son regard et descendit du trottoir ; et c'est alors que, pour la première fois depuis qu'ils se connaissaient, il engagea la conversation avec elle.

« La nuit a été bonne ? »

Elle s'arrêta au milieu de la rue, hésitante. Qu'est-ce qu'il entendait par là, exactement ?

« Z-avez passé un bon moment avec votre client ? » ajouta-t-il.

Donc il les avait vus. Tout ébranlée qu'elle soit, Sissy remonta sur le trottoir pour le regarder calmement dans les yeux. Ainsi penché au-dessus d'elle, de derrière le garde-fou qui lui arrivait à la taille, il semblait étrangement menaçant. La taquinerie cruelle était une dynamique toute neuve entre eux ; jusqu'à présent, il n'avait fait que la dédaigner, balayant ses plaintes comme des guêpes étourdies par un coup de tapette.

Eh bien, s'il voulait parler, elle allait parler.

« Pour répondre à votre première question, je pense que notre nuit à tous aurait été bien meilleure sans le heavy metal en bruit de fond, merci bien. Mais nous faisons de notre mieux, compte tenu des limitations.

Bien sûr, vous ne vous en tirerez pas comme ça encore très longtemps. C'est un comportement antisocial, que vous soyez capable de le voir ou non. »

Booth la dévisagea d'un air légèrement méprisant.

« Vous auriez dû appeler la police si ça vous gênait tant. »

Était-il vraiment si peu attentif à son environnement qu'il n'avait pas deviné que ses voisins avaient déjà essayé de faire intervenir la police, qu'ils avaient la municipalité dans leurs numéros abrégés ? Il avait sûrement commencé à recevoir des lettres officielles, depuis le temps ? Puis elle se rappela la mise en garde de Naomi : *ils devineront qui a déposé plainte et risquent de recourir à la violence verbale.* Il devait y avoir eu un développement, ce qui était une bonne chose, même si elle se serait bien passée de cette interaction.

« Plutôt lui que moi, c'est tout ce que je peux dire, ajouta-t-il.

— Je vous demande pardon ?

— Votre type hier soir. Une vieille conne comme vous. »

Sissy eut un hoquet de stupeur et sentit le rouge lui monter aux joues avec la rapidité d'un feu de brousse : avait-elle bien entendu ? Non, il ne pouvait quand même pas avoir dit ça. Et pourtant, si. Muette de rage et d'humiliation, elle ramassa un morceau de brique sur son tas de rebuts et le lui jeta au visage, lâchant un cri de frustration lorsque à la place il toucha le mur et tomba bruyamment par terre. Tandis que Booth riait de son incompétence, elle recula pour traverser la rue d'un pas titubant, les jambes tremblantes et les larmes aux yeux.

« Quoi ? Qu'est-ce que j'ai dit ? » lui lança-t-il, moqueur.

Il voulait qu'elle lui répète le mot et qu'elle en fasse son crime à elle, pas le sien. Comment pouvait-il être aussi cruel ?

Comment avait-il survécu si longtemps en disant des choses pareilles, sans être assassiné dans son sommeil ?

9

Ralph

— Pour être honnête, je dirais que le bruit a été plus insupportable pour d'autres que pour nous. Mon frère et sa femme, par exemple, ils ne sont séparés de Booth que par une seule autre maison, et ils n'ont pas de double vitrage. Et en plus leur chien est très nerveux, il aboie beaucoup. Mais tout le monde a son propre seuil de tolérance, pas vrai ?

Mr Ralph Morgan, 7 Lowland Way,
enquête de proximité par la police de Londres,
11 août 2018

Une journée plus tôt

Dernièrement, pour son apéro hebdomadaire avec Finn, Ralph suggérait le *Star* dans le Rushmoor Estate plutôt que leur troquet traditionnel, le *Fox and Hounds*, un pub-restaurant dans la grand-rue qui était fréquenté par des gens comme eux. Des « amateurs de mousseux italien et de manteaux pour chiens », comme les appelait Finn, et Kit, un croisé lévrier, avait une collection particulièrement fournie de manteaux douillets choisis par Naomi et Libby.

Pourquoi il était attiré par le *Star*, avec son mobilier délabré et sa clientèle à cran, il ne savait pas exactement, mais c'était peut-être un prolongement de ces détours qu'il faisait en rentrant du travail : il revisitait les privations d'autrefois. Qu'est-ce qu'un psychiatre aurait eu à dire là-dessus ? Qu'il se sentait menacé dans Lowland Way et avait besoin de se rassurer sur le fait que l'herbe était plus verte chez lui qu'ailleurs ? Ou bien que ce conflit avec Booth l'avait incité à étudier d'autres membres de sa tribu, pour mieux comprendre (et vaincre) ce dernier ?

Quoi qu'il en soit, Finn avait jusqu'alors résisté à l'idée, mais ce soir il avait changé d'avis, arguant qu'après une semaine pourrie au bureau, il avait envie de marcher un peu plus. Comme chaque fois qu'il se plaignait de son travail, Ralph remarqua le réflexe de regret qui suivit, comme si Finn craignait une énième tentative de sa part pour le débaucher, ce qui aurait été blessant si Ralph n'avait pas su à quoi était due sa peur de rejoindre l'équipe de Morgan Articles en Cuir. Ou plutôt, à qui.

Il était déjà 21 heures lorsqu'ils arrivèrent, et le bar était plein à craquer de buveurs du vendredi, dont une bonne partie avaient l'apparence de picoleurs de carrière.

« Seigneur, dit Finn alors qu'ils attendaient d'être servis, c'est moi ou on sent encore l'odeur de fumée d'avant l'interdiction ? Quand c'était, déjà ?

— 2007 », se remémora Ralph. C'était l'année où il avait arrêté. Ou « arrêté », entre guillemets, compte tenu de ses moments de faiblesse occasionnels. « Ça ressemble pas mal au *Bell*, hein ? Tu te rappelles quand papa nous emmenait là-bas ? On devait avoir l'âge de Libby. Bien trop jeunes pour avoir le droit de boire.

— C'était une autre époque, répondit Finn. Un autre monde. Je ne me rappelle pas avoir entendu qui que ce soit dire : "Ils ne devraient pas être au lit, ces petits ?"

— Ou : "Leurs jeunes poumons ne devraient-ils pas être protégés de ce brouillard de fumée ?" Nos vêtements devaient puer le tabac froid. »

Lorsqu'ils s'installèrent à une table près de la porte, Ralph résista à la tentation d'essuyer les flaques laissées dessus par ses occupants précédents avec la serviette Prêt à Manger qu'il avait dans sa poche. Il y avait un homme, à la table voisine, qui ne cessait d'attirer son regard. Bien qu'il ne soit pas très différent physiquement des autres clients d'âge mûr à la bedaine de buveurs de bière, il y avait quelque chose dans son expression, dans son langage corporel, de désagréablement familier pour Ralph. Il pouvait voir en cet inconnu la personne qu'il aurait pu lui-même devenir s'il n'avait pas eu la bonne motivation au bon moment (le bon endroit, on pouvait toujours le trouver). Le meilleur mot pour décrire ce qui se dégageait de lui était « amertume », mais c'était plus subtil que ça : plutôt comme la dernière tentative désespérée de trouver une porte de sortie avant de capituler.

« Tu sais, quand les gens disent "Cela aurait tout aussi bien pu être moi" devant moins heureux qu'eux ? demanda-t-il.

— Ouais ?

— Eh bien, je déteste cette attitude. Pourquoi est-ce qu'on est censé être aussi humble ? Pourquoi on ne peut pas dire "Je suis arrivé là parce que j'ai bossé comme un chien. Je ne voulais pas la deuxième place sur le podium" ? »

Il regarda, par la fenêtre, le « jardin » bétonné devant le bar, puis la vaste étendue de route avec ses détritus amassés par le vent dans les caniveaux, et enfin, au-delà, un jeune arbre en cage, pitoyable effort de la municipalité pour injecter un peu de verdure. Le grillage était déchiré ; ce n'était qu'une question de temps avant que l'arbre se retrouve aplati par une voiture.

Il y eut une explosion de rires masculins à la table voisine, suivie d'un concert de quolibets alors qu'un jeune homme maigre, les joues roses, était éjecté du groupe en direction du bar. Ne laissez jamais les potes attendre quand c'est votre tournée, leur avait appris le père de Ralph, et ils ne l'avaient jamais fait. Son regard se porta sur un autre membre du groupe, un homme de trente à quarante ans, puissamment bâti et dégageant une impression d'énergie violente.

« Tu sais ce que je me dis ? » dit-il à Finn. On n'aurait pas besoin de chercher très loin si on avait besoin d'aide. Tu sais, pour régler notre problème. Si les choses en arrivent là.

— Tu crois que ce sera le cas ?

— C'est possible. »

Pendant que Finn allait au comptoir leur commander un deuxième verre, Ralph consulta ses mails professionnels. Une notification pour un message ajouté plus tôt sur Facebook par Naomi s'afficha : *Dimanche On Joue Dehors aura lieu cette semaine comme d'habitude.* À la suite de l'accident de Charlie, ils allaient fermer la rue un peu plus bas, au niveau de chez eux et Finn et Tess, utiliser des poteaux supplémentaires et se relayer pour surveiller le panneau. Comme une putain d'unité antiémeute, songea-t-il avec une rage renouvelée. Quoi que Booth pense trafiquer dans Lowland Way – monter un commerce, rénover une maison –, ce qu'il faisait vraiment, c'était compromettre une communauté. *Leur* communauté. Ralph et Naomi étaient pour beaucoup dans l'élévation de leur rue au niveau de perfection qu'elle connaissait, et il n'était pas question qu'il laisse un homme anéantir à lui seul tout leur travail.

Oui, il se procurerait de l'aide, si les choses en arrivaient là. Il ne le laisserait pas gagner.

Finn revint avec leurs boissons.

« Devine qui je viens de voir assis avec ses potes à l'autre bout du bar ?

— Tu me fais marcher, là ! Il est là depuis le début ?

— Elle aussi. La sortie couple du vendredi soir. »

En allant aux toilettes, Ralph leur jeta un coup d'œil. Ce fut un choc de voir Darren et Jodie hors contexte, le premier en tenue civile et la seconde à peu près décente avec sa courte robe noire, son maquillage et ses talons, entourés de quatre autres personnes. Pintes, cigarettes et téléphones éparpillés sur la table. Darren ne disait rien – ce n'était pas son genre d'être loquace – mais il était souriant et détendu. Ralph repensa à Charlie allongé sur un lit à roulettes, à la chaleur oppressante et au mobilier vétuste et vaguement aromatique des urgences pédiatriques, et son regard se durcit. C'était là l'homme qui avait envoyé son fils à l'hôpital, qui aurait aisément pu le *tuer*.

Il sortit son téléphone de sa poche et tapa un SMS :

> Dernier avertissement : vire ce tas de ferraille de devant ma maison avant 8 heures demain matin.

Booth était-il le genre à répondre à un SMS dès qu'il le recevait ? Manifestement non.

« Ça te dit de rentrer après ce verre ? demanda-t-il à Finn. D'en prendre un dernier à la maison avec les filles ? »

La soirée avait tourné à l'aigre pour lui, et le plaisir tout au mieux discutable qu'il prenait à être au *Star* s'était volatilisé. Il avait dit à Finn qu'ils n'auraient pas à chercher loin pour trouver de l'aide, mais Booth était arrivé là bien avant eux. Il y était chez lui.

Ils rentrèrent chez eux d'un pas lourd, Finn taquinant son frère sur sa dévotion envers sa femme. Ouais, ouais. Ce n'est qu'en approchant de leur extrémité de Lowland Way qu'il sentit son téléphone vibrer dans sa poche, et qu'il s'arrêta à côté du camping-car. C'était une nuit douce avec un beau clair de lune, le genre de nuit où on aurait apprécié de voir une Jaguar de collection devant chez soi, pas cette épave massive et malodorante.

« Vas-y, rentre, dit-il à Finn. J'en ai pour une minute.

— OK. Va pas lui crever ses pneus, hein ? répondit son frère sur le ton de la plaisanterie. Parce que après il aurait *vraiment* une excuse pour ne pas le bouger…

— Pas mon intention. Du moins pas devant toi », répliqua Ralph.

Le message était de Booth :

Sinon quoi ?

Ralph s'appuya au flanc du camping-car. C'était la première fois qu'il le touchait, et il découvrit que le métal était chaud sous ses doigts, après une longue journée passée au soleil. Lorsqu'il enleva sa main, l'endroit où il l'avait posée resta visible dans la poussière maculant la carrosserie : une parfaite copie de ses cinq doigts, comme un relevé d'empreinte.

Il tapa en réponse :

Sinon tu le regretteras.

10

Ant

— Les plus affectés ? Eh bien, c'est nous, évidemment, on habite juste à côté ! Mais je dois dire que Sissy Watkins en bave pas mal aussi. La pauvre femme a pris un sacré coup de vieux, on s'inquiétait beaucoup pour elle, même avant ça.

— Cela dit, les gens diraient probablement la même chose de nous.

Mr Anthony Kendall, 3 Lowland Way,
enquête de proximité par la police de Londres,
11 août 2018

Une journée plus tôt

Depuis que Darren et Jodie avaient emménagé, c'était le premier vendredi où ils n'étaient pas là lorsque Ant rentra du travail. Pas là ! L'élan de nostalgie que cela lui inspira fut comme un coup de pied à l'estomac : c'était à ça que devait ressembler l'arrivée d'un week-end, surtout en août. Ensoleillée et fringante, avec un doux parfum de liberté dans l'air.

Sauf que la puanteur de l'échafaudage voisin gâchait tout. L'odeur était ignoble, comme si les planches avaient été récupérées au fond de la Tamise. L'étage inférieur était encombré de matériaux : Booth semblait s'en servir comme d'un entrepôt temporaire, avec un boîtier d'alarme d'apparence si peu solide qu'on se demandait si ce n'était pas un de ces systèmes factices dont les fils ne sont raccordés à rien.

Après qu'Em lui avait fait part de ses doutes sur la compétence des ouvriers, Ant avait regardé une vidéo sur YouTube pour vérifier si l'échafaudage avait été monté correctement, et avait conclu qu'il manquait une entretoise longitudinale entre les deux plates-formes.

« Ne t'en approche pas avec Sam, au cas où quelque chose en tomberait, avait-il dit à Em.

— Je ne suis pas idiote, avait-elle répondu, sur la défensive. Je protège sa tête chaque fois qu'on entre et qu'on sort. »

Cette semaine, elle s'était plainte du bruit fracassant du décapage de la façade entre les fenêtres de l'étage et les sous-faces du toit, ainsi que des crissements soudains et intolérables des matériaux traînés sur les planches, mais le fait était que tout cela était parfaitement légal entre 8 et 18 heures du lundi au vendredi, et entre 8 et 13 heures le samedi. La loi ne se souciait pas des parents au foyer, des télétravailleurs ou de tous ceux qui espéraient pouvoir faire la grasse matinée après une semaine de travail éreintante.

« Calme plat à l'ho… » commença-t-il en refermant la porte derrière lui, avant de s'interrompre à la vue d'une grosse valise dans l'entrée. « Em ? »

Dans la cuisine, Sam était dans sa chaise haute, le visage maculé de purée de carottes, tandis qu'Em sortait des aliments du réfrigérateur pour les transvaser dans des Tupperware. La radio était allumée, comme toujours désormais, pour former une première ligne de défense contre ce qui pouvait venir les assaillir par les murs et les fenêtres.

« Pourquoi est-ce qu'il y a des bagages dans l'entrée ? » demanda-t-il en se baissant pour embrasser son fils.

Em se tourna vers lui, efficace, déterminée.

« Parce que je vais chez mes parents. Juste pour une semaine, peut-être un peu plus. »

Ant cligna plusieurs fois des yeux, comme si sa vue s'était brusquement brouillée.

« Tu veux dire, avec Sam ?

— Évidemment, avec Sam. »

Sans en parler avec lui, qui n'avait encore jamais passé plus d'une nuit ou deux loin de son fils.

« Quoi, maintenant ?

— Non, je n'ai pas la force d'affronter les embouteillages du vendredi soir. On part demain matin. J'ai passé une journée atroce, du bruit du début à la fin. Je n'en peux plus.

— Je pensais qu'on était tranquilles, pour une fois, fit Ant avec un geste en direction du mur mitoyen.

— Oui, ils viennent de sortir. Mais t'inquiète pas, ils vont revenir et recommencer de plus belle. »

T'inquiète pas ? Comme s'il avait *envie* que la torture reprenne.

« À moins qu'ils soient partis en vacances ? » dit-il avec espoir.

Em secoua la tête.

« Non, il n'aurait pas laissé tout ce bazar sur son échafaudage. Et puis je l'ai entendue, elle, dire au téléphone ce matin : “Elle sera prête demain à la même heure” ; elle devait parler d'une des voitures. »

Em n'utilisait plus les noms de Darren et Jodie. De son point de vue, ils étaient « il » et « elle », interchangeablement odieux.

« OK. »

Ant essuya la bouche de Sam et le souleva de sa chaise. Il commençait à peser lourd, et se tortillait pour être posé par terre et pouvoir refaire une tentative de marche à quatre pattes.

« Ralph m'a envoyé de bonnes nouvelles par e-mail aujourd'hui. Il a relancé la municipalité au sujet du commerce de voitures et ils disent que l'extrait vidéo qu'on leur a envoyé est exactement ce qu'il leur fallait. Ils ont lancé une enquête préliminaire et trouvé des correspondances entre les voitures mises en vente et celles garées dans la rue. »

Il s'interrompit pour laisser à Em le temps de s'enthousiasmer, ce dont elle s'abstint.

« Waouh, de vrais Sherlock, hein ? s'exclama-t-elle d'une voix railleuse. Pourquoi est-ce qu'ils ne font rien, alors ?

— Ils ont fait quelque chose. Ils ont écrit à Booth, mais pour l'instant, il n'a pas répondu.

— Surprise, surprise !

— Ils laissent un délai de vingt-huit jours.

— Évidemment. » Ses sarcasmes semblaient dirigés contre lui, comme si elle lui en voulait personnellement. « Pourquoi pas vingt-huit semaines ? Faudrait surtout pas lui foutre la pression pour faire quelque chose qui le mette mal à l'aise. »

Ant soupira.

« Je sais que c'est frustrant, Em. Tout ce que tu ressens, je le ressens aussi.

— Non. » Elle arrêta ce qu'elle était en train de faire avec les Tupperware et agrippa son poignet de l'autre main. « Tu es au travail la majeure partie du temps. Moi je suis ici à longueur de journée, à deux pas de cette racaille ! »

Prenant une bouteille dans le casier à vin et le verre de la veille sur l'égouttoir, Ant s'assit à la table.

« Je sais, et je n'aime pas l'idée que tu subisses ça. Mais, pour ma part, je suis rassuré de savoir qu'on s'attaque à ce problème en groupe.

— Et pour la mienne, j'ai juste envie de mettre le plus de distance possible entre eux tous et moi. Et comme une île déserte n'est pas une option, le Gloucestershire devra suffire. »

Ant se mit à boire, mais l'effet ne fut pas aussi instantané qu'il l'aurait souhaité.

« D'accord. Je viens avec toi ce week-end, et je prendrai le premier train lundi pour rentrer.

— Non, répliqua Em, inflexible. Tu ne comprends pas : je veux partir toute seule. J'ai besoin d'être au calme dans ma tête aussi. De ne plus avoir à discuter d'eux pendant un temps. »

Il sentit son pouls s'accélérer, sa peau rougir.

« Tu me demandes de ne pas passer le week-end avec ma femme et mon fils parce que je risque de faire une remarque sur quelque chose qui affecte notre bien-être ?

— Oui. Ou parce que je risque de le faire, moi. C'est de ça qu'on parle toujours, maintenant, pas vrai ? Toujours ! »

Il devait admettre qu'elle avait raison. C'était arrivé insidieusement et en même temps, avec une rapidité effrayante. Il était bien connu que les jeunes parents n'avaient qu'un seul sujet de conversation, mais dans cette famille, Sam partageait l'attention de ses parents avec leurs voisins. *Qu'est-ce qu'il a fait aujourd'hui ?* Quand Ant posait cette question à Em en rentrant, elle s'appliquait aussi bien à Sam qu'à Darren Booth.

Em retourna à sa tâche, empilant les boîtes dans le réfrigérateur.

« S'il te plaît, Ant, n'en fais pas tout un drame. »

Il fit de son mieux pour respecter sa demande. L'idée d'un week-end en solitaire n'avait pas besoin d'être déprimante. Il pourrait aller au musée, au marché, au théâtre peut-être, n'importe laquelle de ces activités idéalisées auxquelles les parents d'un nouveau-né ne peuvent plus se livrer, et qu'il n'était pas sûr d'avoir beaucoup pratiquées par le passé.

Il prit conscience qu'il était affamé.

« Qu'est-ce qu'on mange ?

— Je n'ai pas eu un instant pour penser au dîner. »

Trop occupée à préparer sa fuite.

« On va commander une pizza. Mais d'abord, je vais faire prendre son bain à Sam », déclara-t-il.

Et Sam, au moins, coopéra, plutôt que de se crisper pour objecter comme il le faisait parfois lorsqu'on le séparait d'Em.

« Je t'aime », lui dit Ant en montant l'escalier pour l'emmener dans la salle de bains, et il sentit une boule se former dans sa gorge, comme si c'étaient là les seuls mots qui restaient à leur famille – la seule émotion – qui ne soient pas ternis par des forces extérieures.

Sans le moindre tapage à côté, le rituel du coucher de Sam se déroula avec une facilité exemplaire et, après une pizza partagée devant la télévision, Em profita du silence pour aller se coucher tôt. Se retrouvant seul avec une deuxième bouteille de vin entamée, Ant sentit son humeur s'assombrir. Qu'est-ce qu'il faisait là, assis tout seul ? Em et lui auraient dû savourer le calme, discuter et rigoler ensemble (peut-être même, on pouvait rêver, faire l'amour). Au lieu de cela, il était seul avec son nouveau compagnon de vie, l'apitoiement sur lui-même.

Jusqu'à ce que Darren et Jodie rentrent, vers minuit, parlant d'une voix rendue tapageuse par l'alcool, et allument la musique. Il allait s'écouler dix, quinze minutes maximum avant que Sam se réveille et qu'Em le descende ou qu'Ant monte les rejoindre pour un énième conciliabule furieux.

Il ouvrit la porte d'entrée et sortit dans l'air de la nuit. De l'autre côté de la rue, dans le jardin de Sissy, des spots près du sol, tournés vers le ciel, dirigeaient le regard vers les lauriers dans leurs hauts pots, le sombre lacis de glycine sous les fenêtres de l'étage. La première fois qu'ils avaient visité leur maison, Em et lui s'étaient arrêtés à la fenêtre de la chambre et avaient plaisanté sur le fait que la vue qu'offrait celle-ci était bien meilleure que celle qu'on avait d'en face.

« Je préférerais vivre là-bas, évidemment, avait dit Em, si j'avais le choix.

— Moi aussi, avait-il répondu. Ça viendra. »

Comme si tout était possible. Comme s'ils avaient trouvé leur place dans le monde et qu'il ne leur restait plus désormais qu'à s'en tailler une plus grosse part.

Son regard s'arrêta sur la fourgonnette garée au bord du chemin, du côté appartenant aux Booth. Peut-être qu'Em et lui pourraient planter une haie de cyprès de leur côté pour cacher la vue, créer une séparation. Mais s'ils faisaient cela, où se gareraient-ils ? Les six ou sept places les plus proches étaient occupées par les véhicules de Darren, et la compétition pour celles qui restaient était devenue hargneuse. Le camping-car devant chez Ralph et Naomi se trouvait là depuis maintenant des semaines ; sa batterie était probablement à plat.

Le volume de la musique baissa. Dans le bref intervalle avant la chanson suivante, un cri lui parvint de l'intérieur. Sam.

Espèce de connard, songea Ant, *tu as réduit mon existence aux silences entre deux chansons. Tu as rendu la vie intolérable chez moi, tu as spolié mon fils de son droit à un sommeil digne de ce nom, et tu es bien parti pour foutre mon couple en l'air.*

Car le départ d'Em le lendemain matin serait le début de la fin, il en était certain. Pas une semaine, mais *une semaine, peut-être un peu plus*. Tant que Booth régnerait, tant que Jodie le soutiendrait et l'encouragerait, Em ne reviendrait pas. Combien de temps s'écoulerait-il avant qu'elle trouve près de chez ses parents une charmante crèche ? Un boulot aux horaires flexibles pour une jeune mère retournant au travail ?

La porte du nº 1 s'ouvrit et Jodie apparut. Elle entreprit de descendre le chemin en chancelant légèrement sur ses talons hauts.

Expirant lentement dans un effort pour se calmer, Ant eut une idée très nette de ce que cela devait faire d'affronter son ennemi quand on n'avait plus rien à perdre.

11

Tess

— Oui, je dirais aussi que ce sont les Kendall qui en souffrent le plus. Em en particulier est désespérée, au bord de la crise de nerfs, même. Elle n'avait aucune échappatoire. N'en a toujours pas.

Mrs Tessa Morgan, 5 Lowland Way,
enquête de proximité par la police de Londres,
11 août 2018

Une journée plus tôt

Dans le taxi qui les ramenait du West End, Tess ferma les yeux, moitié d'épuisement et moitié pour ne pas avoir à parler avec Naomi. Leur sortie théâtre entre mères et filles avait été l'idée de cette dernière, avec pour objectif d'en faire une tradition des vacances scolaires. (Sur son site, toute une page était consacrée à l'art de « créer des souvenirs », une expression que Tess détestait.) Elle ne voulait pas se montrer ingrate, mais si cette soirée était représentative de ce à quoi elle devait s'attendre, elle préférait ne pas souscrire à long terme. Isla avait eu sa vue de la scène obstruée par une grande femme à la chevelure démesurée sur le siège devant elle, Libby avait eu un coup de chaud et s'était sentie mal, et elles avaient passé tout l'entracte à faire la queue pour aller aux toilettes. Rien que pour les billets, elles avaient payé plus cher que ce que gagnait la plupart des gens en une semaine et Tess, bien sûr, ne gagnait rien.

Ils n'étaient rentrés du Portugal que depuis trois jours et déjà, le souvenir de leurs vacances – sables argentés et câlins avec les enfants dans leurs peignoirs de plage humides – s'accompagnait d'un profond sentiment de perte, la laissant en proie à un furieux désir de retarder le moment de reprendre sa vie londonienne aussi longtemps qu'on le lui permettrait. À sa grande honte, à la suite d'une rencontre inopinée avec Em, qui l'avait informée des derniers développements dans les antagonismes mêmes qu'elle avait cherché à fuir, elle avait évité de répondre à sa suggestion de prendre un café ensemble pour continuer sur le sujet. Et aujourd'hui, Em lui avait écrit : Je ne serai pas là la semaine prochaine. Tu peux deviner pourquoi.

Booth, bien entendu.

« Juste ici, ordonna Naomi au chauffeur alors qu'il s'engageait dans Lowland Way. Tess, tu peux régler ? Je vais faire rentrer Libs avant qu'elle vomisse.

— Bien sûr. »

Il aurait été mesquin de faire remarquer qu'elle ne récupérerait jamais cet argent. Naomi avait une attitude cavalière pour tout ce qui touchait aux dépenses partagées, surtout quand il s'agissait de « créer des souvenirs ».

Le temps de rentrer et de mettre les, enfants au lit, Finn et Ralph étaient de retour du pub et proposaient de boire une bouteille de vin au jardin, puisqu'il n'y avait pas de musique en provenance du nº 1.

« Ralph, tu ouvres la bouteille, ordonna Naomi. Je vais rester avec Libs quelques minutes, elle est un peu nauséeuse. Finn, ramène Daisy chez elle, d'accord ? »

Fatiguée et irritable, Tess perdit enfin son calme.

« Est-ce que tu peux éviter de donner des ordres à mon mari, Naomi, s'il te plaît ! C'est pas ton domestique !

— Pardon ? »

Il y avait une lueur étrange dans les yeux de Naomi lorsqu'elle se figea devant son réfrigérateur à cinq mille balles (ou quoi qu'il ait coûté), une méchanceté qui s'y lisait rarement, et Tess vit que sa frayeur au sujet de Charlie était encore trop récente pour que quiconque se risque à la contrarier, surtout à présent qu'elle s'inquiétait aussi pour Libby.

« Oh, je t'en prie, Tess, c'est pas parce que tu as oublié l'art de déléguer, à force de ne pas vivre dans un environnement de travail, qu'on est obligés de faire pareil. Tout le monde ne peut pas être une martyre, tu sais, et toujours insister pour tout faire toute seule. »

Tess eut un hoquet d'indignation.

« Qu'est-ce que tu veux dire par là ?

— Exactement ce que j'ai dit. »

Le cœur battant de colère, Tess répondit :

« Ça t'est jamais venu à l'idée que si j'étais pas là pour que tu me délègues toutes ces tâches tout le temps, tu ne le pratiquerais pas non plus, cet art ? Quant à ton propre environnement de travail, c'est pas vraiment le bureau du Premier ministre, pas vrai ? Des mères bourges donnant des conseils à d'autres mères bourges de l'un de leurs bureaux de jardin de bourges ! »

Naomi devint blême de rage.

« Je me demande si c'est ainsi que les familles des fondatrices de Mumsnet.com leur parlent. Franchement, Tess, tu aurais peut-être intérêt à moderniser ton attitude vis-à-vis des femmes qui travaillent ; pour le bien d'Isla au moins, à défaut du tien. »

Tess fit volte-face vers Finn pour demander d'une voix furieuse :

« Non mais, tu entends ça ? Et tu te demandes pourquoi je veux vendre la maison ! »

Cette première évocation publique de ses désirs fut accueillie par un moment de silence pétrifié, suivi d'un échange de regards discrets entre les trois autres. Tess mit dix insoutenables secondes à comprendre que ce n'était pas parce que sa déclaration était un choc pour Ralph et Naomi, mais parce qu'ils savaient que ce serait un choc pour elle de réaliser qu'ils étaient déjà au courant. Qu'est-ce qui se passait dans cette famille ? C'était quoi la prochaine étape, lui implanter une puce dans le crâne et lui voler ses rêves ?

« Finn ? »

Il bredouilla quelque chose d'inintelligible, espérant manifestement que la crise allait se dissiper aussi soudainement qu'elle était apparue. Ralph, de son côté, prit son temps pour chercher des verres à vin dans le placard, le dos tourné à la pièce. Naomi avait expliqué une fois à Tess qu'il avait une politique très stricte en matière de crêpage de chignon (c'était ainsi qu'il qualifiait les différends entre femmes) : intervenir, c'était risquer d'y perdre quelques cheveux aussi.

« Allons, vous n'allez pas vendre », finit par dire Naomi, et Tess la connaissait assez bien pour comprendre qu'elle s'efforçait de les éloigner de ce vilain échange d'insultes ; en soi, un aveu de regret de sa part. « Ce n'est franchement même pas la peine d'essayer, Tess, pas tant que cette situation avec Booth perdure. Les Boulter envisageaient de faire estimer la leur, mais ils ont remis ça à plus tard. Pour être honnête, je crois qu'on doit accepter l'idée qu'on va en avoir pour un bout de temps avec ce type. »

Était-ce de la satisfaction que Tess détectait dans sa voix ? Était-ce paranoïaque de sa part d'imaginer qu'organiser des réunions et coordonner des dépôts de plaintes étaient la façon qu'avaient trouvée Naomi et Ralph de retenir Finn et Tess dans la rue, sous leur contrôle ?

« N'importe qui peut vendre n'importe quoi, répondit-elle d'un ton froid. C'est juste une question de prix.

— Évidemment, fit Naomi en haussant les épaules, comme si tout ce qui n'était pas le meilleur prix ne méritait pas son intérêt.

— Il faudrait que je rentre », dit une jeune voix sur le seuil de la cuisine.

Dans leur rancœur, ils avaient oublié que la babysitter était encore là.

Ralph réintégra alors l'atmosphère terrestre, vraisemblablement rassuré sur le fait que Naomi était, comme d'habitude, victorieuse et reine de toutes les femmes. Il sortit son portefeuille de sa poche.

« Est-ce qu'on t'a payée ? demanda-t-il à la pauvre adolescente. Allez, viens, je te raccompagne. »

Elle savait qu'elle n'arriverait pas à dormir, même avant que la musique commence. Finn voulait faire l'amour, mais Tess voulait mettre quelques choses au clair.

« Comment est-ce que Naomi sait qu'on envisage de déménager ? »

Il poussa un gémissement.

« Est-ce qu'on est obligés de parler de ça ? De toute façon, on ne va pas déménager tout de suite, alors pas la peine de dramatiser la situation.

— Je pose simplement la question, parce que ça me serait assez utile de savoir : ce n'est plus un sujet de conversation privé ? Est-ce qu'il en reste, de ces sujets ? »

Finn se résigna enfin à se soumettre au débriefing.

« Il n'y a jamais rien de privé quand on parle d'immobilier. Les gens spéculent tout le temps, même quand ils n'ont pas un taré qui les fait fuir. »

Le pire était que Naomi avait raison. Il était insensé d'imaginer que quiconque paierait le prix du marché, sans parler d'une surcote, pour une maison à deux pas d'une autre qui n'aurait pu annoncer plus clairement sa toxicité, même avec un panneau « CONDAMNÉ » sur la porte. Ils étaient otages de ces gens, c'était aussi simple que ça.

Tout le monde ne peut pas être une martyre... L'outrage subi – la volonté patente de Naomi de la rabaisser devant les hommes, l'absence flagrante d'intervention de la part de Finn – lui donnait le tournis, et elle coupa court à la conversation, soudain incapable de le regarder. La conscience manifestement tranquille, il s'endormit rapidement, avec le léger ronflement nasal d'un chat.

Au rez-de-chaussée, Tuppy jappait. Pour exprimer sa propre agitation, se demanda-t-elle, ou celle de sa maîtresse ? Et pourquoi était-elle brusquement glacée ? Était-elle malade ? La sensation de froid se répandit dans ses bras puis sa poitrine, pour aller s'insinuer profondément en elle.

Elle sortit du lit et enfila ses chaussons en peau de mouton, ceux qui ressemblaient à des mocassins et qu'elle mettait parfois pour aller dehors. Puis, refermant la porte de la chambre derrière elle, elle descendit l'escalier à pas de loup.

12

Sissy

— Rien de tout cela ne serait arrivé si vous aviez donné suite à nos plaintes, vous et la municipalité. C'est ça, secouez la tête, niez en bloc. Vous n'aimez pas entendre que vous avez manqué à votre devoir envers nous, hein ? Eh bien, c'est trop tard maintenant. Êtes-vous seulement conscients que ce sont deux vies qui ont été perdues ce matin, et pas une ?

Ms Sissy Watkins, 2 Lowland Way,
enquête de proximité par la police de Londres,
11 août 2018

Une journée plus tôt

Lorsque Amy appela pour dire qu'elle avait quelque chose à annoncer à Sissy, une nouvelle qu'elle voulait lui délivrer en personne, Sissy lui suggéra de venir dîner et de rester pour la nuit. Pete avait été retenu à Aberdeen et ne serait pas de retour avant le samedi après-midi, alors il n'y avait aucune raison de se précipiter pour retourner dans le nord de Londres.

Sissy avait l'horrible pressentiment que cette nouvelle n'allait pas lui faire plaisir. Aberdeen allait être remplacé par Dubaï, peut-être, ou Jakarta, et tous vœux de mariage éventuels, échangés devant des inconnus sur une plage à l'autre bout du monde.

Elle ne se rappelait pas avoir déjà été aussi épuisée, et ce n'était pas simplement le fait d'avoir passé la journée à faire le ménage et à préparer ses trois chambres d'amis, une pour Amy et deux pour ses clients du Bed & Breakfast du jour suivant. Non, c'était également le poids de l'avertissement qu'elle avait reçu le matin même de DuCentreàlaPériphérie, sous la forme d'un mail automatique :

> Cher(ère) Propriétaire,
>
> Vous savez peut-être que votre propriété au 2 Lowland Way, Lowland Gardens, a récemment reçu des avis peu positifs. Les mauvaises notes peuvent entraîner une baisse des réservations.
>
> Sachez que DuCentreàlaPériphérie fixe un minimum de cent nuitées réservées par an et que vous êtes encore loin de cet objectif. Voici quelques idées pour redonner du peps à vos réservations…

L'une de ces idées était d'offrir un cadeau à chaque réservation bouclée au minimum quatre semaines à l'avance. Quelque chose à manger était toujours très bien reçu : miel local ou biscuits maison. Elle pourrait ensuite choisir de payer DuCentreàlaPériphérie pour en faire la promotion sur son site. Bien sûr.

Dommage qu'elle ne puisse pas les payer pour gaver Darren Booth de miel local jusqu'à ce qu'il s'étouffe. Alors, elle n'aurait plus besoin d'une offre spéciale.

Jolie maison, hôtesse sympa, dommage qu'il y ait ce voisin en face, avait commenté un client, succinctement. Trois jardinières, ce qui représentait le maximum qu'elle pouvait espérer ces derniers temps.

Ce matin, elle avait approché Jodie, dans un ultime effort pour lui faire prendre en considération un autre point de vue que le sien.

« Qu'est-ce que vous voulez qu'on fasse ? avait répondu Jodie, et son regard s'était assombri, la ride entre ses sourcils s'était accentuée. On essaie juste de gagner notre vie, comme vous.

— Mais mon gagne-pain à moi ne perturbe pas la rue comme le fait le vôtre.

— Balancer une brique à la tête de quelqu'un, c'est pas perturber la rue, pour vous ? »

Le téléphone de Jodie avait sonné à ce moment-là, mettant fin à la conversation avant que Sissy ait pu décider si elle voulait révéler la raison de sa violence. Jodie savait-elle que son mari parlait aux voisins comme il l'avait fait avec elle ?

Elle ne pouvait plus repousser le moment d'appeler sa société de prêt immobilier.

« Je voulais parler avec vous de la possibilité de suspendre mes remboursements pendant six mois », dit-elle au responsable de son dossier.

« Suspendre » était un verbe que Sissy utilisait beaucoup ces derniers temps ; il était important de garder l'espoir que ce conflit avec les Booth n'avait fait qu'altérer temporairement la normale et qu'il ne l'avait pas remplacée.

« Laissez-moi juste ouvrir votre dossier, Mrs Watkins, et vérifier les conditions de votre contrat. »

Comme si elle était une criminelle en liberté conditionnelle.

« *Ms*[1] Watkins », le reprit-elle.

Il lui demanda de confirmer sa date de naissance, déclarant, lorsqu'elle lui répondit, « Pas de problème » – le sous-entendu étant que son âge était justement un problème, car plus on avait vécu, plus on était désavantagé dans ce genre de négociation ; d'autant plus inquiétant lorsqu'on considérait que la société avait le droit de saisir sa maison si jamais elle n'honorait pas les termes du prêt.

« Votre produit ne répond pas aux critères, j'en ai peur. Ce n'est pas un contrat flexible. Les paiements sont fixes sur toute la durée du prêt.

— D'accord, mais ce que je vous demande, c'est d'autoriser cela à votre discrétion. Juste le temps que je résolve quelques petites difficultés. »

Et ainsi de suite, jusqu'à ce qu'elle se voie enfin accorder un léger sursis : trois mois. Son prochain remboursement serait à faire le 1er décembre. Cette mission accomplie, le tableau des dépenses restait effroyablement rempli : les charges non négociables de gaz, d'eau, d'électricité ; les impôts locaux et les diverses assurances ; le câble et le téléphone. Il fallait bien qu'elle

1. Titre de civilité, sans équivalent en français, qui permet de ne pas avoir à choisir entre *Mrs* (« madame ») et *Miss* (« mademoiselle »).

mange, même si les luxes comme aller chez le coiffeur devraient attendre. Heureusement qu'elle n'avait pas de voiture. Son petit don mensuel à une association caritative serait la prochaine dépense à sauter, même si cela lui fendait le cœur. Elle connaissait l'existence des hypothèques rechargeables mais considérait cela comme un dernier recours ; si elle tombait très malade, par exemple.

Bien sûr, il n'était pas question de se plaindre de tout cela à qui que ce soit. Les gens pensaient que parce qu'on possédait une grosse maison, on était riche, mais en réalité on ne l'était que si on vendait la grosse maison. En attendant, on était aussi riche que ses revenus le permettaient, et ceux de Sissy ne lui permettaient pas grand-chose.

Au moins, elle avait deux réservations pour le lendemain soir : un samedi au mois d'août, les gens prenaient ce qu'ils pouvaient.

Et pendant ce temps, de l'autre côté de la rue, les livraisons n'arrêtaient pas. Elle les avait observées toute la semaine, de la fenêtre de la chambre : une montagne de briques, de tuiles et de ce qui semblait être des sacs de sable avait été empilée sur le premier niveau de l'échafaudage, et Booth était en train d'installer une sorte de poulie, probablement pour les hisser jusqu'à la plate-forme supérieure, d'où il travaillait sur le toit. Ses travaux lui coûtaient de l'argent mais – à la différence de Sissy – il avait de quoi les payer.

Elle se promit de ne pas soulever le sujet avec Amy. C'était une chose que de se lamenter avec les voisins, mais il n'était pas question qu'elle laisse Darren Booth infecter ses relations familiales.

« Quelles fleurs magnifiques ! Vous n'auriez pas dû, Amy. »

Amy lui avait apporté des tournesols, un énorme bouquet aux tiges raides et robustes, aux pétales doux et à moitié fermés, comme dérangés dans leur sommeil. Pendant que Sissy leur préparait à boire, elle les disposa dans un grand vase en verre tout en lui parlant de son dernier projet au travail. Bien qu'elle s'exprime gaiement, elle semblait tendue, crispée par l'information qu'elle gardait pour elle.

« Alors… » En la rejoignant pour s'asseoir avec elle à la table, Sissy sentit son propre visage prendre une expression stupide et cajoleuse. « Allez-vous me révéler ce que vous vouliez m'annoncer ? »

Amy sourit de toutes ses dents, en rougissant.

« Pete aurait vraiment voulu être là. Il va téléphoner tout à l'heure, mais il a dit que je pouvais vous le dire sans l'attendre. On va avoir un bébé ! »

Sissy fut prise d'un violent transport de joie.

« Oh, c'est merveilleux, Amy ! »

Presque immédiatement, elle fondit en larmes et Amy réagit avec des murmures flattés et compatissants, disant qu'elle-même avait envie de pleurer, tant elle était submergée par l'émotion. Puis vint le moment où Sissy aurait clairement dû sécher ses larmes, mais elle continua, ses sanglots s'intensifiant au lieu de se calmer, jusqu'à ce qu'elle ait les épaules violemment secouées d'un chagrin viscéral. Amy commença à avoir l'air inquiet. Elle devait déjà avoir prévenu sa propre mère, songea Sissy, et Faye n'avait sûrement pas réagi ainsi. *Arrête de pleurer.*

« Qu'est-ce qu'il y a, Sissy ? demanda Amy d'un ton affolé. Oh, Seigneur, vous n'êtes pas malade, quelque chose comme ça ? »

La pauvre petite craignait de la voir avouer quelque maladie en phase terminale, avec une espérance de vie qui ne lui permettrait pas de tenir jusqu'à la date prévue pour l'accouchement.

Enfin, Sissy réussit à se calmer et à s'exprimer de manière sensée.

« Non, non, je suis vraiment très heureuse pour vous. La nouvelle semble juste avoir ouvert les vannes. Je suis tellement stressée. Mais dites-m'en plus, de combien de semaines êtes-vous enceinte ?

— Dix. » Amy fronça les sourcils. « Mais pourquoi êtes-vous si stressée ? Ça a un rapport avec vos chambres d'hôte ? Avec vos voisins bruyants ? Ça semblait calme quand je suis arrivée.

— Ils sont de sortie ce soir, je crois, mais ma note sur DuCentreàlaPériphérie a sérieusement baissé et j'ai reçu un mail du site, m'avertissant que je n'avais pas assez de réservations. J'ai relu les termes du contrat, et ils peuvent retirer mon annonce quand ça leur chante. » Elle s'essuya le nez avec un mouchoir. « Honnêtement, je ne sais pas ce que je dois faire. Je ne vois pas de solution.

— Je croyais que vous vous étiez retrouvés avec les autres voisins pour coordonner vos plaintes ?

— Oui, mais c'est un processus qui n'en finit pas. »

Vingt-quatre semaines ! avait hurlé Em à la réunion, et Sissy avait trouvé son attitude irraisonnée, hystérique. Mais elle n'avait pas pensé à l'effet cumulatif. Où qu'en ait été Em ce jour-là, elle avait atteint le même stade.

« C'est juste un moment de faiblesse, reprit-elle. Vraiment, n'y pensons plus.

— Si vous êtes sûre », répondit Amy d'un air dubitatif.

Lorsque vint le moment de se coucher, le calme régnait encore dans la rue et Sissy installa son invitée dans la grande chambre à l'avant de la maison, un acte de foi ces temps-ci, pour ne pas dire de pur défi. Dans la chambre qu'elle préférait, à l'arrière, elle s'endormit facilement. Se réveilla tout aussi facilement, en entendant Amy se déplacer au rez-de-chaussée – et, immanquablement, la pulsation assourdie d'une ligne de basse de l'autre côté de la rue. Booth et Jodie devaient être revenus chez eux complètement bourrés, avoir allumé la musique et s'être servi un dernier verre pour la route, ou quel que soit le nombre qu'ils aimaient consommer. Elle se maudit d'avoir pris le risque d'installer Amy à l'avant.

« Quand est-ce que ça a commencé ? demanda-t-elle en la trouvant dans la cuisine, devant la bouilloire, un sachet d'infusion de menthe à la main.

— Il y a une heure environ. »

L'horloge murale indiquait 1 h 20.

« Vous avez mis vos chaussures ? remarqua Sissy.

— Oui, je m'apprêtais à y aller pour dire quelque chose, mais j'ai changé d'avis.

— Bien, parce que ça ne vaut pas la peine. Échangeons nos chambres. Vous n'entendrez pas la musique à l'arrière. »

Amy eut l'air d'hésiter, ayant sûrement en tête la détresse de Sissy plus tôt dans la soirée, mais la fatigue eut raison d'elle et elle la suivit à l'étage, sa tisane à la main.

À l'avant, Sissy resta éveillée un moment, incapable de contenir le maelström d'émotions nouvelles qui l'assaillait. Un petit-fils ou une petite-fille, quelle joyeuse perspective ! Mais comment avait-elle pu fondre en larmes ainsi ? Comment Booth osait-il la pousser à une telle démonstration de désespoir ?

Inévitablement, elle se retrouva à la fenêtre, sans même s'être rendu compte qu'elle se levait pour y aller. Elle songea brièvement à Graham, à la sensation de son corps contre le sien, de son haleine moite sur son cou. Le n° 1 était enfin plongé dans le noir, mais il y avait de la lumière à l'étage chez les Kendall. Encore une nuit interrompue pour eux. Comment pouvaient-ils continuer ainsi ? Le pauvre petit était-il réveillé, lui aussi ?

Après la naissance du bébé de Pete et Amy, il serait naturel que Sissy invite la jeune famille à vivre avec elle dans son immense demeure, le temps qu'ils économisent pour acheter la leur. Mais envisageraient-ils cette possibilité, sachant que l'enfant de la maison d'en face avait été équipé de protections auditives et d'un casque ? Viendraient-ils même pour une nuit ? Ou bien éviteraient-ils totalement sa maison, au profit de celle de la mère d'Amy ?

S'imaginant seule, rejetée, elle s'assit sur le lit qu'elle avait abandonné et chiffonna les draps avec rage en réentendant la voix de Booth, aussi claire que s'il lui parlait à l'oreille :

Une vieille conne comme vous...

Enfin, sachant qu'elle n'allait pas réussir à retrouver le sommeil, elle s'habilla pour une journée dont l'aube n'allait pas arriver avant plusieurs heures.

13

Amy

11 août 2018

En s'engageant dans l'allée du n° 1, elle frissonna, mal à l'aise, un léger goût de bile au fond de la gorge. Elle n'avait jamais été du genre à s'attarder sur l'impression que lui donnait un lieu, mais ces dernières semaines, elle était devenue plus sensible aux atmosphères… et l'atmosphère ici était sordide. On se serait plus cru devant une tour d'habitation délabrée de la cité voisine de Rushmoor Estate que devant une maison en pleins travaux de rénovation dans la rue arborée de Lowland Way.

Pas étonnant que la situation cause une telle détresse à Sissy.

Une grosse partie de cette impression tenait à l'échafaudage : c'était comme si on pouvait sentir l'odeur des cellules cutanées laissées par les milliers d'ouvriers qui avaient manipulé les planches et les perches au fil des décennies. La saleté qu'ils avaient suée, les cigarettes qu'ils avaient fumées; tout cela imprégnant le bois et rouillant le métal. La grosse crotte de chien étalée près de la porte d'entrée n'arrangeait rien. Beurk.

L'homme accroupi sur le niveau supérieur, en train de taper bruyamment sur l'encadrement d'une fenêtre de chambre ouverte avec elle ne savait quel outil, était vraisemblablement *lui*. Le perturbateur. Le fléau. Réalisant qu'elle ne connaissait pas son nom, elle l'appela en affectant un air assuré :

« Excusez-moi ? Hé, là-haut ? Je peux vous parler une seconde ? »

Étant donné ce qu'on lui avait raconté, elle s'attendait à le voir faire de la résistance ou, plus probablement, l'ignorer, mais au lieu de cela, il répondit promptement :

« Donnez-moi juste une minute, ma petite dame, d'accord ? »

Et elle l'entendit lâcher son outil sur les planches avec un bruit sourd. Elle imagina l'objet glissant jusqu'au bord pour tomber dans le vide, droit sur elle – un nez ou une clavicule cassés, sa vue chavirant – et elle se déplaça pour s'abriter sous la plate-forme inférieure, juste au cas où. Évitant la crotte de chien, elle attendit le dos à la porte d'entrée, les yeux tournés vers la rue. C'était une très belle journée, à la fois riche et fraîche, rare en pleine canicule. Elle allait apprécier de fuir l'air vicié de cet endroit pour passer le reste de la matinée à Hampstead Heath, à s'emplir les poumons de particules de soleil.

Elle perçut un mouvement au-dessus de sa tête : elle avait pensé qu'il entrerait par la fenêtre ouverte pour la rejoindre par l'intérieur de la maison, mais à la place, il était en train de descendre l'échafaudage au moyen des échelles reliant les étages. Celle entre la plate-forme inférieure et le sol se trouvait juste à côté d'Amy, aussi allait-il être là devant elle dans quelques secondes. Elle ne savait toujours pas ce qu'elle allait lui dire, pas exactement. Puisque, de ce qu'elle avait entendu, appels à la raison et négociations étaient futiles, elle allait devoir recourir à une menace quelconque, et la seule chose qui comptait en matière de menaces – surtout celles faites par une femme à un homme – était leur crédibilité.

Disons juste que je connais des gens avec qui vous n'avez vraiment pas intérêt à vous fâcher...

Allait-elle réussir à être convaincante ?

Immédiatement après, elle appellerait Pete pour lui dire qu'elle n'avait pas laissé Sissy souffrir seule. Si son subterfuge ne marchait pas, elle parlerait à son associé principal au travail, qui était marié à une avocate en droit immobilier. Ce détail lui était venu à l'esprit plus tôt, mais elle n'en avait rien dit à Sissy au petit déjeuner ; il valait mieux éviter le sujet du voisin après son désespoir de la veille. Elle en discuterait – ainsi que de ce qui allait se passer à présent – avec Pete.

Elle entendit des pas au-dessus de sa tête, sur la plateforme inférieure. Valait-il mieux qu'elle ressorte au soleil, pour qu'il puisse la voir ? Non, elle allait rester où elle était et prendre l'initiative dès qu'il aurait posé le pied par terre. Elle ne se présenterait pas, elle l'informerait juste que…

« *Hé !* »

Mais la voix du voisin – et le cri qu'elle poussa en réponse – se perdit dans un fracas infernal de bois, de métal et de pierre. Alors que le sol se précipitait à sa rencontre, le dernier son qu'elle entendit dans sa vie fut celui de son propre crâne heurtant le béton.

14

Ralph

— Pour ce que ça vaut, j'ai toujours pensé que cet échafaudage avait l'air terriblement dangereux. J'avais dit à mes enfants de pas s'en approcher. Il me semblait qu'il aurait suffi d'un coup de vent pour que tout le truc s'écroule par terre. Vous avez regardé le positionnement des cales, n'est-ce pas ? Cela peut déstabiliser un échafaudage, pas vrai ?

— Je sais ça parce que j'ai regardé sur Google ! Dommage qu'il n'en ait pas fait autant, hein ?

Mr Ralph Morgan, 7 Lowland Way,
enquête de proximité par la police de Londres,
11 août 2018

Le même jour

Il était au tennis lorsqu'il se vit demander de regagner Lowland Way. La matinée était consacrée à un tournoi de simples en libre accès (Ralph préférait la simplicité de jouer seul, de ne devoir sa vie ou sa mort qu'à soi-même) et, alors qu'il venait de battre à plate couture

Richard Masterson de Cranbrook Lane et s'apprêtait à pulvériser Jamie Trucmuche d'Oldfield Road, il fit une pause pour boire un peu et regarder son téléphone. Il avait deux messages vocaux, de Naomi et Finn.

La panique de Naomi se déversa dans son oreille.

« Ralph, c'est moi, il faut que tu rentres. »

En arrière-fond, il entendait de terribles hurlements mêlés de sanglots. Il crut reconnaître une voix de femme. Libby, qui n'avait pas été bien après le théâtre ? Encore un tour aux urgences pédiatriques ? Comme si elle anticipait sa terreur, Naomi ajouta précipitamment :

« C'est pas les enfants, t'inquiète pas. Mais c'est grave, très grave. »

Le message de Finn était plus lapidaire.

« Hé, vieux, t'es au tennis ? Reviens. C'est l'apocalypse ici. »

Ce qui fit penser à Ralph qu'il s'était peut-être passé quelque chose entre Naomi et Tess après la dispute de la veille. Seigneur, est-ce que Tess s'en était prise physiquement à Naomi ? Il l'avait toujours crue plus coléreuse qu'elle ne le laissait paraître – ou ne voulait l'admettre. Mais les gémissements avaient été en arrière-fond pendant que Naomi parlait, ce qui suggérait… Non, Nao n'aurait jamais eu recours à la violence, jamais.

À cet instant, il reçut un SMS d'elle – *Chez Sissy* – mais il n'en fut pas plus avancé.

Il était venu au club à pied, et refit la route au petit trot. En arrivant au croisement de Lowland Way côté parc, il s'arrêta, le souffle court. À l'autre bout de la rue, leur bout, une foule s'était attroupée, lui rappelant celle qui s'était formée deux week-ends plus tôt, le terrible moment où il avait vu, derrière la forêt de jambes d'enfants, Charlie étendu par terre. Où il n'avait pas su s'il était mort ou vivant. Il y avait deux voitures de patrouille, avec leurs gros blocs jaunes et bleus caractéristiques sur les ailes et leurs feux clignotants, et de longs rubans bleu et blanc qui se pailletaient de lumière au soleil de cette fin de matinée.

Ralph se mit à courir de toutes ses forces, sa raquette serrée contre lui, le manche tapant contre sa hanche. En approchant, il vit qu'un cordon de sécurité avait été placé autour du n° 1 : « ZONE INTERDITE ».

Booth. Évidemment, Booth. Rien à voir avec Naomi ou Tess.

En arrivant, il vit le problème : l'étage inférieur de l'échafaudage s'était effondré sur le côté gauche, juste au-dessus de la porte d'entrée, qui était inaccessible. Une des planches s'était cassée en deux, probablement sous le poids des briques, des parpaings et des tuiles à présent amassés dessous ; un énorme sac de sable s'était déchiré, son contenu mélangé à des fragments de pierre. L'accès à la maison ne semblait possible que par le côté.

Em était sur son seuil, visiblement bouleversée, les mains, le visage et les vêtements blancs de poussière, et Ant se tenait à la fenêtre, un jouet d'enfant à la main et une expression horrifiée sur le visage. Incapable de se frayer un chemin jusqu'à eux au milieu des badauds attroupés, Ralph se tourna vers la femme à côté de lui, qu'il n'identifia pas comme une résidente de la rue.

« Qu'est-ce qui s'est passé, bon sang ? »

Elle le regarda en plissant les yeux, aveuglée par le soleil.

« L'échafaudage s'est effondré. Il y avait une fille dessous. »

Il inspira brusquement. Pas Libby, se rappela-t-il. Naomi avait dit que ce n'étaient pas les enfants.

« Qui ? Vous parlez de Jodie ? » Pouvait-on décrire Jodie comme « une fille » ? « La femme qui vit ici ?

— Non, quelqu'un a dit qu'elle n'était pas d'ici… ? »

Son interlocutrice avait dit cela d'un ton interrogateur, comme si Ralph pouvait en savoir plus qu'elle. Désespérant. Où étaient Finn et Naomi ? À la maison avec les enfants ? Il commença à faire demi-tour pour regagner son portail, avant de se rappeler que sa femme avait dit être chez Sissy, et de contourner les gens arrêtés dans la rue pour atteindre le n° 2.

« Ralph, Dieu merci ! » Naomi sortit sur le perron et, avant même qu'il ait pu répondre, lâcha comme un aveu : « Amy est morte ! »

Ralph la prit dans ses bras. Son match de tennis l'avait laissé en sueur et la chaleur corporelle de Naomi était déplaisante, mais elle se cramponna à lui. Ça aurait été trop horrible d'avouer que, sur le moment, il ne voyait pas qui était Amy. Il valait mieux attendre que les détails lui reviennent petit à petit. « La petite amie du fils de Sissy, c'est ça ? » finit-il par se souvenir, honorablement vite.

Naomi leva la tête, les yeux humides.

« Oui, on l'a rencontrée à Noël, tu te rappelles ? Et au soixantième anniversaire de Sissy l'année dernière. Elle n'avait que vingt-neuf ans, Ralph. Oh, c'est juste affreux. »

Le visage de la jeune femme lui revint en tête – jolie au naturel, avec des taches de rousseur et les cheveux bruns et soyeux.

« Quelle horreur. Qu'est-ce qu'elle faisait là-bas ?

— Elle allait se plaindre au nom de Sissy, j'imagine. Ça m'étonnerait qu'elle soit allée le voir pour acheter une voiture. Elle devait être à l'entrée, juste sous l'échafaudage, lorsque c'est arrivé. Elle n'a eu aucune chance. Elle est morte sur le coup.

— Putain.

— Oh, Ralph, c'est encore plus affreux : la pauvre était enceinte ! J'ai entendu Sissy le dire aux secouristes alors qu'ils essayaient de la ranimer, mais ils n'ont rien pu faire. Sissy était hystérique. Je n'ai jamais rien vu d'aussi horrible. »

Ralph ne répondit rien, se contenta de la laisser pleurer dans ses bras, lui poisser le cou de ses larmes. C'était dur de digérer ce genre de récit : trop brutal, trop définitif, sans le moindre élément rédempteur ou consolateur. Enfin, il demanda :

« Où est Sissy ? Ici, à l'intérieur ?

— Non, elle est partie avec le... avec Amy dans l'ambulance. À l'hôpital ; je suppose qu'ils l'ont emmenée à la morgue ?

— Sans doute. » Y avait-il plus horrible que le mot « morgue » ? Il n'avait jamais entendu Naomi l'employer, ils n'en avaient jamais eu besoin. Un germe d'espoir s'insinua dans sa tête. « Et Booth ? Ils l'ont arrêté ?

— Je ne t'ai pas dit ? Il était sur la plate-forme qui s'est écroulée. Il a été blessé, mais pas gravement. Il était conscient. Il a dû rejoindre l'ambulance en marchant, avec quelqu'un pour le soutenir. Oh, j'espère que Sissy ne va pas être obligée de l'approcher à l'hôpital.

Il sera aux urgences ou dans un service, n'est-ce pas ? Elle ne risquera pas de tomber sur lui, hein, Ralph ?

— Je suis sûr que non. » Ralph reconnut le monologue intérieur d'une personne en état de choc. « Reviens à la maison, Nao, tu n'as pas besoin de rester ici. »

Naomi secoua la tête, se calma. Derrière les larmes qui lui voilaient les yeux, il lut de la détermination. Un sens du devoir.

« Si. J'ai promis d'attendre les clients du Bed & Breakfast de Sissy. Deux couples arrivent cet après-midi et il y a encore des choses à préparer.

— On ne peut pas annuler leur réservation ?

— Je ne crois pas, c'est trop tard et il faudrait payer une pénalité. Elle commençait à se mettre dans tous ses états à ce sujet, disant qu'elle n'aurait pas assez sur son compte pour couvrir ses prélèvements automatiques, alors je lui ai promis de rester. Elle va sûrement vouloir passer la nuit chez Pete ce soir, ou chez les parents d'Amy. Et la police va vouloir lui parler. À nous tous, j'imagine. »

Alors que Naomi retrouvait son énergie d'organisatrice, Ralph comprit qu'il avait été appelé autant pour le soutien moral qu'il représentait que pour toute aide pratique qu'il pourrait apporter et, malgré lui, il prit une seconde pour se féliciter de l'excellent mariage qu'il avait fait. Sa femme était la force vive sur laquelle les autres s'appuyaient et pourtant, elle avait besoin de lui. Il se rappela son premier instinct.

« Donc Tess et toi, ça va, après hier soir ? » Question idiote. Ça avait été une insignifiante querelle familiale, alors que cet incident était… Seigneur, c'était horrible.

Quelle façon grotesque de mourir, *écrasée*. « Les enfants n'ont pas vu ce qui s'est passé, si ?

— Non, Tess et Finn les ont tous emmenés dans la grand-rue pour les distraire pendant que la police est là. Est-ce que tu peux aller les trouver ? T'assurer que Libs et Charlie n'entendent aucun détail perturbant ?

— Bien sûr. »

Naomi se moucha et cligna des yeux, les paupières humides.

« Je n'arrête pas de me dire que ça aurait pu être n'importe lequel d'entre nous.

— Je sais », répondit-il sombrement.

Pensait-elle déjà ce qui, à lui, lui trottait dans la tête depuis un moment ? Que c'était une tragédie que l'innocente et irrépréhensible Amy ait été écrasée par l'échafaudage et pas Darren Booth, qui avait tant de choses à se reprocher et méritait le pire ? Quel dommage que ce ne soit pas lui à la morgue ; leur ennemi à tous, éliminé par sa propre faute.

Ce n'était pas une pensée convenable à exprimer tout haut, bien sûr. Et il n'était pas convenable de *songer* qu'avec Booth à l'hôpital, incapable de travailler, la probabilité de voir ce maudit camping-car disparaître de sa place de parking était plus faible que jamais.

Le lendemain, un dimanche, le jour se leva sous un soleil radieux, indifférent aux blessures mortelles de son prédécesseur, et Ralph n'avait pas fini de moudre les grains de son premier café que les enfants étaient déjà dans le jardin avec leurs cousins, en train de tourner une reconstitution vidéo de l'accident avec le portable de Libby.

« Non, c'est toi qui t'allonges sur le ventre, et moi qui te retourne !

— Mais je veux pas être la morte, je suis pas une fille !

— Isla peut faire la morte, alors. Et toi, tu fais celui qui appelle l'ambulance. Vite, dépêche-toi d'appeler, elle vient *littéralement* de se faire écrabouiller !

— Vous êtes sûrs que c'est de bon goût, les enfants ? » demanda Ralph, et à la façon dont ils le regardèrent tous les quatre, il se demanda s'ils avaient déjà entendu parler du concept.

Bien la peine d'essayer de les protéger des événements : Charlie, sa propre terrifiante expérience avec Booth oubliée, faisait preuve d'une indécente soif de sang ; quant à Libby, elle savourait le rôle de puissance créatrice dans le cadre d'une rare interaction avec ses cadets, ses nausées oubliées. Les chiens s'agglutinèrent autour d'eux, poussant du nez la « victime ».

Ralph trouva refuge dans la caféine et lut le premier compte-rendu de l'accident qui soit paru en ligne :

UNE FEMME ÉCRASÉE PAR LA CHUTE D'UN ÉCHAFAUDAGE

Une femme est morte écrasée par la chute d'un échafaudage dans une propriété résidentielle de Lowland Gardens, dans le sud de Londres, a annoncé la police métropolitaine. La victime se tenait sous l'échafaudage, devant la porte de la maison, lorsque la structure s'est effondrée sur elle. Pompiers et secouristes l'ont dégagée des décombres et ont tenté de la ranimer sur les lieux, mais ses blessures se sont avérées mortelles.

« Une commission d'inspection a examiné les lieux et nous menons en parallèle une série d'entretiens pour enquêter sur les circonstances de l'accident, a confirmé un porte-parole de la police. Nous sommes à l'heure actuelle dans l'impossibilité d'en dire plus. »

Ralph se demanda quand Naomi allait rentrer. Finalement, elle avait passé toute la nuit chez Sissy avec les clients, la vieille femme étant restée avec Pete dans son appartement. Malgré toute la peine qu'il éprouvait pour Sissy, il n'était pas totalement à l'aise à l'idée que sa femme soit seule dans la maison avec deux paires de parfaits inconnus, mais si Sissy jugeait la situation sans danger, supposait-il, Naomi ne craignait rien. Elle s'était réveillée tôt : il y avait un message d'elle sur la page Facebook des riverains, posté à 7 h 30.

Attention, important : Dimanche On Joue Dehors est annulé ce 12 août, à la suite d'un accident. La police a encore besoin d'accéder au haut de la rue.

Il l'appela sur son portable.

« Le service du petit déjeuner est terminé ?

— Oui, j'ai seulement eu à faire du café et réchauffer des viennoiseries. Ils viennent de partir. » Elle avait le même ton sombre que la veille. « C'était surréaliste, Ralph. Je veux dire, je ne leur ai rien dit au sujet d'Amy, mais qu'est-ce qu'ils ont dû penser ? OK, les ambulances étaient reparties lorsqu'ils sont arrivés, mais ils ont quand même vu la police et les décombres. L'un d'eux m'a demandé s'il y avait eu une explosion de gaz, et ça les a rendus tout anxieux.

— C'est pas exactement ce que tu imagines quand tu réserves une chambre d'hôte », fit remarquer Ralph.

Naomi soupira, prise d'une lassitude rare chez elle.

« Honnêtement, je ne suis pas sûre que le Bed & Breakfast de Sissy survive encore longtemps. Avant, elle habitait en face d'un garage auto, mais maintenant, c'est en face d'une scène de crime. Parce que c'est de ça qu'il s'agit, n'est-ce pas ?

— J'espère bien que oui – et c'est lui le criminel. Tu as parlé à Sissy ce matin ?

— Oui, à l'instant. Elle est encore chez Pete, avec les parents d'Amy, en train de tout régler. L'acte de décès, la police. Ils sont obligés d'ouvrir une enquête dans un cas comme celui-là – tu sais, une mort soudaine, pas naturelle. Ensuite, ils pourront établir un ordre d'inhumation. Ça a l'air compliqué, je n'imagine pas ce que ça doit être de gérer ça en plus de l'horreur de l'avoir perdue. »

Laissant les enfants à Tess, Ralph et Finn sortirent promener les chiens, faisant un détour par le n° 1, où le cordon de police était encore en place. La veille, tout l'après-midi et jusque tard dans la soirée, l'endroit avait grouillé de personnel, dont des agents du Service de l'inspection des chantiers, qui avaient récupéré des morceaux d'échafaudage et pris photos et vidéos de la scène. Parallèlement, des policiers en uniforme avaient fait le tour des maisons à la recherche de témoins, et noté ce que les riverains avaient à dire sur le sujet (Ralph n'avait pas mâché ses mots, ça non). Mais à présent, le silence régnait sur les lieux, et un policier de garde était le seul représentant des autorités encore présent. Tout en l'observant – inexpressif, évitant leur regard – Ralph fut pris d'un sentiment vertigineux d'incrédulité : il y avait six mois, trois mois même, ils n'auraient jamais imaginé se trouver ici au mois d'août, à discuter de la mort de quelqu'un dans la rue. Ils avaient connu un tel contentement alors, une telle harmonie.

« Eh bien, dit-il à Finn, on a trouvé une façon de faire couper sa musique à ce connard : l'envoyer à l'hosto. Tu as eu de ses nouvelles ? Naomi m'a dit qu'il n'avait rien de grave.

— Effectivement, non, répondit Finn d'un ton morose. Ils l'ont quand même gardé pour la nuit, apparemment. Ant a entendu quelqu'un de la police le dire hier soir. Jodie est revenue prendre quelques affaires, mais ils n'auront pas le droit de se réinstaller avant plusieurs jours. Ils dorment chez des amis. L'inspection des chantiers a déjà fait son rapport à la police, d'après Ant.

— Ah bon ? Ça a été rapide.

— Oui, hein ? Mais en même temps, ce qui s'est passé a dû leur paraître assez évident. Cet échafaudage était dangereux. Avec un peu de chance, Booth ira direct de l'hôpital en prison.

— S'il y a la moindre justice », acquiesça Ralph.

Lorsqu'il partit au travail le lundi suivant, il y avait une voiture garée en double file près du virage, avec ses feux de détresse allumés, et, bien que sa BMW soit garée dans l'autre direction, il s'approcha pour y regarder de plus près. Un homme qu'il ne reconnut pas était assis à la place du conducteur, les yeux rivés sur son téléphone. Police ? Presse ? Impossible à dire.

Il y avait un garde différent ce matin, qui se tenait à l'entrée du chemin et se montra assez cordial pour le saluer de la tête.

Ralph lui rendit son salut.

« Dites-moi, où est le policier qui est venu frapper chez nous samedi ? Je voulais lui demander où vous en êtes. L'agent Harold, quelque chose comme ça.

— Il ne reviendra pas. Le dossier a été confié à la police judiciaire. »

Ralph s'y connaissait assez en séries policières pour savoir que cela voulait dire que les choses étaient devenues sérieuses : ils avaient décidé de lancer des poursuites, exactement comme Finn et lui l'avaient conjecturé.

« Je suppose qu'ils ont arrêté le propriétaire, entre-temps ? Il n'était pas blessé trop gravement, à ce que j'ai entendu dire. J'avais bien dit à l'agent qu'ils pouvaient accélérer le processus.

— Vraiment. »

Le policier, enlevant toute nuance interrogatrice au mot, le regardait différemment à présent, sans que Ralph sache toutefois si c'était avec plus ou moins d'intérêt. Il avait peut-être initialement pris Ralph pour un voisin soucieux, facilement calmé et ignoré ; pas un homme d'action.

Eh bien, il n'était pas soucieux, mais impatient : impatient de voir Booth derrière les barreaux.

Alors qu'il s'apprêtait à s'en aller, une silhouette émergea de la maison, le surprenant, car il n'avait pas réalisé que quelqu'un d'autre se trouvait sur les lieux. C'était une petite femme aux cheveux bouclés entre trente et quarante ans, portant pantalon noir et blazer gris, et maquillée à la mode de quelques saisons plus tôt.

« Jason, tu as une minute ? » lança-t-elle à l'homme dans la voiture, ignorant Ralph, qui n'apprécia pas qu'on lui donne le sentiment d'être invisible dans sa propre rue. Mais il allait finir par être en retard à sa réunion, et il n'avait pas le temps de se lancer dans une offensive de charme.

Alors qu'il partait en direction de sa voiture, cependant, il sentit clairement le poids de leurs regards dans son dos. Pas invisible, finalement.

15

Tess

— Je ne serais pas surprise de voir toute la maison s'écrouler maintenant ; personne ne sait vraiment ce qu'il a trafiqué là-dedans. Il opère complètement en dehors des clous.

— C'est une honte, une véritable honte.

Mrs Tessa Morgan, 5 Lowland Way,
enquête de proximité par la police de Londres,
11 août 2018

Cinq jours plus tard

« Fermez le portail, ordonna Tess à Isla et Dex, et essayez de rester calmes pendant que je parle à la pauvre Sissy. »

Si elle arrivait à lui parler. Pour autant qu'elle sache, personne, pas même Naomi, n'avait réussi à lui faire baisser la garde depuis la mort d'Amy, même s'ils savaient qu'elle était rentrée chez elle depuis le dimanche soir. Chaque jour, des fleurs étaient déposées par des livreurs sur son perron, et avaient disparu le lendemain matin ; Tess espérait sincèrement que c'était parce que Sissy les avait récupérées à la faveur de la nuit, et non parce qu'elles avaient été volées.

En appuyant sur la sonnette, elle jeta un coup d'œil derrière elle, au n° 1. Le retrait de l'échafaudage avait permis de dévoiler le travail de sagouin effectué par Booth sur la façade de sa maison : l'enduit arraché ici et là, la fenêtre du haut enlevée et remplacée par des planches, la bâche qui couvrait une partie du toit. S'il allait en prison, est-ce que tout cela prendrait fin un jour ?

Bon sang, quand est-ce que la police allait bien vouloir leur dire ce qui se passait ? Ils avaient tous téléphoné et s'étaient tous fait rembarrer – là encore, même Naomi ! – et pour l'instant, la seule information qu'ils avaient concernant l'enquête était qu'Em s'était vu demander de « revenir sur ses projets de déplacement » pour rester à leur disposition.

« Mais c'était plus une demande polie qu'un ordre », avait-elle dit à Tess.

Comme la porte ne s'ouvrait pas, Tess poussa le clapet de la fente à courrier et approcha la bouche de l'étroite ouverture.

« Sissy ! Sissy, c'est Tess, encore ! »

En plus de venir frapper à sa porte deux fois par jour, elle avait entrepris de lui envoyer de petits SMS, des photos des cygnons, tout pour qu'elle ne perde pas le lien avec sa communauté. (Les cygnons avaient presque atteint leur taille d'adulte, mais ils avaient encore leur duvet gris, n'étaient pas encore prêts à quitter leurs parents.)

« Sissy ? Ça va ? »

Elle tourna la tête pour approcher son oreille de la fente et entendit des sanglots lointains.

« Elle est trop triste, dit Isla, à côté de Tess, et celle-ci sentit son cœur se serrer devant la simplicité de cette explication.

— Est-ce qu'on peut partir à l'aventure comme tu as dit, maintenant ? » demanda Dex, resté sur le chemin, comme s'il estimait avoir été suffisamment patient.

Lorsqu'elle l'avait pris à part pour lui expliquer la mort d'Amy, il était resté insensible. La jeune femme n'était pas une vraie personne pour lui.

Tess laissa retomber le clapet. C'est alors, en se redressant pour tendre la main à son fils, qu'elle l'entendit. Par-dessus le ronronnement de la circulation dans Portsmouth Avenue et la plainte stridente d'un coupe-bordure dans le jardin des Boulter : le son chantant de quelqu'un qui sifflait une mélodie. Elle sentit ses bras se couvrir de chair de poule en identifiant la source : Darren Booth, debout dans son chemin. D'où est-ce qu'il sortait ? Il n'avait pas été là lorsqu'elle avait regardé deux minutes plus tôt.

C'était la première fois qu'elle le voyait depuis l'accident, et il semblait se mouvoir assez normalement ; les seuls signes qu'il était blessé étaient son bras gauche en écharpe et un bleu sur sa pommette gauche. Il était en train d'inspecter une de ses voitures, en essuyant la poussière de sa main libre et en sifflotant.

En sifflotant ! La prérogative des insouciants, s'il en était une ! Un courage téméraire s'empara d'elle et, ordonnant à ses enfants de l'attendre près du portail de Sissy, elle traversa la rue à grands pas en interpellant

Booth d'une voix dure et menaçante qu'elle reconnaissait à peine : « Êtes-vous autorisé à être sur les lieux ? N'est-ce pas encore une scène de crime ? »

Il ne lui répondit pas, bien sûr ; de toute façon, l'absence de garde et de cordon de sécurité lui avaient donné sa réponse. Il se contenta de la fixer du regard, avec une attitude maussadement indifférente. Impénitente.

« Vous pouvez me dévisager autant que vous voulez, continua sèchement Tess, mais ça ne change rien au fait que vous avez tué cette fille. Ce que vous avez fait n'est pas différent d'un meurtre de sang-froid. »

Il s'écarta de la voiture derrière laquelle il se trouvait pour lui faire face. L'écharpe qui soutenait son bras bandé était sale et il avait les doigts gris.

« Vous savez pas de quoi vous parlez, ma petite dame.

— Ne m'appelez pas "ma petite dame" ! Vous ne pouvez pas être stupide au point de ne pas savoir que je vous déteste. On vous déteste tous ! »

Il resta bouche bée puis, à la stupéfaction de Tess, il se mit à rire. Pas amèrement ni dédaigneusement, mais franchement, à cœur joie, comme si elle venait de dire quelque chose de brillamment absurde. Comme si une vie n'avait pas été perdue moins d'une semaine auparavant à cet endroit même.

Détestable attitude. Répugnante. Et avec Sissy qui sanglotait de l'autre côté de la rue.

« Va te faire foutre, connard », dit-elle à mi-voix avant de retraverser pour récupérer Isla et Dex.

Elle leur avait promis une excursion, et c'était ce qu'elle allait leur donner.

« Allez, venez, les enfants, en voiture. On va quelque part où vous n'êtes jamais allés ! »

Ralph avait prévenu sur WhatsApp que la police judiciaire avait pris le relais des agents en uniforme qui avaient mené l'enquête initiale, aussi chercha-t-elle sur Google l'adresse de ses locaux – dans un commissariat plus important quelques kilomètres au sud – et l'entra-t-elle dans le GPS. Vingt minutes plus tard, apaisés avec des KitKat et assis sur des chaises bleu roi toutes abîmées, Isla et Dex surveillaient la porte, à l'affût de criminels menottés, pendant que leur mère s'approchait du bureau des enquêtes.

« Je suis une voisine de Sissy Watkins, une parente d'Amy… » Elle hésita, réalisant qu'elle ne connaissait pas son nom de famille. « La femme qui est décédée au nº 1 de Lowland Way samedi dernier. Il faut que je vous prévienne qu'il y a quelqu'un là-bas à l'instant même. Il est en train de contaminer la scène du crime ! »

Le policier qu'on fit venir pour la recevoir semblait avoir à peine dix-huit ans. Avait-il seulement mué ?

« Il n'y a pas de raison de vous inquiéter, Mrs Morgan. Les habitants viennent de recevoir l'autorisation de retourner chez eux.

— Déjà ? s'exclama Tess, stupéfaite. Mais alors, si vous avez toutes les preuves dont vous avez besoin, pourquoi vous n'avez pas arrêté le seul suspect ?

— Qui entendez-vous par "le seul suspect" ? demanda l'homme-enfant.

— Darren Booth, évidemment ! C'est lui que j'ai vu là-bas. De qui d'autre voulez-vous que je parle ? Du Père Noël ? »

Avec une patience exagérée, le jouvenceau répéta que les inspecteurs qui travaillaient sur l'affaire n'étaient pas présents au commissariat à cet instant.

« Êtes-vous personnellement impliquée dans cette affaire, Mrs Morgan ?

— Je viens de vous expliquer, je suis une amie et voisine de la mère du petit ami de la victime. » Ce qui soudain lui fit l'effet d'un lien bien fragile, voire totalement inventé, comme si elle ne pouvait véritablement être là que par curiosité malsaine. « Il n'y a absolument *rien* que vous puissiez me dire ? »

Mais la conversation n'allait jamais se terminer autrement que par : « Je suis sûr que vous comprenez que nous ne pouvons pas vous révéler les détails de l'enquête. »

« Tu n'as pas dit au revoir, lui reprocha Dex d'un ton mélancolique.

— C'est mal élevé, acquiesça Isla.

— Je n'ai pas dit au revoir parce qu'ils ont refusé de m'aider », répondit Tess, se sentant soudain plus puérile que ses enfants.

Comment pouvait-elle leur expliquer cela, lorsque elle-même ne le comprenait pas ?

Mais à quelle vitesse les nuages pouvaient laisser place au soleil ! Alors qu'ils venaient de regagner la voiture, garée dans une rue derrière le commissariat, son regard fut attiré par une silhouette qui ressemblait furieusement à Darren Booth dans son rétroviseur latéral. On venait de le faire sortir de l'arrière d'une voiture banalisée, et son escorte en civil le guidait à présent dans le bâtiment par une porte à l'arrière, exactement comme à la télévision. Son visage était de marbre, sa bouche pincée.

Ils devaient être allés le chercher – l'appréhender – chez lui quelques minutes après le départ de Tess. Le jeune agent avait-il été au courant ? Il aurait pu avoir pitié d'elle, l'empêcher de partir dans une diatribe comme elle l'avait fait.

Tu ne sifflotes plus, maintenant, songea-t-elle.

« Il a été arrêté », annonça-t-elle à Naomi dès que sa belle-sœur rentra du travail. Elle était euphorique, même si elle ne savait pas combien de sautes d'humeur elle était capable d'éprouver en une journée avant de vomir. « Je l'ai vu de mes propres yeux. Il est sorti de l'hôpital et il est au commissariat de Milkwood Lane.

— Tu es sûre ? demanda Naomi. Est-ce qu'ils lui avaient passé les menottes ? »

La méfiance que ressentait encore Naomi à l'égard de Tess quand il s'agissait d'interpréter les procédures policières était évidente. Au lieu d'être éclipsé par la mort d'Amy, l'accident de Charlie avait au contraire gagné en importance dans son souvenir, comme s'il avait été une sorte de répétition générale. Bien que leur dispute le soir de leur sortie théâtre paraisse évidemment dérisoire comparée à l'horreur de ce qui était arrivé ensuite, leurs contacts avaient été moins fréquents, les infos échangées par les hommes et non par les femmes. Sans la moindre explication, Naomi avait engagé un promeneur de chiens pour sortir Kit et Cleo en semaine ; Tess ne savait pas si ce changement avait pour but d'alléger le poids de ses responsabilités ou de la punir.

« Je n'ai pas vu de menottes, admit-elle, mais il a un bras en écharpe, donc peut-être qu'ils ne les utilisent pas sur quelqu'un de blessé ? En tout cas il était escorté par deux personnes qui semblaient bien connaître le commissariat. Des inspecteurs, je pense. Et ils n'ont pas utilisé l'entrée principale.

— Ça ressemble à du progrès. Jodie est de retour chez elle, tu le savais ? Sara vient de m'en informer. Elle est arrivée plus tôt dans l'après-midi, mais je ne l'ai pas vue.

— Elle doit l'avoir suivi au commissariat – à supposer qu'on l'autorise à le voir. Ils doivent l'avoir inculpé à l'heure qu'il est, et il doit être dans une cellule.

— Et c'est la place qu'il mérite, acquiesça Naomi, satisfaite.

— Tu crois qu'on devrait le dire à Sissy ? J'ai encore essayé de la voir ce matin, mais elle a refusé de m'ouvrir. » Tess s'interrompit. Naomi était plus proche de Sissy qu'elle, mais mentionner les sanglots de celle-ci lui faisait l'effet d'une trahison. « Je ne suggère pas qu'on entre par effraction, mais le fait est que j'ai le double de ses clés…

— Allons la voir ce soir, tous les quatre ? suggéra Naomi, retrouvant un ton un peu plus chaleureux. Si elle ne répond pas, on pourra toujours entrer et l'appeler du vestibule. Ma mère est là, donc je vais voir si elle peut s'occuper des enfants pendant une heure ou deux.

— Bon plan », fit Tess, et l'intensité du soulagement qu'elle éprouva à l'idée que Naomi et elle étaient peut-être de nouveau en bons termes la perturba.

D'un autre côté – et, évidemment, c'était mesquin ne serait-ce que de penser une chose pareille –, elle espérait que Naomi n'avait pas l'intention de présenter la nouvelle de l'arrestation de Booth comme sienne.

16

Ant

— Si vous cherchez des témoins, ce doit être parce que vous ne pensez pas que c'est un simple accident, je me trompe ? À quel genre d'accusation on peut s'attendre, dans cette situation ? OK, peut-être pas meurtre, ce n'est pas comme s'il l'avait prémédité. Homicide involontaire, alors ? Vous allez forcément réussir à le choper pour quelque chose, sérieusement. Allez, quoi, c'est pas sorcier. Un enfant pourrait résoudre cette affaire.

Mr Anthony Kendall, 3 Lowland Way,
enquête de proximité par la police de Londres,
11 août 2018

Cinq jours plus tard

Ant n'avait jamais vu quelqu'un qui ait aussi mauvaise mine que Sissy. Il s'était attendu à trouver une expression de deuil, bien sûr, mais d'une forme qui garde une couleur et une texture reconnaissables.

La peau sensible et bouffie d'un visage convulsé de sanglots toute la journée, la rougeur d'yeux qui avaient épuisé leurs larmes. Mais ce qu'il voyait à présent était plus profond que cela : c'était une âme mise à vif. Lorsqu'il la serra dans ses bras, il sentit la fêlure en elle, l'effondrement physique imminent.

« Je suis désolé, Sissy. Tellement désolé. Est-ce qu'on peut faire quoi que ce soit ? »

Elle sanglota quelques mots qu'il ne réussit pas à comprendre.

« Personne ne peut rien faire, traduisit Naomi. Pas pour l'instant. Mais merci, Ant. Essayez de respirer, Sissy, lentement et profondément. »

C'était elle qui avait ouvert la porte aux Kendall lorsqu'ils étaient arrivés. Bien qu'Ant ait sonné plusieurs fois après l'accident, il n'avait pas réussi à poser les yeux sur Sissy avant qu'Em et lui se voient proposer de se greffer sur la visite des Morgan. Naomi avait gentiment suggéré qu'ils laissent Sam à sa propre mère et aux autres enfants (« Libby *adore* les tout-petits ») avant de les suivre, le message implicite étant qu'il ne fallait pas rappeler l'existence des bébés à Sissy. Parce que Amy avait été enceinte – c'était Ralph qui l'avait révélé à Ant. Horrible.

« J'aurais dû l'empêcher d'y aller, dit Sissy à Naomi, brusquement intelligible. Elle ne m'avait pas dit qu'elle en avait l'intention, je croyais qu'elle rentrait chez elle.

— Vous n'aviez aucun moyen de savoir, ma chérie, répondit Naomi. On ne peut pas contrôler les décisions des autres. Je me suis dit, heureusement qu'ils n'y sont pas allés tous les deux, elle *et* Pete. »

Sissy baissa la tête, incapable de répondre, et Ant sentit son cœur se serrer pour elle, à court de mots lui-même.

Pendant que Ralph s'occupait de préparer à boire, Finn ouvrit la porte de la cuisine pour laisser entrer l'air frais, et ensemble, ils réussirent à faire faire quelques pas à Sissy sur la terrasse. Comme si un peu de lumière naturelle était tout ce dont on avait besoin pour ranimer une âme annihilée ! De toute façon, le ciel était bas et morose, et la pluie menaçait. Ant n'était pas certain de bien se rappeler, mais il avait l'impression que le beau temps avait pris fin dimanche dernier, du jour au lendemain. Comme une marque de respect, un drapeau mis en berne.

« Comment se passent les formalités ? demanda Tess à Sissy. Est-ce que vous avez déjà une date pour l'enterrement ? »

Avec un détachement spectral qui fit froid dans le dos à Ant, Sissy expliqua que les obsèques d'Amy auraient lieu le lundi suivant, en privé, dans sa ville natale de Chichester. Pete allait rester avec les parents d'Amy jusqu'à ce que tout soit terminé.

Il y avait des degrés dans le chagrin, supposa Ant, un ordre naturel ou même une question de droit, et celui des parents d'Amy était le plus profond, le plus abominable. Il imagina si c'était Sam qui avait été tué et un terrible frisson le parcourut. Prenant conscience d'une odeur de végétaux en décomposition, il en identifia bientôt la source, un vase de tournesols en train de mourir sur l'appui de fenêtre, l'eau toute visqueuse et opaque.

« Je les jette ? suggéra-t-il, espérant se rendre utile, mais Sissy protesta d'un brusque gémissement et, une fois de plus, Naomi joua le rôle d'interprète.

— Pas celles-là, Ant. Mais vous voulez bien nous laisser changer l'eau, Sissy ? »

Alors que l'étrange version vidée de Sissy donnait son accord, Naomi murmura l'explication :

« C'est Amy qui les lui a offerts. Lorsqu'elle est venue vendredi dernier.

— Oh, mon Dieu. Je suis désolé, fit Ant en rougissant violemment sous l'effet de sa gaffe.

— Je vais regarder comment on peut les faire sécher pour les conserver. Ce sont des symboles, tu sais. Des liens qui restent avec les disparus.

— Oui, merci, répondit Ant en lui adressant un regard de gratitude, comme si elle était une déesse lui accordant sa bénédiction.

— J'ai des réservations pour début septembre, était en train d'expliquer Sissy à Tess, en réponse à une question sur son Bed & Breakfast. Je ne peux pas me permettre de les refuser.

— Je peux vous aider, répondit Tess en serrant sa main dans la sienne. J'ai plus de temps que Naomi. » Elle jeta en direction de cette dernière un regard qu'Ant ne parvint pas à déchiffrer ; il n'avait jamais réussi à déterminer si les belles-sœurs étaient complices ou rivales. « Peut-être que ça vous fera du bien d'avoir cette structure ? Vous savez, pendant que tout ça continue. »

Cette fois, Naomi et elle échangèrent un regard différent, plus léger.

« Sissy, on a une nouvelle information, annonça Naomi, et son ton plus fort attira l'attention des autres. Vous ne savez peut-être pas non plus, Ant et Em, mais Darren Booth a été arrêté ce matin. Tess était là quand ça s'est passé.

— Quoi ? »

Alors que le moral d'Ant s'améliorait d'un coup, Sissy se crispa visiblement. Pour la première fois depuis leur arrivée, elle les regarda tous en face, et se concentra pour écouter Tess décrire son expédition au commissariat de Milkwood Lane, au terme de laquelle elle avait assisté à l'événement qu'ils attendaient tous depuis samedi matin.

« À quoi ils ressemblaient, les inspecteurs qui l'escortaient ? » demanda Ralph.

Tess fronça les sourcils.

« Un grand type de vingt-huit, vingt-neuf ans, je dirais, d'origine indienne, et une femme d'à peu près mon âge, assez petite, avec des cheveux bruns bouclés et des lunettes.

— Ce sont eux que j'ai vus devant la maison l'autre jour, fit Ralph en hochant la tête d'un air satisfait. Beau travail, Tess.

— Oh, on aurait rapidement fini par l'apprendre de toute façon, répondit-elle en rougissant légèrement.

— Mais chaque seconde supplémentaire de tranquillité d'esprit est bienvenue, n'est-ce pas ? » dit Naomi, en incluant Sissy dans sa remarque.

Quel tact, songea Ant. Quelle subtilité, dans ce discret rappel de ne pas trop jubiler. Ils savouraient la justice, pas une victoire.

Mais c'était trop tard pour Em, qui avait déjà lâché un cri de triomphe.

« C'est formidable ! s'exclama-t-elle joyeusement. Pourquoi est-ce que tu ne me l'as pas dit immédiatement, Tess ? J'aurais…

— Em, l'interrompit Ant en fronçant les sourcils. Sissy est la seule à être directement concernée. »

Alors que sa femme lui jetait un regard vexé, Sissy se détourna pour regarder Naomi d'un air désespéré.

« C'est trop dur, je ne peux pas, murmura-t-elle brusquement.

— Oh, Sissy, s'exclama Naomi, l'air horrifié. Peut-être qu'on n'aurait pas dû vous le dire, mais on pensait que cela vous apporterait un peu de réconfort. »

Ralph s'avança alors pour prendre Sissy dans ses bras avec une gravité presque théâtrale, et Ant se retira, tiraillé entre l'épuisement d'avoir été exposé à pareil chagrin et l'euphorie que lui inspirait cette bonne nouvelle. Oui, il restait encore Jodie, mais sans son mécanicien, elle allait sûrement finir par devoir mettre la clé sous la porte de son commerce de voitures. Quant aux travaux de rénovation, à moins qu'elle ait des talents cachés de bricoleuse, elle serait obligée d'employer d'autres ouvriers, de préférence des professionnels, ou d'y renoncer complètement.

Montant discrètement pour aller aux toilettes, il s'attarda ensuite dans la chambre à l'avant pour regarder par la fenêtre. Alors qu'il embrassait du regard la façade grêlée du n° 1, l'amas de gravats devant et la pagaille de voitures et de fourgonnettes, il prit très clairement conscience de l'importance capitale de ce moment. C'était la fin d'une courte et intense période qui avait anéanti tous les souvenirs des bons moments d'autrefois.

Une épouvantable tragédie pour les familles en deuil, mais une grâce miraculeuse pour les Kendall.

Ils ne restèrent chez Sissy qu'une heure ou deux, ne souhaitant pas l'épuiser, et repartirent comme ils étaient arrivés, en masse. Ant était à l'arrière du groupe, encore sur le perron, lorsqu'un affreux bruit d'appareil mécanique déchira brusquement le silence du crépuscule. Un coupe-carreaux ou quelque chose du genre, dont le hurlement strident devait être terrifiant pour les animaux domestiques du voisinage. Un tressaillement collectif les parcourut. Il était presque 20 heures : qui, à part les habitants du nº 1, pouvait être antisocial au point de commencer des travaux bruyants deux heures après la fin des horaires autorisés ?

« Ce n'est pas lui, quand même ? finit par dire Naomi.

— Non, répondit Ralph avec autorité, comme en leur nom à tous. Ce n'est pas possible, si ? »

Alors qu'ils reprenaient leur route, le hurlement s'arrêta et le portail menant à l'arrière du nº 1 s'ouvrit brutalement. Des morceaux de carreaux en sortirent à la volée pour atterrir au bord du tas de gravats. Puis le bruit reprit.

« C'était bien lui, dit Finn. J'ai vu sa combinaison grise.

— Tess ? fit Em en s'écartant d'Ant pour se rapprocher de son amie, les yeux brillants de peur.

— Je ne comprends pas, répondit Tess en bégayant légèrement.

— Tu nous as dit qu'il était en garde à vue ! lui chuchota furieusement Naomi, et maintenant c'est ce qu'on a dit à Sissy !

— Écoute, je t'ai seulement dit ce que j'avais vu, protesta Tess.

— Et ce que tu as vu, ça devait être Booth qui allait au commissariat pour une autre raison, parce que visiblement, ils ne l'ont pas inculpé, répliqua Ralph en la regardant comme si elle était la dernière des idiotes.

— Attends, mon vieux, intervint Finn. Il a peut-être été libéré sous caution.

— Pas après tout ce qu'on a dit sur lui quand ils ont fait leur porte-à-porte. Comment est-ce qu'ils peuvent ne pas le voir comme un danger pour autrui ? Pour *nous* ? »

Naomi secoua la tête avec vigueur, comme pour donner de la réalité à son affirmation. Elle avait les cheveux étincelants d'humidité. Il avait commencé à bruiner, mais personne n'en avait fait mention, ni ne montrait la moindre velléité de se mettre à l'abri.

« J'y vais, annonça Ralph. Voir de quoi il retourne.

— On t'accompagne », répliqua Finn en lui emboîtant le pas.

Adoptant une démarche militaire, Ralph avança à grands pas devant les voitures dans l'allée et se fraya un passage entre les décombres jusqu'au chemin sur le côté, encombré de matériaux. Les autres le suivirent en file indienne, pour arriver dans le jardin à l'arrière alors que la pluie grossissait. Un poste de travail avait été établi sur le patio bétonné, qui était jonché d'outils, et la pluie transformait la poussière en grosses traînées de saleté. Par la fenêtre de la cuisine, ils pouvaient voir Booth en train de s'affairer dans le salon attenant.

« Booth ? hurla Ralph. Sortez de là ! »

L'homme s'exécuta, l'air plus désobligeant que jamais. Son poignet n'était plus en écharpe, bien qu'il restât bandé presque jusqu'au coude. Ant sentit le découragement l'accabler : Ralph avait raison, Tess avait mal compris ce qu'elle avait vu le matin même. Ce n'était pas la fin de l'horreur mais une reprise de celle-ci, la routine habituelle.

« Dégagez de ma propriété, tous autant que vous êtes », leur lança Booth d'un ton revêche.

Ralph croisa les bras, jambes écartées, en une imitation parfaite du défenseur inébranlable.

« Pas tant que vous ne nous aurez pas dit ce qui se passe. Vous avez été libéré sous caution, ou quoi ? »

Booth s'avança, un morceau de carreau à la main comme un cran d'arrêt.

« C'est toi qui devrais avoir besoin d'une caution, mon pote. T'aurais pu me tuer ! »

Ralph le dévisagea d'un œil noir.

« Qu'est-ce que vous racontez ?

— Vous êtes responsable de vos propres blessures, intervint Naomi, sans se laisser intimider par son attitude agressive. Même pour vous, cela doit être évident.

— Eh bah putain, non, ça l'est pas ! » répliqua Booth, les narines palpitantes.

À présent qu'ils étaient confrontés à sa fureur, à la puissance animale de celle-ci, Ant réalisa qu'ils ne l'avaient jamais vu vraiment en colère. Avec la peur glaciale et instinctive de la proie face au prédateur, il recula honteusement d'un pas.

Brusquement, les faisant sursauter, Jodie les apostropha de la fenêtre de l'étage, en se penchant au-dessus d'eux. Même sous cet angle, Ant put voir qu'elle avait le visage bouffi d'avoir pleuré.

« OK. Mettons les choses au clair : c'est lequel d'entre vous ?

— Lequel d'entre nous qui *quoi* ? demanda Ralph.

— Qui a touché à l'échafaudage. Ils nous ont tout dit. »

Ant comprit le premier : elle était en train de suggérer que la police envisageait la possibilité que le crime ait été commis non *par* Darren, mais *contre* lui. Qu'il ait été visé par ce qui était arrivé à Amy. Pendant un long moment, il n'arriva plus à respirer. La pluie sur son visage lui laissait une sensation poisseuse, comme du dissolvant. Derrière lui, Em se mit à gémir.

Puis Ralph arriva à la même conclusion.

« Vous avez dit à la police que quelqu'un avait délibérément fait s'écrouler l'échafaudage ? Pour vous porter atteinte, à *vous* ?

— C'est ridicule, s'exclama Naomi.

— De la pure connerie », ajouta Finn.

Jodie les fusilla du regard de son perchoir.

« C'est pas ce que pense la police. Alors si quiconque parmi vous pénètre encore illégalement dans notre propriété, on demandera une ordonnance restrictive ! »

Em se mit à sangloter bruyamment, incapable de se contrôler, et Ant s'approcha pour la réconforter, soulagé que Sam ne soit pas là pour voir la détresse de sa mère.

« Allons-nous-en, lui dit-il. Rentrons chez nous.

— Je refuse de retourner dans cette maison, hurla-t-elle. Pas question, plus jamais !

— Em, c'est chez nous.

— Non, pas tant qu'eux vivent ici. Donne-moi les clés de la voiture, je vais chez mes parents.

— Tu ne peux pas conduire dans cet état-là », protesta Ant.

Il avait du mal à cacher son agacement devant la scène qu'elle était en train de faire. Pourquoi ne pouvait-elle pas garder son sang-froid ? Elle n'était pas la seule que la situation mettait à bout de nerfs, et pourtant elle se comportait comme s'il n'y avait qu'elle. Et Dieu savait l'impression qu'ils devaient donner aux autres alors qu'elle résistait à ses efforts pour la reconduire vers le portail : ça devait ressembler à quelque sinistre scène de violences conjugales, sauf que dans leur cas c'était l'homme qui se prenait le plus de coups, Em le frappant violemment du plat des mains en hurlant :

« Me dis pas ce que je dois faire ! Je te déteste ! »

Ralph s'avança vers eux en fronçant les sourcils.

« Hé, arrêtez ça. Ne leur donnez pas cette satisfaction.

— C'est ça, dégagez ! hurla Jodie, furieuse. Vous m'avez pas entendue, le reste ? »

Derrière Ant, Ralph fit signe aux autres de les suivre.

« Vous inquiétez pas, on s'en va. On va pas rester là à écouter votre petit délire de persécution. »

La dernière chose que vit Ant fut Booth immobile sous la pluie dans sa combinaison trempée, les yeux rivés sur Ralph alors qu'il s'éloignait.

« C'est pas un délire, Kray-Kray. T'as qu'à demander toi-même aux flics. Ils t'ont dans le collimateur. »

17

Darren

— Ça va beaucoup mieux, ouais, merci. Une commotion cérébrale, pas mal de bleus, une petite entorse au poignet, vous savez. Je sais pas comment les toubibs appellent ça. J'ai eu de la chance, apparemment.

— Ouais, ça me dérange pas de revenir sur le sujet. Comme j'ai dit à votre collègue à l'hôpital, j'ai juste senti les planches céder sous moi, hein. Pas dès que j'ai posé le pied dessus, non, mais quand j'étais à mi-chemin.

— Nan, ça faisait juste quelques minutes que j'étais sorti. J'étais passé par la fenêtre d'en haut, parce que je venais direct des gogues, vous savez ? J'étais en train de regarder ce dont j'avais besoin à l'étage lorsque je l'ai entendue m'appeler.

— Pas la moindre idée, mon vieux. Je la connaissais ni d'Ève ni d'Adam. J'aurais pas pris la peine de répondre, mais je voyais bien qu'elle allait pas partir comme ça et Jodie se sentait pas bien, je voulais pas que la fille la réveille en tambourinant à la porte.

— Sissy ? Évidemment que je sais qui c'est, ouais. Sissy Spacek, on l'appelle. Pas le genre avec qui j'aurais envie

de passer du temps, pour être honnête. Pareil pour toute la bande dans cette rue.

— Parce qu'ils sont complètement tarés, voilà pourquoi. Croyez-moi, mon vieux, ils me font chier matin, midi et soir, tous autant qu'ils sont. Complètement obsédés par le parking, toujours à vouloir vider la rue comme s'il allait y avoir une putain de fête du jubilé, vous voyez le genre ? Comme s'ils avaient pas déjà des jardins énormes où leurs gamins peuvent faire les cons. Toujours à se plaindre du bruit et de la poussière, comme s'ils avaient jamais vu quelqu'un retaper une baraque.

— Hein ? Ouais, donc elle a disparu. Sous l'échafaudage, près de la porte. Elle a été là une minute à peine. Juste le temps que je descende du niveau supérieur. Puis, comme j'ai dit, j'étais sur la plate-forme du bas et quand je suis arrivé à peu près au milieu, je l'ai sentie bouger, et puis tout le truc s'est effondré et je me suis retrouvé coincé sur le côté. J'ai cru qu'il y avait eu un putain de tremblement de terre.

— À vous de me dire, c'est vous les inspecteurs ! Si j'avais marché dessus plus tôt, il se serait effondré plus tôt, pas vrai ? C'est aussi simple que ça. Tout ce que je sais, c'est qu'il était impec la veille. Solide comme un roc. J'ai marché dessus toute la journée, j'ai pas eu le moindre problème.

— Quelqu'un a touché aux boulons d'assemblage, c'est tout ! Pas d'autre explication. Y a pas moyen que des vibrations aient pu les dévisser en si peu de temps.

— Me vouloir du mal ? Jodie ? Non, mon vieux, vous vous gourez, là. Y a pas moyen. N'importe qui aurait pu décider de les dévisser, c'est pas sorcier.

— Les voisins ? Ils se sont montrés violents, ouais, puisque vous posez la question. La vieille Sissy Spacek, elle m'a balancé une brique à la tronche, j'ai eu de la chance de m'écarter à temps. Et y en a un qu'a essayé

de m'étrangler. Le Morgan, là. Il a piqué une crise quand son gamin a foncé dans ma fourgonnette avec son skateboard. J'ai dû retoucher la peinture, et pas un mot d'excuse.

— Jodie pense que la fille avec tous les chiens cache quelque chose. Je sais pas son nom mais elle est avec l'autre Morgan, le frère. Mais si vous voulez mon avis, celle qui a vraiment un pet au casque, c'est elle, là, à côté. Elle est totalement hors de contrôle. Il faudrait que quelqu'un la recadre un peu, mais je crois pas que le mari soit à la hauteur de la tâche, si vous voyez ce que je veux dire. Hé, peut-être qu'ils sont tous dans le coup ensemble ?

— Ouais, je sais qu'il y a quelqu'un qui est mort. Je rigole pas. Tout ce que je dis, c'est que si c'est vraiment eux et qu'ils ont concocté ça ensemble, ils ont mal calculé leur coup ! Parce que regardez-moi : toujours debout.

Mr Darren Booth, 1 Lowland Way,
interrogé par les inspecteurs Shah et Forrester
au commissariat de Milkwood Lane,
16 août 2018

18

Ralph

« SABOTAGE DÉLIBÉRÉ »
DANS LA TRAGÉDIE
DE L'ÉCHAFAUDAGE EFFONDRÉ

La mort d'une femme de vingt-neuf ans dans l'horrifiant effondrement d'un échafaudage est traitée comme suspecte, a annoncé la police aujourd'hui. La tragédie a eu lieu le 11 août dernier, lorsque Amy Pope, une responsable marketing du nord de Londres, était en visite dans cette propriété de Lowland Way, à Lowland Gardens.

La police pense à présent que quelqu'un avait touché à l'échafaudage dans les heures précédant la tragédie. Des experts de la police scientifique ont découvert que les boulons utilisés pour fixer les montants avaient été dévissés, et ont conclu que c'était là la cause directe de l'accident qui a conduit à la mort de la jeune femme. Aujourd'hui, la police de Londres a décrit le crime comme un acte de « sabotage délibéré ».

« Nous pensons que quelqu'un a intentionnellement affaibli la structure, ce qui, à terme, a entraîné la mort de Ms Pope, a déclaré un porte-parole de la police. Rien n'indique pour l'instant qu'elle était spécifiquement visée, et il est possible qu'elle n'ait été que la victime accidentelle de cet acte épouvantable. »

South London Press

« Ne me dites pas que vous êtes sérieux ! » s'exclama Ralph, sur le seuil de sa porte. Il détestait ouvrir celle-ci désormais, la faute au camping-car qui le narguait, incontournable dans son champ de vision et apparemment destiné à rester là de manière semi-permanente. « Vous nous demandez vraiment des alibis ? On pensait que vous l'aviez arrêté ! Pourquoi l'avez-vous emmené au commissariat hier si ce n'était pas pour ça ? »

L'inspectrice Eithne Forrester – il avait une excellente mémoire des noms, et n'avait nul besoin d'insignes ou de cartes – ne manifesta aucune surprise devant son attitude immédiatement agressive. Elle ne pouvait pas savoir qu'il bouillonnait encore de rage après l'altercation avec Booth la veille au soir, qu'il se demandait encore – intérieurement, sans même consulter Naomi ou Finn – si ce qu'il avait vécu revenait à une déclaration de guerre. Et maintenant, ce matin, un article avait paru en ligne, confirmant les idées insensées de ce connard !

« Êtes-vous en train de me dire que vous préféreriez aller au commissariat pour notre conversation à nous, Mr Morgan ? » demanda l'inspectrice avec un parfait manque d'humour.

Elle, au moins, ne l'avait pas insulté en lui demandant de qui il parlait.

« Ici c'est très bien, entrez. » Cette visite était clairement plus sérieuse que le porte-à-porte informel du policier précédent. Et si la discussion de groupe des riverains était à jour, les enquêteurs avaient choisi de se présenter chez *lui* en premier. « Vous avez de la chance que je télétravaille ce matin. On part en vacances ce week-end et j'ai tout un tas de choses à régler avant. »

Les détails de son entreprise furent notés ; la police avait-elle vraiment besoin de cela ? Dans quelle mesure leur travail relevait-il de la curiosité pure et simple ?

Cependant, cette femme était la première personne à entrer dans la cuisine des Morgan sans faire de remarques sur ses dimensions épiques ou ses équipements somptueux, alors elle n'était pas si curieuse que ça.

Sans lui demander si elle en voulait un, Ralph remplit deux verres d'eau glacée à la fontaine incorporée dans le réfrigérateur, et choisit leurs places à la table, lui au bout et elle à sa gauche.

« Alors comme ça, quelqu'un a saboté l'échafaudage, hein ? » Il eut un petit rire. « Seigneur, je connais des façons plus faciles de se débarrasser de quelqu'un. »

Derrière ses lunettes légèrement papillon, l'inspectrice le regarda sans ciller en considérant cette information.

« Comme quoi, par exemple, Mr Morgan ?

— Comme n'importe quoi ! » Il écarta brutalement les bras. « Allons, dévisser les boulons d'un échafaudage ? Qui donc pense à faire une chose pareille ? Il est beaucoup plus probable qu'il ne les avait pas bien vissés au départ, ou qu'il a dépassé le poids limite autorisé avec tous ces matériaux, et que c'est pour ça qu'ils ont lâché. »

Mais alors qu'il se lançait, plus détendu, dans une diatribe familière contre le travail bâclé et les dangers de plus en plus grands qu'il présentait, il lui apparut rapidement que sa visiteuse n'était pas vraiment fascinée. Pour preuve, elle ne prenait pas de notes, alors qu'elle avait un calepin A4 ouvert devant elle.

« Donc, vos propres déplacements, dans la nuit du 10 ? »

Ralph lui fournit l'information requise d'un ton morne et distrait.

« Vous dites que vous avez vu Darren et Jodie au *Star*. Les avez-vous salués ? »

Il afficha une grimace – *Ça va pas, la tête ?* – mais elle continua de l'observer d'un œil attentif. Manifestement, elle n'était pas comme les enquêteurs à la télévision, avec leurs démons et leurs humeurs volcaniques. Elle n'avait qu'une seule température : froide comme la glace.

« Non, finit-il par répondre.

— Donc à 23 heures, vous étiez chez vous. Est-ce que vous vous êtes relevé cette nuit-là ? »

Ralph haussa les sourcils.

« Vous voulez dire à cause de sa musique ? Non, on a du double vitrage très efficace, alors rien de ce qu'il a pu faire ne nous a réveillés. Et le lendemain matin, je suis parti tôt au tennis, bien avant qu'il arrive quoi que ce soit.

— À quelle heure êtes-vous parti ?

— Vers 8 heures. La séance commence à 8 h 30, mais je prends généralement un café en chemin. Et avant que vous posiez la question, oui, il y avait plein d'autres gens au club ce matin-là qui peuvent attester ma présence.

— Voilà une information utile, répondit-elle. J'ai l'impression qu'il y a un certain nombre de gens qui auraient une raison de vouloir faire du mal à Mr Booth. »

Ça, c'était intéressant : son attitude avait très discrètement changé pour se teinter de bienveillance, comme si elle l'avait jusqu'alors considéré comme un imbécile mais venait de décider qu'ils allaient peut-être pouvoir collaborer. Malin.

Cela marcha, mais pas de la façon qu'elle avait probablement voulue : cela fit prendre conscience à Ralph que l'heure n'était pas à l'irrévérence.

« Non, répondit-il. On ne l'aime pas, dans l'idéal on voudrait le voir quitter notre rue, mais on ne veut pas lui faire de mal. En aucun cas. »

Si elle était déçue, elle ne le montra pas.

« Il ne vous manque pas une clé anglaise, par hasard, Mr Morgan ?

— Il faudrait que je vérifie, répondit-il calmement, mais je ne crois pas.

— Vous dites que vous avez pris un café sur le chemin du tennis. Où ça ? Quel café ?

— Je ne me souviens pas.

— Il n'y a qu'un café ouvert dès 8 heures sur le chemin, et c'est le *Bean2Cup* à la gare. »

Elle n'avait même pas consulté ses notes, elle avait ressorti l'info comme ça.

Panique pas, songea Ralph.

« Pardon ? »

Seigneur, avait-il dit ça tout haut ?

« J'ai dit, ça devait être là, alors. »

La conversation prit fin, une carte fut présentée.

« Si quoi que ce soit vous revient… »

Bien sûr, dès que je remarque la disparition de ma clé anglaise et que je me rappelle ce que j'ai fait pendant cette fugue dissociative, vous serez la première au courant.

Il la raccompagna à la porte. Sur le seuil, elle passa le bout de ses doigts dans les cheveux sur sa nuque, comme soulagée de retrouver l'air frais. Puis elle lui adressa son premier sourire, à peine esquissé, de l'entretien.

« Vous avez parlé de vacances, Mr Morgan. Il nous serait utile de savoir où vous serez et quand vous pensez revenir. »

Il fronça les sourcils, pris d'une difficulté soudaine à respirer.

« Je suis obligé de vous le dire ? »

— Absolument pas, c'est juste une demande polie.

— Mais pourquoi ? Qu'est-ce qui se passe, enfin, est-ce que je suis un suspect ou quelque chose de ce genre ? » Puis, jugeant qu'il valait mieux ne pas attendre de réponse, il continua : « On part dans le Devon pour une semaine. J'aurai mon téléphone portable, donc vous pouvez m'appeler dessus si vous avez besoin de moi.

— Merci, répondit-elle. Je vous en suis très reconnaissante. »

Naomi déclara qu'il ne fallait pas y lire quoi que ce soit. Elle allait téléphoner d'elle-même à la police pour donner l'adresse de leur hôtel et tous les numéros où ils pourraient être joignables, afin qu'on voie qu'ils coopéraient pleinement.

« OK, donc ils ont trouvé ces boulons dévissés et ils élargissent le champ de leurs investigations, mais ils ne peuvent pas écarter complètement la thèse d'une négligence de sa part, si ? Je sais que ce n'est pas aussi excitant que la théorie du sabotage, et que ça ne ferait pas les gros titres, mais il aurait sûrement dû sécuriser le chantier ? Et il n'aurait certainement pas dû entasser des matériaux si près de la porte d'entrée. »

Ralph hocha la tête.

« Tu as raison. Ça ne fait pas un titre aussi accrocheur : UN CONNARD DU SUD DE LONDRES DÉCIDE DE NE PAS S'EMMERDER AVEC LES RÈGLES DE SÉCURITÉ. »

Naomi sourit et continua d'appliquer du fard dans le creux incurvé de ses paupières. Ils étaient dans leur salle de bains rose nacré, en train de se préparer à sortir pour dîner. Finn s'était décommandé de leur apéro entre frères du vendredi en invoquant une crise au boulot (à la différence des employés de Morgan Articles en Cuir, qui étaient tous chez eux avec leur famille – Ralph disait ça comme ça), et Naomi avait immédiatement retenu les services de Daisy. C'était une tentative consciente de conserver un comportement civilisé en ces temps incertains.

« Lorsque Sissy aura repris du poil de la bête, il faut qu'on l'encourage à porter plainte contre lui – ou à convaincre la famille d'Amy de le faire. Si elle le faisait et qu'il se voyait ordonner de payer des dommages et intérêts, il serait peut-être obligé de vendre la maison pour trouver l'argent. »

Le simple fait de formuler cette idée à voix haute lui inspira une émotion qui ressemblait furieusement à de l'espoir. Puis il remarqua que sa femme avait reposé son maquillage et se tamponnait les yeux avec le coin d'un mouchoir.

« Ça va pas, Nao ?

— Si si, c'est rien. »

Elle était encore bouleversée par la mort d'Amy, plus que par toute ingérence de la police, et avait pleuré tous les jours depuis l'accident. Était-ce normal ? Oui, bien sûr, c'était affreux que quelqu'un soit mort pratiquement devant chez eux, surtout de façon aussi violente, mais ils avaient à peine connu la victime. Ses larmes étaient probablement davantage pour Sissy – il avait été dur pour eux tous de la voir aussi *hagarde*, en proie à une apathie dont seule la menace de voir des fleurs mortes jetées à la poubelle l'avait fait sortir. Et puis il y avait la disparition des Dimanche On Joue Dehors, bien que Naomi ait seulement utilisé le terme « suspendu » sur Facebook et dans un SMS envoyé aux parents de la rue, jusqu'à ce que nous puissions être sûrs de la pleine coopération de tous les riverains.

« Maudite police », grommela Ralph en regardant sombrement son reflet dans le miroir. Il aurait pu jurer qu'il avait visiblement vieilli ces derniers mois – à moins que ce soit simplement le vernis d'autosatisfaction antérieur qui s'était effacé ? « Je me demande ce qu'il va faire maintenant.

— Qui ? » demanda Naomi.

Ralph se retourna vers elle en fronçant les sourcils : *à ton avis ?*

« Oh. Eh bien, avec un peu de chance, il va sérieusement remettre en question ses pratiques commerciales et ses choix de vie, et décider de faire profil bas. »

Ses larmes avaient séché, et son ombre à paupières rendait ses yeux immenses et persuasifs, mais Ralph ne se laissa pas convaincre.

De son point de vue, il était totalement irréaliste de croire que Booth allait adapter son comportement, à moins que ce soit pour se rendre encore plus désagréable.

Et plus dangereux.

Le lendemain matin, Ralph regarda, de la fenêtre de son salon, son ennemi juré s'approcher du camping-car, armé d'une bouteille de white-spirit et d'un chiffon. Depuis qu'il l'avait garé là des semaines plus tôt, il n'y avait jamais accordé ne serait-ce qu'un coup d'œil, sans parler de faire le moindre travail dessus, mais maintenant, tout à coup, il était là, avec son poignet bandé, en train d'installer la plus longue rallonge électrique que Ralph ait jamais vue pour alimenter une machine qui ferait probablement une sérieuse concurrence à un marteau piqueur. La raison du white-spirit était que, au cours de la nuit, quelqu'un avait peint le mot « TUEUR » en grosses lettres blanches et brillantes sur le flanc du véhicule, ce qui n'aurait pas dérangé Ralph si le camping-car n'avait pas donné l'impression d'appartenir à la propriété devant laquelle il était garé.

Ils avaient envoyé les enfants nager avec Finn et leurs cousins, dans un effort pour les épuiser avant le long trajet jusqu'au Devon dans l'après-midi, et Naomi, qui avait déjà terminé les bagages, faisait un saut chez Sissy afin de lui apporter assez de plats maison pour tenir la semaine, jusqu'à leur retour. (Elle craignait que Sissy ne se fasse pas à manger.) Il n'y avait personne d'autre dans la rue, où les voitures étaient garées pare-chocs contre pare-chocs, une vision bien différente des dimanches matin d'autrefois.

Si on lui avait demandé de faire une prédiction, il aurait dit que Booth se ficherait de ce graffiti, mais à l'évidence ce n'était pas le cas, car il était en train de le prendre en photo – pour le montrer à la police, peut-être, et recevoir encore plus de compassion mal placée. Ce n'est que lorsqu'il tourna l'appareil vers la maison des Morgan que Ralph sortit en trombe pour l'affronter.

« Qu'est-ce que vous croyez être en train de faire ? Vous ne pouvez pas photographier ma maison ! »

Booth rangea son téléphone dans sa poche.

« Je me suis dit que la police aimerait peut-être savoir devant chez qui j'étais garé quand les dernières dégradations à un de mes biens ont été faites.

— Vous parlez de ce graffiti ? Ça pourrait être l'œuvre de quiconque vous connaît, répondit Ralph. Quiconque sait ce que vous avez fait. » Il aurait pu en rester là, rentrer chez lui, mais il ne parvint pas à contrôler sa colère et lâcha : « Pourquoi vous nous faites pas une fleur à tous en ramenant cette monstruosité sur votre terrain ? Et pendant que vous y êtes, barricadez tout ce dépotoir pour que personne d'autre ne soit tenté d'y mettre les pieds et ne se fasse tuer.

— Va te faire foutre, connard. »

Alors que Booth commençait à frotter le graffiti avec son chiffon, Ralph le rejoignit à grands pas dans la rue. Son cœur battait à tout rompre dans sa poitrine.

« Bouge-le, j'ai dit. »

Booth leva son poignet bandé avec une fausse expression de contrition.

« Désolé, je peux pas encore conduire, mon pote.

— Mais vous pouvez utiliser scies et ponceuses, par contre, hein ? Où sont les clés ? Je vais le bouger pour vous ! »

Ce fut Booth qui porta le premier coup – avec sa main valide –, sur la pommette droite de Ralph, et la douleur déclencha chez celui-ci une explosion d'énergie, le résultat de plusieurs semaines de frustration devant, justement, le fait qu'il n'était pas libre d'en coller une à ce type. Il s'attendait presque à le voir voler dans les airs lorsqu'il lui rendit son coup, mais Booth se contenta de chanceler légèrement. Puis ils se jetèrent l'un sur l'autre et se colletèrent sans cérémonie. Booth était compact et musclé, mais son poignet blessé l'empêchait d'avoir une bonne prise et Ralph commençait à prendre le dessus, jusqu'à ce qu'avec force grognements et une dernière bourrade de son bras valide, Booth réussisse à se dégager. La plus grosse douleur vint de cette bourrade, qui projeta Ralph contre la porte ouverte du camping-car, dont le tranchant lui heurta violemment la colonne vertébrale.

Il poussa un hurlement et tout à coup, Kit et Cleo arrivèrent en trombe dans la rue – il devait avoir laissé le portail entrouvert – pour leur bondir dessus à tous les deux, Cleo aboyant comme une folle.

« Lâchez-moi ! » rugit Booth en attrapant son white-spirit – pour en asperger les chiens !

Ralph reprit son équilibre pour les attraper tous deux par le collier et les traîner dans le jardin avant de refermer le portail. Il avait mal à la main droite. Les chiens restèrent à le regarder en agitant violemment la queue, prêts à se jeter de nouveau dans la mêlée à la première occasion.

« Il y en a un qui m'a bouffé, putain », cracha Booth en agrippant sa main valide de sa main bandée.

Sa bouteille de white-spirit et son chiffon étaient tombés par terre.

« Tu mens, répliqua Ralph. Montre-moi la marque. »

Pour ne rien arranger, Naomi rentra de chez Sissy alors que les chiens étaient encore dans tous leurs états et les humains toujours en train de grogner des invectives en haletant. De chez Finn leur parvenaient les aboiements de Tuppy, qui ne voulait pas être en reste, et quelques voisins avaient ouvert leur porte, attirés par le raffut.

« Qu'est-ce qui se passe ? demanda Naomi. Pourquoi les chiens sont énervés comme ça ? »

Ignorant Booth, elle salua gaiement de la main Sara Boulter, qui était apparue derrière son portail de l'autre côté de la rue, et entraîna Ralph à l'intérieur. Lui et les chiens la suivirent tous les trois à la cuisine, mais seuls Kit et Cleo se virent offrir des friandises et gratter les oreilles. Ralph, lui, n'eut droit qu'à un regard de dédain.

« Quoi ? » Il prit un sachet de haricots surgelés dans le congélateur et l'appliqua sur son visage avant de caresser à son tour les chiens de sa main libre. « Beau travail, les gars. Vous reconnaissez un ennemi quand vous en flairez un, pas vrai ?

— Pourquoi est-ce qu'ils étaient si énervés ? demanda Naomi d'un ton sec. Dis-moi que tu ne l'as pas frappé ? »

Ralph haussa les épaules.

« C'est lui qui a commencé.

— Mais tu as donné suite ?

— Je me suis défendu. Il n'y a rien de mal à ça. »

Elle eut un grognement désespéré.

« Quelle impression tu crois que ça donne, Ralph ? »

Il l'arrêta d'un geste de sa main libre.

« Personne d'autre n'était là, donc ça n'a donné aucune impression. »

Elle arpentait les coûteuses dalles de pierre naturelle avec une agitation inhabituelle.

« Tu ne te rends pas compte qu'il va y avoir des conséquences ? Et elles ne seront pas celles que tu crois. Ce ne sera pas qu'il aura peur de toi et n'osera plus t'approcher. Non, il va te dénoncer, leur montrer ses bleus, et tu vas recevoir un avertissement de la police. Et te retrouver au sommet de leur liste pour cette "mort suspecte". Qui, à propos, est juste une autre façon de dire "meurtre".

— Je viens de t'expliquer que c'est lui qui a commencé. C'est un taré, il aurait aveuglé les chiens au solvant si je ne les avais pas écartés de son chemin.

— Ils ne s'y seraient pas trouvés du tout si tu n'y avais pas été toi-même ! C'est lui la victime dans cette affaire, Ralph, du moins selon la police. Comment est-ce que tu as pu te montrer aussi stupide ? »

Ralph la dévisagea, moins choqué par ce qu'elle disait que par la façon dont elle le disait, avec quelque chose qui ressemblait à du mépris, pour *lui*.

« Mais t'es du côté de qui, là ? s'écria-t-il, cédant à la colère. C'est un con fini, tu le sais bien, quand même ! »

Il y eut un silence. Naomi arrêta de faire les cent pas.

« Tu es sûr que personne ne vous a vus vous battre ? Sara ne vous regardait pas ?

— Non, elle n'est sortie qu'après ton arrivée. »

Il continua de la dévisager, désorienté par son opposition. Ils avaient toujours présenté un front uni et, jusqu'à cet instant, cette loyauté inconditionnelle avait réussi à gommer, dans la façon dont ils réagissaient face à Booth, les différences instinctives qui étaient là depuis le début. La diplomate et le guerrier, c'était comme ça qu'il voyait leur duo, mais cette autoglorification ne fonctionnait que si elle en était complice.

« Et maintenant, Ralph ? » demanda-t-elle et, l'espace d'un affreux instant, il crut qu'elle parlait d'eux, de leur couple.

Sa réaction inexprimée fut honteuse : *Je ne peux pas être celui dont le couple se casse la gueule ; ça, c'est les autres gens, comme Ant ou même Finn. Mais pas moi. Moi, j'ai fait le mariage réussi, le mariage parfait.*

« Sérieusement, tu vas arriver dans un hôtel cinq étoiles ce soir avec un œil au beurre noir ? C'est ça, le plan ? Passer pour un malfrat à deux balles ? En quoi ça va nous aider ?

— Qu'est-ce qu'on en a à faire, de ce que vont penser quelques garçons d'hôtel ? » Il réajusta sa poche de glace improvisée pour la mettre en contact avec son œil fermé. « Enfin quoi, Nao, si je le remets pas à sa place, qui s'en chargera ?

— Personne d'autre ne devrait s'en charger, c'est ce que j'essaie de te faire comprendre, ou alors seulement en passant par les voies officielles. Laisse la police faire son travail.

— Les voies officielles, ça veut plus rien dire maintenant. Les flics sont des crétins. »

Naomi soupira. Elle attrapa la clé de la voiture pour commencer à y charger les bagages, mais pas avant d'avoir ajouté, d'une voix à peine audible, comme s'il y avait dans la pièce une tierce personne dont elle ne voulait pas être entendue :

« Je croyais qu'on avait dit qu'on allait coopérer avec eux ? C'est pas comme si on avait quelque chose à cacher, si ? »

Ralph écarta sa poche de surgelés pour plisser l'œil et le rouvrir, afin de tester la douleur. Une explosion d'étoiles s'ensuivit. Climat anglais ou non, il allait porter des lunettes de soleil toute la semaine.

« Si ? répéta Naomi.

— Bien sûr que non », répondit-il.

19

Ant

Il avait à peine lu le message de Ralph sur WhatsApp – Les flics demandent nos alibis pour la nuit précédant l'accident, non mais tu te rends compte ? – qu'un enquêteur sonnait à sa porte. Meurtri et démoralisé par le départ d'Em, Ant avait téléphoné au bureau pour dire qu'il venait de se rappeler qu'il avait un rendez-vous médical et télétravaillerait donc pour la journée, aussi l'inspecteur Shah avait-il de la chance de le trouver chez lui. Se serait-il pointé au bureau d'Ant, dans le cas contraire ? À quel point fallait-il s'inquiéter, sérieusement ?

Shah, un homme mince et longiligne en costume-cravate, était terriblement bien préparé, se référant à la discussion qu'avait eue Ant sur le pas de sa porte avec l'agent en uniforme, l'après-midi du 11 août, sans consulter une seule fois ses notes. Il avait un grand calepin à couverture souple et bleue. S'attendait-il à le remplir de détails sur les habitudes suspectes d'Ant ?

« Au vu des récents développements, je m'intéresse à la période entre vendredi soir vers 18 h 30 et samedi matin vers 8 h 30 », expliqua-t-il, sans un sourire.

Entre le moment où Booth et Jodie étaient partis au pub et celui où Amy Pope avait frappé à leur porte, réfléchit Ant. Donc c'était exactement ce dont Booth les avait menacés et Ralph les avait prévenus : eux, les victimes, étaient désormais des suspects dans l'enquête sur la mort d'Amy. On marchait sur la tête !

« J'étais ici, en train d'aider ma femme à se préparer pour rendre visite à ses parents avec notre jeune fils. À cause de ce qui est arrivé, elle a changé d'avis et n'est partie qu'hier soir. Je peux vous donner son numéro de téléphone, si vous avez besoin d'une confirmation de sa part. »

Il réprima un frisson au souvenir de sa dispute très publique avec Em la veille au soir. *Je te déteste !* Bien qu'elle ait été la plus visiblement hostile des deux, il ne s'était pas montré aussi attentionné qu'il aurait pu. À la réprimander devant tout le monde comme il l'avait fait. Il avait eu honte d'elle, s'était trop soucié de ce que les Morgan pourraient penser d'eux. Dans leur impuissance, ils avaient trouvé beaucoup plus facile de s'en prendre l'un à l'autre qu'à la véritable source de leur conflit.

« Oui, donc elle est allée se coucher la première. Je m'apprêtais à monter aussi lorsque Darren et Jodie sont revenus et que j'ai entendu le fracas de musique habituel.

— Est-ce que vous êtes allé les voir pour leur demander de baisser le volume ?

— Non. Comme je l'ai dit à votre collègue, ça ne sert à rien. Et avant que vous posiez la question, non, je ne suis pas sorti en douce pour dévisser les boulons de son échafaudage ou je ne sais quoi. Même si j'en avais eu envie, je ne saurais pas comment. Vous pouvez vérifier mon historique de recherches, si vous voulez. » Les mots étaient à peine sortis de sa bouche qu'il regretta d'avoir fait cette suggestion et se hâta d'enchaîner. « Non, aucun de nous n'est sorti de la maison jusqu'à ce qu'on entende l'échafaudage s'écrouler le lendemain matin. J'en suis sûr et certain, oui, absolument certain. »

Seigneur, ce qu'il devait paraître nerveux. Mais c'était l'effet Pygmalion, n'est-ce pas ? Les enquêteurs qualifiés devaient connaître le phénomène. On les imaginait en train de penser *Il a l'air coupable*, et du coup on se comportait comme si on était coupable.

« Dites-moi si je peux vous être utile en quoi que ce soit, dit-il alors que l'inspecteur se préparait à partir.

— Merci. Le numéro de votre femme, ça suffira », répondit son interlocuteur avec douceur, comme s'il s'adressait à un vieux parent présentant des signes précoces de démence.

Ayant réussi à se convaincre qu'Em ne reviendrait peut-être jamais, il crut bien qu'il allait se mettre à pleurer lorsqu'en rentrant du travail le mardi soir, il la trouva de retour. Sam, bain pris et déjà prêt à aller au lit, laissa échapper un cri de joie en voyant son père, ce qui fit réellement monter les larmes aux yeux d'Ant. Il garda son fils dans ses bras tout en allant et venant dans la cuisine pour ranger les courses qu'il avait faites avant de rentrer, nommant chaque article (« vin », « curry », « chips ») pour essayer de lui soutirer quelques syllabes. Em ne fit aucune remarque sur ses habitudes alimentaires en son absence.

« Tu es reposée ? lui demanda-t-il, regrettant immédiatement d'avoir choisi ces mots, car aucun parent d'un jeune enfant n'allait jamais répondre par l'affirmative à cette question. Je pensais que tu resterais peut-être plus longtemps là-bas.

— La police m'a appelée, répondit-elle. Ils veulent me voir en personne. Et puis, je suis quand même chez moi, ici.

— Bien sûr. Je voulais juste dire que les choses ne se sont pas vraiment arrangées avec Darren et Jodie. »

Pendant l'absence d'Em, il ne s'était retrouvé face à eux qu'une seule fois. Ils étaient dans le jardin à l'avant, en train d'examiner une vieille Polo qui avait été sérieusement rayée par l'effondrement de l'échafaudage et, lorsque Ant était passé, ils avaient arrêté ce qu'ils faisaient pour le dévisager avec une expression très nettement menaçante. Leurs regards vaguement maussades d'antan lui manquaient presque.

« Quoi ? lui avait lancé Jodie d'un ton de défi. S'il y a quelque chose qui vous plaît pas, je vous suggère d'aller vous plaindre aux flics.

— C'est déjà fait », avait répondu Ant avec une audace feinte.

Mais un frisson de peur lui avait crispé la main alors qu'il s'efforçait de tourner la clé dans la serrure.

« Pour être honnête, dit-il à Em, ils ont juste continué comme avant.

— Évidemment, répondit-elle avec un haussement d'épaules. Mais je refuse de me laisser chasser de chez moi par des brutes antisociales. »

Eh bien, c'était une très bonne nouvelle.

« Et puis, il faut bien admettre qu'on est beaucoup plus en sécurité maintenant qu'il n'y a plus l'échafaudage, continua-t-elle. La probabilité qu'il finisse par tuer l'un de nous plutôt qu'Amy était nettement plus grande. »

Ant dégagea un morceau de fromage des mains de Sam pour le mettre au réfrigérateur.

« Évitons juste de dire ça devant Sissy », fit-il.

Mais elle avait raison, c'était une vérité qui méritait d'être répétée : une terrible tragédie avait eu lieu sur le pas de leur porte et, quoi qu'en disent les théories erronées que la police avait choisi d'explorer, les voisins avaient eu beaucoup de chance.

« J'ai vu qu'il avait installé une caméra au-dessus de sa porte d'entrée, donc manifestement, il cherche à améliorer sa sécurité, reprit Em. La police doit lui avoir dit de surveiller ses arrières, au cas où l'un d'entre nous se faufilerait chez lui avec notre nouvelle arme : une ampoule de cyanure, peut-être ? Je vais en commander sur Internet. »

Son ricanement railleur fit rire Sam à son tour, et Ant se demanda ce que son jeune cerveau absorbait de ce langage sinistre, habité par le vocabulaire de la mort et de la haine. Lorsque plus tard ils regarderaient des photos de cette époque, seraient-ils en mesure de voir qu'il était perturbé ?

Il était facile d'oublier que Sam – et plus spécifiquement, son éducation – était la raison pour laquelle ils avaient choisi de s'installer dans Lowland Way, avec ses voisins et tout le reste. La rue faisait partie du secteur de recrutement de Lowland Primary, une excellente école primaire. Rien n'était garanti, bien sûr, mais les Morgan leur avaient expliqué la marche à suivre : décrocher une place dans la crèche rattachée à l'école, ce qui était un atout en cas de compétition serrée avec un autre enfant, puis prier tous les soirs pour qu'ils n'aient pas trop de petits frères et de petites sœurs à admettre.

Mais ça, c'était avant qu'ils prient tous les soirs pour avoir le silence. Pour leurs vies.

« Tu crois qu'on devrait s'inquiéter que la police veuille nous parler ? demanda Em. Est-ce qu'on est considérés comme des suspects ?

— Au sommet de la liste, j'imagine, répondit Ant.

— Je suppose que quelqu'un leur a rappelé que Booth avait failli renverser Charlie Morgan peu de temps auparavant ? »

Ant s'interrompit dans sa tâche.

« Qu'est-ce que tu veux dire par là ?

— Juste qu'on n'est pas les seuls à avoir un mobile, s'ils pensent en ces termes. Et il ne leur faudra pas longtemps pour découvrir qu'il y a eu une campagne de groupe menée contre son garage.

— Personne n'essaie de cacher cela. Tout est enregistré dans les fichiers de la municipalité. »

Mais cette remarque ramena brusquement son attention sur l'observation d'Em : *J'ai vu qu'il avait installé une caméra...* Un détail important, inexplicablement sombré dans l'oubli, venait de refaire surface : l'appli caméra sur son ancien iPhone, abandonné depuis qu'il avait réussi à procurer à Ralph la preuve que Booth faisait du commerce ; combien de temps s'était-il écoulé entre ce jour et le 11 août ? Des semaines, certainement. Une longue période pour une batterie de téléphone. Mais l'appli n'avait-elle pas été configurée pour fonctionner en veille ? La batterie avait peut-être tenu jusque-là.

Heureusement qu'il n'en avait pas parlé à l'enquêteur. Celui-ci avait bien dû constater par lui-même l'absence de toute caméra extérieure ou de système d'alarme au n° 3, mais s'il avait demandé « Vous n'auriez pas un équipement de sécurité domestique caché quelque part, par hasard ? », Ant aurait probablement répondu, sans réfléchir : « Eh bien si, justement, j'ai une ingénieuse petite appli de surveillance… »

Incroyable. Il avait eu tout ce temps pour se rappeler ce téléphone et, si besoin était, s'en débarrasser ; notamment plusieurs jours où il avait été seul à la maison. Il aurait pu regarder et reregarder la vidéo autant qu'il voulait. (Et pourquoi diable n'avait-il pas, pour commencer, configuré l'appli de façon à pouvoir y accéder à distance depuis son propre téléphone ? Quel abruti.)

« En parlant de caméras, dit Em, si la police a raison, peut-être qu'on devrait jeter un œil à nos propres images, au cas où on aurait filmé le mystérieux saboteur. »

Ant feignit d'accorder toute son attention à Sam, qui se tournait vers Em pour signaler son désir de réintégrer ses bras.

« Oh, j'ai arrêté d'utiliser l'appli dès que j'ai décroché le jackpot – si on peut dire. »

Elle fronça les sourcils.

« Je suis sûre que le téléphone était encore devant la fenêtre lorsque je suis partie.

— Oui, mais je n'ai pas rechargé la batterie. Elle doit être morte depuis des lustres. »

Il était conscient de trembler légèrement.

« Mais elle avait peut-être encore un peu de jus cette nuit-là. Ou bien il y a peut-être de vieilles images du montage de l'échafaudage ? »

Em commençait à s'animer.

« C'est vrai, on devrait vérifier. Je crois qu'il est l'heure d'aller au lit, dit Ant à son fils avant de le tendre à Em. Tu t'en occupes, et moi je vais aller regarder ça.

— Non, répliqua Em en refusant de prendre l'enfant. C'est toi qui t'occupes du coucher, et moi je vais regarder.

— OK. »

À côté, la télévision était allumée, un moindre mal en ce qui concernait le sommeil de Sam. Ant essaya de se concentrer sur la tâche de l'endormir, sans cesser cependant d'imaginer sa femme, au rez-de-chaussée, en train de visionner des images au grain épais de la nuit du vendredi 10 août. Allait-elle voir un rôdeur, exactement comme celui que recherchait la police ? Un tueur ?

Lorsqu'il la rejoignit, vingt minutes plus tard, elle était penchée sur l'écran du téléphone.

« Il y a quelque chose. Tout à la fin, juste avant qu'elle meure. La batterie. »

Une formulation malencontreuse, mais ni lui ni elle n'en firent la remarque.

Il y avait six courtes séquences de la nuit du 10 au 11 :

19 h 01 : Darren et Jodie quittaient la maison ensemble.

19 h 16 : Ant rentrait du travail.

20 h 33 : le livreur de pizza arrivait au nº 3, pour en repartir quelques secondes plus tard.

0 h 20 : Darren et Jodie rentraient chez eux.

0 h 29 : Jodie ressortait de la maison.

0 h 48 : Jodie revenait.

« Je pense qu'elle est allée acheter des cigarettes, dit Em. Regarde, lorsqu'elle revient, elle en a une aux lèvres. Elle a dû aller à la station-service de Portsmouth Avenue, c'est le seul endroit encore ouvert à cette heure-là.

— C'est un vrai gentleman, ce type, de la laisser ressortir toute seule si tard le soir, fit remarquer Ant.

— C'est peut-être pour ça qu'elle a trafiqué son échafaudage en rentrant », répliqua Em d'un ton lourd de sens.

Ant la dévisagea, ébahi.

« Tu es sérieuse ? Où t'as vu ça ? Montre-moi.

— Eh bien, on ne le voit pas sur ces images, exactement. Elle est sous l'échafaudage et ça n'apparaît pas dans le champ de la caméra. Mais regarde, il y a aussi ça. C'est la dernière chose que la caméra a filmée avant de s'éteindre. »

C'était une unique seconde de film : Jodie ressortant à reculons de sous l'échafaudage avant de disparaître de nouveau dessous.

« Ça, c'est à 0 h 50, continua Em. Deux minutes après son retour. Deux minutes, ça suffit pour dévisser quelques boulons.

— Je ne sais pas, répondit Ant. Elle a pu faire n'importe quoi dans cet intervalle : chercher ses clés, consulter son téléphone… »

Em l'ignora, absorbée par sa théorie.

« Là où je veux en venir, c'est qu'elle est la seule personne à avoir été filmée devant leur maison cette nuit-là, autre que toi quand tu es rentré du travail et le livreur de pizza. Alors si le sabotage a eu lieu pendant cette période, on tient là la preuve que personne d'autre n'en a eu l'occasion. On le trouve détestable ; peut-être qu'elle aussi ? »

Eh bien, ce n'était pas la pire idée qui soit, songea Ant. Tout pour détourner d'eux l'attention de la police.

« Je vais couper l'extrait et l'envoyer à la police tout de suite. L'enquêteur m'a laissé ses coordonnées. »

Em alla prendre sa douche et défaire ses bagages, le laissant parcourir les extraits vidéo une dernière fois. Comme l'avait dit Em, la batterie avait lâché peu après le retour de Jodie, le tout dernier mouvement enregistré étant le passage en trombe d'un renard à 0 h 59. Quelle étrange – et frustrante – coïncidence. Comme il aurait été plus intéressant de pouvoir offrir à la police l'heure exacte de l'arrivée d'Amy le lendemain matin, même s'il aurait été terriblement morbide d'assister à ses derniers instants. Mais ils auraient pu y trouver un indice quelconque, peut-être quelques mots adressés à Booth, que des experts auraient pu déchiffrer sur ses lèvres.

Il sortit de son portefeuille la carte que lui avait laissée l'inspecteur Shah et joignit les extraits à un mail. Il eut un moment de tension en voyant que l'outil d'édition du téléphone était déjà activé, mais se rappela qu'il l'avait utilisé la dernière fois qu'il avait ouvert l'appli. Ce moment de triomphe où il avait remis à Ralph l'extrait montrant Jodie recevant de l'argent d'un client.

Quels jours glorieux.

L'inspecteur Shah lui sembla mettre une insoutenable éternité à répondre, mais il ne s'était en réalité écoulé que vingt-quatre heures.

« Est-ce que vous avez d'autres vidéos de surveillance du matin du 11 août ? »

Ant expliqua que la batterie était morte à 1 heure du matin.

« Ce n'est vraiment pas de chance. »

Décelait-il du doute dans son ton, voire de l'incrédulité ?

« Aviez-vous un objectif particulier en installant cette caméra ? »

Ant expliqua les inquiétudes du voisinage concernant les activités de commerce illégales de Booth : cela ne pouvait pas faire de mal de rappeler à la police qui était le criminel dans cette histoire.

« Vous n'avez rien dit d'une caméra de surveillance intérieure le week-end de l'incident, ni lorsque je vous ai interrogé la semaine dernière. »

Il semblait accuser Ant d'avoir délibérément caché cette information ; et Ant n'apprécia pas non plus son emploi du verbe « interroger », qui lui faisait un peu trop penser à « interrogatoire » et lui donna l'impression que leur entretien avait été plus officiel qu'il ne l'avait compris sur le moment.

« On avait supposé que la batterie serait morte depuis longtemps, mais on a vérifié par hasard et on a découvert quelque chose qui pourrait s'avérer pertinent. »

L'inspecteur, probablement habitué aux récits verbeux de gens qui avaient vérifié par hasard et supposé ceci cela, n'insista pas.

« Savez-vous s'il existe une raison particulière qui expliquerait pourquoi votre voisine a enlevé ses chaussures ?

— Quoi ? fit Ant. Je n'ai pas remarqué ça.

— Elle arrive avec ses chaussures aux pieds, mais lorsqu'elle ressort brièvement de sous l'échafaudage, elle ne les a plus. Une idée sur la question ? »

Il n'avait pas fait cela lorsqu'ils s'étaient vus en personne : discuter de l'affaire avec lui, prendre en considération ses théories. Ant y vit une chance, une invitation.

« Peut-être qu'elle s'en est servie pour taper sur l'échafaudage ? Dévisser les boulons ?

— Dévisser des boulons avec une paire de talons hauts ? »

Ant se sentit bête. Il imagina la consternation de l'enquêteur devant ses piètres talents de détective.

« Je vous serais reconnaissant de nous apporter ce portable, finit par dire Shah. Et de le laisser à nos experts un ou deux jours pour qu'ils en extraient les vidéos.

— Ravi de pouvoir aider », répondit Ant.

20

Tess

Il y avait quelque chose chez cette enquêtrice qui rappelait Naomi à Tess. Une désapprobation contenue, peut-être parce que Tess n'avait pas été là les deux premières fois où elle était passée ; la seule personne à faire courir la police après elle, et pourtant celle qui avait le moins d'excuses pour cela.

Qu'elle imagine ou non cette attitude critique, elle y réagit malgré elle en se montrant vraiment impolie.

« Franchement, c'est gaspiller l'argent du contribuable, si vous voulez mon avis. Booth n'avait pas la moindre idée de ce qu'il faisait en montant cet échafaudage, c'est aussi simple que ça. Est-ce que mon mari vous a dit qu'il n'avait pas le bon nombre d'entretoises ? Vous savez, les barres en diagonale ?

— Il s'y connaît en construction d'échafaudages, donc ? » demanda l'inspectrice Forrester.

De loin, Tess l'avait crue d'à peu près son âge, mais en réalité, elle était plus jeune. Étonnamment, sachant ce qu'elle avait dû voir dans son métier, elle avait une étincelle d'optimisme dans le regard.

« Il connaît les bases, oui. Assez pour qu'on ait contacté l'inspection des chantiers à ce sujet. J'avais l'intention de les relancer, mais ça ne faisait pas si longtemps et… eh bien, je suppose que je n'avais jamais imaginé que quelqu'un puisse être blessé, à part Booth lui-même. » Elle rougit. « Ce n'est pas ce que je voulais dire. Je n'*espérais* pas qu'il soit blessé, évidemment. »

L'enquêtrice se gratta la gorge du bout d'un ongle et le son sembla prendre de l'ampleur. Avec Isla et Dex en stage de sport toute la semaine au centre de loisirs local et Tuppy endormi dans le jardin, il régnait dans la maison un silence anormal. Tess s'imagina errant dans les pièces de leur immense maison lorsque Dex aurait commencé l'école. *Il faut te trouver du travail, gagner un peu d'argent.* Et pourtant, elle n'avait rien fait pour lancer le processus.

« Pouvons-nous parler de ce que vous avez fait la nuit précédant l'incident ?

— Si vous pensez que c'est utile. » Elle fournit sa chronologie des événements, même si ceux-ci semblaient lointains, presque irréels, étant donné tout ce qui s'était passé depuis. « Lorsqu'on est rentrées du théâtre, on a mis les enfants au lit, on a payé la baby-sitter et on a pris un verre rapide. Puis-je juste vous demander, si vous avez raison et que quelqu'un a délibérément dévissé les boulons cette nuit-là, pourquoi est-ce que l'alarme n'a pas sonné ? Je suis sûre qu'il en avait installé une sur son échafaudage. J'ai vu les fils. »

Le regard que l'inspectrice fixait sur elle se fit soudain plus acéré.

« Possédez-vous une pince coupante, Mrs Morgan ?

— Une pince coupante ? Pas que je sache, mais il faudrait que je demande à Finn. Pourquoi ? Oh ! » Tess s'interrompit en bafouillant. « Vous voulez dire que les fils de l'alarme ont été coupés ? Ah oui, ça, c'est louche.

— Oui, c'est ce que nous pensons aussi. »

Encore une fois, Tess crut détecter un soupçon d'antipathie dans son attitude. *Qui c'est, cette bonne femme dans sa maison de riche, qui trouve un meurtre « louche » ?* Était-ce là ce que pensait l'enquêtrice ? *Je ne suis pas du tout comme ça*, protesta-t-elle silencieusement. *Les gens disent que je suis sérieuse et de bonne volonté, une martyre.*

Elle était juste paranoïaque.

« Avez-vous envisagé la possibilité qu'il ait lui-même saboté son échafaudage pour faire une fraude à l'assurance ? Vous vous êtes renseignés sur l'état de ses finances ? »

Mais l'inquisition était strictement à sens unique, tout comme elle l'avait été quand Tess s'était rendue au commissariat. Elle se remémora avec regret ses enfants assis à l'attendre dans un bâtiment rempli de criminels, alors qu'ils s'étaient préparés à une visite au zoo.

« Vous avez mentionné une baby-sitter, dit l'enquêtrice. Puis-je avoir un nom et un numéro de téléphone, s'il vous plaît ? »

Il y avait un nouvel article en ligne au sujet de l'accident, le premier que Tess ait vu où un voisin était directement cité :

LE PROPRIÉTAIRE ACCUSÉ
PAR LES VOISINS DANS L'AFFAIRE
DE L'ÉCHAFAUDAGE MORTEL

Une personne résidant à Lowland Gardens, près du site où l'effondrement d'un échafaudage a causé la mort d'Amy Pope, accuse le propriétaire de la maison.

Cette personne, qui souhaite rester anonyme, affirme que la police « se fourvoie complètement » dans son enquête.

« Je ne crois pas à cette idée que quelqu'un ait saboté l'échafaudage. Le risque qu'il vous tombe dessus ne serait-il pas trop grand ? Il faudrait des connaissances techniques, de l'expérience pratique. C'est certainement celui qui a monté une structure si dangereuse sur son terrain qui doit être tenu pour responsable de cette mort, non ? »

La même personne a affirmé que « toute la rue [était] d'accord » sur ce point, ajoutant que les riverains avaient remarqué que de lourds matériaux de construction avaient été chargés sur la plate-forme inférieure quelques jours seulement avant son tragique effondrement.

« Je ne sais pas si cela a contribué à la mort d'Amy, mais je regrette maintenant de ne pas avoir agi sur le moment. »

South London Press

« J'ai dit quelque chose d'assez similaire à la police moi-même, fit-elle remarquer à Finn. Comme quoi je regrettais de ne pas avoir agi plus tôt. Qui a accordé cette interview, à ton avis ? »

Il haussa les épaules.

« Je n'en ai aucune idée, mais en tout cas c'est quelqu'un qui a l'air très sûr de lui.

— Ralph, peut-être ? Il pourrait leur avoir parlé au téléphone depuis le Devon. Ou même Naomi ? Ils ne précisent pas si c'est un homme ou une femme. »

Finn fronça les sourcils.

« Ce terme, là, "expérience pratique". C'est presque comme s'ils soufflaient au journaliste de creuser de ce côté-là. »

En conséquence des mots qu'elles avaient eus après la libération de Booth, les relations entre Tess et sa belle-sœur étaient de nouveau tendues. Même la suspension par Naomi de Dimanche On Joue Dehors avait agacé Tess. Ça avait été une décision tellement unilatérale, comme si elle avait oublié que Tess était sa cofondatrice et son égale. (Elles avaient rencontré le maire ensemble, bon sang !)

« Peut-être pas Naomi, reprit-elle. C'est elle qui nous a dit de nous méfier de la presse, alors à moins que ça n'ait été du bluff… »

Avant de partir dans le Devon, Naomi avait posté une nouvelle mise en garde sur la page Facebook des riverains (elle avait une aptitude enviable à faire la part des choses entre les communications destinées au vaste groupe des riverains sur Facebook et celles concernant leur groupe plus restreint sur WhatsApp) :

Naomi Morgan : Attention, il y a des journalistes dans la rue. La police nous a déconseillé de donner des interviews et souhaite nous rappeler qu'il s'agit d'une enquête en cours.

Sara Boulter : Merci, Naomi, tu fais bien de nous prévenir. On n'est certainement pas le genre à apprécier de voir nos vies s'étaler dans le *Daily Mail* en ligne.

On ne pouvait pas esquiver la police éternellement mais jusqu'alors Tess avait réussi à éviter toute rencontre avec des journalistes. Elle avait seulement trouvé quelques cartes de visite sur le paillasson de l'entrée en rentrant des courses ou d'aller chercher les enfants au centre de loisirs. *Cela m'intéresserait tellement d'entendre votre version de l'histoire !* avait-elle vu écrit au dos de l'une d'elles, au stylo.

« Il faut que tu sois encore plus prudente que d'habitude, aujourd'hui, lui conseilla Finn. Tu peux être sûre que Booth finira par lire l'article aussi, et ça ne va pas lui plaire. Ralph pense que ce n'est qu'une question de temps avant qu'il se venge vraiment.

— Qu'il se venge vraiment ? répéta-t-elle. Qu'est-ce que ça signifie exactement ?

— Justement, c'est le problème. On ne saura pas tant qu'il ne l'aura pas fait. »

Ce n'est qu'en ouvrant la porte plus tard dans la journée pour trouver Jodie devant elle que Tess se rendit compte que cette dernière n'avait encore jamais remonté son allée, jamais été invitée à entrer. À la lumière de ce qu'avait dit Finn, son arrivée sonnait comme un acte de menace. Comme l'annonce que les règles étaient en train de changer.

« Jodie. Vous êtes là à cause de l'article dans le *South London Press* ?

— Quel article ? »

Et zut. Quelle erreur de débutante, Tess n'en revenait pas. Elle observa sa visiteuse avec prudence, notant ses mâchoires serrées, ses yeux étincelants d'indignation.

« Que puis-je pour vous ?

— Je viens de parler à la police.

— Ah oui. »

Sans qu'elle sache comment, dans l'horrible enchevêtrement qu'étaient les relations de voisinage à leur extrémité de la rue, elle s'était retrouvée emberlificotée avec Jodie. Pourquoi ? Cette dernière l'avait-elle prise sciemment pour cible, ou bien croyait-elle, pour une raison ou pour une autre, que c'était Tess qui en avait spécifiquement après elle ?

« Je voulais juste vous faire savoir que je sais que c'est vous qui avez laissé cette merde de chien devant notre porte cette nuit-là.

— Quoi ? Quelle nuit ? Quelle merde de chien ?

— Faites pas comme si vous savez pas. J'ai marché dedans, en plus. J'aurais dû vous faire nettoyer mes pompes, putain. »

Tess eut légèrement honte du mépris qu'elle ressentit en relevant ce « savez ».

« Si vous trouvez des crottes de chien sur votre pas de porte, c'est peut-être parce que les chiens du quartier pensent que c'est un endroit approprié pour se soulager ? Je me demande bien pourquoi. »

Jodie serra les poings, les articulations saillant sous sa peau tendue.

« Z-avez saboté l'échafaudage tant que vous y étiez ?

— Quoi ?

— Je pense que c'est la même personne. Je pense que c'est vous et je l'ai dit à la police – je leur ai tout dit.

J'avais presque oublié, figurez-vous, avec tout ce qui s'est passé. Mais quand je leur ai reparlé, je me suis souvenue que c'était le même soir.

— Je suppose que vous parlez du soir avant qu'une femme innocente meure à cause de la négligence criminelle de votre mari ? » répliqua froidement Tess.

Il fallait vraiment avoir l'esprit tordu pour ressortir une stupide histoire de crotte de chien quand une femme était morte écrasée au même endroit.

Le visage de Jodie s'éclaira d'une inspiration subite.

« On pourrait la faire analyser, hein ? J'en ai encore plein ma chaussure. Je pourrais demander à la police scientifique.

— Oh, pour l'amour du ciel. » Tess n'en revenait pas de participer à une conversation aussi stupide. Elle fut prise d'une envie soudaine, effroyable, de s'avancer pour attraper Jodie par les cheveux et de tirer violemment. « Écoutez, bonne chance à vous et à votre police scientifique, mais je n'ai vraiment pas le temps de m'en mêler. J'ai mieux à faire. »

Jodie fit un pas vers elle et pencha la tête, comme pour jeter un coup d'œil dans sa vie.

« Quoi, par exemple ? Vivre aux crochets de votre mari ? Qu'est-ce que vous faites de vos journées, hein ? »

Comme si elle-même faisait partie du Conseil des ministres ! Elle organisait des essais sur route pour un commerce illégal de voitures d'occasion ! Quelque chose ne tournait pas rond dans le monde quand les mères étaient considérées comme des propres à rien tandis que des fauteurs de troubles avérés étaient protégés par la police.

« Je m'occupe de mes enfants. Je promène mon chien, je nourris les cygnes dans le parc – savez-vous seulement que nous avons des cygnons au bout de la rue ? » Sensible à son agitation croissante, Tuppy vint s'asseoir à ses pieds et elle posa une main sur son collier. « Non, j'imagine que non. Vous vous fichez de tout ce qui n'est pas vous-même. Vous emménagez dans une rue agréable, heureuse, et vous vous comportez comme si vous étiez seuls au monde. Une femme est morte, Jodie – cela ne vous touche vraiment pas, votre mari et vous ? Alors c'est que vous êtes des sociopathes. Parfaits l'un pour l'autre, mais pas pour nous. Ça non ! »

Tess s'interrompit. Elle était devenue plus vindicative qu'elle n'en avait eu l'intention – plus qu'elle ne l'était jamais, pour être honnête – et le visage de Jodie s'était marbré de taches roses sous l'effet de la colère.

« Non mais pour qui vous vous prenez, à me parler comme ça ? s'exclama-t-elle.

— Pour quelqu'un qui s'en va », répliqua Tess. Le cœur comme pris dans un étau par le besoin de s'enfuir, elle rentra brièvement pour attraper la laisse de Tuppy et contourna Jodie pour gagner son portail. « Ne me suivez pas, lança-t-elle furieusement. Je n'ai absolument rien à vous dire.

— Va te faire foutre ! » lui hurla Jodie, comme si toute la rue avait besoin d'entendre.

Tess regretta de ne pas avoir pris de veste, parce que l'air était frais lorsqu'elle descendit Lowland Way en direction du parc ; le brouillard de pollution estivale commençait à se dissiper. Au-dessus de sa tête, les arbres se balançaient en bruissant, délivrés de la chaleur de juillet et de début août. Cet accrochage avec Jodie redéfinissait le conflit de façon très préoccupante, surtout à la lumière des coups qu'avaient échangé Ralph et Booth. Pourquoi avait-elle parlé des enfants ? Dex était sur le point de commencer l'école, serait-il en sécurité loin d'elle ?

Elle allait veiller à se rendre tôt au centre de loisirs pour les récupérer, Isla et lui ; s'assurer qu'il n'y ait pas moyen qu'une « voisine sympathique » arrive avant elle et les fasse monter dans une fourgonnette prête à repartir. Jodie avait prouvé à quelques occasions qu'elle était capable de présenter plutôt bien, et elle avait certainement les moyens de se faire passer pour une mère civilisée de la classe moyenne.

Non mais écoute-toi, songea Tess, atterrée. *Quelle horrible snob.* Rencontrant le regard d'une maman de la cité qu'elle avait déjà croisée plusieurs fois, elle lui fit un grand sourire, sur-compensant ses pensées. Pourquoi ressentait-elle seulement le besoin d'étiqueter cette femme comme une « maman de la cité » ? Était-ce à cause de sa ribambelle d'enfants ? C'était peut-être une nounou ou bien, comme Tess elle-même, elle s'en voyait régulièrement refourguer d'autres en plus des siens. Peut-être n'était-ce pas une si mauvaise chose que la police ait l'intelligence de ne pas automatiquement croire le voisin nanti au détriment de celui issu des classes populaires. Peut-être que leur réglage par défaut était en réalité l'inverse.

Elle sortit son téléphone de son sac. Cela faisait des jours qu'elle n'avait pas posté de nouvelles photos des cygnons sur Facebook. Ils étaient trop indépendants désormais pour qu'elle arrive à les avoir tous les six dans le viseur, aussi prit-elle des portraits individuels :

l'un avec la tête sous l'eau, un autre avec le cou élégamment tordu pour lisser ses plumes caudales avec son bec.

Alors qu'ils s'éloignaient, attirés par quelqu'un à l'autre bout de l'étang qui leur lançait de la nourriture spécialement formulée vendue à la paillote à café, Tess eut l'étrange sensation qu'on l'observait. Mais lorsqu'elle fit volte-face, il n'y avait personne derrière elle.

Déterminée à ne pas se laisser déprimer par leurs problèmes de voisinage, elle avait chassé Jodie de ses pensées dès le lendemain matin. Au petit déjeuner, Finn dit au revoir au milieu du chaos : Dex encore en train de se battre avec sa tenue de sport pour l'enfiler pendant que Tuppy, pour jouer, tirait sur ses chaussettes, Isla se plaignant à répétition que son pain grillé ne l'était pas assez et que la confiture avait des « bouts » dedans.

« Tess ? »

Finn était arrivé à la porte et l'appelait du ton qui, savait-elle, signifiait *Viens seule*.

« Quoi ? »

Elle enferma Tuppy avec les enfants et rejoignit son mari.

« Regarde. Dans l'allée. »

Elle suivit son regard et ne comprit pas tout d'abord ce qu'elle voyait. Juste devant le portail se trouvait un carton à bords bas avec un oiseau à l'intérieur. Un très gros oiseau mort.

« C'est un cygnon ! » s'écria-t-elle.

Un de ceux du parc, sûrement. Elle s'approcha en trébuchant et tomba à genoux devant, traînant le carton hors de vue des passants potentiels. Comme il était lourd. Il n'y avait pas de mutilation visible, il était intact et magnifique, le cou recourbé, comme s'il était mort là, plutôt paisiblement. Elle caressa ses plumes, d'un gris juvénile mais qui commençait à se moucheter de blanc, les joues déjà baignées de larmes. Les parents devaient savoir qu'ils l'avaient perdu, ils devaient être dans tous leurs états.

« Oh, pauvre bébé, je suis tellement désolée. Comment t'es-tu retrouvé ici ? »

Puis elle vit le cercle rouge à la base du cou, l'impact de balle d'une exécution.

« C'est une trace de morsure ? demanda Finn en s'accroupissant à côté d'elle.

— De fusil, je pense, répondit Tess en déglutissant.

— Tu veux dire qu'on l'a tué illégalement ? Pourquoi est-ce qu'il est ici ? Je ne comprends pas.

— Moi non plus. »

Mais l'avoir laissé ainsi au milieu de son chemin, comme en exposition, n'était pas seulement déconcertant : c'était pervers.

« Qu'est-ce qu'on est censés en faire ? demanda Finn.

— Il faut qu'on appelle le service de protection des cygnes. Ils travaillent avec la police. J'ai le numéro quelque part dans mon téléphone.

— Je m'en occupe. »

Elle ne protesta pas lorsqu'il ressortit quelques minutes plus tard pour couvrir le carton d'une couverture, mais resta sur le pas de sa porte comme pour monter la garde. Le temps était comme suspendu : elle n'aurait su dire combien de temps elle resta là, à peine consciente d'Isla et Dex qui passaient avec leurs sacs de sport et leurs boîtes à déjeuner, de Finn lui disant qu'il allait les déposer au centre de loisirs et prévenir qu'il serait en retard au travail. Ce n'est qu'en entendant le portail grincer et en voyant entrer un agent de police qu'enfin, elle se releva péniblement.

« Merci infiniment d'être venu, lui dit-elle.

— Le service de protection des cygnes a été prévenu hier soir que quelqu'un essayait de tirer sur les cygnons de Lowland Gardens. Vous avez une idée de ce qu'il fait ici ?

— Pas la moindre. » Une image fugitive passa dans la tête de Tess à cet instant, trop fragile pour qu'elle la retienne. « Mais je fais partie d'ObservonslesCygnons. C'est un groupe Facebook local, nous mettons des photos et des nouvelles d'eux en ligne. Peut-être que quelqu'un m'a reconnue. »

Allait-elle être obligée d'annoncer cet incident ? Elle n'était pas sûre d'en être capable. Elle pensa aux pauvres agents de police qui devaient annoncer de terribles nouvelles tous les jours, comme ceux qui étaient allés chez les parents d'Amy.

C'est à cet instant que l'image lui revint, plus distincte cette fois : Jodie debout à l'endroit où se tenait cet homme, écoutant son sermon.

Savez-vous seulement que nous avons des cygnons au bout de la rue ?

Et qu'avait dit Ralph ? *Ce n'est qu'une question de temps avant qu'il se venge vraiment...*

Non, c'était trop bizarre, trop macabre, sûrement ? Mais en même temps, une femme était morte des mains des Booth, alors pourquoi pas un oiseau aussi ?

« En fait, maintenant que j'y réfléchis, j'ai peut-être une idée de qui a fait ça, dit-elle en sentant le sang affluer de nouveau sous sa peau. Je pense qu'il faudrait que vous transmettiez votre rapport à la police judiciaire, parce que l'incident est en rapport avec une enquête pour mort suspecte qui est menée dans la rue en ce moment. Voulez-vous me suivre pendant que je cherche le nom de l'enquêtrice avec qui je suis en contact ? »

Et, pour la deuxième fois en quelques jours, elle fit entrer un policier chez elle.

21

Sissy

L'unité de liaison avec les familles avait téléphoné à Sissy pour la prévenir que des enquêteurs allaient se présenter chez elle, mais elle était déjà au courant de leur présence dans la rue grâce aux voisins. Dans le train qui l'amenait aux obsèques d'Amy puis l'en ramenait, elle avait suivi leur conversation sur WhatsApp alors qu'ils échangeaient leurs impressions :

> Naomi : Pas que nous, aussi Dan et Sara Boulter, et leurs voisins d'en face. Ils sont en train de faire toute la rue.
> Ralph : Ils m'ont demandé où on partait en vacances – merde alors, ils ont le droit ?
> Tess : À moi, ils m'ont demandé si je possédais une pince coupante !
> Ant : Ils peuvent demander ce qu'ils veulent, ça change rien au fait qu'il est coupable.

Elle avait détourné les yeux en lisant ce dernier message.

À présent que les obsèques étaient passées et qu'elle était de retour chez elle, elle ne pouvait pas vraiment refuser à la police un entretien digne de ce nom, même si elle craignait que le chagrin jaillisse de sa bouche sous forme à moitié solide, comme du vomi.

« Merci de nous recevoir, dirent-ils d'une voix basse et respectueuse. Nous savons que ce doit être très dur pour vous. »

Ils étaient deux, et elle n'avait pas retenu leurs noms. La femme était blanche et avait dans les trente-cinq ans, l'homme était d'origine indienne et approchait de la trentaine, et tous deux avaient un visage lisse et interrogateur, comme des enfants. Les voisins n'avaient mentionné qu'un enquêteur chacun ; le fait que deux se soient présentés chez elle voulait-il dire quelque chose ?

Y avait-il encore quoi que ce soit qui veuille dire quelque chose ?

« Je préférerais ne pas revenir sur le sujet, pour être honnête, mais si vous pensez que je peux vous aider. »

Elle leur fit du thé, laborieusement, les mains agitées de tremblements. Elle croyait avoir préparé de l'Assam, mais la grimace que fit l'homme lorsqu'il en prit une gorgée lui fit penser qu'elle leur avait peut-être fait de la camomille par erreur. C'était un effet secondaire de son chagrin dont elle se serait bien passée : elle avait perdu presque tout sens du goût et de l'odorat.

Ils commencèrent par des questions d'horaires, auxquelles il lui était facile de répondre si elle envisageait Amy et elle comme des acteurs qu'elle regardait sur un écran. La femme menait l'interrogatoire, son partenaire gardant un silence qui confinait à la déférence.

« Vous étiez seule avec Amy chez vous, n'est-ce pas ? Pas de visiteurs ce soir-là ?

— Non, mes clients du Bed & Breakfast n'arrivaient que le samedi, donc nous étions seules. »

Ils échangèrent un regard de surprise avant de reposer les yeux sur elle.

« Je ne suis pas sûre que nos collègues nous aient relayé la moindre information concernant un Bed & Breakfast. »

Sissy les regarda en clignant des yeux, désespérée. Comment était-elle censée répondre de ce qu'ils savaient et ne savaient pas ? C'était eux les enquêteurs.

« La question ne s'est peut-être pas présentée, répondit-elle.

— Seriez-vous en mesure de nous fournir un historique de vos récentes réservations ? Depuis que Mr Booth a emménagé dans la rue.

— Pourquoi voulez-vous remonter si loin ? demanda Sissy, perplexe.

— Nous aimerions voir si nous pouvons établir le moindre lien avec la victime visée. »

La victime visée ? La nausée l'envahit brusquement. Ils se souciaient plus de le protéger lui que d'honorer Amy. Pete allait être révolté la prochaine fois qu'elle appellerait pour le tenir au courant. À l'exception d'une brève visite peu après l'accident, alors que Booth et Jodie étaient logés ailleurs, il avait refusé de revenir dans Lowland Way, et Sissy le comprenait. Il n'y avait pas eu d'arrestation, ni le jeudi où Tess avait vu Booth au commissariat, ni depuis. Il était de retour, en vie et en liberté, et il n'y avait absolument rien qui l'empêche de bâtir quelque autre structure tout aussi dangereuse sur son terrain.

Accroche-toi juste encore un peu, se dit-elle. *Accroche-toi encore un peu et ils s'en iront.*

« Je vais vous donner le mot de passe de l'espace membre du site que j'utilise. Vous pourrez remonter dans les réservations aussi loin que vous voudrez.

— J'ai cru comprendre que Ralph et Naomi Morgan avaient organisé une réunion chez eux le 19 juillet ? reprit la femme. Pour discuter du problème de Darren Booth et de son entreprise ?

— Oui, on s'est mis d'accord sur les voies officielles qu'on allait suivre pour faire entendre nos plaintes. »

Futile, tout ça. C'était tellement évident maintenant : les seules personnes qui se souciaient des plaintes officielles étaient le genre qui n'en faisait jamais l'objet.

L'homme prit le relais. Comparé à la femme, qui menait son interrogatoire sur le ton de la conversation, il avait un style plus officiel.

« Est-ce qu'Amy avait apporté quelque chose à part son sac de voyage ? »

Celui-ci, savait Sissy, avait été trouvé à côté d'elle parmi les décombres, et rendu à Pete après un certain délai.

« Non, répondit-elle.

— Vous êtes sûre ?

— Oui, je suis sûre. Pourquoi, qu'est-ce que vous suggérez ? Qu'elle avait apporté des outils d'échafaudeur ? Qu'une jeune femme heureuse, qui venait d'apprendre qu'elle était enceinte, serait allée à moitié démonter l'échafaudage d'un inconnu avant d'y retourner le lendemain matin dans l'espoir qu'il lui tombe dessus et la tue ? »

Fracture du crâne ayant entraîné la formation d'un hématome épidural aigu, c'était la cause officielle du décès qui avait été retenue et, en se remémorant l'air anéanti de Pete lorsqu'il lui avait récité la formule, elle se mit à sangloter.

L'enquêteur chercha des mouchoirs dans la pièce et, en trouvant une boîte, la lui apporta. Sa collègue tendit une main en direction de Sissy mais arrêta son geste avant de la toucher.

« Souhaitez-vous faire une pause ? »

Elle s'essuya les yeux et le nez.

« Ça va. Continuez.

— Donc Amy ne vous a rien dit, lorsqu'elle est partie, de son intention d'aller voir Mr Booth ?

— Non, mais il avait mis de la musique au milieu de la nuit et on avait toutes les deux mal dormi, alors je suis sûre que c'est pour ça qu'elle est allée là-bas. Pour essayer de m'aider. »

Les mots se coincèrent dans sa gorge et elle avala son thé d'un trait. De toutes les pensées qui la hantaient, celle qui dominait était la conviction qu'elle n'aurait jamais dû parler de Booth à Amy ce soir-là, n'aurait jamais dû devenir hystérique comme elle l'avait fait.

Elle ne croyait pas pouvoir un jour émerger de sous le poids de son regret. Alors que sa poitrine recommençait à se contracter, elle se leva tant bien que mal, les mains pleines de mouchoirs chiffonnés.

« Écoutez, nous allons devoir faire cela une autre fois, finalement. C'est juste… C'est trop pénible. »

Les enquêteurs se levèrent docilement.

« Bien sûr. Ce n'est pas grave. Peut-être pourrons-nous vous téléphoner si nous pensons que vous avez quoi que ce soit à ajouter. »

Quoi que ce soit à ajouter : une formulation de salle d'audience. Prise d'un désir soudain d'être utile, elle dit :

« Amy avait effectivement apporté quelque chose d'autre ce soir-là : ces fleurs. » Elle leur indiqua les tournesols, étalés sur du papier journal sur son plan de travail, comme Naomi en avait donné l'instruction. Pour qu'elle puisse les conserver en souvenir d'Amy.

Ses visiteurs ne firent aucun commentaire. Ce n'est qu'en sortant que l'homme lui rappela :

« L'adresse du site que vous utilisez pour les réservations du Bed & Breakfast ? Seulement lorsque vous aurez un moment. »

Dans un mail très gentil, la mère d'Amy, Faye, avait dit à Sissy que son psychologue spécialiste du deuil lui avait recommandé de faire une course quotidienne dans son quartier, tout douloureux que ce soit, pour garder un lien avec le monde extérieur, et Sissy avait décidé de suivre le conseil elle aussi.

Aujourd'hui, jeudi, lendemain de la visite des enquêteurs, ça avait été une excursion à pied jusqu'à la grand-rue pour acheter des fruits. En rentrant dans Lowland Way, elle eut cette sensation familière de gouffre béant dans la poitrine en regardant Em Kendall sortir sa voiture de son chemin en marche arrière, avec le petit Sam dans son siège auto. Ça aurait dû être Amy dans un an, promenant son bébé en voiture, lui chantant des chansons, impatiente d'entendre ses premiers mots, de voir ses premiers pas.

Au lieu de ça, pas de bébé. Pas d'Amy.

Insérant sa clé dans sa serrure et poussant la porte, elle fut surprise de rencontrer de la résistance – une résistance totale, dont l'impact ricocha dans son poignet et son bras alors que son élan continuait de la pousser en avant. Il lui fallut un moment pour comprendre que l'entrebâilleur avait été enclenché, et elle se figea, tétanisée. On ne pouvait faire cela que de l'intérieur.

Au même moment exactement, elle eut l'impression d'un autre mouvement stoppé net – au-dessus de sa tête. *Il y avait quelqu'un chez elle. À l'étage.*

Surmontant sa paralysie, elle recula de quelques pas pour lever les yeux vers le bow-window de la grande chambre : elle ne vit rien à travers la vitre entre le sommet de la commode et le bord des rideaux.

Réfléchis. Elle n'avait pas de client au Bed & Breakfast aujourd'hui, ni de femme de ménage ou autre travailleur (elle ne pouvait plus se permettre le luxe de payer quelqu'un pour l'aider) ; et elle avait assez de jugeote pour ne pas laisser de clé sous un pot de fleurs. Qui en avait une ? Pete. Et Tess Morgan. Mais ce n'était certainement pas Pete, et elle ne voyait aucune bonne raison pour Tess d'entrer chez elle sans sa permission, et encore moins de bloquer sa porte d'entrée une fois à l'intérieur. Quelqu'un était donc entré par effraction – probablement par-derrière, où il y avait moins de risques d'être vu – et Sissy l'avait pris en flagrant délit. L'entrebâilleur lui avait laissé le temps de s'enfuir.

Elle chercha son téléphone d'une main fébrile, songeant brièvement à la carte de visite que lui avaient laissée les enquêteurs avant de composer le numéro des secours.

« Allez attendre quelque part où vous serez en sécurité, lui conseilla-t-on. Chez un voisin ou dans un lieu public. N'essayez pas d'entrer et d'affronter cette personne.

— D'accord. »

Mais entre-temps, elle avait deviné que c'était lui. Booth. Elle avait développé une sorte de sixième sens à son égard, et ce sens était en alerte, lui hérissant les poils des bras. Désobéissant aux ordres, elle s'approcha du portail menant à l'arrière, qui s'ouvrit sans qu'elle ait besoin de la clé. Elle ne se rappelait pas la dernière fois qu'elle l'avait utilisé – avant la mort d'Amy, certainement – et il n'y avait aucune indication que la serrure ait été forcée, donc il était possible qu'il soit resté ouvert depuis tout ce temps. La porte de la cuisine était fermée, comme elle l'avait laissée, mais déverrouillée. Elle n'était pas totalement sûre non plus de l'avoir fermée à clé : elle n'avait pas toute sa tête ces derniers temps, et certains moments se perdaient dans les points aveugles de sa mémoire. Booth était-il arrivé prêt à forcer des serrures et briser des vitres pour découvrir que ce n'était pas nécessaire ?

Elle entra dans sa cuisine et traversa lentement le vestibule. Tout avait l'air normal. À l'étage, elle ouvrit chaque porte tour à tour du bout du pied, les balayant du regard depuis le seuil. Elle savait qu'il pouvait être caché n'importe où, dans une armoire, sous un lit, voire derrière la porte – à tout instant, il pouvait être à quelques centimètres d'elle, son haleine près de se mêler à la sienne. *S'il me tue, je m'en fiche. Je suis prête à me sacrifier pour assurer sa condamnation, son emprisonnement.*

Puis le bruit d'une voiture freinant dans la rue lui parvint. Regagnant la porte d'entrée en courant, elle vit des silhouettes sombres à travers la vitre. La police. Ils avaient fait si vite ! Il allait être pris au piège et débusqué, arrêté, une bonne fois pour toutes !

Mais alors qu'elle tendait la main pour ouvrir la porte, elle découvrit que l'entrebâilleur était défait. Cela n'avait aucun sens. À moins… À moins qu'il ne soit ressorti pendant qu'elle faisait le tour pour rentrer par-derrière – ou même pendant qu'elle était à l'intérieur, passant silencieusement à côté d'elle alors qu'elle allait de pièce en pièce ? Se pouvait-il vraiment qu'il ait eu un tel culot ? Qu'aurait-il fait, qu'aurait-il dit, s'ils s'étaient trouvés nez à nez sur le palier ? Elle l'imagina serrant les mains autour de sa gorge, appuyant jusqu'à ce que quelque chose se rompe.

Les policiers se présentèrent comme des agents spéciaux affectés à la sécurité des quartiers, différents de ceux qui étaient venus le matin de l'accident d'Amy. Ils inspectèrent consciencieusement la maison, confirmant l'absence de tout intrus, et écoutèrent son compte-rendu de l'incident.

« Donc vous ne vous rappelez pas avoir fermé le portail ou la porte de la cuisine ?

— Non, mais je suis absolument certaine de ne pas avoir laissé l'entrebâilleur en place sur la porte. Je ne m'en sers que la nuit. »

Il ne fut pas difficile de deviner ce qu'ils pensaient : si elle avait quitté sa maison par le portail latéral, pour sa première sortie de la journée, alors il était fort possible que la chaîne soit restée en place depuis la veille au soir.

« Donc vous êtes ré-entrée par la cuisine et l'intrus est ressorti par la porte d'entrée ? Est-ce que vous l'avez vu ou entendu faire ?

— Non. Je sais l'impression que ça donne. »

Celle d'une farce chorégraphiée. Deux personnes se manquant d'un cheveu. L'une entrant pendant que l'autre sortait, comme par une porte à tambour.

S'adressant à son collègue plutôt qu'à Sissy, l'un des agents demanda :

« Pourquoi est-ce qu'ils auraient mis la chaîne s'ils savaient que l'occupante pouvait entrer par un portail latéral qui n'était pas verrouillé ?

— Peut-être pour me faire douter de moi-même, comme vous le faites ? s'écria Sissy. Pour me faire croire que je suis en train de devenir folle ? » Son agitation croissante ne l'aidait pas à corriger cette impression. « Il m'a peut-être observée, et a réussi à deviner combien de temps je serais partie. Il vit juste de l'autre côté de la rue. »

Cette précision au moins éveilla leur intérêt.

« Donc vous avez vu l'intrus, finalement ?

— Non, mais je sais que c'est lui. Darren Booth. Il a récemment été impliqué dans un accident qui a eu lieu chez lui. La petite amie de mon fils a été tuée. »

Cette information lui valut d'aimables mots de compassion, mais elle eut le sentiment qu'elle venait de confirmer son manque de fiabilité. Elle se rappelait à présent, sur la brochure concernant la perte d'un être cher que lui avait donnée l'agente de liaison de la police, une ligne mentionnant la probabilité de devenir étourdi, de perdre ses clés, etc.

« Vous ne pouvez pas faire venir la police scientifique? Il n'est jamais entré ici auparavant, donc vous pourrez déterminer tout de suite si c'était lui. Il aura laissé des fibres de ses vêtements, non? »

Les policiers cachèrent leur incrédulité de façon convaincante, lui sembla-t-il. Déployer une coûteuse opération de prélèvements scientifiques sur la simple base de l'intuition d'une femme qui venait de perdre un être aimé?

Elle tenta une autre approche.

« Il vient d'installer une caméra de sécurité, pourquoi est-ce que vous ne demandez pas au moins à voir les images? »

Mais bien sûr, il n'aurait pas oublié l'existence de sa propre caméra. Après avoir regardé Sissy partir, il l'avait probablement éteinte et s'était approché de chez elle en toute désinvolture.

« OK, Ms Watkins, puisqu'on est là, voulez-vous vérifier que rien ne vous a été volé? »

Ils maintenaient l'illusion pour la ménager. Par respect pour son chagrin. Elle ne pouvait pas en attendre davantage, à l'évidence. Il ne manquait rien, bien sûr, pas même dans la grande chambre, où elle passa plusieurs minutes à chercher. Où, dans ce large espace, un limier flairerait-il la piste la plus nette? songea-t-elle avec désespoir. Pourquoi était-il monté là, et qu'avait-il regardé? Qu'avait-il *touché*?

En l'absence du moindre signe d'intrusion, les policiers lui suggérèrent de faire changer ses serrures « pour être tranquille » et elle les écouta avec résignation lui conseiller entrebâilleurs de fenêtres et verrous supplémentaires pour sa porte. Au moins, ils se rendirent chez Booth après. Elle les regarda parler avec lui quatre ou cinq minutes, sur le pas de sa porte. Lorsqu'ils regagnèrent leur voiture, elle les intercepta.

« Qu'est-ce qu'il a dit ? Est-ce que vous avez regardé ce que sa caméra avait enregistré ?

— Elle n'est pas encore en fonctionnement. »

Comme elle l'avait deviné. Il n'était pas stupide.

« Nous sommes maintenant convaincus que Mr Booth n'est pas entré chez vous par effraction. »

Elle entendit presque les guillemets mentaux qu'ils ajoutaient à « entré par effraction ». Ils la prenaient pour une vieille dame qui commençait à perdre la tête et avait complètement imaginé – ou au mieux mal compris – toute l'affaire. Ils avaient probablement un code spécial pour les interventions chez les petites mamies.

« Soixante ans, c'est pas si vieux », leur dit-elle, un coq-à-l'âne qui, comme ultime repartie, ne fit que lui attirer d'autres regards compatissants.

Lorsqu'ils furent partis, que leur voiture ne fut plus visible de sa fenêtre, elle pleura, comme chaque jour et chaque nuit depuis la mort d'Amy.

22

Ant

En approchant de chez lui ce vendredi soir, Ant prit une inspiration prudente. Même si Booth, qui travaillait sur le camping-car devant chez Ralph, était par chance hors de portée et dans l'impossibilité de lui lancer un de ses nouveaux regards meurtriers, Ant avait appris à fixer les yeux sur sa propre porte, pour éviter de regarder directement l'endroit où Amy était morte. Il avait l'impression que l'écho non seulement d'une tragédie mais aussi d'une trahison s'y attardait, un hurlement silencieux de protestation.

Em était dans le jardin avec Sam, une vision rare ces derniers mois. Ils avaient sorti le bac à sable, ce qui lui fit penser aux énormes sacs de sable qui avaient été empilés sur l'échafaudage de Booth, et dont la toile s'était rompue sous leur poids meurtrier lorsqu'ils étaient tombés au sol.

« La police vient de m'appeler à propos du téléphone, dit-il à sa femme en parlant à voix basse, au cas où quelqu'un les écouterait derrière le mur. Ils m'ont dit que tu n'étais pas encore passée le déposer ?

— Oh, fit Em, et son regard devint opaque.

— J'ai répondu que j'allais le leur apporter maintenant. Ils finissent tard. »

La main sur celle de Sam, Em l'aida à verser des pelletées de sable dans son seau en plastique.

« Tu ne vas pas pouvoir, j'en ai peur. J'ai supprimé l'appli et le reste des enregistrements.

— Quoi ? s'exclama Ant, interloqué. Pourquoi est-ce que tu as fait ça ?

— Je ne pensais pas qu'on en aurait besoin. »

Son ton n'était pas convaincant et Ant sentit l'inquiétude le gagner.

« OK, eh bien, ils n'étaient pas sauvegardés sur le cloud mais peut-être que la police peut les récupérer sur le disque dur ou quelque chose comme ça. Où est-ce que tu as mis le téléphone ? »

Les mâchoires d'Em se crispèrent.

« Il est à la poubelle.

— La grande poubelle ?

— Oui. »

Le ramassage hebdomadaire des ordures avait eu lieu le matin même.

« Pourquoi ? répéta-t-il. Je ne comprends pas.

— Pour être franche, Ant, je pense que c'est une grosse erreur de ta part de leur avoir dit que tu avais utilisé cette appli. »

Il fronça les sourcils, exaspéré.

« Qu'est-ce que tu racontes ? Tu savais que j'allais leur envoyer l'extrait – c'est toi qui l'as suggéré !

— L'extrait, oui, répéta-t-elle comme un avocat de l'accusation exploitant le lapsus d'un pauvre témoin. Pas tout le truc. Tu penses pas que ça pourrait te faire un peu passer pour un voyeur, d'avoir une caméra braquée en permanence sur nos voisins ? »

« Te » faire passer, pas « nous » faire passer, ne put-il s'empêcher de remarquer.

« Pas plus que la caméra de Booth.

— La sienne est à la vue de tous. La tienne était cachée. » Elle retourna le seau de sable et en tapa la base avec la pelle, ce que Sam apprécia. « Je me suis renseignée sur Internet et le simple fait d'être en possession de cette vidéo aurait pu nous foutre sérieusement dans la merde. »

Ant l'écouta, incrédule, lui détailler le résultat de ses recherches sur ce que disait la loi concernant l'usage de caméras de surveillance chez soi. De toute évidence, les questions de protection des données signifiaient qu'ils auraient dû notifier Booth que sa propriété se trouvait dans le champ de leur caméra ; en outre, il avait le droit de réclamer à voir tout enregistrement où lui et sa propriété apparaissaient.

« OK, alors on aurait pu lui montrer. On aurait pu montrer à tous ceux qu'on a vus dessus. Ils savaient tous qu'on surveillait Booth.

— Que *tu* le surveillais », le reprit Em.

Et voilà, encore une fois, elle les séparait, dans la lettre et dans l'esprit. Il la dévisagea avec contrariété. Il voyait bien que sa réaction n'était pas normale, mais il ne pouvait pas vraiment lui en vouloir. Les derniers jours avaient été véritablement terrifiants : le cygnon mort de Tess, l'intrusion chez Sissy… Elle se demandait forcément ce qui l'attendait, elle.

Il les laissa à leurs châteaux de sable et appela la police pour annoncer la mauvaise nouvelle. Ce fut l'inspectrice Forrester qui prit l'appel.

« Merci de nous avoir prévenus, dit-elle, et le fait qu'elle ne cherche pas à en savoir plus lui parut de nettement plus mauvais augure que n'importe quelle remontrance. Puisque je vous ai au téléphone, Mr Kendall…

— Oui ?

— Vous m'avez dit que vous n'étiez pas sorti de chez vous la nuit du vendredi 10 ?

— C'est exact.

— Et pourtant, quelqu'un nous a affirmé que vous aviez bien été dehors cette nuit-là, aux environs de minuit. Y a-t-il une possibilité que vous soyez sorti et ayez oublié de nous le dire ? Cette personne est absolument certaine que c'était vous. »

Ant marqua un temps, sentant sa vision s'obscurcir légèrement sur les bords.

« Oh. Eh bien, si elle est sûre à cent pour cent de m'avoir vu, alors je suppose qu'effectivement, j'ai dû sortir.

— Pouvez-vous me dire ce que vous faisiez ?

— Ai-je besoin d'une raison pour sortir dans le jardin devant ma propre maison ? Pour mettre quelque chose à la poubelle, peut-être ? Pour vérifier que j'avais fermé la voiture ? Honnêtement, je ne me souviens pas. »

L'étourderie n'était cependant pas une excuse quand on était appelé à la barre, n'est-ce pas ?

« Vous rappelez-vous si vous vous êtes approché de l'échafaudage du voisin ?

— Je suis sûr que non. Je veux dire, il touchait à la démarcation entre nos maisons, il dépassait même un peu de notre côté, en fait, alors il est possible que j'aie fait quelques pas en dessous. Mais je n'y ai pas touché. Je ne suis resté dehors qu'une minute ou deux.

— Donc après avoir fait ce dont vous ne vous souvenez pas pendant une minute ou deux, vous êtes rentré ?

— Oui. » Ant déglutit. Enregistrait-elle cette conversation ? Non, ce n'était pas légal, si ? « Je peux vous demander qui vous a dit m'avoir vu ?

— Je ne suis pas en mesure de vous donner cette information. »

Bien entendu. Mais c'était forcément un voisin.

Son cerveau établit brusquement un lien, et ses entrailles se contractèrent violemment. L'outil d'édition sur l'appli : il avait été activé, n'est-ce pas ? Et si Em avait vu les images de lui et les avait supprimées ? Sans jamais lui en parler, pas plus qu'à la police. Il lui fallut un moment pour mettre un nom sur la sensation de déchirure dans sa cage thoracique : c'était du soulagement. Il était soulagé qu'elle lui soit encore assez attachée pour le protéger.

En raccrochant, Ant imagina l'inspectrice en train d'encercler son nom en rouge, peut-être pas sur une vraie liste épinglée à un tableau d'enquêteur, mais au moins mentalement. De placer métaphoriquement sa photo au sommet de la pile.

« De quoi est-ce que vous parliez ? » demanda Em lorsqu'il les rejoignit dans le jardin.

Ant s'agenouilla dans l'herbe à côté d'elle, réduisant presque sa voix à un murmure.

« Tu as supprimé une vidéo avant de venir me montrer, n'est-ce pas ? »

Le visage d'Em resta impénétrable.

« Je n'ai rien supprimé du tout.

— Tu savais que ce n'était pas sauvegardé sur le cloud parce que je te l'avais dit, mais tu as jeté le téléphone parce que tu avais peur qu'elle soit restée enregistrée quelque part dessus ? »

Elle ne répondit pas, se contentant de secouer la tête en détournant les yeux.

« Je suis allé dehors cette nuit-là, c'est vrai, mais je n'ai pas touché à son putain d'échafaudage, je te le jure. »

Em se mordit la lèvre inférieure.

« Je ne veux pas savoir ce que tu as fait ou non.

— Mais je n'ai rien fait, justem…

— Non, arrête ! » Elle l'interrompit d'une main levée, attirant l'attention de Sam, qui ouvrit la bouche comme pour se joindre à la discussion. Aucun son n'en sortit. « Sérieusement, Ant, ne dis rien. Comme ça, quand la police me demandera, je n'aurai rien à leur avouer.

— Mais il n'y a rien à avouer, justement, insista Ant farouchement.

— Bien. Alors contentons-nous d'aller au bout de ce week-end, d'accord ? Peut-être qu'il ne se passera rien cette fois. »

Il aurait pu lui dire que c'était tenter le diable d'exprimer pareil espoir. Fort peu touchés, de toute évidence, par l'enquête de police qui causait des angoisses à leurs voisins, Darren et Jodie étaient d'humeur à faire la fête. Le samedi après-midi, plusieurs barbecues jetables furent apportés dans le jardin et allumés, et une grosse poubelle éclaboussée de peinture fut remplie de glace et de bières. La musique – de la techno pour une fois, plutôt que du metal – commença tôt. Les deux hôtes avaient fait un effort vestimentaire pour l'occasion : Booth portait un jean propre et même une chemise, tandis que Jodie était moulée dans une robe rouge courte et décolletée, ses fins cheveux blonds étalés sur ses épaules nues.

« Quel genre de personne organise une fête deux semaines après que quelqu'un a été tué sur sa propriété ? demanda Em alors qu'ils observaient la scène de la fenêtre de la chambre à l'arrière.

— Je crois qu'on sait quel genre, répondit Ant. Qui sont tous ces gens ? Qu'est-ce qu'ils fêtent ? C'est la première fois qu'ils invitent qui que ce soit, à ma connaissance.

— Ils ont probablement fait de la pub sur Facebook. Et je ne pense pas qu'ils fêtent quoi que ce soit de particulier ; je pense que c'est un message. Comme le cygnon mort. » Le visage d'Em s'assombrit et elle fit une grimace de mépris. « Ils veulent nous montrer ce que c'est vraiment, le bruit. Tu sais, genre : "Z-avez encore rien entendu." »

Tout exagérée qu'ait été sa réaction au sujet de la caméra, Ant la soupçonnait d'avoir cette fois tapé dans le mille. Si Darren et Jodie avaient retenu quoi que ce soit au sujet de leurs voisins immédiats, c'était que leur mécontentement était axé sur le bruit.

Eh bien, en effet, maintenant ils savaient ce qu'était vraiment le bruit. C'était une sono qui faisait trembler l'air et cahoter le cerveau. Qui faisait tressauter les cadres sur les murs. C'était soixante ou soixante-dix personnes qui chantaient, riaient et s'interpellaient en même temps.

C'était une chose sur laquelle la police avait un pouvoir d'intervention limité dans un cadre privé, puisque cela relevait de la responsabilité de la municipalité, comme on l'expliqua une fois de plus à Ant au téléphone – et il ne pouvait pas être le seul à avoir appelé, cette fois. On lui promit cependant de venir si une accalmie dans le nombre d'interventions prioritaires le permettait. (Venir quand ils auraient un moment ? On aurait presque dit qu'ils comptaient attraper une bière et se joindre aux réjouissances !)

« Vous devez bien savoir que ce couple a déjà fait l'objet de multiples plaintes ? cria-t-il pour se faire entendre par-dessus le martèlement brutal, infernal, de la musique. Et on pense qu'ils viennent aussi de tuer un cygne ! »

Mais il eut l'impression de passer pour un fou en disant ça, ou un farceur.

Fallait-il s'étonner qu'il ait alors fait ce que n'importe qui d'autre aurait fait, à ce stade de désespoir ? Il rassembla tout l'alcool qu'il pouvait trouver dans la maison et le but jusqu'à la dernière goutte.

À son réveil, la seule certitude qu'il eut pendant les deux premières minutes fut qu'il était en vie. La douleur s'était emparée de tout son corps, circulant dans ses vaisseaux pour aller s'accumuler dans sa tête. Sa première hypothèse fut qu'il s'était fait tabasser et jeter dans un fossé – par qui ? Booth ? –, mais lorsqu'il réussit à ouvrir des yeux secs qui le démangeaient, et qu'il vit ses écouteurs emmêlés sur l'oreiller, encore attachés à son iPad, il fut raisonnablement sûr qu'il se trouvait chez lui. Il n'avait pas été attaqué, il s'était simplement infligé une gueule de bois carabinée.

Il essaya de se rappeler ce qui l'avait poussé à boire deux – OK, peut-être trois – bouteilles de vin : cette conversation téléphonique avec l'inspectrice Forrester ? Elle n'avait pas été si catastrophique, quand même ?

Puis ça lui revint : Darren et Jodie. Qui d'autre ?

« Ça y est, tu es enfin réveillé ? » Em était dans la pièce, en train d'ouvrir brutalement les stores, soumettant ses rétines à un flot de lumière aveuglante, comme s'ils vivaient sur Mercure et non sur Terre. « Tu peux te lever, s'il te plaît ? J'ai besoin que tu gardes un œil sur Sam, si c'est pas trop te demander ? »

Ant s'efforça d'humecter sa gorge asséchée.

« Qu'est-ce qui se passe ?

— On a une opération de nettoyage en cours, pour ramasser tous les détritus qui restent de la fête. Il y avait du vent tout à l'heure, et ils se sont envolés partout. La rue est dégueulasse, on se croirait un lendemain de festival. Tess craint qu'un des chiens mange quelque chose de toxique.

— Quand est-ce que la fête s'est terminée ?

— Vers 3 h 30. Tu t'es endormi à 2 heures. »

Son ton confirma le message qu'il avait déjà reçu : ça avait été là une erreur impardonnable de sa part. Il l'avait déçue de quatre-vingt-dix minutes, n'ayant pas eu la décence d'aller jusqu'au bout de cette épreuve avec elle.

« Est-ce que Sam a réussi à s'endormir ?

— Au bout d'un moment, oui. »

Comme un de ces enfants qui vivent près d'un aéroport, le pauvre petit était en train d'apprendre à dormir même en pleine apocalypse.

« Ça a seulement pris fin parce que la police est intervenue, ajouta Em. Sinon, ils seraient allés jusqu'au bout de la nuit.

— Ah bon ? Elle n'avait pas l'air intéressée quand je l'ai appelée, pourtant.

— Je sais, mais je me suis rappelé ce que tu avais dit sur la possibilité que les dénoncer pour trafic de drogue fonctionne, alors c'est ce que j'ai fait. Et tu avais raison, la brigade des stups est arrivée immédiatement, avant d'appeler les uniformes en renfort. Rien à voir avec d'habitude. "Heureusement que personne s'est fait tuer cette fois-ci, hein ?", je leur ai dit. Mais ils s'en tapent. »

Ant eut un grognement de frustration.

« Le coup de la drogue ? Je gardais ça en réserve ! »

Les yeux d'Em étincelèrent d'agacement.

« En réserve ? Pour quoi ? Ces gens mènent une véritable vendetta contre nous, Ant, ils détruisent notre santé mentale ! Qu'est-ce qu'il te faut de plus ? »

Visiblement écœurée, elle partit.

Gardant un œil sur Sam, Ant se traîna jusqu'à la fenêtre pour voir quel carnage la fête avait laissé. Tess, Sara et une autre femme qu'il ne connaissait pas étaient en train de se déplacer de-ci de-là avec des sacs-poubelle noirs.

Naomi et Ralph étaient en vacances et devaient rentrer le jour même – il était content qu'au moins une de leurs familles se soit vu épargner cette dernière atrocité. On aurait dit qu'une ou deux poubelles de boîte de nuit s'étaient renversées dans le chemin, jonché de cannettes, de bouteilles, de mégots et même de vêtements trempés, qui gisaient par terre comme des animaux écrasés.

Lorsque Em revint, il était dans la cuisine en train de préparer un petit déjeuner chaud. La faim qui lui tordait le ventre le rendit impatient lorsque l'allumeur de la gazinière peina à produire une étincelle, l'obligeant à s'y reprendre à trois fois. Sam était à ses pieds, en train de jouer avec son cochon mécanique.

Em était blême de rage.

« Tu ne vas pas croire ce qu'on a trouvé. Des morceaux de verre, des mégots de joints, des flacons de poppers. Et même une seringue ! Bien la peine que la brigade des stups soit venue ; imagine si Sam ou un des autres enfants avait ramassé un de ces trucs pour le porter à sa bouche ! Tess va en parler à la police. » Elle grimaça. « Non qu'on ait beaucoup d'espoir que l'équipe d'hier soir partage ses observations avec celle qui enquête sur nous. Ce serait bien trop sensé. »

Pendant qu'elle râlait ainsi, Ant jeta tomates et champignons émincés dans la poêle.

« Ils doivent bien avoir un fichier central dont ils se servent tous, dit-il pour essayer d'être utile, mais elle lui lança un regard noir, comme s'il était passé à côté de la question.

— Qu'est-ce que tu fabriques ?

— Je prépare le petit déjeuner. Tu as mangé ?

— Il y a deux heures, oui. Tu n'as pas entendu ce que j'ai dit ? On a trouvé une seringue !

— Si, j'ai entendu. Assieds-toi, prends au moins un café.

— Oh, pour l'amour du ciel, Ant, c'est important ! »

Mais devant l'air alarmé de Sam, elle se servit une tasse de café et prit place à la table.

Ant cassa des œufs au-dessus de la poêle et mélangea le tout, obtenant une bouillie grisâtre. Lorsqu'il remarqua que la flamme s'était éteinte, il rappuya sur l'allumeur et elle jaillit cette fois du premier coup, avec un *wouf* alarmant.

« Ant, c'est super dangereux !

— Je sais. La gazinière déconne. Je vais voir si je peux essayer de la réparer, mais sinon il faudra peut-être qu'on en change.

— Non, je ne veux rien acheter de neuf. Je ne vais pas jeter encore plus d'argent par les fenêtres.

— Qu'est-ce que tu racontes ? Écoute, oublie cette fête. » Il était extrêmement conscient qu'il devait désamorcer sa rage, rediriger son énergie. « On ne peut pas la laisser nous gâcher le reste du week-end. Qu'est-ce que tu dis de sortir aujourd'hui ? D'aller sur la côte ? » Il transféra sa tambouille à moitié cuite sur une assiette et trouva du pain, dont il rompit un morceau pour le donner à Sam. « Em ? Qu'est-ce que tu en penses ? »

Elle releva les yeux, le regard plein d'une résolution nouvelle.

« Je pense qu'il faut qu'on déménage, Ant. On vit à côté d'un individu très dangereux qui cherche manifestement à se venger. Tôt ou tard, il va faire quelque chose qui nous nuira vraiment. Qui nuira à Sam.

— À cause de cette fête ?

— Non, pas juste à cause de cette fête ! Parce qu'il a assassiné un animal sans défense et s'est introduit chez l'une d'entre nous – sans parler du fait qu'une femme a été tuée ! Il faut qu'on déménage. »

La bouche pleine, Ant prit son temps pour avaler. D'une façon, il était extraordinaire qu'il leur ait fallu si longtemps pour en arriver à ce stade.

« Je croyais que tu avais dit que tu n'allais pas te laisser chasser par lui ? finit-il par répondre.

— C'était avant que je réalise qu'on est encore en danger.

— Le problème, c'est que je ne crois pas qu'on réussisse à vendre. Il suffit de taper cette adresse sur Internet pour trouver un article sur la mort d'Amy. Et puis, il ne cache pas vraiment le fait qu'il est un des pires voisins qu'on puisse avoir.

— On la louera, alors. Il doit bien y avoir des gens assez aux abois. »

Ant enfourna une autre fourchetée de nourriture. Les fils de blanc d'œuf mal cuit lui donnèrent un haut-le-cœur.

« Des gens aux abois n'auraient pas les moyens de payer le loyer dont on aurait besoin pour rembourser notre emprunt. Et puis il faudrait qu'on trouve de quoi payer le loyer d'un autre logement. »

Le ton d'Em changea alors, l'effort qu'elle faisait pour contrôler ses émotions la rendant mauvaise.

« Quand je dis qu'il faut qu'on déménage, ce n'est pas une suggestion. Pas en ce qui nous concerne, Sam et moi.

— Quoi ? » Ant arrêta d'engloutir sa nourriture pour la regarder. « Qu'est-ce que tu veux dire, exactement ?

— Je veux dire que si tu refuses de déménager, nous, on bougera quand même. On ira vivre chez mes parents. J'ai vu une très jolie crèche près de chez eux quand j'y étais le week-end dernier, et je te parie qu'il n'y a pas les mêmes listes d'attente qu'ici. Il y a forcément des écoles aussi bonnes que Lowland Primary. Je pourrais trouver du travail à Cheltenham. Londres est pleine de fous, Ant, on pourrait avoir le même problème où qu'on aille ! »

Il la dévisagea avec des yeux horrifiés ; c'était comme si ses pires craintes lui étaient renvoyées au visage.

« Est-ce que ça signifie que tu veux divorcer ? »

Elle secoua la tête, avec une véhémence qui lui fit craindre qu'elle cherche avant tout à se convaincre elle-même.

« Ça signifie que je ne veux plus de ces gens dans ma vie. Et si tu n'es pas prêt à faire quelque chose pour nous en délivrer, alors c'est moi qui le ferai. »

23

Ralph

Seul dans leur chambre d'hôtel – le reste de la famille était à la plage –, Ralph était entre deux conversations téléphoniques avec son responsable logistique, Ben, à Londres lorsqu'il reçut une notification lui indiquant qu'il avait raté un appel d'Eithne Forrester.

Eh bien, elle allait devoir attendre.

Ben venait de faire la désagréable découverte, à la dernière minute, que le bâtiment voisin de leur entrepôt avait été désigné – et approuvé par la police – comme point de rassemblement d'un groupe « important » de manifestants LGBT qui avait l'intention de défiler le long du fleuve, jusqu'à la City. Il ne savait pas ce qui les chagrinait – quelque chose à voir avec un manque de diversité dans les carrières qui consistaient à piétiner les règles et à voler l'argent des retraités – mais il savait ce qui lui posait problème, à lui : le gros inconvénient qu'allait lui causer le blocage de l'accès à l'entrepôt de trois camions de livraison, dont deux étaient déjà en route.

« Vous connaissez le proverbe russe : “N’achète pas la maison, achète la rue” ? demanda un de ses fournisseurs lorsque Ralph l’appela pour proposer une solution.

— Je ne pense pas connaître de proverbes russes, répondit-il, mais celui-ci me semble très bien vu. »

En disant ces mots, il passa les doigts sur sa joue gauche. La peau était encore sensible, bien que les ecchymoses aient disparu, et une pensée lui vint, qui lui donna à réfléchir : certaines choses laissaient des marques qui duraient plus longtemps que celles dues aux coups.

Non mais qu'est-ce que tu crois être en train de faire ?

Comment est-ce que tu as pu te montrer aussi stupide ?

Un malfrat à deux balles.

Ces mots lui cuisaient encore. Ils lui cuisaient parce qu’ils étaient justifiés, et parce qu’ils étaient sortis de la bouche de Naomi. Une ligne avait été franchie entre eux, un équilibre des pouvoirs perturbé. Bien sûr, il comprenait que la peur des « conséquences » exprimée par sa femme après qu’il avait attaqué Booth ne concernait pas sa propre sécurité, et encore moins la sienne à lui, mais celle de leurs enfants. Booth avait plein de cibles potentielles dans la famille Morgan en plus de celui qui lui avait donné son nom.

À en croire Finn, c’était l’apocalypse dans la rue en leur absence : un cygnon mort, un rôdeur chez Sissy, et une fête déchaînée au n° 1, pour laquelle la brigade des stups avait été appelée. (Il n’y avait eu aucune arrestation, surprise, surprise.) Il n’était pas égotiste au point de croire qu’il aurait pu *empêcher* le moindre de ces méfaits, mais bon sang, c’était une sacrée coïncidence, non ? Quand le chat n’est pas là, la souris monte un coup d’État.

Ses appels professionnels terminés, il ouvrit les portes donnant sur la terrasse. Si la sécheresse de juillet avait eu raison de la verdoyante vallée de fleurs promise par le site de l'hôtel, Ralph aimait assez les couleurs qu'il voyait à la place : paille, sable et citron pâle, tout dans les tons jaunes et un peu *seventies*. L'espace d'un instant, il se dit qu'il aurait aimé pouvoir rester ici à jamais avec sa famille.

C'est seulement lorsqu'il ne put absolument plus reculer qu'il composa le numéro de la police et tomba, sans surprise, sur la voix réfrigérée de l'inspectrice Forrester.

« Vous n'avez pas évoqué de baby-sitter lorsque nous nous sommes parlé, Mr Morgan, et je me demande pourquoi. »

Ralph soupira, déjà agacé.

« Daisy ? Qu'est-ce que vous voulez savoir sur elle ? Vous feriez peut-être mieux de parler à ma femme, c'est elle qui gère tout ça. »

Un temps de silence.

« Est-ce également votre femme qui l'a raccompagnée chez elle le soir du 10 ? »

Ah. OK. *Prends l'initiative. Inutile de mentir.*

« Non, c'est toujours mon frère ou moi qui la ramenons chez elle. Nous ne laisserions pas une adolescente rentrer seule au milieu de la nuit.

— Lequel d'entre vous était-ce ce soir-là ?

— Comme ça, je ne me souviens pas, mais puisque vous vous êtes donné la peine de m'appeler pendant mes vacances, je suppose que quelqu'un a décidé que c'était moi ?

— Exactement. Avez-vous une raison particulière d'avoir menti sur ce point auparavant ? »

Alors qu'une douleur sourde commençait à pulser dans sa joue meurtrie, Ralph sentit son calme lui échapper.

« Oh, pour l'amour du ciel, il y a une différence entre mentir et oublier, non ? Est-ce vraiment comme ça que vous conduisez une enquête pour meurtre ?

— Mr Morgan, êtes-vous passé devant le n° 1 cette nuit-là, en allant chez Daisy dans Portsmouth Avenue, ou en en revenant ? »

Il soupira.

« À l'aller et au retour, oui. C'est le chemin le plus direct.

— Et au retour, vous êtes-vous approché de la porte du n° 1 ?

— Non, et je n'ai pas touché à ce maudit échafaudage non plus. »

Il y eut un moment de silence, une tension nouvelle.

« J'ai entendu dire que vous vous étiez battu avec Mr Booth avant de partir, le week-end dernier ? »

Nous y voilà.

« C'était plus une petite escarmouche, je dirais.

— Une escarmouche, c'est cela. Il souffre encore des effets de la chute de son échafaudage, donc je ne l'aurais pas cru capable de se défendre très efficacement.

— Eh bien, vous vous trompez sur ce point, parce que c'est un coriace, ce type. S'il y en a un qui s'en est mal tiré, c'est plutôt moi. »

Une fois de plus, il effleura sa joue meurtrie.

« Je vais devoir vous croire sur parole, Mr Morgan. »

Mr Morgan. Le plus exaspérant chez elle, dans la neutralité de son ton, était qu'il n'arrivait pas à savoir si elle faisait du sarcasme. Il n'arrivait pas à savoir si elle essayait de le provoquer.

L'organisme encore saturé d'adrénaline après avoir raccroché, il regarda, de la terrasse, Libby remonter de la crique privée de l'hôtel. À douze ans, elle s'était vu accorder plus d'indépendance au cours de ces longues vacances que les années précédentes. Naomi et lui devaient-ils reconsidérer cette décision ? Il suffisait d'un coup d'œil aux informations quotidiennes pour savoir avec quelle facilité un individu malintentionné pouvait intercepter une jeune personne et lui faire du mal. Et si Booth lui faisait signe d'approcher en la voyant dans la rue… ? La retenait prisonnière dans sa maison – la maison que la police lui avait rendue sans la moindre hésitation ?

Dès qu'ils seraient rentrés, il suggérerait à Naomi de synchroniser leurs téléphones et de commencer à surveiller les moindres déplacements de leur fille. Dérangeant dans des circonstances normales, mais celles qu'ils vivaient en étaient loin.

Naomi aussi avait reçu un appel. Elle l'en informa après qu'ils eurent déposé Libby et Charlie chez ses parents dans le Somerset, où ils resteraient jusqu'au week-end suivant. (Il ne le disait pas assez souvent : ses beaux-parents étaient vraiment en or.) La circulation sur l'autoroute les ramenant à Londres était miraculeusement fluide, ce qui signifiait qu'il serait de retour largement à temps pour sortir prendre un verre avec Finn. N'eût été la police – et Booth –, il aurait été d'excellente humeur.

« Je ne voulais pas t'en parler devant les enfants, dit Naomi, assise à côté de lui sur le siège passager, et Ralph sentit son pouls s'accélérer.

— Laisse-moi deviner, Eithne Forrester ? Pour vérifier mon putain d'alibi, rapport à quand j'ai raccompagné Daisy chez elle ?

— Non, en fait, elle voulait vérifier quelque chose au sujet du matin de l'accident », répondit Naomi, les yeux rivés sur son téléphone.

Ralph se demanda s'il devait s'inquiéter que la seule fois où ils avaient fait l'amour pendant leurs vacances, elle s'y soit soumise plutôt que de prendre l'initiative. Elle n'était pas restée exactement insensible, mais ça ne l'avait pas rendue folle non plus.

« Qu'est-ce qu'elle voulait savoir ? la relança-t-il.

— Qui était entré dans la maison pour réveiller Jodie.

— Ah bon ? Et c'était qui ? Toi ?

— Non, c'est Em. Moi, je suis restée dehors à attendre les secouristes. »

Elle frissonna en se rappelant la scène, lâchant son téléphone sur ses genoux pour crisper les doigts sur le haut de ses bras.

« Tu crois qu'ils soupçonnent Em de quelque chose ? » demanda Ralph.

Elle leva les yeux avec curiosité.

« Je n'avais pas envisagé ça. Je pensais Jodie, peut-être. »

Ralph écarquilla les yeux. Devant eux, au loin, la circulation semblait se densifier, formant une procession de feux arrière qui serpentait vers l'est.

« Jodie ? Ça alors.

— Eh bien, c'est bizarre qu'elle soit restée dans sa chambre, non ? Si c'était toi qui t'étais trouvé au milieu des décombres d'un échafaudage écroulé, je crois que je me serais levée pour venir jeter un coup d'œil.

— Heureux de l'entendre », répondit Ralph.

Enfin, elle se dégelait, songea-t-il. Alléluia. Il se demanda si Finn serait d'accord pour aller au *Star* ce soir-là plutôt qu'au *Fox*. Pas besoin d'analyser cette impulsion. Il était comme un adolescent rentrant de vacances et espérant voir la fille avec qui il avait envie de s'envoyer en l'air ; sauf qu'il était en réalité un homme d'âge mûr rentrant de vacances et espérant voir le voisin qu'il voulait tuer.

Comment la situation était-elle devenue si surréaliste ?

Comment était-elle devenue si lugubre ?

Ils allèrent au *Fox* – Finn avait fait preuve d'une insistance inhabituelle – et cela énerva Ralph dès l'instant où ils arrivèrent et découvrirent qu'ils ne pouvaient pas avoir de table. C'était l'odeur chaude et comme trop mûre ; les visages bronzés de retour de vacances. Des gens comme eux, sauf qu'*eux* n'étaient pas en conflit avec un psychopathe à quelques portes de chez eux. Non, eux avaient ce que Ralph s'était laissé aller à croire qu'il aurait toujours, et qu'il avait pourtant perdu en ce qui semblait être un instant : la satisfaction de soi.

Il écarta impatiemment les questions de Finn sur ses vacances, ramenant la conversation sur Booth. Ils avaient enfin été servis et avaient trouvé de la place au bout du bar.

« Nao n'est pas convaincue que cet intrus chez Sissy ait été Booth. Elle dit que c'est trop retors. Trop malveillant.

— Tuer un oiseau, elle trouve pas ça malveillant ?

— Bien sûr que si, c'est juste que les autres incidents étaient des actes brefs et violents – sauf la fête, mais là, rien de bien extraordinaire. Je suis étonné qu'ils n'en aient pas fait plus tôt, pour être franc. Mais chez Sissy, rien n'a été abîmé, même très légèrement. C'est pas le même mode opératoire.

— Son mode opératoire, c'est de nous pourrir la vie, par tous les moyens », répliqua Finn.

Ralph était d'accord. Il préférait de loin discuter de Booth avec son frère qu'avec sa femme.

« C'est exactement ce que je lui ai répondu. Il ne cherche pas à créer un style distinctif, comme un tueur en série. Il n'est pas aussi intéressant que ça. Et Tess, qu'est-ce qu'elle en pense ?

— Je me fais un peu de souci pour elle, pour être honnête, répondit Finn. Elle est obsédée par les cygnes. L'autre jour, elle était à l'épicerie de la cité, en train de les engueuler parce qu'ils laissent les gamins prendre leur pain rassis pour le donner à manger aux bestioles. C'est pas bon pour elles, apparemment. Elle a menacé d'appeler la police s'ils n'arrêtaient pas.

— Bien sûr. » Elle se berçait vraiment d'illusions, songea Ralph. Si la police se fichait d'un sauvage lancé dans une croisade vengeresse contre toute une rue, elle n'allait pas se soucier d'un peu de pain de mie périmé donné à un cygne muet. « La police nous a encore appelés, et toi ? » Il afficha une moue contrariée alors qu'un groupe de nouveaux venus le bousculait pour passer.

« Elle cherche les failles dans “nos souvenirs des faits”. Au fait, grâce à toi, je suis désormais le suspect n° 1. »

Il avait voulu dire cela d'un ton désinvolte, mais les mots sortirent de sa bouche avec une certaine dureté, comme s'il était réellement furieux, et la réaction de Finn fut de lui lancer un regard noir par-dessus sa pinte.

« Pourquoi, grâce à moi ?

— Parce qu'ils font une fixation sur le fait que j'ai raccompagné Daisy chez elle ce soir-là ; ils pensent que j'en ai profité pour toucher à l'échafaudage au retour. Je ne me souvenais même pas que c'était moi qui l'avais ramenée et ils n'ont pas demandé à Nao, donc ce doit être Tess ou toi qui le leur a dit.

— Pas moi, répondit sèchement Finn.

— Alors ce doit être Tess. Dis-lui qu'il faudrait qu'elle se rappelle de quel côté elle est dans cette affaire, tu veux ? »

Comme il aurait pu s'y attendre, Finn se crispa, sur la défensive.

« Qu'est-ce que tu racontes, mon vieux ? Quel autre côté il y a ? »

Mais Ralph était de si mauvaise humeur que la résistance de son frère ne fit que l'inciter à en remettre une couche.

« Elle veut nous attirer des ennuis après ce que Naomi lui a dit l'autre soir, comme quoi elle bosse pas, c'est ça ?

— Ou peut-être qu'ils ont simplement demandé comment la baby-sitter était rentrée chez elle ? C'est quoi ton problème, putain ? C'est pas censé te mettre de meilleure humeur, les vacances ? Bon sang, pas étonnant que Tess ait l'impression de suffoquer avec vous. Vous êtes pas revenus depuis cinq minutes que vous lui tombez déjà sur le râble. »

Ralph sentit la rage monter en lui.

« Elle se laisse facilement suffoquer, hein ? Et tu parles d'une ingrate. »

Voilà, c'était ce que Finn détestait le plus entendre, il le savait : que sa famille et lui devaient être reconnaissants, qu'il pouvait remercier Ralph pour sa vie confortable.

« Et pourquoi elle devrait être reconnaissante, exactement ? demanda Finn avec un regard noir, le front luisant de sueur. Parce que tu as remarqué que la maison à côté de chez toi était à vendre ? Parce que tu nous as prêté le montant des arrhes, qu'on t'a depuis remboursé ? Tu as besoin d'avoir des gens qui te sont redevables, hein ? Tu as besoin d'être celui qui tire les ficelles. C'est pour ça que tu n'aimes pas Booth, parce qu'il ne se conforme pas à ta réalité. »

Ralph prit son frère à partie avec la voix rageuse de leurs disputes d'enfants.

« Je n'aime pas Booth parce qu'il a envoyé mon fils à l'hôpital. Il a tué une femme innocente. Il s'introduit en douce dans nos maisons, descend la faune locale, et il fait tout cela sans être inquiété. »

Finn eut une grimace contrariée ; de toute évidence, il avait temporairement oublié que Charlie avait frôlé la mort, voire qu'Amy l'avait trouvée.

« Avant tout ça. Tu sais de quoi je parle.

— Non, je ne sais pas de quoi tu parles, et je crois que tu ferais mieux de fermer ta gueule. »

Conscient des regards curieux que le volume de leurs voix attirait, Ralph se rappela – ou plus exactement, se tortura avec l'idée – que ce n'était pas comme ça que se comportaient les gens au *Fox*. Au *Star*, peut-être, mais pas au *Fox*. Il fut pris d'un sentiment de honte rageuse ; il avait été tellement sûr d'être à sa place parmi eux, il en avait fait un art, et pourtant il découvrait qu'il détonnait, finalement.

Peut-être était-ce dû aux seize années où ils avaient partagé une chambre, mais ni l'un ni l'autre n'avait pour habitude de mettre fin à une dispute en claquant la porte. Ils préféraient attendre dans un silence glacial si nécessaire (surtout s'ils avaient un verre à finir).

« Désolé, finit par dire Ralph. Je suis juste crevé par la route. Ce truc avec Daisy n'aboutira à rien.

— Bien sûr que non, s'empressa d'acquiescer Finn. Ça prouve juste que tu es un bon citoyen. Et ce sont des inspecteurs, après tout. C'est totalement dans leurs cordes de trouver le nom et l'adresse d'une baby-sitter. Et peut-être qu'elle, elle a remarqué quelque chose ? Tu as pensé à ça ? Quelque chose qui pourrait nous aider.

— Ouais, c'est possible. »

Repérant enfin une table libre, ils commandèrent de nouvelles boissons et passèrent plusieurs minutes à consulter leurs e-mails et messages. Puis Ralph sentit un frisson de malaise lui parcourir la peau, un instinct prémonitoire qu'il attribua d'abord à leur récente et stressante évocation de Booth. Mais lorsqu'il jeta un coup d'œil autour de lui, il vit qu'il s'était trompé.

« Putain, j'y crois pas.

— Quoi ?

— Au comptoir. »

Ils devaient être venus au *Fox* une bonne dizaine de fois depuis que Booth avait emménagé dans Lowland Way, et c'était la première fois qu'ils l'y voyaient. Son territoire, c'était le *Star*. Et pourtant, c'était bien lui. Avec deux amis, deux hommes, plus jeunes que lui et visiblement excités à l'idée du vendredi soir qui les attendait. Des trois, c'était Booth le plus débraillé et, paradoxalement, le plus à l'aise. Son regard glissa sur Finn pour se poser sur Ralph.

« Il nous a pas suivis, quand même ? murmura Finn.

— Non, il vient d'entrer. Il nous a vus passer devant chez lui, je parie. Et a mobilisé ses troupes. Pas dur de deviner où on allait.

— Qu'est-ce qui peut bien l'avoir motivé à venir ici ?

— C'est pour nous narguer, répondit Ralph. Nous défier. Il veut nous montrer qu'il peut infiltrer notre domaine. Peut-être qu'il nous a vus au *Star* et que ça lui a pas plu. »

Alors que Booth leur tournait le dos pour commander à boire, Ralph conjura intérieurement la fille derrière le comptoir de remarquer qu'il n'était pas à sa place et de le snober, mais elle le servit plus vite que lui-même ne l'avait été. Elle alla même jusqu'à lui sourire en lui tirant sa bière.

« Tu sais que si tu fais quelque chose maintenant, il y aura au moins cent témoins, lui dit Finn, en guise d'avertissement. Et puis, ils sont trois.

— C'est vrai. » Ralph tourna sa chaise pour ne pas avoir Booth dans son champ de vision, mais ne réussit pas à se détendre pour autant. « Qu'est-ce qu'il fait, là ?

— Il attend leurs boissons. Les voilà. » Finn prit un air perplexe. « Attends… Je crois qu'il est en train de nous offrir un verre, à nous. »

Oubliant sa résolution, Ralph se retourna vivement, juste au moment où Booth leur lançait à travers la pièce, juste assez fort pour se faire entendre par-dessus le vacarme du vendredi soir :

« Hé, les frères Kray ! J'ai dit : est-ce que je peux vous offrir une pinte ? »

La serveuse les regarda en souriant, amusée par la référence, et attendit leur commande. Qu'est-ce qu'il allait faire, se demanda Ralph, glisser quelque chose dans leurs verres ? Venir les leur jeter à la figure ?

« Je n'accepterais pas une pinte de votre part même si j'en étais à me traîner à genoux dans le Sahara », lança-t-il.

Sa remarque fut assez forte, assez agressive, pour susciter un éventail de réactions : hostilité chez les acolytes de Booth, regards craintifs de deux femmes à la table voisine, confusion de la serveuse.

« Je crois que ça veut dire non, dit Booth à cette dernière. Juste celles-là, alors, ma belle. Merci. »

Elle prit son argent en jetant un coup d'œil désapprobateur à Ralph. Mais qu'est-ce qui se passait, enfin ? songea ce dernier, furibond, alors que Booth et ses amis sortaient avec leurs verres, probablement pour fumer. Non seulement il envahissait effrontément le territoire des Morgan, mais il y avait carrément tracé des voies et s'en servait pour leur en remontrer. Le sentiment d'impuissance de Ralph menaçait de le submerger complètement ; il avait l'impression qu'il allait surchauffer et prendre feu.

« Incroyable, la façon dont il a réussi à faire croire à tout le monde que c'est lui le mec bien dans cette affaire, fulmina-t-il. Il y a forcément quelque chose qu'on peut lui coller sur le dos ? Quelque chose dont personne ne pourra nier que c'est un crime ? Et si on portait des accusations de pédophilie contre lui ? Ou qu'on répandait simplement la rumeur dans le *Star* ? Avec un peu de chance, des justiciers du dimanche viendront le lyncher. »

Malgré la lueur d'approbation dans son regard, Finn lui fournit une réponse qui aurait pu être écrite par Naomi.

« La police n'est pas idiote, elle verrait immédiatement qu'il ne se passe rien de tel. Et puis on s'exposerait à des accusations de harcèlement, ou même d'entrave à la justice. »

Ralph hocha la tête.

« Tu as raison. On ne devrait pas avoir à lui inventer des crimes, il en a assez commis de vrais. » Il regarda son frère droit dans les yeux. « Je crois qu'il est temps de passer à une toute nouvelle stratégie. »

Finn n'hésita pas une seconde.

« Je suis avec toi jusqu'au bout, mon vieux », dit-il.

24

Tess

« Bonjour, c'est Tessa Morgan de Lowland Way. Mon mari m'a dit que vous vouliez vérifier quelque chose par rapport à notre entretien ? »

L'inspectrice Forrester la fit attendre quelques secondes, le temps de rassembler ses notes. Ça ne devait pas être très grave, alors, songea Tess, si elle avait besoin de s'y référer pour se rappeler sa question. La convocation au commissariat n'était pas pour tout de suite.

« Oui, je relisais juste les dépositions concernant la nuit du 10 et j'ai vu qu'on a un témoignage qui vous place dans la rue avec votre chien vers minuit et demi.

— Oh, fit Tess, décontenancée. Effectivement, je crois que j'ai sorti Tuppy. J'avais complètement oublié.

— Vous aviez oublié ?

— Oui. Parce que ce n'était pas important. Quand on a un chien, on passe son temps à le sortir. On ne se rappelle pas chaque promenade.

— Vous avez un très grand jardin, Mrs Morgan, si je me rappelle bien ? »

Tess retint un soupir.

« J'aurais pu me contenter de le laisser sortir à l'arrière de la maison, oui, mais ça aurait excité les chiens d'à côté et après, j'en aurais eu trois qui aboyaient et réveillaient tout le monde. Alors je l'ai sorti par-devant pour l'emmener sur le bout de pelouse de l'autre côté de Portsmouth Avenue.

— Est-ce que vous vous êtes approchée du n° 1 lors de cette expédition nocturne ?

— Non.

— Votre mari ne vous a pas expliqué comment faire pour dévisser les boulons qui compromettraient la stabilité d'un échafaudage ?

— Euh, *non.* » Tess sentit son cœur s'accélérer. « Mais ça ne doit pas être sorcier, de toute façon, si ? Tout le monde est capable de prendre une clé et de tourner une vis ou un écrou, ou que sais-je encore.

— Mais tout le monde n'a pas l'expérience du travail sur un chantier, comme votre mari.

— Comment savez-vous cela ? » Était-ce vraiment une hypothèse de travail ? Un mari et sa femme, complices dans une conjuration ? « C'était il y a plus de vingt ans !

— Les pièces de l'échafaudage étaient plus vieilles que ça. Je crois que c'est vous-même qui avez fait remarquer que les matériaux présentaient une usure considérable. »

Tess marqua un temps. Il fallait qu'elle apprenne à mieux garder en tête ce qu'elle avait dit et ce qu'elle avait passé sous silence.

« En effet. Ils avaient l'air vétustes.

— Est-ce que vous avez l'habitude de ramasser après votre chien, Mrs Morgan ?

— Vous plaisantez, j'espère ? » Tess soupira. « Oui, je ramasse. Pendant que je vous tiens au téléphone, puis-je vous demander si vos collègues de la brigade des stupéfiants ont donné suite à ma plainte après une fête organisée au n° 1 samedi dernier ? Des substances illégales y ont été consommées, je peux vous l'assurer. C'est sûrement plus grave qu'une plainte malveillante concernant les besoins de mon chien ? Ne le prenez pas mal, mais je crois que vous devriez revoir un peu vos priorités en matière d'investigations. »

Sa voix avait pris une tonalité plus stridente qu'elle n'en avait l'intention, et il y eut une seconde de silence surpris.

« Il n'y a pas de mal », répondit l'enquêtrice, sans se laisser démonter.

Naomi avait posté sur la page Facebook des riverains :

> Est-ce que tout le monde a vu ça ? C'est exactement ce que nous souhaitons éviter, pour notre bien à tous ! S'il vous plaît, NE PARLEZ PAS À LA PRESSE !

Le lien renvoyait à un vilain petit encadré dans les pages d'annonces immobilières d'un tabloïd.

LE COIN DES AFFAIRES

> Faites une bonne affaire dans le quartier chic de Lowland Gardens, au sud de Londres… Si vous osez !

Lowland Way, l'une des rues les plus élégantes du quartier, est en pleine débâcle après la mort d'une jeune femme dans un récent accident de chantier. Entre les visites quotidiennes de la police et l'abandon du célèbre projet Dimanche On Joue Dehors, les vendeurs ont été forcés de sacrifier leurs prix. Ce cottage d'époque comptant trois chambres est passé de 1,2 million de livres à 900 000 livres. C'est la braderie de l'immobilier ! Avec Lowland Immobilier, www.lowlandimmobilier.co.uk

Sara et Ant avaient déjà commenté.

Sara Boulter : Maudite presse à scandale. Comment est-ce qu'ils savent tout ça ?

Ant Kendall : Aucun respect pour la douleur des gens concernés. Ce doit être affreux pour Sissy et la famille de lire ce genre de choses.

Si Tess, dernièrement, avait évité le groupe, trop bouleversée pour suivre les multiples questions et commentaires postés sous les divers messages évoquant la disparition d'un cygnon, elle avait eu conscience d'un désir injustifié mais insistant de se racheter auprès de Naomi. Mais l'appel de l'inspectrice avait changé cela et, lorsqu'elle vit Naomi dans le jardin peu après, en train de jouer avec Charlie et les chiens, elle sortit aussitôt et demanda à lui parler.

Naomi suggéra à Charlie un jeu qui impliquait de faire rebondir une balle de tennis dangereusement près de la fenêtre de la cuisine de Tess, avant de se tourner vers elle en disant :

« Si c'est à propos de ce dernier article, Ralph va appeler Lowland Immobilier et leur en toucher deux mots. Ce n'est pas dans leur intérêt que la rue devienne connue comme une sorte de discount de l'immobilier.

— Ce n'est pas ça, non, répondit Tess, déterminée à ne pas se laisser détourner de son objectif. Naomi, est-ce que Ralph ou toi avez dit quoi que ce soit à la police sur le fait que Finn a de l'expérience sur les chantiers ? »

Naomi la dévisagea avec intérêt.

« Bien sûr que non. Mais tu peux comprendre qu'ils trouvent ça pertinent. C'est effectivement le seul à savoir comment défaire ces boulons d'assemblage, ou quel que soit le nom que ça porte.

— Le seul avec n'importe lequel des milliards d'utilisateurs de YouTube qui ont eu envie un jour de regarder un tuto sur le sujet. Enfin, quoi, n'importe qui peut apprendre n'importe quoi en cinq minutes de nos jours, c'est injuste de soupçonner Finn. »

Naomi soupira.

« C'est vrai. »

Une telle concession était suffisamment rare pour que Tess se radoucisse.

« Alors, il paraît que Ralph s'inquiète aussi d'être un suspect ?

— Oui. Il pense que la police essaie de nous monter les uns contre les autres.

— Les gens commencent à se montrer du doigt, ça c'est sûr, acquiesça Tess. La police sait que j'étais dehors avec Tuppy cette nuit-là, et je n'ai aucune idée de qui peut le leur avoir dit. »

Naomi releva les yeux.

« Tu étais dehors avec Tuppy ? »

Sa surprise *semblait* assez réelle, mais Tess n'était pas encore tout à fait prête à lui faire confiance. Après leur dispute, n'étaitil pas possible qu'elle soit elle aussi restée éveillée, furieuse ? Qu'elle soit allée à la fenêtre prendre l'air frais de la nuit ?

« Je n'arrivais pas à dormir, alors je me suis relevée. Il commençait à s'agiter, il avait besoin de sortir et je ne voulais pas le lâcher dans le jardin de peur qu'il excite Cleo et Kit et vous réveille tous. »

Naomi eut l'air sceptique.

« On venait de se disputer, lui rappela Tess. Je ne voulais pas recommencer, et il était juste plus facile de le sortir. J'ai mis ma veste par-dessus mon pyjama. »

L'air brièvement désapprobateur à l'idée de pareil laisser-aller vestimentaire, Naomi se reprit.

« Hmm, hautement suspect, fit-elle d'un ton sarcastique. Une femme en pyjama promenant son chien. »

Voilà qui était mieux, elle était de nouveau du côté de Tess.

« Ant m'a dit qu'ils en avaient après lui aussi, repritelle, donc ça fait au moins trois d'entre nous.

— Et on dirait qu'ils sont un peu sceptiques au sujet de l'intrus chez Sissy, également. Tu sais quoi, je ne serais pas étonnée qu'ils croient à un scénario du type *Le Crime de l'Orient-Express*.

— Quoi, on serait tous de mèche ?

— C'est une théorie, tu ne crois pas ? D'abord on se donne mutuellement des alibis, puis on fait de petites insinuations, chacune à l'encontre d'une personne différente, et juste de petits détails inoffensifs, rien de réellement incriminant. Ça a le même effet : pas de suspect évident. »

Tess la dévisagea.

« Il y a eu quatre boulons de dévissés, a dit la police à Finn. Combien de personnes cela pourrait bien impliquer ?

— Eh bien, quatre au maximum, j'imagine. »

Elles éclatèrent de rire toutes les deux, mais d'un rire plus sombre, plus méfiant qu'autrefois. Immédiatement, comme en réponse, leur parvint le geignement fort et désagréable d'un outil électrique dans le jardin de Booth.

« Comment est-ce qu'il fait pour utiliser ses machines alors qu'il est blessé ? demanda Tess. On ne peut pas lui adresser de reproches sur son éthique professionnelle, hein ?

— Tu sais ce qu'on devrait faire ? Rehausser le mur entre nous et le nº 3 », dit Naomi en plaisantant seulement à moitié. Tess la suivit alors qu'elle s'approchait du mur pour en estimer la hauteur. « Il existe apparemment des palissades spéciales, conçues pour réduire le bruit en provenance des routes très fréquentées. On pourrait faire la même chose devant. On le construirait aussi haut que la municipalité le permet. Ou plus haut encore – on demandera l'autorisation rétrospectivement.

— Les enfermer derrière un mur ? Comme le Mexique ou Berlin-Ouest ? C'est un peu dur pour Ant et Em. »

Et pourtant, ce n'était pas l'idée la plus folle qu'elle ait entendue à ce jour.

« Est-ce que c'est toi qui as saboté l'échafaudage, alors ? attaqua soudain Naomi, et Tess sentit son cœur battre la même chamade que lorsqu'elle était interrogée par l'inspectrice Forrester.

— Tu es sérieuse ?

— Je crois, oui. » Naomi se rapprocha d'un pas. « Et pour ta gouverne, j'emporterais le secret dans ma tombe si c'était le cas. Quelle qu'ait été l'intention cette nuit-là – s'il y en avait vraiment une –, ce n'était pas de faire du mal à Amy.

— Non. »

Leurs regards se croisèrent et la tension resurgit. Avec une pointe d'audace, Tess riposta :

« C'est toi ? »

Naomi recula.

« Bien sûr que non. Je suis une des rares à ne pas être suspectée.

— Pour l'instant », répliqua Tess.

Depuis cette visite indésirable de Jodie, Tess se méfiait lorsqu'on sonnait à la porte. Désormais, si elle n'attendait personne, elle montait à l'étage pour regarder qui c'était par la fenêtre de la chambre, avant de redescendre précipitamment pour recevoir le colis ou laisser entrer le releveur des compteurs de gaz.

Lorsque la sonnette retentit ce mardi matin, elle attendait Em Kendall pour le café et s'approcha donc de la porte avec un sourire. Elle n'avait pas vu son amie depuis l'incident du cygnon et elle voulait lui montrer la stèle commémorative qu'elle avait plantée dans un coin du jardin.

Elle ouvrit la porte d'un air accueillant.

« Bonjour ! »

Sur son seuil se tenait une femme d'une trentaine d'années, aux yeux brillants et au sourire persuasif.

« Je m'appelle Savannah McKenzie, j'écris pour l'*Evening Standard* et je travaille actuellement sur un article au sujet de l'enquête sur la mort d'Amy Pope. J'ai parlé à la police et j'aimerais vraiment offrir également le point de vue des voisins. Je me demandais si vous auriez une minute à m'accorder ? »

Malin, comme approche, songea Tess. Donner l'impression qu'il y avait une version à contester, une cause à défendre. Cette femme n'avait probablement pas trouvé un seul membre de la police pour lui parler, et encore moins lui donner le moindre détail sur leur hypothèse de travail.

« Est-ce que vous connaissiez la victime ?

— Non. Désolée, je ne peux pas vous aider.

— Et ce voisin dont l'échafaudage s'est effondré ? J'ai cru comprendre qu'il n'était pas l'individu le plus populaire, dans votre rue ? »

Le ton de Ms McKenzie, impeccablement calibré pour suggérer son affinité avec eux sur le sujet, fit hésiter Tess. Se pouvait-il que les riverains se soient trompés sur la presse ? Qu'ils aient pris une opportunité pour une menace ? Voyant Em approcher de son portail, elle la salua de loin et la journaliste se retourna pour voir qui c'était.

« On s'est déjà rencontrées, dit Em sans lui laisser le temps d'ouvrir la bouche. Vous vous souvenez ? Je n'ai rien à vous dire. »

Son ton cassant choqua Tess, mais manifestement pas la journaliste, qui lui tendit sa carte, « juste au cas où ».

« Bon débarras, dit Em à l'adresse de la porte lorsqu'elle fut refermée. La presse, la police, la municipalité… Tout ce qui les intéresse, c'est leur propre intérêt. On n'est rien que des victimes collatérales. »

Elle était à l'évidence d'humeur amère.

Après avoir allumé la cafetière et trouvé une galette de riz pour Sam, Tess les conduisit dans le jardin pour montrer la stèle à Em. Tuppy renifla la terre récemment retournée avec intérêt.

« Le corps est vraiment là-dessous ? demanda Em.

— Non, la police l'a pris, comme pièce à conviction, pauvre bête. C'est juste un mémorial. Je ne supportais pas l'idée que cette magnifique créature soit simplement oubliée.

— Donc quelqu'un lui a tiré dessus ?

— Oui, avec une carabine à air comprimé. Est-ce qu'ils ont ça, tu sais ? Booth et Jodie ?

— Pas à ce que j'ai pu voir.

— Il est possible qu'ils aient payé quelqu'un pour le faire, je suppose.

— Ou bien ce sont juste des gamins, et ils l'ont abandonné ici par hasard ?

— Des gamins ? Pourquoi ? Ils se seraient juste enfuis en le laissant là où il était tombé, tu ne crois pas ? Non, c'est l'œuvre de quelqu'un qui voulait me faire de la peine. » Tess était consternée de découvrir qu'Em n'appuyait pas sa théorie sans réserve. « Le service de protection des cygnes a installé une pancarte près de l'étang pour lancer un appel à témoins, et on leur a suggéré de demander l'accès aux images des caméras de surveillance locales pour cette nuit-là, mais je ne crois pas qu'il y en ait entre ici et le parc. Je regrette de ne pas en avoir eu au-dessus de ma porte ; comme ça, j'aurais été sûre. »

Après l'intrusion chez Sissy, Ralph et Naomi avaient installé un visiophone chez eux, mais Tess répugnait à dépenser des fonds qu'ils n'avaient pas pour une maison qu'ils allaient peut-être bientôt quitter.

Il y eut un silence – ou du moins ce qui passait pour du silence ces derniers temps, avec le bruit de fond permanent que créaient les voitures, les outils et la musique de Booth. Em semblait être aux prises avec un dilemme interne ; lorsqu'elle reprit finalement la parole, ce fut d'une voix étrange, comme si les mots lui échappaient.

« Écoute, je voulais juste que tu saches, je les ai supprimées.

— Quoi donc ? » demanda Tess ; elle trouvait son amie particulièrement nerveuse aujourd'hui.

Em détourna le regard.

« Les images sur notre appli de surveillance qui te montrent en train de remonter le chemin du n° 1 la nuit du 10 août. »

Tess se figea.

« Quoi ?

— Juste après minuit et demi, je crois que c'était, quelques minutes avant qu'*elle* revienne d'être allée acheter des cigarettes. Mais comme je t'ai dit, je m'en suis débarrassée.

— Quelle appli de surveillance ? »

Enfin, Em accepta de la regarder dans les yeux.

« Tu sais qu'on avait installé une appli de surveillance sur un vieil iPhone ? C'est comme ça qu'Ant a obtenu l'image d'eux en train de recevoir de l'argent en échange d'une de leurs voitures.

— Ah oui, je me souviens. Je croyais que c'était juste quelque chose de ponctuel ?

— Non, Ant l'avait laissé à la fenêtre de la chambre de devant. Ça s'activait par détection de mouvement, et ça a continué jusqu'à ce que la batterie soit morte. On a vérifié récemment, juste au cas où on pourrait aider la police en quoi que ce soit. Bref, je voulais juste que tu saches. »

Tess prit son temps pour répondre. *Aider la police en quoi que ce soit...* Il y avait quelque chose dans l'attitude d'Em lorsqu'elle avait dit ces mots qui ne lui plaisait pas : une démonstration de pouvoir, l'insinuation que ce n'était pas une simple information, mais un geste qui méritait quelque chose en retour. Sinon, pourquoi mentionner la chose ? Pourquoi ne pas simplement supprimer tout ce qui pouvait laisser à penser que son amie n'était pas totalement innocente, et garder ce qu'elle avait vu pour elle ?

Est-ce qu'Em et Ant continuaient à enregistrer les faits et gestes de leurs voisins ? Ou bien Tess était-elle paranoïaque et laissait-elle son imagination inventer des mobiles qui n'existaient pas ? Elle prit une inspiration, et une décision.

« Eh bien, merci, c'est vraiment gentil de ta part, mais ça n'aurait rien changé de toute façon, parce que la police sait déjà que je suis sortie cette nuit-là. Donc je suis une suspecte potentielle avec ou sans tes mystérieuses images.

— Oh ! »

Em avait l'air stupéfaite. Quelle que soit la réponse qu'elle avait attendue, ce n'était pas cela.

« Oui, continua Tess avec un petit rire. Quelque part dans une salle de commissariat, il y a une photo de moi épinglée sur un tableau, avec à côté des notes qui disent "mère poule" et "obsédée du droit des animaux". »

Il lui vint soudain à l'esprit que les choses n'allaient plus jamais être pareilles entre Em et elle après ça, et elle en fut désolée. Heureusement qu'elle s'était réconciliée avec Naomi. L'idée d'être brouillée avec deux alliées féminines en même temps était insupportable.

« Alors, qui d'autre tu as vu sur ton appli secrète ? demanda-t-elle. Qui d'autre as-tu supprimé ?

— Personne, répondit Em. Oublie. »

25

Sissy

L'inspecteur Shah avait « hâte » de l'informer de l'avancée de l'enquête, promettait son message, ce qui était peut-être aux antipodes de ce qu'elle ressentait pour sa part.

« Saviez-vous que l'un de vos récents clients du Bed & Breakfast a un casier judiciaire, Mrs Watkins ?

— *Ms* Watkins. Et non, je ne savais pas.

— Il n'y a pas de filtrage ?

— Pas par moi personnellement. Ce sont tous des membres inscrits sur le site, mais j'imagine que parmi les conditions générales, pour nous qui recevons, il en est une qui stipule que nous le faisons à nos risques et périls. De qui s'agit-il, si j'ai le droit de demander ?

— Graham Reddy. Il avait réservé pour une nuit, le 2 août.

— Je me souviens de lui. » Heureusement que c'était un de ces jours où elle avait les idées claires et pouvait décider, aussitôt, qu'il ne fallait pas compliquer les choses en niant. « C'est celui qui venait de Solihull, je crois. Oui, il était très sympathique.

— Donc vous avez un peu parlé avec lui ?

— Oui. De la pluie et du beau temps. » Sissy s'interrompit. « Pourquoi ? Vous ne pensez pas qu'il a quelque chose à voir avec l'intrusion chez moi, si ? Ça me semble très peu probable. S'il avait voulu voler quelque chose, il aurait pu le faire pendant qu'il était là.

— En fait, je me demandais s'il vous avait dit quoi que ce soit au sujet de l'échafaudage au nº 1. Celui-ci aurait pu attirer son attention.

— Pourquoi ?

— Jusqu'à il y a quelques années, il travaillait pour Bettany Construction, une entreprise de construction à Birmingham. Il était qualifié pour donner son avis sur le moindre problème de sécurité.

— Oh. » Malgré le spasme qui lui tordit les entrailles, elle garda une voix calme. « Pas que je me souvienne. Je veux dire, mes clients commentent souvent les travaux en face, mais ce n'est pas l'image que je souhaite graver dans leur esprit, pas si j'espère les voir revenir.

— Est-ce que Mr Reddy est revenu ?

— Non. Pour quoi est-ce qu'il a été condamné ? »

Vol. Avec l'aide d'un autre homme, Graham avait volé un lot de chauffe-eau sur un chantier et tenté de les revendre. C'était probablement ce qui avait mis fin à sa carrière dans cette entreprise, songea Sissy.

« Est-ce que Booth et lui se sont rencontrés, à votre connaissance ? insista l'inspecteur.

— Pas en ma présence, mais bien sûr je ne sais pas ce qui se passe lorsque les gens sortent de chez moi. » Elle s'interrompit, privée de sa voix par un sursaut de chagrin soudain comme une claque. « Je suis désolée. Écoutez, je doute fortement que cet homme soit en mesure d'apporter la moindre lumière sur un incident qui a eu lieu plus d'une semaine après qu'il a passé une nuit dans la rue.

— Savez-vous si quelqu'un d'autre parmi vos clients a eu des contacts avec Booth ?

— Non. » Sissy appuya la paume de sa main libre sur son œil et regarda danser les étoiles ; elle commençait à avoir mal à la tête. « Et aucun ne le fera à l'avenir, puisque mon Bed & Breakfast a coulé – je peux le remercier pour ça.

— Je suis désolé de l'apprendre.

— Vraiment ? » Plus triste qu'en colère, Sissy avait juste hâte que l'appel se termine. « Pardonnez-moi si j'ai du mal à le croire. »

La fin était arrivée plus tôt que prévu, sous sa forme typiquement impersonnelle :

> Cher(ère) Propriétaire,
> Nous vous écrivons pour vous prévenir que les réservations dans votre propriété ont été suspendues et votre adhésion à DuCentreàlaPériphérie temporairement révoquée du fait de votre incapacité à atteindre le taux de satisfaction minimal requis. Toute réservation déjà faite doit être honorée, mais sachez que nous allons écrire aux clients concernés pour les informer du changement de statut de votre propriété et leur donner l'option d'annuler sans frais.

Une rapide consultation des avis récemment déposés confirmait le rôle des Booth dans sa fatale chute de popularité :

L'affreux couple de l'autre côté de la rue nous a regardés de travers lorsqu'on est repartis. Pas rassurant du tout. (Deux jardinières)

Évitez ! J'ai entendu dire que quelqu'un avait été tué dans la maison d'en face ! (Une jardinière)

La mort d'Amy ne leur avait-elle pas suffi ? Pourquoi fallait-il en plus qu'ils la privent de son gagne-pain ?

Eh bien, elle allait le leur demander.

À l'extérieur, la fin de l'été se sentait dans la température, les odeurs, l'angle de la caresse du soleil, et même cela lui fit l'effet d'une trahison. Elle ne voulait pas que la saison tourne le dos à Amy. C'était trop tôt, sa jeune vie avait eu trop de valeur.

Comme si elle sortait à sa rencontre, Jodie apparut soudain au coin de sa maison, vêtue d'un legging gris et d'une veste en jean, tirant une valise à roulettes derrière elle. Hurlant au revoir à Darren par-dessus le vrombissement d'un outil électrique, elle se tut en voyant Sissy sur le trottoir devant elle.

« Vous partez en vacances ? » demanda Sissy, incrédule.

D'abord une fête déchaînée, et maintenant des vacances : la vie continuait certainement pour ces deux-là.

« Ouais, répondit Jodie, saisissant au vol la réprobation dans son ton pour la lui renvoyer à la figure. Je m'en vais aux Bahamas ! »

Sissy eut l'envie soudaine de la pousser par terre, avec sa valise.

« Eh bien, quand vous serez aux Bahamas, ayez une pensée pour la femme qui est morte écrasée sur votre terrain. À moins que vous ayez déjà oublié ? Je me dis que c'est probable, à en juger par la fête que vous avez organisée le week-end dernier. »

Jodie continua d'avancer en traînant sa valise, la redressant du pied lorsqu'elle butait sur des gravats. En atteignant le trottoir, elle s'arrêta devant Sissy et la regarda avec une expression étrangement compatissante.

« Écoutez, Mrs Watkins, je sais que c'est pas facile pour vous ces derniers temps, mais ça vous donne pas le droit de venir nous insulter, d'accord ?

— Vous insulter ! » Sissy ne put plus contenir les émotions qu'elle sentait jaillir en elle. « Jean serait horrifiée par votre comportement, vous savez cela ? Absolument horrifiée. Et vous ne deviez pas avoir beaucoup d'affection pour elle, pour vous conduire de cette façon ! »

Jodie la dévisagea durement, le visage empourpré, avant de s'en aller en direction de Portsmouth Avenue.

« Je crois que vous devriez aller voir votre docteur, hein ? » lança-t-elle par-dessus son épaule.

Sissy resta figée sur place, la respiration haletante, jusqu'à ce qu'elle se rende compte qu'on l'observait du seuil du n° 3.

« Oh, Ant. Bonjour. »

Il la rejoignit, évitant avec tact de mentionner l'altercation.

« Elle va passer quelques jours chez sa sœur à Margate », dit-il.

Sissy vit bien qu'il hésitait à en dire davantage.

« Et… ?

— Sa nièce vient d'avoir un bébé. »

Et voilà. Elle était surprise qu'Ant soit en assez bons termes avec l'ennemi pour avoir parlé de ça. Devinant ce qu'elle pensait, il expliqua :

« Em l'a entendue parler au téléphone. Elle a prévu d'y rester toute la semaine, pour aider, même si vu son talent pour faire de la vie de mon propre enfant un enfer, j'ai du mal à imaginer quelle aide elle pourra apporter. »

C'était insoutenable, l'idée que cette horrible femme s'apprête à passer les prochains jours à s'extasier sur un nouveau-né, qu'elle ait le plaisir de regarder sa famille s'agrandir. Sissy devait, sans le savoir, avoir laissé échapper une exclamation, parce qu'elle vit Ant la regarder avec sollicitude.

« Ils ont fait couler mon Bed & Breakfast, lâcha-t-elle brusquement. Je vais être obligée de vendre.

— Oh, Sissy, je suis tellement désolé. Est-ce que je peux faire quoi que ce soit ? »

Devant sa gentillesse, elle sentit son désespoir lui échapper.

« Je ne peux plus continuer à vivre en face d'eux, de toute façon. Ce n'est pas seulement le bruit, la pagaille ou même leur vendetta contre nous, c'est leur inhumanité. Amy est morte sous leurs yeux et ils ne ressentent rien. Rien.

— Je sais, répondit Ant. Vous allez vraiment… ?

— Mettre ma maison en vente ? finit Sissy pour lui. Oui. »

L'agente (la « négociatrice ») immobilière arriva le lendemain matin. C'était une femme agréable et respectueuse, à l'attitude finement modulée pour inspirer confiance. Et elle ne gardait pas ses distances comme la plupart des gens le faisaient, comme si le chagrin était une odeur corporelle, le résultat d'un manque d'hygiène.

« La bonne nouvelle, c'est que je suis certaine qu'on va réussir à vendre, annonça-t-elle, et assez rapidement, qui plus est. C'est une belle maison.

— Et la mauvaise nouvelle ? demanda Sissy.

— Avec le marché qui stagne et toute l'activité de l'autre côté de la rue, il faudrait fixer un prix réaliste. Rien de trop ambitieux. »

Elle suggéra de mettre le 2 Lowland Way en vente à un prix de 300 000 livres inférieur à celui qu'aurait pu espérer Sissy avant Booth.

« D'accord, dit celle-ci.

— Beaucoup de propriétaires de ce genre de demeure réduisent la voilure », ajouta l'agente, et Sissy resta silencieuse, répétant l'expression dans sa tête.

Réduire la voilure. C'était aussi ce qu'elle faisait en tant que personne, n'est-ce pas ? Elle avait réduit son identité au point de ne même plus vouloir être elle-même. Ne même plus vouloir *être*.

Impassiblement, elle se demanda où elle irait ensuite. Elle ne pouvait pas s'imposer chez Pete. Après son congé pour raisons familiales, il s'était vu attribuer un client basé à Londres et avait mis en place une routine épurée, une alternance travail/sommeil, à laquelle l'arrivée de Sissy et de son chagrin n'apporterait rien de bon. Qu'allait-il dire de son projet de vendre ? Si elle et lui avaient défendu son droit à garder la maison familiale avec moins de virulence, elle aurait déménagé aussitôt après son divorce, c'était la vérité. Elle n'aurait jamais connu Darren Booth, et Amy n'aurait eu aucune raison de revenir dans cette rue. La maison était entachée d'une culpabilité bien à elle.

Après le départ de l'agente immobilière, Sissy monta s'allonger, comme elle le faisait désormais fréquemment dans la journée, se laissant tomber sur le lit défait, sans se soucier de l'inconfort. Aujourd'hui, elle évita la pièce qui avait sa préférence, à l'arrière, pour aller se coucher dans la chambre principale, celle où, avait-elle découvert, les tortures mentales qu'elle s'infligeait étaient le plus efficaces. Recroquevillée ou étendue de tout son long sur le lit, elle se remémorait ce que l'endroit avait représenté pour elle pendant toutes ces années, une période à présent révolue et perdue à tout jamais. Ça avait été sa chambre conjugale, celle où elle avait nourri et choyé Pete à sa naissance. Où, plus tard, il était entré en trottinant avec sa chaussette de Noël. Où elle avait dormi seule après que Colin avait d'abord déménagé dans la chambre d'amis, puis dans celle de sa nouvelle compagne à Blackheath.

Où elle avait couché avec Graham, qui savait peut-être déjà, ou pas, qu'il avait attiré l'attention de la police.

Comptaient-ils vraiment l'interroger sur la seule base de cette coïncidence, qu'il avait travaillé autrefois dans le bâtiment ? Tous ces chauffe-eau volés n'étaient sûrement la preuve de rien, à part d'une erreur mémorable et dûment expiée. Cela ne suffisait pas pour le soupçonner d'une tentative de meurtre. Elle espérait qu'il pourrait facilement prouver qu'il était bien loin de Lowland Way la nuit du 10 août.

Bien sûr, si elle avait rapporté à la police une certaine partie de leur conversation la nuit où il avait dormi chez elle, ils l'auraient ramené dans leur salle d'interrogatoire en moins de deux.

Il avait été à la fenêtre, en train d'observer le nº 1. Darren et Jodie avaient fini leur cigarette et refermé la fenêtre, mais la lumière de leur chambre continuait de projeter son éclat sur l'échafaudage, lui donnant une beauté brutale.

« Je pourrais au moins lui donner une petite leçon de ta part, suggéra-t-il d'un ton si léger qu'elle crut d'abord à une plaisanterie.

— Ne dis pas de bêtises. » Puis : « Qu'est que les gens veulent dire quand ils utilisent cette expression ? Le passer à tabac ?

— Ça peut vouloir dire ça, oui. Ou d'autres choses. Celles que tu aimerais faire, sans pouvoir en prendre le risque. »

Pourquoi ? s'était-elle demandé. Est-ce qu'il proposait ça contre rémunération ? À peu près certaine désormais qu'il était au moins à moitié sérieux, elle avait pris son offre à la légère.

« Est-ce que je devrais faire la même chose avec tes ennemis à toi, comme dans *L'Inconnu du Nord-Express* ?

— Hein ?

— Le roman ? Le film de Hitchcock ? Tu tues mon ennemi juré et je tue le tien ?

— Ne nous emballons pas, avait-il répondu avec un sourire en coin. Mais je pourrais bidouiller un peu son échafaudage, peut-être. Oui, ça pourrait marcher. L'échafaudage cède, il se casse la jambe et il est hors de combat pendant quelque temps, t'accordant un répit. » Lancé, il développa le scénario pour elle. « Peut-être pire, peut-être une lésion de la colonne vertébrale. Ce genre d'accident arrive tout le temps sur les chantiers. »

Sissy n'avait pas su si elle devait s'exclamer d'horreur ou de jubilation.

« Et après, il est obligé de vendre la maison pour payer ses soins médicaux hautement spécialisés », avait-elle renchéri, se prenant au jeu.

Graham avait souri de toutes ses dents.

« Et il doit réapprendre à marcher. À parler.

— Ou comment se faire justice soi-même. »

Sissy avait brièvement songé à Ralph et Finn Morgan en disant cela.

« Exactement, avait répondu Graham. Ne me dis pas que tu n'es pas tentée ? »

Il s'était retourné vers elle, le visage tout proche du sien, et le regard qu'ils avaient échangé avait été d'une pureté inattendue, exprimant quelque chose proche de la foi. Une permission, peut-être.

Ce n'est que lorsque la sonnette retentit qu'elle ressortit de la chambre, quelque chose d'inexplicable la poussant à aller ouvrir, ce qu'elle faisait rarement dorénavant si elle n'attendait pas quelqu'un. Elle espérait que ce serait Naomi, avec son humanité vive et généreuse, mais elle se rappela que c'était un jour de semaine et que Naomi devait être au travail.

Chose étrange, elle ne reconnut pas immédiatement Em Kendall en ouvrant la porte. Pas tout à fait réveillée de sa sieste, elle crut d'abord que la femme devant elle était une journaliste, car il y avait quelque chose de fébrile dans son regard, quelque chose qui lui rappela brièvement un prédateur. Puis, lorsque Em ouvrit la bouche, elle redevint elle-même, ou du moins une version plus nerveuse de l'Em que Sissy connaissait.

« Bonjour, Sissy.

— Bonjour », répondit Sissy.

Mais ce fut tout, parce que inviter une voisine à entrer ne faisait plus partie de ses réflexes. Ces derniers temps, à moins d'être prise en embuscade comme elle l'avait été le soir où ils s'étaient tous invités chez elle pour prendre un verre, elle échangeait des propos polis sur le pas de sa porte en attendant que l'autre personne renonce et s'en aille. Elle était contente d'avoir pensé à spécifier qu'elle ne voulait pas de panneau « À VENDRE » ; cela lui aurait valu la visite de tous ses voisins. Toujours plus de questions, de sollicitude.

« Alors comment ça va, vous tenez le coup ? demanda Em.

— Pas vraiment, répondit Sissy avec franchise.

— Ant m'a dit que vous vouliez vendre.

— Oui. »

Bizarre que Sissy n'ait pas l'instinct de se confier à Em comme elle l'avait eu avec Ant. Non que cela change grand-chose : il disait tout à sa femme, de toute façon. C'était ce que faisaient les gens mariés.

Si Colin avait été là avec elle en ce moment, lui aurait-il été plus facile de survivre ? La réponse, aussi tragique que toute autre révélation de ces dernières semaines, était oui. Même Graham, ce criminel récemment démasqué, lui aurait apporté un soutien moral.

« Je suis désolée, dit Em. Vraiment. »

Il y avait quelque chose d'inattendu dans sa voix. Ces derniers temps, les gens parlaient d'un ton si doux à Sissy, avec une compassion si débordante, mais il y avait dans les mots d'Em une note d'apitoiement sur elle-même qui prenait le pas sur la commisération.

« Et vous, ça va ? demanda Sissy avec curiosité. Où est Sam ?

— Avec une amie. Je voulais vous parler sans me laisser déconcentrer. Est-ce que je peux entrer ? »

Elle passa le seuil d'un pas si résolu que Sissy n'eut d'autre choix que de la laisser faire. Elles s'arrêtèrent devant la table de la cuisine, où traînait encore la tasse de café à moitié bu par l'agente et abandonnée là au milieu de la négociation, et avant que Sissy ait pu proposer à sa nouvelle visiteuse de s'asseoir, Em le fit, en murmurant à part elle.

Sissy prit place lentement en face d'elle.

« Qu'est-ce qui se passe, Em ? Vous m'inquiétez. »

Em tendit vers elle un iPhone dont l'écran s'alluma pour révéler une vidéo en pause, monochrome et obscure ; des images filmées de nuit, avec une silhouette sombre visible dans le coin en haut à gauche. Et en plein milieu, la flèche blanche de la fonction lecture attendait qu'Em appuie dessus. Sissy comprit alors l'ambivalence de ce « désolé » sur le pas de la porte : il ne concernait pas ce qui avait été, mais ce qui était à venir.

Et il n'y avait rien de vraiment désolé dedans.

Lorsque Em toucha la flèche du bout du doigt et que la vidéo se mit en route, il fut immédiatement évident que la silhouette était Sissy.

L'horodatage indiquait : 11/08/2018, 02:10.

26

Ant

La situation devenait bien trop intense : non seulement la police avait décidé de parler à ses collègues sans le prévenir, mais elle lui demandait de s'expliquer sur les « témoignages » qu'elle avait récoltés même lorsqu'il était assis dans un train bondé, en route pour le travail. D'accord, la plupart des autres passagers étaient branchés à leur univers personnel, mais cela ne l'empêchait pas de se sentir harcelé et humilié.

Ni d'avoir peur.

« Lors d'une réunion avec votre équipe le 23 juillet, vous avez apparemment déclaré que vous conspiriez avec les voisins au sujet de Mr Booth ? demanda l'inspecteur Shah.

— Eh bien, oui, mais je voulais dire dans le cadre de nos plaintes à la municipalité au sujet de son garage et du bruit qu'il faisait. Si l'un de mes collègues a cru que je parlais de quelque chose de plus sérieux, c'est son interprétation, mais je peux vous assurer qu'il n'y a rien eu de criminel. »

À ces mots, deux ou trois paires d'yeux se relevèrent pour le regarder, et il tourna le visage vers la fenêtre et le spectacle ondoyant des immeubles neufs le long de la voie, aux balcons étincelants décorés de plantes déjà en train de mourir et de vélos abandonnés. Comme il aurait aimé habiter dans l'un d'eux plutôt que dans la banlieue pavillonnaire « idyllique » de Lowland Gardens !

« Et le 27, vous avez envoyé un SMS à votre femme, disant : *Encore chez Ralph à parler stratégie contre Booth ?*

— Quoi ? Comment est-ce que vous avez eu accès à mes SMS ? Je ne me rappelle pas du tout celui-là, mais il faut lire toute la conversation.

— Votre femme a répondu : *Je ne veux pas être mêlée à ça.*

— Oui, elle pensait que nous perdions notre temps avec la municipalité.

— Mais vous comprenez pourquoi ce genre de message attire notre attention », conclut l'enquêteur.

Ant garda le silence. Il avait l'impression que tout ce qu'il pouvait dire risquait d'être interprété désastreusement de travers. Alors que le train entrait dans Victoria Station, son arrêt et le terminus de la ligne, il resta assis à sa place alors que le reste des passagers se précipitait pour descendre.

Dans son oreille, Shah reprit :

« Peut-être pourriez-vous nous aider en nous disant ce que vous faisiez dehors tard dans la nuit du 10 ? Ou pourquoi vous avez eu besoin de vous avancer sous l'échafaudage ? »

Pour la première fois depuis le début de ses interactions avec l'enquêteur, l'atmosphère semblait propice à la négociation. Seul dans le wagon, Ant prit sa décision.

« OK. Je n'ai pas été complètement honnête lors de notre premier entretien : lorsque je suis sorti cette nuit-là, il y avait effectivement une raison. » Il prit une inspiration, conscient que les faits n'auraient pas pu paraître plus fantastiques s'il les avait inventés à l'instant même. « J'ai ce truc, on appelle ça un sifflet de la mort, je l'ai acheté en ligne. Ça fait le bruit le plus horrible qui soit, vraiment flippant, ça donne la chair de poule. Je me disais que j'allais souffler dedans par leur fente à courrier, histoire de leur faire une petite frayeur, mais ensuite j'ai vu que leur fenêtre était restée entrouverte et j'ai soufflé dedans par là. C'était ridicule, ils avaient la musique à fond, je savais qu'ils n'allaient probablement rien entendre. Je me rappelle que je me suis dit : je vais revenir quand la musique aura cessé. Alors, ils entendront. »

Il y eut un silence. Aucun enquêteur n'aurait pu s'attendre à *ça*.

« Est-ce que vous avez encore ce sifflet en votre possession ? Et une preuve d'achat ?

— Oui, l'un et l'autre. Je vous transférerai le reçu quand je serai arrivé au travail. »

Alors que des passagers entraient dans le wagon pour le trajet en sens inverse, Ant se leva pour sortir. Il savait déjà qu'il n'allait demander d'explication à aucun de ses collègues. Ce n'était pas comme s'ils avaient menti, et ils avaient peut-être même cru aider.

« Et y êtes-vous retourné lorsque la musique s'est arrêtée, Mr Kendall ?

— Non, je me suis endormi.

— Vous êtes sûr de ça ?

— Oui, répondit Ant. Absolument certain. »

Si quelqu'un lui avait dit que ce serait lui, d'eux tous, qui riposterait contre Booth avec une terrible violence, il aurait cru que cette personne avait perdu la tête. D'autant plus que, pour la première fois, il y avait du progrès dans leurs procédures officielles. D'après Ralph, Booth avait enfin tenu compte de l'avertissement de la municipalité et demandé une licence pour faire du commerce en zone résidentielle, et le Bureau des normes commerciales avait bloqué l'avancement de son dossier pour le soumettre à un débat spécial, en raison du nombre de plaintes déposées contre lui. À la demande de Ralph, Ant avait été de ceux qui avaient envoyé un mail au comité pour plaider contre l'octroi de cette licence. Il n'avait pas consulté Em, qui était en ce moment relativement optimiste, un état de fait suffisamment inattendu pour qu'il choisisse de ne rien faire qui risque de changer les choses. Son amitié avec Tess semblait s'être refroidie, mais elle passait plus de temps avec Sissy et, s'il se gardait bien de le dire tout haut, Ant espérait qu'être exposée au chagrin de cette dernière l'aiderait à relativiser ses propres malheurs.

« On peut pas compter sur la municipalité, avait dit Ralph à Ant. Il faut que quelqu'un lui foute une vraie trouille, à ce connard. Avec Finn, on est en train d'y réfléchir, si tu vois ce que je veux dire. »

Il montrait dans ce genre de déclarations une certaine arrogance ; leurs problèmes avec Booth avaient libéré en lui quelque chose qui lui venait très naturellement, et loin d'avoir été dissuadé par la mort d'Amy Pope, il semblait galvanisé par celle-ci.

« On devrait peut-être organiser une autre réunion ? avait suggéré Ant.

— Nan, avait répondu Ralph. Trop de rabat-joie dans le groupe. »

Ce fut un SMS d'Em qui provoqua la sauvagerie d'Ant. C'était dimanche, et elle était allée, avec Sam, rendre visite à sa vieille amie d'école, Gwen, qui vivait dans l'Oxfordshire, dans une quiétude bucolique (autrement dit, une maison normale, dans une rue normale, avec des voisins normaux). De son côté, Ant terminait une présentation pour le travail. Ses bouchons d'oreilles n'étouffaient qu'à moitié le concert de Metallica à côté. Le message indiquait :

> Gwen dit qu'il faut qu'on se fasse adresser à un ORL pédiatrique dès que possible. Sam devrait faire beaucoup plus de sons maintenant, il doit avoir des problèmes d'ouïe.

Il sentit immédiatement son cœur lui marteler douloureusement la poitrine. Si cette opinion était venue de n'importe qui d'autre, il n'y aurait pas prêté attention, mais Gwen était médecin généraliste et mère de trois enfants. Tout ce temps, il s'était raccroché à la conviction que Sam n'aurait rien, que la pollution sonore n'était quand même pas assez forte pour causer des dommages physiques permanents ; et maintenant il s'avérait peut-être qu'en réalité, si, elle avait été assez forte, et que le mal était fait.

Envahi d'une rage qu'il n'avait encore jamais éprouvée, il referma brutalement son ordinateur portable, arracha ses bouchons d'oreilles et alla chercher un râteau à long manche dans l'abri de jardin. De retour à l'avant de la maison, il longea le mur en direction de la porte de Booth, sans se soucier de la possibilité de se trouver nez à nez avec lui ; cela n'arriva pas, heureusement, mais sa porte était ouverte, et la musique à fond. Ant s'écarta d'un pas du mur et brandit son râteau au-dessus de sa tête pour l'abattre sur la caméra. Après deux coups, une partie s'en détacha pour tomber par terre et il donna un coup de pied furieux dedans. Sans hésiter, il abattit ensuite l'outil sur la fenêtre du salon de Booth, la faisant voler en éclats. Alors que le verre se brisait et s'éparpillait aux quatre coins de la pièce, un violent bourdonnement lui emplit les oreilles, l'empêchant de réaliser le plein impact de ce qu'il avait fait. C'est alors qu'il s'attaquait à la voiture la plus proche que Booth sortit en trombe de la maison, une balle humaine qui s'arrêta juste hors de portée des dents du râteau.

« Non mais qu'est-ce que vous foutez, putain ! »

Son râteau toujours levé, Ant ne recula pas d'un pouce, l'attitude pleine de défi, de fierté même.

« À ton avis, connard ? »

Examinant sa fenêtre, Booth s'empourpra de confusion et d'indignation. Respirant bruyamment, il détacha un éclat de verre du châssis et l'étudia avec un intérêt exagéré. Lorsqu'il releva les yeux vers Ant et reprit la parole, ce fut d'un ton bas et menaçant :

« Alors comme ça, t'es un dur tout à coup ? Ouais, c'est ça. On sait tous que ta femme te tient par les couilles.

Mais c'est ton problème. Te défoule pas sur moi. »

Ant lui rendit son regard, sans ciller, ivre du sentiment d'énergie et de puissance que lui donnait sa rage pure.

« Vous êtes prévenu », déclara-t-il avant de rentrer très lentement chez lui.

Une minute plus tard, il entendit Booth, dans son jardin, faire démarrer un de ses outils électriques et, l'espace d'un instant désorientant, il crut que son voisin allait tailler sa porte en pièces, et lui avec. Mais en regardant par la fenêtre de l'étage à l'arrière de la maison, il vit que Booth était simplement en train de couper du contreplaqué avec une scie circulaire. Le retrouvant ensuite à l'avant, il le vit prendre les mesures de la fenêtre, de toute évidence pour la condamner avec le contreplaqué.

Immobiles derrière leur portail, Sara Boulter et Sissy regardaient avec un désespoir évident la vitre brisée et les éclats de verre qui jonchaient le chemin de leur voisin. Elles devaient avoir vu son petit coup de folie, supposa Ant ; une virée digne d'*Orange mécanique*. Dans la rue entre elles et lui, les voitures étaient garées pare-chocs contre pare-chocs, et il n'y avait pas un seul enfant, que ce soit sur la chaussée ou les trottoirs.

Il les imagina en train de penser : *C'est ça qu'est devenu Dimanche On Joue Dehors ?*

27

Ralph

Il avait à peine fini de répondre à l'appel inhabituellement grincheux d'un client de longue date au sujet d'un produit dont il avait sérieusement du mal à se soucier – l'ardillon d'une boucle de ceinture avait décidé de se détacher et plusieurs personnes avaient retourné l'article – que l'inspectrice Forrester l'appelait à son tour. Bon sang, il était 10 heures du matin un lundi, elle était obsédée !

« Je m'intéresse à un SMS que vous avez envoyé à Jodie concernant le camping-car garé devant chez vous. *Sinon tu le regretteras ?*

— Vous avez lu mes messages ? s'exclama Ralph, mécontent. Sous quel motif ?

— Ça ressemble beaucoup à une menace, Mr Morgan.

— Quoi, vous demander ce qui vous donne le droit de lire mes SMS ?

— Non, le SMS lui-même. »

Il soupira.

« Bien sûr que non, ce n'était pas une menace. C'était une plaisanterie. » À la différence de cette discussion-là. « Et je croyais que c'était son numéro à lui, pas à elle. Elle ne s'est pas identifiée lorsqu'elle m'a répondu, elle m'a laissé croire que c'était lui. Je qualifierais cela de mensonge caractérisé. »

Naturellement, ce n'était pas l'avis de l'inspectrice.

« On vous a également entendu dire que vous vouliez incendier leur maison ?

— Eh bien, idéalement, ce serait quelqu'un d'autre qui l'aurait fait. »

Ralph rit de sa propre plaisanterie, mais dans le silence réprobateur qui suivit, il crut presque pouvoir entendre son interlocutrice commencer à envisager l'idée de lui demander de venir au commissariat pour une discussion plus officielle. Un interrogatoire. Il s'était renseigné en ligne sur les procédures policières, et c'était assurément la prochaine étape. Un interrogatoire filmé. *Veuillez décliner vos nom, prénoms et adresse*, ou quelle que soit la formulation exacte par laquelle ils commençaient. Généralement juste avant ou après que le sujet avait été inculpé.

« Diriez-vous que votre femme a montré une colère inhabituelle envers Mr Booth lorsque son programme de jeux d'enfants s'est trouvé suspendu ?

— Dimanche On Joue Dehors ? » Ralph avait du mal à trouver ses repères dans cette conversation. « De la contrariété, oui. Elle s'est beaucoup investie pour faire de cette rue un endroit agréable à vivre. Mais "une colère inhabituelle" ? Non. »

Inhabituelle ou non, c'était bien de la colère qu'avait ressenti Naomi trois heures plus tôt au petit déjeuner, lorsqu'elle était tombée sur la dernière dépêche de presse au sujet du siège subi par les habitants de Lowland Way :

UN PROGRAMME DE JEUX D'ENFANTS
PRIMÉ TOMBE À L'EAU

L'initiative communautaire récompensée d'un prix des Espaces urbains par la mairie de Londres a spectaculairement échoué à la suite d'une dégradation de la coopération entre les habitants de la rue. « Je dirais qu'on est davantage connus maintenant pour la mort d'Amy Pope », nous a confié un riverain déçu, qui a demandé à rester anonyme.

Ms Pope a connu une mort horrible en août dans l'effondrement d'un échafaudage dans cette rue, et la police, qui a ouvert une enquête pour meurtre à la suite de l'accident, a lavé le propriétaire de l'échafaudage de tout soupçon.

« Il n'est pas facile de maintenir ces séances de jeux en extérieur semaine après semaine, année après année », a déclaré un porte-parole du Groupe national pour les jeux libres, qui fait campagne à l'échelle nationale pour rendre aux enfants les jeux d'autrefois, sur le pas de leur porte. « Sans l'engagement à cent pour cent des parents et riverains, ils peuvent facilement tomber à l'eau. »

South of the River Online

« Non mais quel culot ! avait tempêté Naomi. Ça n'a rien à voir avec notre "engagement", et tout à voir avec le cinglé qui met la vie de nos enfants en danger.

— Tu prêches un converti, chérie », avait acquiescé Ralph d'un air sombre.

« Mr Morgan ?

— Pardon, vous disiez ? »

Il avait oublié la présence d'Eithne Forrester dans son oreille.

« Je disais, j'ai cru comprendre qu'il y a eu un différend entre votre femme et votre belle-sœur la nuit du 10 ?

— C'est Tess qui vous a dit ça ? »

Quoi qu'en dise Finn, sa femme était vraiment un boulet. Ralph n'aurait pas été surpris d'apprendre que c'était elle qui se « confiait » à la presse. Puis il se souvint de Daisy. La gamine ignorait sans doute totalement qu'ils étaient suspectés ; elle avait fort bien pu mentionner la dispute.

« Il y a eu une petite prise de bec ce soir-là, en effet, mais rien de grave. Bon sang, il doit bien rigoler, de vous voir enquêter sur nous plutôt que sur lui ! Le tout à nos propres frais de contribuables, au passage, parce que j'imagine que lui ne paie pas d'impôts. J'aimerais bien voir quelqu'un enquêter sur ça, au lieu d'insinuer des inepties au sujet de ma femme, qui n'a jamais fait que de bonnes choses pour cette communauté ! »

Il était en train de se laisser déborder par ses émotions et, lorsque l'inspectrice le laissa raccrocher, il passa plusieurs minutes debout à la fenêtre, pour se ressaisir. Son regard fut attiré par un camping-car dans la rue en contrebas, du même orange crasseux que le monstrueux tas de ferraille devant chez lui, et, à cette vue, il se prit à rêver d'un compacteur hydraulique à voitures écrasant les véhicules de Booth les uns après les autres, sous les ovations exaltées des voisins attroupés sur le trottoir. Pour la millième fois, il se demanda comment il était possible qu'un minable parvenu dans son genre ait eu l'impudence de s'installer dans leur rue et de la traiter aussitôt comme son parking privé. De tuer une femme et d'être pourtant « lavé de tout soupçon ».

Ça défiait vraiment l'imagination.

Le camping-car bloquait l'accès à l'entrepôt, ce qui lui rappela les manifestants que Ben avait dû canaliser pendant que lui-même était en vacances. Des centaines de « lesbiennes contre les banquiers », ou quel que soit leur nom, qui s'étaient rassemblées là.

Et c'est à cet instant, alors qu'il n'essayait même pas, dans un moment qui lui sembla légèrement magique, qu'il tint enfin son idée.

Il appela aussitôt Naomi pour lui en faire part, ou du moins essayer.

« Je ne veux pas savoir, Ralph, dit-elle, et il put visualiser la façon dont ses lèvres se pinçaient en disant ces mots ; surtout si ça ressemble en quoi que ce soit à la solution d'Ant hier. Il aurait pu blesser un enfant ou un animal en train de passer, voire leur crever un œil. Il a eu beaucoup de chance de ne pas se faire arrêter.

— Non, c'est une vraie bonne idée », insista Ralph.

Personnellement, il avait été à la fois ravi et ébahi par la réponse d'Ant à son appel aux armes. *Il faut que quelqu'un lui foute une vraie trouille, à ce connard*, avait-il dit, mais il n'aurait jamais imaginé qu'Ant se porterait volontaire. Beau travail avec Booth, lui avait-il envoyé par SMS lorsqu'il avait appris la nouvelle (et cette erreur finirait probablement par lui retomber sur le nez). Bien sûr, le problème était que cela n'avait pas eu l'effet escompté. Lorsque Ralph était parti au travail ce matin, Booth était déjà levé et dehors, dans son vieux bleu de travail répugnant. Encore en train d'avancer sur sa maison, de vendre ses voitures sans se cacher, de mettre sa musique à fond.

« C'est quelque chose qu'on aurait dû faire dès le début », ajouta-t-il.

Il y eut un silence, et il sut que Naomi hésitait à laisser libre cours à sa curiosité. Ne pas encourager l'obsession de son mari au sujet de Booth était devenu une question de discipline pour elle. Cependant, ce dernier article sur Dimanche On Joue Dehors l'avait profondément agacée, et le moment était par conséquent idéal.

« Je peux toujours te le dire ce soir, insista-t-il raisonnablement, mais je préférerais lancer la procédure immédiatement. Tu es sûre que tu ne veux pas savoir ? »

Il attendit une seconde. Deux. Trois.

« Quelle procédure ? » demanda-t-elle.

28

Sissy

L'aire de jeux des Petits Casse-Cou, avec ses cages à poules, ses toboggans et sa gigantesque piscine à balles, donna immédiatement la migraine à Sissy. Le mélange psychédélique de couleurs primaires sous des projecteurs de camp de prisonniers, les hurlements incessants des enfants en bas âge. Et la chaleur ! Elle lui donnait envie de s'arracher la peau. Difficile de comprendre pourquoi Em trouvait l'endroit préférable à sa propre maison, même si Booth s'était remis à percer, taper et faire rugir ses moteurs de plus belle.

Un week-end était passé depuis que Sissy s'était vue sur l'écran du téléphone d'Em, filmée à 2 h 10 dans la nuit du 10 au 11 août. L'image était toute petite et de mauvaise qualité, mais c'était incontestablement elle qu'on y voyait se précipiter d'abord vers la caméra – positionnée, avait-elle appris depuis, à l'étage de la maison des Kendall, à la fenêtre de la chambre de Sam, et alimentée par une batterie sur le point de rendre l'âme – puis virer vers la droite de l'écran, en direction de la porte de Booth.

L'horodatage indiquait qu'elle était restée hors champ – sous l'échafaudage – pendant une minute et cinquante-trois secondes avant de réapparaître. Rapide, mais pas au point de pouvoir démontrer à un jury que c'était impossible.

Peu après, la caméra l'avait de nouveau repérée alors qu'elle s'accroupissait à côté de la fourgonnette blanche de Booth ; elle avait capté le vif mouvement de revers de son bras alors qu'elle se débarrassait de quelque chose sous ses roues. Elle avait cru plus prudent de laisser la clé et la pince coupante dans le chaos de sa propriété, que de les rapporter chez elle pour tenter de les y cacher. Les images montraient également qu'elle portait des gants, jetés depuis aux ordures.

« Pourquoi est-ce qu'on se retrouve ici ? » demanda-t-elle.

Elle était juchée au bord d'une grande fosse remplie de balles colorées où Em s'était pour sa part immergée, Sam coincé entre les jambes. L'enfant tapait sur les balles de ses petits bras nus, ivre de joie.

« Parce que c'est trop dangereux dans Lowland Way, répondit Em.

— Dangereux ?

— Trop d'oreilles qui traînent. De caméras qui surveillent. »

Sissy avait vu le nouveau visiophone installé par Ralph et Naomi, écouté Tess se lamenter de ne pas pouvoir se payer pareil système de surveillance dernier cri. Peut-être que les acheteurs de Sissy en feraient installer un : ils étaient conscients des raisons qui avaient fait baisser le prix de la maison, et ils souhaiteraient sûrement se protéger.

« Pas celle de Booth, au moins, fit-elle remarquer.

— Oui ! fit Em. Ant m'a vraiment impressionnée sur ce coup-là, je dois dire. »

Sissy avait assisté à la fin de l'offensive d'Ant, l'avait vu casser la vitre d'une voiture, et avait été interloquée.

« En effet, ça ne lui ressemble pas.

— Plus rien de ce qu'on fait ne nous ressemble », répliqua Em.

À qui le dites-vous ! songea Sissy, ce qui ne l'aida pas à se concentrer sérieusement sur la déclaration qu'Em fit ensuite, comme quoi elle avait un plan pour « mettre fin une fois pour toutes » au danger mortel que représentait Darren Booth, et que l'absence de Jodie était l'occasion qu'elle avait attendue. Elle avait l'intention d'aller plus loin encore que la violence insensée d'Ant, en s'introduisant chez lui au milieu de la nuit. Pour se créer un alibi, elle avait besoin que Sissy se porte garante d'elle en persuadant les trois Kendall de dormir chez elle.

« Donc arrangez-vous pour qu'on vienne chez vous jeudi soir. Je vous aiderai bien sûr à convaincre Ant s'il résiste. Puis, quand tout le monde dormira, j'y retournerai.

— Qu'est-ce que vous comptez lui faire exactement, Em ? » demanda Sissy.

Elle avait l'impression de se prêter au jeu d'une enfant à l'imagination débridée.

« Il vaut mieux que vous ne sachiez pas », répondit Em.

C'était comme tourner un film dont on ne lui avait révélé que ses répliques, pas celles des autres. Ni même le fin mot de l'intrigue, même s'il était évident que ce qu'Em préparait était trop dangereux pour que les voisins immédiats puissent dormir dans leur propre lit. Bien entendu, le simple fait de deviner rendrait Sissy complice de n'importe quel crime, étant donné qu'elle n'en informerait pas la police.

Pas si elle voulait qu'Em garde le silence sur la vidéo.

« Tu t'amuses, Sam-Sam ? roucoula Em. Tu m'entends, mon ange ? »

Sam renversa la tête pour la regarder et se mit à rire. Il ne savait pas qu'il y avait quelque chose qui clochait chez sa mère, estima Sissy, mais il la traitait exactement comme il aurait dû : comme son soleil, le centre de sa vie. Qu'est-ce qui se passait dans la tête d'Em pour qu'elle conçoive pareil plan, ou même seulement pour qu'elle soit persuadée que Lowland Way était un endroit trop dangereux pour y tenir une simple conversation ? Certes, personne, même en se concentrant, n'aurait pu distinguer ce qu'elle disait par-dessus le tintamarre infernal de l'aire de jeux, mais il y avait plus de caméras de surveillance ici que dans la plupart des lieux publics. Quelqu'un qui savait lire sur les lèvres aurait pu aider la police à déchiffrer la discussion qu'elles avaient à l'instant même.

« Avant de faire ce que vous comptez faire, ne vaudrait-il pas mieux consulter Ralph et Naomi sur le sujet ? suggéra Sissy.

— Quoi, comme vous l'avez fait ? répliqua Em. Je n'ai aucune intention de leur demander leur avis – à eux ou à qui que ce soit. Vous êtes la seule à savoir. »

Il n'y avait nul besoin d'en donner la raison. Sissy avait eu beaucoup de questions lorsque Em lui avait montré la vidéo, mais la première avait été la seule qui comptait vraiment :

« Avez-vous montré ces images à la police ? »

Em avait légèrement tourné la tête : non.

« Pourquoi n'êtes-vous pas venue me voir plus tôt ? Pourquoi maintenant ?

— Je ne l'ai pas trouvée avant la semaine dernière. Et après, j'ai eu besoin de temps pour y réfléchir. »

Je, pas *nous*.

« Ant ne l'a pas vue ? »

Dans quel genre de couple l'un cachait-il ainsi à l'autre pareille information incendiaire ? Elle s'était clairement trompée en les croyant proches.

« Non, je l'ai supprimée avant qu'il puisse la voir. Je me la suis envoyée dans un message WhatsApp. Chiffré de bout en bout, comme l'a dit Finn à notre réunion. Il aurait voulu apporter les vidéos à la police et j'ai estimé que vous aviez assez souffert. » Em avait marqué un temps, le regard grave. « Il s'avère que votre souffrance a été encore plus grande que nous ne l'avions réalisé. »

C'était peu de le dire. Ce que Sissy savait désormais, ce qu'elle avait appris de la façon la plus douloureuse qui soit, et qui lui faisait encore plusieurs fois par jour l'effet d'une injection de liquide glacé dans les os, c'était que la seule chose pire que de voir mourir un être aimé, c'était de le voir mourir par votre faute.

« Pourquoi est-ce que vous me la montrez à moi, alors ? avait-elle demandé à Em, la voix étranglée par le chagrin. Pourquoi ne pas l'avoir simplement détruite ? »

Mais elle connaissait la réponse, l'avait sue immédiatement : elle n'avait pas pensé à épargner Em, et à présent, cette dernière n'allait pas l'épargner.

« Vous savez que je voulais seulement qu'il tombe, reprit-elle. À la rigueur, qu'il se casse un bras ou une jambe. Je voulais juste un peu de répit, c'est tout.

— Mais comment est-ce que vous avez pu faire ça, Sissy, en sachant que nous étions à côté ? Que nous aurions pu être sous l'échafaudage au moment où il allait s'écrouler ? » Peu à peu, elle s'était mise à crier. « Sam aurait pu se trouver dessous dans sa poussette. Quand Booth n'y est pas, je l'écarte souvent un peu de ce côté quand je sors.

— Si Booth n'y était pas, il ne se serait rien passé. C'est son poids qui l'a fait s'effondrer.

— Vous n'avez aucun moyen d'en être sûre. Avec toutes ces briques, tous ces sacs de sable, il aurait pu céder même sans que Booth marche dessus.

— Je n'ai pas réfléchi à tout ça. Je n'étais pas moi-même. »

Mais c'était faux, elle avait réfléchi, n'est-ce pas ? Une seule extrémité, s'était-elle vu conseiller, et ce serait de ce côté que les planches s'écrouleraient. Elle avait choisi celle qui surplombait la porte d'entrée des Booth, ce qui aurait rendu l'effondrement relativement sans danger pour quiconque se trouvait du côté des Kendall. Mais si elle avait choisi le bout qui donnait chez ces derniers, Amy aurait peut-être survécu et les Kendall n'auraient pas été touchés, étant à l'abri chez eux au moment de l'accident.

Elle ressentit un élan de haine envers Em. *N'ai-je pas été assez punie de mon erreur ?*

Mais Em hochait la tête comme si elle avait lu dans ses pensées et, consciente de son environnement, avait repris un ton raisonnable.

« Eh bien, on ne peut plus rien y faire. Ce qui compte, c'est ce qui se passe maintenant. Et cette fois, ce doit être fait à un moment où il n'y a personne dans la maison voisine. Je ne veux pas prendre le moindre risque. »

Sissy pâlit. *Cette fois.*

« Est-ce qu'on est sérieusement en train d'avoir cette conversation ?

— Oui, répondit Em. Sérieusement. »

Comment avait-elle laissé l'esprit criminel prendre ainsi possession d'elle ? Avait-il été présent en elle toute sa vie, mais jamais invoqué ? Pourquoi avait-elle entamé cette discussion avec Graham sur le pas de sa porte ? Une discussion qui, quelques jours plus tard, lorsqu'elle avait rendu visite à son amie Anthea dans le Wiltshire et remarqué le magasin de bricolage près de la gare de Salisbury (le genre vieux, dans son jus, sans caméras de surveillance), était devenue une liste d'instructions, une commande.

« Qu'est-ce qu'il faudrait faire, précisément ? lui avait-elle demandé alors qu'ils contemplaient ensemble l'échafaudage de Booth. Si on voulait le faire tomber ?

— Il faudrait dévisser les boulons qui retiennent les raccords ensemble, avait répondu Graham. Je déferais juste la paire du milieu et celle à une des extrémités. Quatre en tout.

— C'est quoi, les raccords ?

— Tu vois là où les barres se rejoignent, sous les planches ? On appelle ça des raccords à vis. Il te suffirait d'utiliser une clé pour les dévisser et lorsqu'il marcherait sur les planches, tout s'écroulerait. C'est juste la plate-forme inférieure, donc il ne mourrait pas.

— Dès qu'il marcherait dessus ?

— Oui, à moins qu'il ait le pied léger comme un rat d'Opéra. Attends, c'est pas sous alarme, si ? Je vois un fil, donc c'est possible.

— Ah, zut, bon bah tant pis, avait fait Sissy avec une consternation exagérée, mais cela n'avait pas arrêté Graham.

— Elle est probablement là juste pour faire illusion, mais il te suffirait de couper ce fil avant de toucher à quoi que ce soit. Juste par précaution.

— Le couper ? Avec quoi ? »

Il avait eu un grand sourire.

« À ton avis, des ciseaux à ongles ? Non, une pince coupante.

— Bien sûr. » Elle avait marqué un temps. « Et quel genre de clé ?

— Une clé à molette ordinaire. Tu en as probablement une dans ton abri de jardin. Mais sinon, achètes-en une dans un magasin de bricolage. Peut-être pas une chaîne, une boutique plus petite, où ils n'ont probablement pas de caméras. Et paie en espèces. Sérieusement, c'est aussi simple que ça. Et ne t'inquiète pas, je ne le dirai à personne.

— Vraiment ?

— Oui, vraiment. Franchement, il y a des gens qui méritent ce qui leur arrive. »

Bizarrement, elle lui avait fait confiance. C'était une entente propre aux gens qui ne se connaissaient pas, peut-être, ou si peu, dans leur cas.

De toute façon, c'était sa parole contre la sienne, si jamais ça devait en arriver là. Ce qu'Em, elle, possédait, était une preuve suffisante pour convaincre même le plus ardent défenseur de Sissy que c'était elle qui avait tué Amy – y compris Pete. Il ne comprendrait jamais, ne lui pardonnerait jamais.

En rentrant, épuisée et déprimée, de sa sortie avec Em, Sissy écouta les messages qui lui avaient été laissés après deux appels en absence.

Le premier était de la police, qui, après Pete et Naomi, était devenue sa correspondante la plus assidue. Elle rappela, espérant tomber sur la messagerie, et fut consternée d'entendre décrocher à la première sonnerie.

« C'est juste pour une petite question, Ms Watkins », la rassura l'inspectrice Forrester.

Elle avait pensé au « Ms ». Un esprit méticuleux comme le sien était une chose merveilleuse lorsqu'il était utilisé en votre faveur.

« Nous avons lu un SMS qui vous a été adressé par Ralph Morgan. Voici ce qu'il disait : *Je crois que nous avons une cause commune.* »

C'était tout ? C'était ça qu'ils appelaient « lutter contre le crime » ?

« Quand était-ce ? demanda poliment Sissy. C'est en rapport avec Dimanche On Joue Dehors ?

— Il a été envoyé à 11 h 21 le samedi 14 juillet.

— Oh. » Était-ce seulement les messages de Ralph auxquels ils avaient accédé, ou bien les siens aussi ? Mais son indignation était purement un réflexe. Cela lui était égal désormais. « La cause commune en question était d'obtenir de la municipalité qu'elle empêche Booth de complètement détruire notre rue, mais on en a eu bien d'autres au fil des ans.

— Vous aimez travailler ensemble quand vous avez un problème ?

— Je suppose, oui.

— Diriez-vous que Ralph Morgan vit dans l'aisance ? »

Le coq-à-l'âne la déconcerta.

« Il a une vie confortable, oui. Il est propriétaire de sa maison et d'un entrepôt à Bermondsey. Ça vaut probablement quelques millions, de nos jours. »

Après avoir raccroché, Sissy resta une minute dans le jardin pour réguler sa respiration, et les bruits de Portsmouth Avenue la rendirent nostalgique d'une époque où la seule chose dont elle avait à se plaindre était le crissement des freins des voitures s'arrêtant au feu de l'autre côté de son mur. Et le hurlement occasionnel des sirènes passant en trombe en direction de l'hôpital ou du Rushmoor Estate, sans s'arrêter dans Lowland Way où il n'arrivait jamais rien d'effrayant.

Le deuxième message ne demandait pas de réponse de sa part mais était, à sa façon, plus perturbant que le premier.

« Ceci est un message du cabinet Arrowby. Nous avons appris que vous ou l'un de vos proches avez récemment été victime d'un accident. Si vous souhaitez vous renseigner sur les moyens d'obtenir compensation pour un préjudice corporel, veuillez rappeler un de nos conseillers qualifiés au…

— Il n'y a pas de compensation possible, murmura Sissy en sentant ses jambes menacer de se dérober sous elle et en ne restant debout que par pure détermination. Il n'y en aura jamais. »

29

Tess

Elle commençait à croire que la police en avait après elle. Non, c'était irrationnel. Elle avait juste le moral fragile parce que Dex avait commencé l'école.

« Oui, c'est vrai, répondit-elle à l'inspecteur Shah au bout du fil. Je lui ai en effet hurlé “Je vous déteste”.

— Pourquoi ?

— Parce qu'il venait de tuer Amy Pope, une charmante jeune femme qui avait toute la vie devant elle, et il n'avait absolument pas de remords !

— Je vois. Pour en revenir à la promenade que vous avez fait faire à votre chien dans la nuit du…

— Encore ? » Elle poussa un soupir, lasse de lutter. « OK, d'accord, je me dénonce pour ça. C'est moi qui ai mis la crotte de chien sur le pas de leur porte la nuit qui a précédé l'écroulement de l'échafaudage. Je n'en suis pas fière, c'était stupide et mesquin. En fait, d'après ce qu'on m'a dit depuis, j'ai dû le faire pendant que Jodie était partie s'acheter des cigarettes. J'ai eu de la chance qu'elle ne me prenne pas en flagrant délit en rentrant.

— Et pourtant, elle est venue chez vous s'en plaindre, non ?

— Oui. C'est comme ça que je sais que c'est elle qui a tué le cygnon. C'était juste après ça. Elle savait combien ils comptaient pour moi. Est-ce que je peux vous poser une question, à mon tour ? Si j'arrivais à la faire avouer et que j'enregistrais ses aveux, me prendriez-vous au sérieux ? Ce ne serait pas illégal, n'est-ce pas, de l'enregistrer avec mon téléphone ?

— Ce serait certainement considéré comme une atteinte à la vie privée, répondit Shah. Cela fait un moment que cet incident avec l'oiseau a eu lieu, non ?

— Oui. Mais on ne réagit pas tous au quart de tour. Certains d'entre nous attendent que la colère initiale retombe avant de s'organiser.

— Qui, selon vous, réagirait au quart de tour ? »

Se mordant les doigts de sa maladresse, elle ne répondit pas.

« Est-il vrai que vous avez le projet de déménager, Mrs Morgan ? reprit Shah.

— Qui vous a dit ça ? OK, eh bien, oui et non. Je voulais déménager, oui, pour une question d'écoles, vous savez ? Mais après on a eu tous ces problèmes avec Booth et on a pensé que ce n'était pas la peine, qu'on n'arriverait pas à vendre. Je veux dire, je sais que Sissy vend, elle n'a pas le choix, mais à ce que j'ai entendu, sa maison avait été clairement sous-évaluée. À sa place, je serais vraiment déçue.

— Donc la valeur de votre maison est une préoccupation majeure pour vous ?

— Pas majeure, mais une préoccupation, oui. Certainement pas un mobile pour se débarrasser d'un mauvais voisin, si c'est ce que vous êtes en train de penser. Personne ne tue pour une question de prix immobiliers, si ?

— Je dirais que c'est une question qui mérite d'être posée. »

OK, elle s'était laissé piéger comme une bleue.

Elle était dans la chambre de Dex, sur le point de fermer sa fenêtre à guillotine en prévision de la musique nocturne de Booth, lorsqu'elle entendit Finn et Ralph sur la terrasse en contrebas. Sans qu'elle sache pourquoi, le souvenir de sa première rencontre avec Ralph lui revint. Les deux frères avaient vingt ans bien tassés, et pourtant elle avait immédiatement pensé au Renard, le chef de la bande de pickpockets dans *Oliver Twist*. Ce qui faisait de Finn Oliver, celui qui se faisait prendre. Ce soir, les doigts agrippés au châssis de la fenêtre comme pour amarrer solidement la maison, elle sentit le souvenir se transformer en prémonition.

« C'est fait ? demanda Finn.

— Un peu, mon neveu, répondit Ralph.

— J'en reviens pas. Quand est-ce que ça va prendre effet ?

— Le plus tôt possible, j'espère.

— Nao est d'accord ?

— J'ai dû ramer pour la convaincre, je ne te le cache pas. »

Tess se crispa. Quel que soit le sujet de leur discussion, Naomi était au courant. Seule elle, des quatre adultes, n'était pas incluse. Incroyable. Inexcusable.

« C'est fou de penser que tout sera peut-être bientôt terminé, reprit Finn.

— C'est fou de penser qu'on aurait pu faire ça dès le début, répliqua Ralph. Qu'on aurait pu s'épargner toutes ces emmerdes.

— Je veux bien qu'on récapitule ce soir. J'ai des questions à te poser. »

Encore une soirée au *Fox*. Ça n'aurait pas surpris Tess qu'ils lui demandent de garder les enfants pour pouvoir emmener Naomi avec eux.

Lorsque Finn rentra, elle l'attendait, bouillonnante de ressentiment.

« Comment est-ce que tout sera bientôt terminé, exactement ? » demanda-t-elle impérieusement, avant qu'une pensée lui vienne brusquement : « C'est au sujet du mur ? Je croyais que c'était l'idée de Naomi, pas de Ralph ? »

Finn, l'air coupable deux secondes auparavant, adopta à ces mots une expression d'innocence.

« Quel mur ? Tu m'apprends quelque chose, dis-moi tout ! »

Mais Tess savait reconnaître une tentative pour détourner la conversation.

« Alors quoi ? Qu'est-ce que vous trafiquez ? »

Il lui adressa un sourire mystérieux absolument exaspérant.

« Quelque chose de bien. De très bien. Me regarde pas comme ça, j'ai promis à Ralph que je ne dirais rien. Il faut que ça reste totalement confidentiel, ou ça risque de tomber à l'eau. »

Autrement dit, Ralph estimait qu'elle ne savait pas tenir sa langue. Il avait encore trouvé une manière de la rabaisser subtilement.

« Mais Naomi est au courant ?

— C'est nécessaire à l'opération. » Il s'interrompit, et une lueur d'agacement passa dans ses yeux. « Ce n'est pas une compétition, Tess. »

Elle se hérissa.

« Si tu crois vraiment que c'est faire preuve d'esprit de compétition pour une femme de demander à son mari des informations sur son comportement que la femme d'un autre connaît déjà, alors je ne vois vraiment pas à quoi bon.

— À quoi bon quoi ? » répliqua Finn, et son ton n'était pas inquiet et conciliant, comme elle aurait pu s'y attendre, mais provocateur. Il la regardait dans les yeux comme si c'était elle qui avait des explications à donner. « Et quel "comportement" ? À t'entendre, on croirait que je suis un enfant.

— Faire des cachotteries avec ton frère ? Ça me paraît assez infantile, effectivement. » Puis Tess sentit un grand poids s'abattre sur son cœur, pas tant celui de la défaite que celui du deuil. Tout à coup, son couple solide et heureux lui semblait irrévocablement condamné à finir en tragédie. « Je ne peux pas continuer comme ça, Finn. Pas avec vous deux qui complotez de votre côté. Quel effet tu crois que ça me fait, de savoir que tu es prêt à lui apporter ton aide, mais pas à moi ? »

Finn leva les mains au ciel.

« T'apporter mon aide pour quoi ? Tu ne m'as rien demandé de faire !

— Je te le demande maintenant. Je veux obtenir un aveu de Jodie au sujet du cygnon, et tu pourrais venir avec moi, l'intimider un peu. Comme ça, la police pourra les poursuivre en justice pour un crime, c'est sûr. J'en ai parlé avec eux. »

Elle ne mentionna pas la mise en garde au sujet de l'atteinte à la vie privée.

Finn soupira profondément.

« Oh, ça.

— Oui, ça. C'était juste un oiseau pour toi, n'est-ce pas ? Sa vie n'a pas d'importance. Eh bien, pour moi, elle en a, et je fais ça demain, avec ou sans aide, de toi ou de qui que ce soit. Je compte y aller le matin, après avoir déposé les enfants à l'école. »

Finn la regarda d'un œil sévère.

« N'entre pas dans cette maison, Tess. C'est dangereux.

— Pourquoi ? Il n'y a plus d'échafaudage, je ne vais pas mourir. Amy Pope l'a déjà fait pour nous, tu as oublié ? »

Un silence choqué s'ensuivit. Alors qu'ils se dévisageaient, aussi révoltés l'un que l'autre, Tess songea soudain que c'était un miracle qu'ils n'en soient pas arrivés là plus tôt, tant le stress – le *tourment* – avait été immense.

« N'y va pas, répéta Finn.

— J'irai où j'ai envie d'aller. » Tess tourna les talons. « Tu as ton plan et j'ai le mien. Voyons lequel réussit le mieux. »

30

Sissy

Était-il vraiment si surprenant que ses instincts soient devenus si brutaux, si barbares ? La culpabilité était quelque chose qui vous prenait à la gorge, qui vous empêchait de respirer. Votre seul objectif consistait à survivre : l'honneur était désormais un luxe. Elle était prête à se rendre complice de n'importe quel crime – à le *perpétrer* elle-même – tant que cela empêchait Pete d'apprendre la vérité sur le premier.

Tout bien considéré, Em lui en avait bien peu demandé. Le jeudi soir, à 23 heures, en pyjama et robe de chambre, elle sortit de chez elle et traversa hâtivement la rue pour gagner le n° 3. L'air nocturne, bien que tempéré, était une caresse agréablement glaciale sur sa peau en feu, et le jeune renard qui s'enfuit de son chemin en lui jetant un regard apeuré, un allié plus proche que les humains qu'elle était sur le point de retrouver.

Le martèlement de musique habituel lui parvenait de chez Booth, peut-être un peu moins fort en l'absence de Jodie. Elle avait perdu la capacité d'en juger. En équilibre contre le mur, sous la fenêtre neuve, se trouvait le contreplaqué qu'il avait utilisé pour la condamner après l'acte de vandalisme d'Ant.

Arrivée devant la porte des Kendall, elle actionna bruyamment le heurtoir, en les appelant d'une voix pressante.

Ce fut Ant qui lui ouvrit, alarmé, innocent.

« Sissy ! Ça ne va pas ? »

Il était malade, aussi, la voix empâtée par un rhume, un mouchoir déchiré à la main.

« Oh, vous êtes là, s'écria-t-elle. Quel soulagement !

— Que se passe-t-il ?

— Je crois… J'ai cru qu'il y avait quelqu'un qui essayait encore d'entrer par effraction chez moi.

— Oh, mon Dieu, quelle horreur. Entrez, nous allons immédiatement appeler la police. »

Elle n'eut pas besoin de feindre l'agitation qui s'empara d'elle à cette suggestion.

« Non, je vous en prie. Il est parti maintenant, qui que ça ait été… »

Ant inclina la tête vers sa droite, l'informant sans un mot que Booth était en ce moment chez lui.

« Je vais venir vérifier, juste au cas où », dit-il en attrapant quelque chose derrière la porte.

Un râteau de jardin, son arme de prédilection.

Il n'y avait aucune trace de la présence d'un intrus chez elle, évidemment, mais alors qu'ils faisaient le tour de la maison, Sissy vit bien qu'Ant remarquait l'atmosphère inquiétante qui y régnait. Les pièces n'étaient pas seulement plongées dans l'obscurité, elles avaient aussi l'odeur de renfermé des lieux mal entretenus, une ambiance d'abandon presque gothique. *Pas étonnant qu'elle trouve l'endroit glauque*, se disait-il probablement. *Pas étonnant qu'elle croie entendre des pas.* Il n'arrêtait pas d'éternuer, en s'excusant d'avoir un rhume, mais Sissy songea que c'était peut-être la poussière qui lui irritait les voies respiratoires, et la honte vint s'ajouter à son anxiété.

« Je ne veux pas rester seule ici ce soir, lui dit-elle, avec sincérité.

— Voulez-vous passer la nuit chez nous ? suggéra-t-il. On peut ouvrir le canapé-lit dans la chambre d'amis. Elle donne sur le mur mitoyen, mais la musique n'est pas trop insupportable ce soir. Et il se couche moins tard quand il est seul.

— Vous êtes sûr ? On devrait peut-être vérifier qu'Em est d'accord. »

Em les attendait. Sam était debout, muet et désorienté. Elle l'avait réveillé, comprit Sissy. Alors qu'Ant s'inquiétait tout haut que le canapé-lit ne soit pas assez confortable, Em fit la contre-proposition qu'elle et Sissy avaient planifiée.

« Pourquoi est-ce qu'on ne vient pas plutôt dormir chez vous, Sissy ? Cela ne me dérangerait pas d'échapper à la musique pour une fois.

— Oh, vous feriez ça ? s'exclama Sissy. Ce serait merveilleux !

— Je peux y aller tout seul, dit Ant à Em. Pas la peine de déplacer Sam.

— Ça ne va pas le déranger. On va prendre le lit parapluie. C'est *beaucoup* plus calme chez vous, n'est-ce pas, Sissy ?

— On entend à peine la musique quand on est à l'arrière, acquiesça Sissy. Et j'aurai moins honte si je ne vous sépare pas.

— Prends les affaires dont tu as besoin pour aller au travail demain », ordonna Em à Ant.

Comment se serait-elle débrouillée, se demanda Sissy, si Booth avait été de sortie ou déjà au lit, endormi ? Elle était très bonne actrice. Bien sûr, cela aidait que la position par défaut d'Ant semble être une coopération servile.

Sissy regagna sa maison la première et entreprit de faire le lit dans une des chambres d'amis. Elle espérait que le plan d'Em allait d'une façon ou d'une autre capoter mais, peu après, la sonnette retentit et elle n'eut d'autre choix que de continuer sur leur lancée. En les voyant tous les trois sur le pas de sa porte avec tout ce dont ils avaient besoin pour Sam, elle eut l'impression d'une famille de réfugiés traversant la frontière, déplacés par une catastrophe dont l'aura continuait de les envelopper.

Pendant qu'elle préparait une tisane, Ant installa Sam à l'étage. Était-ce lui l'adulte référent ? Cela serait une bonne chose si Em avait des ennuis avec la police.

Assise à la table de la cuisine, l'intéressée avait l'air euphorique, parcourant la pièce d'un regard fébrile avant de poser les yeux sur Sissy.

« Bien joué, lui dit-elle. Vous avez été impeccable.

— Écoutez, Em, c'est moi qui vais le faire », dit brusquement Sissy.

Elle n'avait pas su ce qu'elle allait proposer avant que les mots sortent de sa bouche, mais elle avait soudain les idées claires et rationnelles.

« Faire quoi ? demanda Em en fronçant les sourcils, sans comprendre.

— Ce que vous avez prévu ce soir ; je vais le faire à votre place. C'est moi qui ai déjà causé une mort. » Elle ne pouvait se résoudre à dire « tué quelqu'un » ; la distinction était importante pour elle. « Vous avez dit que vous alliez entrer par effraction, mais vous avez des clés, pas vrai ? Comment est-ce que vous les avez obtenues ? »

Em hésita puis, consciente des pas d'Ant au-dessus de leurs têtes, répondit rapidement, à voix basse :

« C'était le jour de l'accident, quand je suis entrée pour chercher Jodie. Elles étaient sur la porte de la cuisine, là, à ma portée, alors je les ai prises. »

Sissy la regarda, bouche bée. Alors qu'Amy gisait, mourante, cette femme égocentrique avait été en train de comploter un prochain coup.

« J'ai simplement saisi une occasion, expliqua Em. Ça a été l'affaire d'une fraction de seconde, un geste impulsif. Je me suis juste dit que je pourrais m'en servir plus tard. Et maintenant c'est le cas. »

Au-dessus de leurs têtes, les canalisations gémirent, la ventilation se mit à vrombir. Ant était dans la salle de bains. Sissy pouvait l'entendre tousser et se moucher.

« Jodie a sûrement remarqué qu'elles avaient disparu et changé les serrures, vous ne croyez pas ?

— Non, la maison est restée ouverte tout le week-end, avec les allées et venues de la police, de l'inspection des travaux, le ballet incessant du personnel. Je savais qu'ils accepteraient l'idée qu'elles avaient été perdues dans la pagaille, qu'ils ne remarqueraient peut-être même pas leur disparition. Et puis ils avaient forcément d'autres trousseaux, de toute façon, non ?

— Malin », fit Sissy en songeant *Insensé*. Em ne savait même pas s'ils avaient changé les serrures. Ses clés n'allaient peut-être servir à rien. « Alors c'est quoi le plan pour cette nuit ? Vite, dites-moi avant qu'Ant ne redescende. »

Enfin, Em lâcha le morceau. Une fois certaine que Booth était parti se coucher, elle allait s'introduire chez lui et enfoncer une cigarette allumée dans le pli du canapé, où elle se consumerait lentement avant d'y mettre le feu. Au minimum, les dégâts seraient assez importants pour obliger Booth à déménager.

« Tess m'a dit que le canapé était vraiment vétuste. En nylon et mousse, totalement inflammable. »

Donc l'idée était de provoquer un incendie. Sissy s'efforça de ne pas montrer combien elle était horrifiée.

« Un incendie peut devenir incontrôlable bien plus vite qu'on pourrait s'y attendre. »

D'où la décision de déplacer toute la famille, supposa-t-elle. Si le canapé prenait feu, le n° 3 comme le n° 1 pourraient finir en cendres.

« On est assurés, répondit Em.

— Et vous êtes sûre qu'il n'a pas remplacé la caméra de surveillance ?

— Oui, j'ai vérifié tout à l'heure. Et il n'y en a pas à l'arrière non plus.

— Et une alarme ?

— Je ne crois pas. »

C'était vraiment du boulot d'amateur. Non seulement Sissy ne pouvait pas laisser cette femme à l'esprit dérangé mettre son plan à exécution cette nuit, ou n'importe quelle autre nuit, mais elle ne pouvait pas non plus, contrairement à ce qu'elle avait suggéré, le faire à sa place. Elle réfléchit rapidement, bâtissant une autre version de la nuit. Elle allait sortir de chez elle et rester hors de vue pendant quelques minutes, puis revenir et dire à Em que c'était fait. Lorsque la maison s'avérerait ne pas avoir été réduite en cendres, cet échec pourrait être attribué au fait que la cigarette s'était éteinte sans mettre le feu au canapé, elle aurait un peu de temps pour décider quoi faire ensuite. En parler à Ant, assurément.

« Où sont les clés ? »

Em les lui passa, avec un paquet de cigarettes.

« Je crois que c'est ce qu'il fume. » (Elle *croyait* !) « N'oubliez pas, vous devez attendre que la musique s'arrête, puis lui donner quelques minutes pour s'endormir. Vous voulez peut-être prendre un couteau ou quelque chose comme ça, au cas où il entendrait un bruit et redescendrait ?

— Un couteau ? »

Entrée par effraction et à main armée : rien que cela pouvait lui valoir la prison, avant même qu'elle mette le feu à l'endroit. Heureusement qu'Em avait accepté de la laisser agir à sa place.

Heureusement qu'elle était en position de mettre le holà à toute cette entreprise.

« Je vais tenter ma chance sans, répondit-elle. L'extrait vidéo, Em. Avant de partir, j'ai besoin de vous voir l'effacer. J'ai déjà fait ce que vous m'aviez demandé initialement. »

Retenant son souffle, elle regarda Em allumer son écran, trouver le fichier et appuyer sur le bouton pour supprimer la vidéo.

« Un marché est un marché », déclara Em, avec ce qui ressemblait à une réelle intégrité.

En vérité, il était impossible de déterminer si elle était folle ou si elle avait toute sa tête.

Il était 2 heures du matin lorsque Sissy sortit de chez elle pour la seconde fois de la nuit et traversa discrètement la rue. L'espace d'un instant, désorientée, elle crut qu'elle était en train d'halluciner, d'avoir un flash-back dû au stress post-traumatique, mais c'était bien réel, et c'était bien le présent. Ces actes, ce fragment de temps, étaient totalement déconnectés d'elle et en même temps bien à elle.

Au cas où Em la regarderait par la fenêtre, elle avait l'intention de s'approcher de la porte de Booth autant que possible avant de se cacher derrière une voiture ou une fourgonnette. Elle n'aimait pas le contact chaud et tentant de ses clés dans sa main et décida de les glisser dans sa poche, mais elle avait les doigts engourdis par la nervosité et, juste au moment où elle atteignait l'entrée du chemin, elle les lâcha ; elles tombèrent par terre avec un tintement musical. S'accroupissant pour les retrouver dans le noir, elle prit conscience qu'elle entendait Tuppy aboyer chez Finn et Tess, de façon à peine audible d'abord, puis de plus en plus près, de plus en plus hargneusement. Si elle ne s'éloignait pas rapidement, il allait réveiller tout le clan des Morgan et il y en aurait forcément un qui regarderait par-dessus le mur. Oh, Seigneur, était-ce le bruit d'une porte qui se fermait ? « Si quelqu'un vous voit traverser, dites simplement que vous êtes venue chercher une peluche pour Sam à ma place, lui avait suggéré Em. Dites sa girafe, c'est avec elle qu'il dort normalement. » Sissy répéta le mensonge dans sa tête tout en continuant à chercher les clés à tâtons. Là, elle les avait retrouvées !

Avant même de s'être redressée, avant même d'entendre un bruit de pas et le bruissement rêche de vêtements qui n'étaient pas les siens, elle sut qu'elle n'était pas seule. Em devait avoir changé d'avis, s'être dit qu'elle ne pouvait pas lui faire confiance, finalement.

« Em ? »

Alors qu'une main se posait sur son épaule, elle s'entendit hurler.

31

Tess

Les smartphones avaient fait des détectives d'eux tous, songea Tess en vérifiant que le sien était entièrement chargé et prêt pour jouer son rôle dans l'embuscade imminente. *Jodie*, allait-elle dire, *je sais que c'est vous qui avez tué le cygnon. Il y a une webcam dans le parc et elle a tout filmé, du début à la fin.*

Il n'y avait pas de webcam, et Jodie allait très probablement voir clair dans son jeu, mais elle ferait durer l'interrogatoire aussi longtemps qu'il le faudrait pour provoquer ses aveux. Puis elle appellerait immédiatement la police.

Au moins, elle n'avait pas vu Finn ce matin, ce qui lui avait épargné d'ultimes mises en garde, ou d'autres refus mystérieux de lui dire ce qu'il conspirait avec Ralph. Elle dormait déjà lorsqu'il était rentré du pub la veille et, ce matin, il avait continué de dormir pendant qu'elle préparait les enfants pour l'école. Lorsqu'elle était rentrée après les avoir déposés, il était déjà parti au travail ; la buée de sa douche était encore chaude.

Comme des navires se croisant dans la nuit, et cela lui convenait parfaitement. S'ils ne faisaient pas équipe, partageant les informations et renonçant aux secrets, autant qu'ils soient des navires.

Le silence régnait chez les Kendall. Elle n'avait pas beaucoup vu Em depuis que celle-ci lui avait dit avoir supprimé d'un vieil iPhone des preuves contre elle ; un éloignement mutuel. Auparavant, elles échangeaient régulièrement des messages et des plaintes, mais cela faisait une semaine qu'elles n'avaient eu aucun contact. Encore une relation qui battait de l'aile à cause d'*eux*.

Elle remonta le chemin du côté des Kendall sur la pointe des pieds, et arriva à la porte du n° 1 en proie à une extrême nervosité. Bien que Jodie soit connue pour se lever tard, elle était d'ordinaire visible à cette heure-là, et Booth était généralement debout et au travail dès 8 heures. Mais elle ne voyait aucun signe que l'un ou l'autre ait commencé sa journée. Sur le mur au-dessus de la porte se trouvait toujours le support de la caméra de surveillance vandalisée ; à en croire Sissy, ils devaient la destruction de celle-ci, ainsi que de la fenêtre, à Ant. La fenêtre avait été remplacée, et son installation s'était déroulée sans déranger les voisins, grâce au recours à un professionnel.

La fonction audio était prête dans son téléphone, et elle appuya sur « enregistrer » avant de frapper sèchement à la porte. Pas de réponse. Elle s'approcha de la fenêtre. Il y avait une large fente entre les rideaux, et elle regarda à l'intérieur. Alors que ses yeux se faisaient à la différence de luminosité, ils tombèrent sur une silhouette allongée sur le canapé : Booth, endormi tout habillé, n'ayant manifestement pas réussi à atteindre son lit la veille au soir. Il était allongé sur le dos, le bras droit en travers du visage, exactement dans la même position que lorsqu'elle l'avait vu cette première fois, quand elle était montée en catimini à l'étage. Elle se rappela le sentiment qui s'était emparé d'elle en regardant sa poitrine se soulever et s'affaisser : *Je pourrais le tuer.* Ça n'avait été qu'un réflexe primaire, bien sûr ; elle n'avait pas eu d'arme sur elle. Mais si elle en avait eu une, ou si elle l'avait étouffé, peut-être, et avait réussi à s'en tirer impunément, que leur aurait-elle épargné à tous ?

Que se serait-elle épargné à elle-même ?

Déterminée à les réveiller, lui et Jodie, pour affronter la tueuse d'oiseaux exactement comme elle en avait l'intention et donner tort à Finn, elle retourna à la porte et s'accroupit devant la fente à courrier, prête à hurler leurs noms.

Elle recula aussitôt d'un bond, en laissant bruyamment retomber le clapet. Du gaz. Elle avait senti une odeur de gaz.

Retournant à la fenêtre, elle tambourina sur la vitre.

« Darren ! Darren ! Réveillez-vous ! »

Mais il n'eut aucune réaction, pas même un tressaillement. Et elle ne voyait pas sa poitrine bouger.

Attrapant fébrilement son téléphone, elle éteignit la fonction d'enregistrement et composa le numéro des urgences.

« Je suis au n° 1 de Lowland Way, Lowland Gardens, et il y a une très forte odeur de gaz. Il y a au moins une personne à l'intérieur, je peux le voir par la fenêtre, et je crois qu'il y a aussi une femme à l'étage. Est-ce que je dois casser une vitre ? »

Une pensée ridicule lui vint : quel dommage ce serait de devoir casser une fenêtre toute neuve !

« Absolument pas », lui répondit-on. C'était peut-être dangereux.

« Y a-t-il quelqu'un chez les voisins ?

— Je vais aller voir. » Elle sonna à la porte des Kendall, appela Em par la fente du courrier. « Personne ne répond, mais il n'y a pas d'odeur de gaz. »

Ant devait être au travail, déduisit-elle, et Em encore partie chez ses parents. À force, Tess ne savait plus.

Les pompiers seraient là d'une minute à l'autre, l'informa-t-on, et elle devait quitter les alentours immédiats de la maison au cas où il y aurait une explosion. De retour dans son propre jardin, elle essaya d'appeler Em, mais tomba directement sur la messagerie. Pareil avec Ant. Naomi ne répondit pas, mais lui envoya un message disant : *En réunion, pas dispo pour parler*, ce qui signifiait simultanément qu'elle était en sécurité et que, pour une fois, elle ne pouvait pas donner d'instructions à Tess. Enfin, quelqu'un répondit : Ralph, qui confirma qu'il était lui aussi au travail, et les enfants hors de danger à l'école. Il lui donna le numéro de Jodie, qu'elle appela ensuite, pour se voir rediriger vers la messagerie.

Se rappelant Sissy, elle se précipita au n° 2.

« Tess, que se passe-t-il ? »

Sissy, vêtue d'une morne robe de chambre grise, avait une mine affreuse, avec d'énormes cernes noirs sous des yeux épuisés.

« Ne sortez pas de chez vous, Sissy, il y a un risque d'explosion de l'autre côté de la rue. Restez à l'intérieur, de préférence à l'arrière de la maison.

— Comment ça, une explosion ? Où ?

— Au n° 1. Il y a une fuite de gaz et il va falloir qu'ils nous évacuent avant d'en trouver la source. Booth est à l'intérieur. Il est inconscient. »

Le visage de Sissy se vida du peu de couleur qui y restait.

« Inconscient ? Est-ce qu'il… Est-ce qu'il est vivant ?

— Je ne sais pas. Je n'ai pas réussi à voir s'il respirait ou pas. Je n'arrive pas à joindre Em, je suppose qu'elle a quitté la ville avec Sam, mais…

— Em est ici, l'interrompit Sissy. Ils ont passé la nuit chez moi. C'est moi qui le leur ai demandé.

— Ant aussi ? Vous l'avez vu ce matin ?

— Oui, il est parti au travail il y a une heure. » Au son d'une sirène dans Portsmouth Avenue, Sissy eut soudain l'air sous le choc, comme si elle n'avait pas compris ce que disait Tess jusqu'à cet instant. « Vous avez senti l'odeur de gaz de chez vous, c'est ça, Tess ?

— Non, j'étais à leur porte et je l'ai vu par la fenêtre. Je suis pratiquement sûre que Jodie y est aussi. Je l'ai appelée au téléphone, mais je n'ai pas eu de réponse.

— Jodie n'est pas là. Elle passe la semaine chez sa sœur, dont la fille vient d'avoir un bébé.

— Oh ! » Si Tess avait su cela, elle ne se serait pas approchée du n° 1, et les pompiers n'auraient pas été prévenus avant encore des heures. « La police va devoir la prévenir de ne pas rentrer pour l'instant. »

Qu'est-ce que la police aurait d'autre à lui annoncer ? Du seuil de la porte de Sissy, elles regardèrent le camion de pompiers s'engager dans la rue. Quelques secondes plus tard, une voiture de police était là aussi.

« Qu'est-ce qui se passe ? C'est la police ? »

C'était Em, pâle et maigre comme un coucou, au bas de l'escalier avec Sam qui rampait à ses pieds.

« Je ferais mieux d'aller les voir, dit Tess à Sissy. Est-ce que vous pouvez lui expliquer ce qui s'est passé, Sissy ? Et gardez Sam à l'écart des fenêtres, juste au cas où il y aurait une explosion.

— D'accord, accepta Sissy.

— Oh, et est-ce que vous pouvez prévenir les autres ? Ils vont peut-être vouloir rentrer chez eux.

— Pourquoi ? demandait Em d'un ton insistant lorsque Tess s'en alla. Pourquoi est-ce qu'ils doivent rentrer chez eux ?

— À vous de me le dire », répondit Sissy, ce que Tess trouva étrange, car comment Em aurait-elle pu le savoir ?

Mais elle n'eut pas le temps d'y réfléchir plus longtemps alors qu'elle regagnait le n° 1 à grands pas pour se présenter à la police.

Il était mort.

Darren Booth était mort.

C'étaient les secouristes qui l'avaient dit à la police, et la police à Tess. Il était mort, c'était un fait irréfutable.

Avec les autres voisins, Sissy, Em et elle s'attroupèrent le long du cordon de police pour les regarder enlever le corps. Entre-temps, toute leur extrémité de la rue avait été évacuée et la foule avait grossi, augmentée de badauds qui leur bouchaient partiellement la vue. Mais on ne pouvait pas se tromper sur le corps sans vie transporté sur un brancard jusqu'à l'ambulance ouverte.

Les ambulanciers portaient des combinaisons spéciales, intégrales, comme s'ils avaient besoin de se protéger de quelque terrible contagion.

Finn, Ralph, Naomi et Ant arrivèrent juste à temps pour entrevoir son corps.

« Je vais aller voir ce qui se passe, dit Naomi en se penchant par-dessus le cordon pour identifier un responsable.

— Pas la peine, répondit Tess. Ils ont mon numéro et ils m'ont dit qu'ils me préviendraient dès qu'on pourrait rentrer chez nous sans danger.

— C'est Tess qui a découvert le corps, expliqua Sissy à Naomi. Sans elle, il aurait pu y avoir une explosion. Nettement plus de dégâts. »

Ralph, pour sa part, semblait plutôt ravi des dégâts déjà existants.

« J'en reviens pas, s'exclama-t-il. Est-ce que Jodie y est aussi ?

— Elle n'est pas à Londres, répondit Tess. La police l'a contactée et elle est en train de rentrer. »

Ant commença à interroger Em :

« Tu n'as pas ramené Sam à la maison ce matin, n'est-ce pas ?

— Bien sûr que non, répondit-elle.

— Heureusement qu'on n'était pas chez nous hier soir. »

Il avait la voix d'un homme de cent ans, qui aurait passé l'essentiel de son siècle à esquiver les catastrophes. Tess pouvait compatir. Elle prit conscience de la présence de Tuppy, qui se pressait contre ses tibias. Les trois chiens des Morgan étaient dehors avec eux, entortillant leurs laisses autour de leurs jambes, perturbés par l'évacuation. Tess se demanda s'ils pouvaient sentir le gaz résiduel. S'ils pouvaient sentir le *cadavre*.

« Comment ça, vous n'étiez pas chez vous ? demanda Ralph, sa curiosité piquée par la discussion des Kendall. Où est-ce que vous étiez ?

— On a dormi chez Sissy hier soir. Sans payer », clarifia Em, d'un ton presque badin.

Cela faisait des mois que Tess ne l'avait pas vue de si bonne humeur.

« Pourquoi ? »

Ce fut Sissy qui répondit, en jetant un regard froid à Em.

« J'ai cru entendre quelqu'un chez moi au rez-de-chaussée, alors je leur ai demandé de venir dormir à la maison. C'était probablement juste mon imagination. »

Naomi était plus intéressée par le rôle de Tess dans l'affaire.

« Qu'est-ce que tu faisais au n° 1 ce matin ? Je ne comprends pas.

— Je préfère ne pas te le dire. » Tess marqua un temps. Elle sentit se répandre en elle une énergie provocatrice, une étrange désinhibition. « Peut-être que tu n'es pas la seule à avoir des choses à cacher, Naomi, ajouta-t-elle avec audace.

— Tess », la mit en garde Finn, mais elle l'ignora.

Un homme était peut-être mort, mais elle n'avait pas oublié la trahison de son mari. Ce matin, elle se sentait plus proche de Sissy et des Kendall que de n'importe lequel des Morgan.

« Qu'est-ce que ça veut dire ? exigea de savoir Naomi. Qu'est-ce que j'ai à cacher ?

— Oh, pour l'amour du ciel, Naomi, je ne suis pas idiote.

— Allons, les filles », intervint Ralph.

On pouvait presque lire dans ses pensées : *Arrêtez de râler. On a gagné. Rien d'autre n'a d'importance.*

« "Les filles" ? » répéta Naomi d'un ton contrarié.

De tout ce qui avait été dit et fait, c'était ça qui la dérangeait ?

Les portes de l'ambulance se refermèrent en claquant et, à côté de Tess, Sissy commença très discrètement à pleurer. Puis le vrombissement soudain d'un moteur diesel leur parvint, et le véhicule s'éloigna.

« Il va peut-être se passer des heures avant qu'on nous autorise à rentrer chez nous, dit Em. Ça vous dit d'aller prendre un café quelque part ?

— Allons faire faire une longue promenade aux chiens », suggéra Ralph à son frère.

Il trouvait Em agaçante, Tess le savait, et n'aurait aucun désir de s'asseoir dans un café en sa compagnie.

« Je viens avec vous », dit Naomi à Ralph.

Alors que le trio s'écartait pour vérifier laisses et harnais, Tess eut le sentiment qu'ils cherchaient discrètement à dissuader les autres de se joindre à eux.

« Peut-être que tu devrais rester là, lui dit Finn, au cas où elle aurait des velléités de les accompagner. La police va peut-être vouloir te contacter. »

Tess fixa sur lui un regard froid et désabusé. Seul Tuppy, à qui cette séparation ne plaisait pas, tenta de faire demi-tour pour la rejoindre.

« Bon chien, lui dit-elle, avant de se tourner vers Sissy et les Kendall. Il n'y a pas de problème pour que je m'éloigne si j'ai mon téléphone. Allons-y. »

De la brasserie dans la grand-rue, elle posta sur la page Facebook des riverains :

> Attention, il y a eu une fuite de gaz au n° 1 et l'extrémité de la rue qui donne sur Portsmouth Avenue a été évacuée. On m'a dit que cela ne durerait pas longtemps, je reviens vers vous lorsque j'en saurai plus.

« Combien de temps avant que la police refasse le tour du voisinage ? » demanda Sissy, les yeux fixés sur Em.

Elle ne pleurait plus, mais sa main tremblait en remuant son café, faisant tinter métal contre porcelaine.

« Ils m'ont dit qu'ils avaient toutes les informations qu'il leur fallait pour le moment, la rassura Tess. J'ai eu l'impression qu'ils liaient ça à son bricolage, ce qui se tient.

— Je ne savais pas qu'on pouvait mourir à cause du gaz de ville comme ça, dit Sissy.

— Eh bien si, à l'évidence », répondit Em.

Il y avait comme un curieux malentendu entre elles, songea Tess, une note de prudence dans l'effarement de Sissy qui allait à rebours de la délectation non dissimulée dans la réponse d'Em.

Ant était parti à la bibliothèque, prétextant des mails à envoyer pour le travail, mais Tess avait dans l'idée qu'il ne s'était pas senti le courage de participer à un interminable débriefing.

« Je crois pourtant me rappeler que mon chauffagiste m'avait dit que le gaz n'était plus toxique, continua Sissy. Pas comme autrefois.

— Les pompiers m'ont expliqué que ce qui se passe, c'est que le gaz remplace l'oxygène dans la pièce, et vous suffoquez », répondit Tess.

En dépit de l'horreur que lui inspirait la mort lente et atroce qu'elle imaginait à présent, elle devait admettre à part elle qu'elle appréciait d'être la personne de contact pour les services d'urgence, celle qui connaissait tous les détails.

« Ça devait être une très grosse fuite pour que c'en soit arrivé là, continua Sissy.

— Peut-être qu'il avait débranché le chauffe-eau ou la gazinière et mal fermé le robinet d'arrivée, laissant le gaz sortir en grosse quantité ? Quoi qu'il en soit, il va y avoir une autopsie, donc ils sauront très vite. Pauvre Jodie. Je veux dire, je n'ai pas beaucoup d'amour pour elle, mais perdre son conjoint comme ça, c'est terrible.

— Terrible », répéta Em, et bien que ce soit le mot de Tess qu'elle ait repris, c'était à Sissy qu'elle s'adressait.

Il y avait quelque chose qui clochait entre elles, cela ne faisait aucun doute.

Tess regarda l'heure et fouilla dans son sac, à la recherche de son porte-monnaie. Quarante-cinq minutes avant la fin de la journée scolaire.

« Il faut que je réfléchisse à la façon d'informer les enfants de cette dernière catastrophe. Est-ce que l'une de vous veut m'accompagner jusqu'à l'école, prendre un peu l'air ?

— Je suis bien ici, répondit Em en indiquant Sam, tout content sur ses genoux avec ses gressins et son jus. On va attendre Ant.

— Je vais venir avec vous, dit pour sa part Sissy. Ça va peut-être me faire du bien. »

Mais elle semblait réticente à se séparer d'Em, s'adressant à elle d'une voix basse et pressante pendant que Tess allait payer au comptoir. Distraite par la tâche de choisir des biscuits pour les enfants – *Votre voisin est mort asphyxié au gaz, mais je vous ai pris des cookies aux trois chocolats !* –, Tess découvrit en se retournant qu'elles semblaient avoir réglé leur petit différend.

« Pas de quoi s'inquiéter, était en train de dire Em à Sissy. Tout va bien. »

Tess écarquilla les yeux. Si elle parlait de la mort de Booth, eh bien, *waouh*. Même dans leur situation, c'était vraiment faire preuve de peu de cœur.

32

Ralph

UN HOMME RETROUVÉ MORT
À LA SUITE D'UNE FUITE DE GAZ
DANS SA MAISON AU SUD DE LONDRES

Un homme de cinquante-sept ans est mort hier à la suite de ce qu'on soupçonne être une fuite de gaz dans le quartier pavillonnaire de Lowland Gardens, au sud de Londres. Vers 10 heures hier matin, une voisine a appelé les urgences en sentant une odeur de gaz, et les pompiers sont entrés dans la maison après avoir évacué les habitants des demeures voisines. La rue a été fermée plusieurs heures à la circulation, pendant qu'on récupérait le corps.

C'est le deuxième drame en un mois que connaît cette propriété, après la mort d'Amy Pope, vingt-neuf ans, le 11 août dernier. Une enquête pour meurtre est en cours.

La mort de l'homme est traitée comme inexpliquée, a annoncé un porte-parole de la police de Londres, ajoutant qu'un examen *post mortem* officiel fournira bientôt de plus amples informations.

« J'ai commencé à m'inquiéter pour sa santé lorsque je suis allée frapper à sa porte et que j'ai senti une odeur de gaz, a témoigné Mrs Tessa Morgan, qui a lancé l'alerte. Après cela, la rue a été évacuée très vite. Heureusement, les enfants étaient tous à l'école et la plupart des voisins au travail. » Mrs Morgan a ajouté que le défunt était connu pour être un grand amateur de bricolage qui était en train de rénover sa cuisine, bien qu'elle ne lui connaisse aucune qualification professionnelle.

Il existerait un risque de mort ou de lésions à cause des fuites de gaz qui concernerait des millions de personnes au Royaume-Uni, d'après l'association responsable du contrôle des installations, qui a lancé sa campagne « Petites économies, fausse bonne idée » plus tôt cette année, dans l'optique de sensibiliser la population. Un foyer sur six parmi ceux inspectés dans les cinq dernières années s'est révélé équipé d'une installation au gaz dangereuse, affirme-t-elle.

London Evening Standard

« Eh bien, au moins elle ne peut pas venir fouiner dans nos vies sur ce coup-là », dit Ralph à Naomi, le vendredi soir qui suivait la mort de Booth, alors qu'ils venaient tous deux de lire l'article.

Il vit l'infime expression de répugnance qui passait sur son visage et sut ce qu'elle était en train de penser. *Ce coup-là.* Comme si la vie ne valait rien. La vie d'Amy.

« Tu sais ce que je veux dire », ajouta-t-il.

Le soleil de septembre se déversait par le toit de verre de leur cuisine comme si c'était encore le plein été, mais c'était une illusion ; dehors, la température de l'air était tombée, une chute soudaine et brutale.

« Par “elle”, je suppose que tu parles de l’inspectrice Forrester ? demanda-t-elle, la causticité dans son ton plus familière ces derniers temps qu’il ne l’aurait souhaité.

— Elle-même. C’est mon ennemie n° 1. Ma bête noire.

— C’est une enquêtrice, Ralph, il y avait peu de chances qu’elle devienne ta meilleure amie.

— C’est juste. Mais tu admettras que c’est un soulagement, de savoir que tout ça est terminé. Et quand même, c’est un peu une garce. »

Jetant un coup d’œil vers la porte et le salon télé qui se trouvait derrière, pour vérifier sans doute que Libby et Charlie étaient toujours aussi absorbés par leurs multiples écrans que dix minutes auparavant, Naomi sembla chercher à décider si elle devait régler ça tout de suite ou attendre que les enfants soient couchés pour revenir sur le sujet. Alors qu’elle se pinçait la lèvre supérieure entre le pouce et l’index, Ralph songea qu’il était probablement la seule personne au monde à savoir que c’était un signe de nervosité chez elle.

Laissant retomber sa main, elle se lança :

« Ne le prends pas mal, mais… »

Ralph détestait quand les gens disaient ces mots. Ça signifiait toujours qu’ils étaient sur le point de dire quelque chose d’insultant – et en se montrant insulté, on l’avait déjà mal pris. C’était un vrai cercle vicieux.

« Quoi ?

— Je ne sais pas si c’est nouveau, ou peut-être que je ne m’en étais jamais rendu compte avant, mais tu es très, très critique envers les femmes. » Elle se hâta de préciser sa pensée, devinant fort justement que lorsqu’elle disait « femmes », Ralph pensait principalement à elle.

« Pas envers moi, ce n'est pas ce que je dis. Mais c'est peut-être ce qui a fait diversion à mes yeux. »

Ralph posa les mains à plat sur le plan de travail en marbre. Il était agréablement froid.

« De quoi est-ce que tu parles ? Quelle diversion ? »

Elle l'examina comme si elle le voyait nettement pour la première fois, les yeux écarquillés d'horreur, une expérience profondément perturbante pour lui.

« Je veux dire, les femmes comme Tess, Em, cette enquêtrice. Tu n'as pas eu un seul mot un peu gentil à dire sur la moindre d'entre elles. Je trouve cela très… décevant. »

Il avait cru qu'elle allait dire « irrespectueux », ce qui n'était déjà pas terrible, mais « décevant » ? C'était le mot qu'utilisaient les enseignants et autres figures de la communauté bien éduquée quand ils voulaient dire « carrément chiant ».

« Je ne dis pas que je n'ai pas moi-même mes hauts et mes bas avec les gens, mais ça… »

Les bras écartés, Naomi tourna les paumes vers le ciel, comme pour indiquer l'ampleur incommensurable du problème de Ralph.

Il soupira. Il n'était pas idiot, il avait conscience du mouvement politique qui était en train de se propager dans les médias et la société. Des femmes qui s'élevaient contre le patriarcat, qui prenaient le pouvoir. Mais ce n'était pas de cela qu'il était question ici. C'était un moment de révélation profondément personnel pour Naomi. Ça se rapportait à leur vie de couple, à leur statut dans la rue et au sein de leur famille.

« Écoute, chérie, si tu es en train de dire que je suis une sorte de misogyne, qui fait tout Lowland Way à la recherche de voisines à détester, permets-moi de protester. Il n'y a qu'une seule personne que je déteste dans cette rue, et c'est Darren Booth. Que je *détestais.* »

Naomi pencha la tête comme si elle venait subitement de comprendre autre chose.

« Tu ne t'es jamais soucié de Jodie, n'est-ce pas ? C'est comme si elle n'avait jamais été digne de ton attention. Même quand tu as appris que c'était avec elle que tu avais échangé des messages, pas avec lui, tu l'as simplement ignorée. »

Rien de tel que l'instant présent pour rectifier cela, songea Ralph. Lorsque l'autopsie aurait été achevée et l'enterrement réglé, c'était Jodie qui allait décider quoi faire de la maison, du garage et des voitures. Il regarda sa femme, en cherchant prudemment le juste milieu entre la défense et l'attaque.

« Laisse-moi vérifier que j'ai bien compris. Tu as le droit de critiquer les autres femmes, mais pas moi. Est-ce que ça marche dans l'autre sens avec les hommes ?

— On a tous les deux le droit de critiquer qui on veut, mais pas de dédaigner ou de dénigrer quelqu'un en raison de son genre. »

Dédaigner, dénigrer, décevoir. Tous les mots en *dé-*. Il savait reconnaître un débat conjugal qu'il n'avait aucune chance de gagner, et il était à genoux devant elle, là, pieds et poings liés. Il avait eu tort de parler des femmes ET de ne pas parler d'elles. Il avait tort, point barre.

« Je suis désolé si c'est l'impression que ça donne, mais ce n'est pas vrai. J'ai du respect pour les femmes que tu mentionnes, en l'occurrence. Enfin, peut-être pas Jodie, mais Eithne F., certainement.

— Pourquoi est-ce que tu dis son nom comme ça ? demanda Naomi, sautant aussitôt sur ce nouvel outrage. Moi, je ne connais même pas le prénom de l'inspecteur Shah.

— Jason. Indien de troisième génération, je dirais. Quoi ? J'ai un don pour retenir les noms. Tu le sais. C'est mon truc. »

Mais Naomi n'était prête à faire aucune concession.

« Je crois qu'il vaudrait mieux que tu aies un don pour bien traiter les femmes. Tu as une fille. Mais surtout, tu as un fils. »

Ralph la dévisagea. Il ne pouvait pas y avoir de doute sur sa gravité, sur ce redoutable regard noir d'encre, mais était-ce vraiment cela qui l'inquiétait ? En ce qui le concernait, tous leurs soucis s'étaient envolés.

« Arrête, finit-il par répondre. Tu as fait comprendre ton point de vue, mais ça suffit maintenant. »

Naomi se contenta de hocher la tête, et Ralph se demanda si ce n'était pas en réalité autre chose qui la perturbait, et si cette petite diatribe n'était pas simplement un exutoire pour des émotions tellement compliquées qu'elle ne savait pas comment les exprimer. Un homme, bien sûr, saurait qu'il n'avait pas intérêt à essayer.

Ce devait être à cela que ressemblait l'enfer. Pas à un gouffre de feu, mais à un aperçu de ciels bleus juste avant que l'armada arrive à l'horizon. À une lumière au bout du tunnel juste avant que celui-ci s'effondre et vous enterre vivant.

OK, peut-être pas la meilleure analogie à employer.

Le fait était qu'Eithne – l'inspectrice – Forrester était de retour. Elle était revenue fouiner dans leurs vies, en fin de compte. Le lundi matin, dès la première heure. Elle avait une nouvelle coupe très chic et l'air de quelqu'un dont la charge de travail venait de doubler. Elle voulait savoir ce que Ralph avait fait la nuit de la fuite de gaz.

« Pourquoi ? demanda-t-il. Les journaux ont dit que ça avait quelque chose à voir avec la rénovation de sa cuisine, non ? Il a débranché un appareil, ne savait pas ce qu'il faisait. Ce n'est pas le cas ?

— Nous avons de nouveaux indices qui semblent suggérer une raison autre que la fuite.

— Rien que vous ayez envie de partager ? »

Non, évidemment.

« Nous aurons bientôt de plus amples informations. » Elle se tortilla sur son siège, comme si ses vêtements la gênaient. « Quelqu'un qui est proche de vous semble penser que vous tramiez quelque chose très récemment contre Darren Booth.

— Quelqu'un pense quelque chose, répéta-t-il. Je vois. » Ça ne pouvait être que Tess. Cette chère Tess, comme il était censé parler d'elle. « Vous citez ma belle-sœur, je suppose ? L'héroïne du jour. Eh bien, croyez-moi, elle est juste vexée qu'on ne l'ait pas fait entrer dans la confidence.

— Quelle confidence, exactement ? » s'enquit l'enquêtrice.

Ironiquement, étant donné la critique de Naomi, il ne s'était jamais senti aussi *peu* dédaigneux envers cette femme, le registre féminin de sa voix, la petite lueur de compassion dans ses yeux – qu'il n'avait jamais remarquée auparavant –, comme si chaque question était une chance qu'elle lui donnait, et non un piège.

« D'accord, répondit-il. Ce n'est rien d'illégal et elle aurait été la première à savoir si elle avait juste bien voulu patienter. Quelques jours avant la mort de Booth, j'ai fait un emprunt pour racheter sa maison. L'idée était de la revendre ensuite à un acheteur de mon choix, quelqu'un d'un peu plus adapté. J'ai demandé à un agent immobilier du coin de l'approcher avec une offre, plutôt correcte vu l'état dans lequel est la propriété. Par l'intermédiaire d'une filiale de ma compagnie, pour qu'il ne sache pas que c'était moi. Je venais de recevoir une réponse de l'agent, la veille de la fuite. Je ne pouvais pas en parler à Tess parce qu'il fallait que ça reste anonyme. Elle est à la maison toute la journée, à parler avec les voisins dans la rue, par-dessus le mur, et il aurait pu l'entendre et refuser mon offre par principe. Au fait, je ne cherchais pas à esquiver votre première question, je suis tout disposé à y répondre : jeudi soir, j'étais de sortie avec Finn. On est allés dans notre pub local, le *Fox*, dans la grand-rue. Comme je vous le disais, on avait matière à discuter. »

L'inspectrice hocha la tête en prenant des notes, remontant ses lunettes sur son nez lorsqu'elles glissèrent.

« À quelle heure êtes-vous rentré chez vous ?

— Assez tard, peut-être minuit et demi. J'étais un peu bourré, je ne me rappelle sincèrement pas.

— Est-ce que vous ou votre frère êtes passés au n° 1 ? »

Cela semblait si plausible dans sa bouche, comme s'ils s'invitaient régulièrement là-bas pour prendre un dernier verre en écoutant les meilleurs tubes d'Anthrax.

« Passés au n° 1 ? Pourquoi est-ce qu'on s'en serait approchés ? On en avait fini avec Booth. Terminé.

On voulait juste lui racheter sa maison et oublier qu'il avait un jour mis les pieds dans notre rue. »

Elle n'offrit aucune réponse à cela et il sut qu'elle n'avait pas de quoi l'incriminer. Peut-être cette discussion n'était-elle qu'un nouveau point d'entrée dans l'enquête sur la mort d'Amy. Les mêmes vieilles questions posées sous un angle différent. Comme le travail d'enquêteur devait être ennuyeux : toutes ces heures passées à ouvrir des huîtres dans l'espoir d'y trouver une perle.

« Vous avez une idée de quand ils vont se débarrasser de tous ses véhicules ? Est-ce que c'est à Jodie de s'en occuper ?

— Cela dépendra de si elles étaient immatriculées au nom du défunt ou d'autres personnes, répondit l'enquêtrice, mais il est raisonnable de commencer par vous adresser à elle, oui. » Puis elle le dérouta presque en souriant. « Puis-je vous demander ce qu'a dit l'agent immobilier ? Vous m'avez dit qu'il vous avait appelé pour vous donner une réponse. »

Il se rendit compte qu'elle était embarrassée parce que l'information ne pouvait avoir aucune incidence sur son enquête ; elle était simplement curieuse, et il lui répondit d'un sourire narquois.

« Il a dit oui. Booth avait accepté l'offre. Après tout ce qu'on avait enduré, il avait dit oui. »

Ralph avait fait très clairement savoir à l'agent que son offre pour la maison tenait toujours si Jodie voulait aller au bout de la vente, mais celui-ci lui avait répondu que la mort d'un des membres du couple entraînait généralement des retards, si ce n'est des retours sur les décisions initiales. En même temps, sans Booth, pourquoi

Jodie voudrait-elle rester ? Sans lui, sans son commerce de voitures, la taille et la situation du terrain importaient peu. Ça n'avait jamais été un foyer pour elle, pas comme les autres habitants de la rue savaient ce que pouvait être un foyer.

Tenant pour une fois l'avantage, Ralph soutint le regard de l'enquêtrice.

« Donc vous voyez, il n'y avait vraiment aucune raison pour moi de m'introduire chez lui à mon retour du pub pour toucher à son installation de gaz. »

L'enquêtrice était redevenue sérieuse, presque vexée.

« Je ne suis pas sûre que ce soit ce que j'ai suggéré, Mr Morgan.

— Vraiment », répliqua-t-il sans laisser sa voix monter pour exprimer l'interrogation.

Il avait trouvé, depuis le temps, comment avoir le dernier mot avec elle.

33

Tess

D'accord. Il était inévitable que les policiers enquêtant sur la mort d'Amy cherchent des liens, raisonna-t-elle. Les coïncidences, ça n'existait pas, après tout (sauf quand c'était vraiment une coïncidence). La police était désormais aussi souvent présente dans Lowland Way que les services postaux et de livraison. Que les camions de poubelles et de tri ou que la fourgonnette qui s'arrêtait deux fois par semaine devant chez les Boulter pour y déposer des agents d'entretien.

« J'ai su que vous aviez été d'une grande aide à nos collègues », lui dit l'inspecteur Shah, et elle arbora la tête de bonne citoyenne qu'elle avait perfectionnée à force de rencontres avec des voisins avides de détails sur la fuite de gaz.

Sans qu'elle sache comment, le récit de son intervention avait grandi, et il était maintenant communément admis qu'elle avait empêché une explosion qui aurait pu emporter toute la rue. Elle était l'héroïque sauveuse de multiples âmes.

« *Et* vous avez parlé à la presse, ajouta-t-il.

— Vous aussi », fit remarquer Tess. Tuppy s'était installé aux pieds de l'enquêteur, un signe des temps s'il en était : il prenait à présent l'enquêteur pour un membre de la famille, et s'attendait probablement à le revoir à Noël. « Donc, d'après ce que m'a dit mon beau-frère, vous pensez que ce n'était peut-être pas une simple fuite de gaz ?

— Les nouvelles vont vite.

— Nous sommes voisins, n'oubliez pas. Avez-vous eu les résultats de l'autopsie ?

— Pas encore. Mais nous savons que l'arrivée de gaz d'un des brûleurs de la cuisinière était restée ouverte et que la flamme soit n'avait jamais été allumée, soit s'était éteinte d'une façon ou d'une autre. »

Ah, ça, ils ne l'avaient pas dit à Ralph. C'était sûrement un signe positif qu'il le lui ait dit à elle, songea-t-elle. Elle allait envoyer un message sur le groupe WhatsApp pour mettre en garde quiconque n'avait pas encore été interrogé.

« Vous êtes venu au bon endroit, alors, lui dit-elle, parce que la seule fois où je suis entrée chez eux, j'ai trouvé un des brûleurs de la gazinière allumé et laissé sans surveillance. Ce qui suggère que c'était quelque chose qui se produisait souvent. J'ai eu l'impression qu'ils y allumaient leurs cigarettes, alors il a peut-être ouvert le gaz pour cette raison, avant de se laisser distraire.

— C'est une possibilité. Sauf que Booth conservait un briquet dans son paquet de cigarettes.

— Qui fonctionnait ?

— Oui. »

Tess retint un soupir. C'était ça le problème avec la police : aucun sens de la justice poétique. Elle se rappela ce qu'avait dit Sissy au sujet de l'innocuité relative du gaz de ville.

« Est-ce qu'un brûleur de gazinière laissé ouvert suffirait à tuer quelqu'un ? Ce n'est pas comme s'il avait été dans un espace confiné.

— Comme je vous l'ai dit, nous saurons cela très bientôt. » Il mordilla le bout de son stylo, un tic nouveau ou qui, du moins, n'avait pas retenu l'attention de Tess jusqu'alors. « Pour l'instant, nous essayons de nous faire une idée des déplacements de tous les voisins dans la nuit de jeudi dernier.

— Je vois. Eh bien, les miens n'ont pas eu grand intérêt. Je suis restée à la maison avec les enfants pendant que Finn allait au pub avec Ralph. »

Il y avait dans sa voix une acerbité déplaisante, et elle eut soudain une vision d'elle-même en femme au foyer riche mais délaissée, fondant en larmes sans vraiment savoir pourquoi et traitant les commerçants comme des thérapeutes. Il fallait qu'elle fasse attention à ne pas se laisser submerger par ses émotions.

« À quelle heure votre mari est-il parti, puis revenu ?

— Il est parti vers 19 h 30. Il est revenu tard. Je ne sais pas à quelle heure exactement, mais il était là le lendemain matin, allongé à côté de moi, et je suis à peu près sûre que ce n'était pas un imposteur. »

Son sarcasme ne provoqua aucune réaction.

« Et le lendemain matin, vous êtes allée chez Mr Booth pour parler à Jodie. J'ai cru comprendre que vous avez le double des clés de certains de vos voisins ? En cas d'urgence ?

— C'est exact. J'ai celui de Ralph et Naomi, celui de Sissy et celui des Kendall. Sissy et moi sommes généralement celles à qui les voisins demandent ce genre de chose, comme nous restons à domicile.

— Et le double des clés du n° 1, qui l'avait ?

— Il faudrait que vous demandiez à Jodie, mais en tout cas, certainement pas moi. Nous nous détestions. » Tess sentit sa rage enfler. « Cette femme a tué un animal sans défense pour le jeter devant chez moi, vous vous rappelez ? C'est pour ça que j'allais la voir ! »

Elle voyait bien ce que l'inspecteur était en train de penser, *c'est l'humain sans défense qui m'intéresse ici*, mais Booth n'avait jamais été sans défense, n'est-ce pas ? S'attendant à une légère réprimande pour s'être emportée, elle fut surprise de l'entendre répondre :

« On nous a transmis des informations concernant ce cygnon, et il semblerait que ce ne soit pas vos voisins qui l'ont laissé devant votre porte.

— Quoi ? » Tess s'empourpra, incrédule. « Vous voulez dire que ce n'était pas elle ? Pas eux ? Mais qui, alors ? »

Il revint d'une page ou deux en arrière dans son calepin.

« Une certaine Mrs Becky Wallace. Elle a vu l'appel à témoins du service de protection des cygnes et s'est manifestée. Elle a trouvé l'oiseau dans le parc juste avant la fermeture. Elle pense qu'il s'était retrouvé séparé de ses parents et qu'il a été victime d'un groupe d'adolescents armés d'une carabine à air comprimé. Ils ont déjà reçu un avertissement pour l'avoir utilisée. Elle est en train de nous aider à identifier les individus impliqués. »

Tess pressa les doigts contre ses joues empourprées.

« Oh, je n'arrive pas à y croire ! C'est affreux. Je ne la connais pas, avez-vous une photo d'elle ? »

Il n'en avait pas.

« Elle a indiqué être assistante maternelle. Elle est du quartier, elle va au parc une ou deux fois par jour.

— Je crois savoir de qui vous parlez. Elle a beaucoup d'enfants. Je l'ai vue dans le magasin près du *Star*, également, lorsque je suis allée leur dire quelle mauvaise idée c'était de vendre du pain rassis à donner aux cygnes. Alors c'est elle qui a trouvé la pauvre bête ? Pourquoi est-ce qu'elle me l'a apportée ?

— Elle a dit avoir remarqué que vous étiez activement impliquée dans le bien-être des cygnes et savoir où vous habitiez. Elle a pensé que vous sauriez quoi en faire. Elle ne connaissait pas l'existence du service de protection des cygnes avant de voir leur appel à témoins après les faits.

— Pourquoi est-ce qu'elle n'a pas sonné à ma porte pour me demander directement ?

— Peut-être n'a-t-elle pas osé. Ces grandes maisons sont assez intimidantes pour la plupart des gens, Mrs Morgan. »

Une fois de plus, Tess sentit des larmes imminentes lui piquer les yeux.

« Oh, cela me rend si triste. Qu'elle me voie comme ça. Qu'elle apporte le cygnon, mais soit trop timide pour sonner. Ça me rend si triste.

— C'est très triste, en effet », acquiesça Shah.

Elle contacta Daisy pour qu'elle vienne garder les enfants et réserva une table au *Fox*.

Sa manière de procéder perturba un peu Finn, elle le vit bien. Il se disait probablement : *C'est là que je viens avec Ralph*, et par pur esprit de contrariété, elle essaya d'éviter sur le menu ce que Ralph aurait commandé – quelque chose d'ostensiblement masculin, une tourte à la viande, peut-être.

« Je vais prendre la salade de maquereau et de betterave, déclara-t-elle.

— Oh, c'est ce que choisit toujours Ralph, dit Finn.

— C'est vrai ? Ça me surprend. Il doit s'inquiéter pour sa ligne.

— Ou alors c'est Naomi. Je vais prendre le bœuf. »

Tout extraordinaire que ce soit, Ralph s'était excusé auprès de Tess pour ne pas lui avoir fait part de son projet de racheter le n° 1. Il l'avait vue comme une menace pour son anonymat, lui avait-il expliqué, trop susceptible de se confier à Em à portée de voix de l'ennemi.

« Je n'aurais pas dû m'immiscer entre Finn et toi, avait-il conclu. Tu as ma promesse que je ne recommencerai pas. »

Un véritable miracle, mais il fallait dire qu'il était d'excellente humeur à présent que Booth n'était plus là pour l'embêter. (Mort ou vif, tout ce qui comptait pour Ralph, c'était qu'il ne soit plus là.)

Finn aussi s'était excusé, bien sûr. Dans le cas contraire, ils seraient à cet instant en train de parler divorce.

« Alors, de quoi est-ce que tu veux parler ? » Finn s'interrompit. « Attends, est-ce que le simple fait que j'aie à poser la question est le problème ? On ne sort pas assez souvent seuls tous les deux ? »

Tess sourit.

« Je vois que tu commences à bien maîtriser le passif-agressif. Mais, oui, il y a quelque chose dont je veux parler. » Elle prit quelques gorgées de son sauvignon blanc pour se donner du courage. « De notre déménagement.

— OK. » Finn fit rouler un bout de pain entre son pouce et son index, créant une boulette de mie de la taille d'une bille. « Il se trouve que j'ai une proposition à te faire à ce sujet. Un compromis. »

Il ne plaisantait pas. Autrefois, une proposition de sa part aurait impliqué champagne et diamants, mais c'était à cela que ressemblait la vie maritale à ce stade. Ce n'était plus que compromis et marchandages. Parce que avec le temps les gens avaient tendance à être moins d'accord, pas davantage. Ils finissaient par avoir plus confiance en leur propre jugement qu'en celui des autres, par estimer qu'ils avaient mérité le droit de faire ce qu'ils voulaient, eux, et non ce que voulait un autre.

« Je ne vois pas d'objection à mettre la maison en vente dès que tu jugeras le moment opportun, continua-t-il. En gardant à l'esprit qu'il y a une enquête pour meurtre en cours dans la rue.

— Deux. S'ils pensent vraiment que quelqu'un s'est introduit au n° 1 pour ouvrir le gaz.

— Ça va tourner court, répondit Finn en plaçant la boule de mie dans le panier, comme si l'un d'eux pourrait avoir envie de la manger. C'est probablement lui qui l'a fait. Et il s'est endormi, ivre mort, sans en sentir l'odeur. Ralph pense qu'ils nous interrogent seulement à ce sujet dans l'espoir qu'on s'affole et qu'on lâche des informations sur Amy et l'échafaudage. Maintenant qu'on est un peu moins sur nos gardes.

— Ça ne me surprendrait pas. Si ce n'était le fait qu'ils n'ont pas encore résolu l'affaire, je dirais que ces enquêteurs sont plutôt malins. » Tess leur resservit du vin, l'eau glacée de la condensation sur la bouteille lui coulant sur le poignet. « Et en contrepartie ?

— Je démissionne et je vais travailler pour Ralph. »

Incapable de déterminer si elle s'était attendue à ça et, si c'était le cas, quand elle avait cessé de craindre cette éventualité, elle répondit d'un « Hmm » évasif.

« Avant que tu protestes, je ne le ferai pas tant qu'on n'aura pas eu une offre pour la maison et décidé où on veut aller. Sinon… »

Sinon, dès qu'il aurait commencé à travailler avec Ralph, ce dernier entreprendrait de le convaincre de renoncer à déménager. Elle imagina leurs bureaux côte à côte, leurs visages satisfaits se tournant de concert lorsque quelque subalterne entrerait pour leur apporter leur café fraîchement moulu.

« Le jour où on signe la vente, répondit-elle, tu peux démissionner. Pas avant. Et je vais me retrouver un travail aussi, une fois que les enfants seront à l'aise dans leur nouvelle école. »

Manifestement soulagé par la facilité avec laquelle s'était déroulée la négociation, Finn peina à cacher son euphorie.

« Peut-être qu'on peut te trouver quelque chose à faire dans notre entreprise ? »

Tess leva son verre dégoulinant de condensation à la santé de son mari.

« Ne nous emballons pas. »

34

Ant

En toute modestie, songea Ant, il faisait très bien semblant de rien voir d'étrange dans une visite de la police à 20 heures, ou du moins rien qui lui inspire une envie soudaine de prendre la fuite. Il faut dire qu'il avait déjà descendu deux grands verres de vin lorsque la sonnette avait retenti ; ça aidait. Depuis qu'Em était partie – encore –, il avait pris l'habitude d'acheter du vin en rentrant du travail, généralement à la supérette près de la gare et jamais plus de deux bouteilles. « Si c'est dans la maison, je le boirai », avait-il avoué à ses collègues le jour même, et ils avaient compati, comme si eux aussi avaient un problème de dépendance. « C'est le seul moyen de tenir le coup », avaient-ils opiné.

L'inspecteur Shah expliqua qu'il était passé deux fois déjà dans la journée, sans succès, et qu'il faisait une dernière tentative avant de rentrer chez lui.

Pas là pour m'arrêter, alors, se retint de plaisanter Ant. Il était troisième dans cette nouvelle tournée d'interrogatoires, avait-il compris, après Ralph et Tess, aux dires desquels Naomi et Finn ne s'étaient pas encore qualifiés. Mais Em, elle, allait sûrement être sélectionnée aussi. Les Kendall étaient les plus proches voisins des Booth, et leurs actions du jeudi soir avaient incontestablement eu de quoi faire tiquer. Peut-être la police s'était-elle aussi rendue dans le Gloucestershire ce soir, et les interrogeait-elle simultanément pour éviter que l'un d'eux prévienne l'autre.

« J'ai entendu dire qu'un des brûleurs de la gazinière était resté allumé et que vous voulez savoir où on était tous jeudi dernier ? » demanda-t-il, prenant l'avantage.

C'était la première fois dans tous ces entretiens avec la police qu'il avait préparé ce qu'il allait dire. Em et lui s'étaient concertés sur la question alors qu'ils se promenaient dans le parc en fin d'après-midi, le jour de la mort de Booth, Sam sanglé dans la voiture à pousser verte qu'ils venaient de lui acheter dans la boutique de jouets à côté de la brasserie. (Cela pouvait-il être considéré comme suspect ? Insensible ? D'acheter un jouet quelques heures à peine après qu'un voisin était mort asphyxié ?) Même si leurs interactions avec leur fils avaient été relativement naturelles, ils devaient avoir eu l'air d'une paire d'espions lorsqu'ils s'étaient parlé l'un à l'autre, du coin de la bouche, en gardant les yeux fixés droit devant eux.

« Je suggère qu'on ne dise rien à part qu'on est allés dormir chez Sissy, avait dit Em. On est arrivés chez elle, on a mis Sam au lit, on est allés se coucher. Point final. Si quelqu'un dit avoir vu l'un de nous dans la rue après ça, on faisait juste un saut chez nous pour prendre la girafe de Sam. J'ai dit la même chose à Sissy. »

Elle avait été convaincue qu'elle pouvait dicter ce que Sissy devait ou non dire à la police, mais Ant avait été plus circonspect. Sissy n'était plus la femme qu'ils avaient connue six mois plus tôt : presque trop honnête, résiliente. Elle était vulnérable désormais, si ce n'était déjà brisée.

« Revenons un peu en arrière, si cela ne vous dérange pas », dit l'inspecteur.

Ils étaient assis dans le salon, une tasse de thé devant eux sur la table basse – sans lait, parce qu'en l'absence d'Em, Ant avait oublié d'en racheter. Il avait à moitié sérieusement proposé du vin, mais s'était bien sûr heurté à un refus et avait laissé son propre verre dans la cuisine. Il avait hâte d'aller le retrouver.

« Nous nous intéressons à un message que Ralph Morgan vous a envoyé le lundi précédant la mort de Darren Booth. *Beau travail avec Booth ?* Que voulait-il dire par là ? »

Ant resta un instant déconcerté.

« Oh, OK. Eh bien, c'était parce que je venais de casser la fenêtre à côté. » Sa réponse était-elle trop cavalière ? Il modifia son ton. « Jodie a dû vous en parler. Je n'aurais pas dû faire ça, je suis sincèrement désolé. »

Le calepin était ouvert, le stylo courait dessus de gauche à droite. Dans un moment d'oisiveté, Ant avait googlé « fournitures de police » et trouvé le modèle. « Carnet d'enquêteur », ça s'appelait, mais les civils avaient le droit d'en commander.

« Vous êtes en train de me dire que vous êtes responsable de dégâts infligés à la propriété de Mr Booth ?

— Oui, et vous souhaiterez sûrement me poursuivre en justice pour cela, mais avant, laissez-moi vous poser une question : ce que j'ai fait est-il vraiment pire que d'altérer la santé d'un jeune enfant ? » Avec l'alcool, sa langue allait plus vite que son cerveau. « Vous voulez savoir ce qu'on fait avec ma femme, la semaine prochaine ? On emmène notre fils dans une clinique d'audiologie pédiatrique. Vous savez ce que c'est ? C'est une clinique qui traite les enfants atteints de problèmes d'ouïe. Le jour où j'ai cassé sa fenêtre, elle venait de m'envoyer un message pour me dire qu'on avait besoin de se faire adresser à un spécialiste. J'avais tellement pris sur moi jusqu'alors, et j'ai pété les plombs. J'ai détruit sa caméra et le pare-brise d'une de ses voitures, aussi. J'en aurais fait plus s'il n'était pas sorti. »

L'inspecteur Shah leva le nez de son calepin.

« Aucune plainte n'a été déposée à ce sujet, mais cela ne veut pas dire que nous ne pouvons pas choisir de nous y intéresser. »

Il inclina la tête d'un air pensif, comme s'il était en train de prendre la décision à l'instant même.

Ant hocha la tête, peu fier de lui-même.

« C'est sympa de la part de Jodie de ne pas m'avoir dénoncé. »

Et de Booth : il s'était écoulé quatre jours entre l'attaque et sa mort.

« D'après ce que nous avons compris, vous et votre famille avez dormi chez Ms Watkins la nuit du jeudi 6 ? »

Ant attrapa son thé pour se donner quelques secondes avant de répondre, mais se demanda immédiatement si c'était un signe connu de mensonge imminent et le reposa sans même en prendre une gorgée.

« C'est exact. Elle est venue frapper chez nous tard, il devait être 23 heures ? Elle était un peu dans tous ses états parce qu'elle avait eu une intrusion deux semaines plus tôt et elle croyait de nouveau avoir entendu du bruit dans sa maison. Il était évident qu'elle ne pouvait pas y rester toute seule, alors on a suggéré de dormir chez elle.

— Aviez-vous déjà fait cela par le passé ?

— Non, mais comme je vous l'ai dit, cette intrusion était toute récente, et donc elle n'avait pas été nerveuse à l'idée d'être seule auparavant. Elle avait souvent des clients en Bed & Breakfast, aussi, mais c'est fini, maintenant. Je crois qu'elle se sent seule. »

Si l'enquêteur avait la moindre impression qu'Ant cherchait à entraîner la discussion dans une direction différente, il ne se laissa pas faire.

« Les nerfs de votre femme et vous étaient à rude épreuve à la suite d'une fête bruyante, si j'ai bien compris. Vous n'êtes pas allés chez vos voisins plus tôt dans la soirée, n'est-ce pas ?

— Non. Absolument pas. Et c'est *le* voisin, pas *les* voisins. Jodie n'était pas chez elle, il n'y avait que Booth. »

Ant reprit son thé avec plus d'assurance à présent et en but une gorgée, sentant le liquide chaud déferler dans sa gorge.

« C'est une sacrée coïncidence que vous n'ayez pas été chez vous la nuit d'une fuite de gaz potentiellement mortelle, fit remarquer l'inspecteur.

— On peut dire ça comme ça, acquiesça Ant. Personnellement, j'appellerais ça un coup de chance. Un *rare* coup de chance. Je dirais que c'était à peu près la première fois que la donne était en notre faveur. Vous savez qu'ils avaient déjà fait ça ? Laissé une flamme sans surveillance, ce genre de chose. Bref, Tess m'a dit que d'après les pompiers, nous n'aurions probablement rien eu si nous avions dormi chez nous – tant que rien ne mettait le feu au gaz.

— Est-ce que vous êtes revenu chez vous le matin, pour une raison ou une autre ?

— Non, j'avais pris ma tenue de travail et mon ordinateur, alors je suis parti directement au boulot. Je prends le train qui amène à Victoria Station, si vous voulez vérifier. Plus tard dans la matinée, ma femme m'a téléphoné pour me dire qu'ils avaient tous été évacués.

— Quelle a été votre réaction à cette nouvelle ? »

L'enquêteur reposa son stylo sur son carnet ouvert de façon perturbante, comme s'il voulait écouter la réponse d'Ant avec une attention particulière.

« Eh bien, une fois que j'ai été sûr qu'elle et mon fils allaient bien, j'ai été triste, répondit Ant, et le vin exagéra ses mots, en faisant une histoire pour enfants. Je n'aimais pas Booth, mais ça reste une mort horrible. Je me suis aussi dit que ça aurait pu être pire.

— Comment cela ?

— Ils auraient pu y passer tous les deux. Mais comme je vous le disais, Jodie n'était pas là.

— Oui, vous l'avez effectivement déjà fait remarquer », répondit l'inspecteur.

Em était repartie chez ses parents. C'était juste pour prendre un peu de recul, avait-elle dit, à la fin de cette promenade au parc, avec Sam qui glapissait de joie dans sa petite voiture verte. Rien d'aussi officiel qu'une séparation, et autant pour le bien d'Ant que pour le sien.

Ant, lui, se disait que recul et séparation revenaient au même.

« Je m'inquiète de mon propre comportement, lui avait-elle dit. De la façon dont je t'ai parlé hier. La façon dont j'ai parlé à Sissy. Tout ce plan ridicule. Et si elle y était allée, finalement ? Si elle n'avait pas senti le gaz, et qu'elle avait allumé une cigarette comme je lui avais dit de le faire ? Elle se serait fait sauter avec lui !

— Elle aurait senti l'odeur, avait-il répliqué. Et Booth aussi, s'il n'avait pas été bourré comme un coing. C'était un danger pour lui-même, d'abord avec l'échafaudage puis avec le gaz. » Il s'interrompit. « Combien de temps tu vas rester là-bas, cette fois ?

— Je ne sais pas », avait-elle répondu.

Il avait tenté d'ignorer le désespoir de dernière minute qui s'était emparé de lui, et pourtant il n'avait pu s'empêcher de demander :

« Est-ce que… Est-ce que ça va entre nous, quand même ?

— Oh, Ant », avait-elle répondu, avec un mélange de pitié et de détermination dans son expression. La pitié était pour lui, la détermination pour elle, et peut-être aussi pour Sam. Ils étaient inséparables, la mère et le fils, comme l'avaient été autrefois mari et femme. « Comment veux-tu que je te dise cela avec certitude ? Comment le pourrais-tu, toi ? Le mieux que je puisse te dire, c'est que je l'espère. Je l'espère vraiment. »

Les mots « je l'espère » n'avaient jamais résonné de façon aussi désespérée.

« On te voit pour le rendez-vous à la clinique, lui rappela-t-elle. On sera de retour pour ça la semaine prochaine. »

Oui, il allait les revoir à la clinique et à l'occasion de toute consultation ultérieure. Il en profiterait pour parler à Em, trouverait un moyen de reconstruire la famille que Booth avait détruite.

Paradoxalement, c'est seulement lorsqu'ils échangèrent une étreinte d'adieu qu'il mesura vraiment la distance qu'elle avait mise entre eux. Il sentait la présence spectrale de tous les cadavres qu'avait laissés Booth dans son sillage : pas seulement celui d'Amy, mais aussi ceux encore animés de vie.

35

Sissy

Elle se présenta au commissariat en possession de toutes ses facultés – ou du moins, autant qu'elle pouvait l'être depuis qu'elle avait causé la mort de la petite amie de son fils et s'était livrée aux tyrans jumeaux de la culpabilité et d'Em Kendall.

« Ne dites rien, lui avait ordonné Em, le jour où le corps de Booth avait été retrouvé. Si aucun de nous ne dit rien, on étouffera l'enquête dans l'œuf.

— Quoi que je dise, je ne vous impliquerai en aucune façon, avait répondu Sissy. Vous avez ma parole. »

Ce qui n'était pas tout à fait pareil à ne rien dire. À la place, en apprenant que sa mort avait été causée par un brûleur à gaz laissé ouvert sans flamme, son cerveau avait saisi une occasion. Un châtiment adapté à son crime, une solution karmique à sa vilenie. La vente de son âme à un prix qu'elle était sûre de pouvoir supporter.

« Je suis là pour avouer le meurtre de quelqu'un », dit-elle à l'employé à la réception.

Pas l'annonce théâtrale d'un petit plaisantin, mais rien de rare non plus, à en juger par l'absence d'inquiétude avec laquelle elle fut reçue.

On l'emmena dans une pièce qui n'était pas comme les salles d'interrogatoire qu'elle avait vues à la télévision, mais simplement un espace privé, une petite salle de conférences peut-être, vitrée sur deux côtés. On l'autorisa à s'asseoir où elle voulait – elle choisit de tourner le dos aux rangées alvéolées de personnel de police éclairées au néon qu'on voyait par la vitre – et on lui offrit une boisson chaude. Il lui fallut attendre que les enquêteurs soient disponibles ; elle n'aurait su dire combien de temps passa avant que l'inspectrice Forrester arrive, mais les gargouillements de son estomac l'informèrent qu'elle avait sauté un repas.

L'enquêtrice avait, bien sûr, son calepin bleu et son stylo bille noir réglementaires. La date était déjà indiquée en haut de la page, avec les initiales de Sissy.

« Ms Watkins, vous êtes venue nous dire…

— Que c'est moi, l'interrompit Sissy. C'est moi qui ai allumé le gaz au n° 1. »

Les yeux de l'inspectrice ne s'écarquillèrent que très légèrement, comme si sa surprise était minuscule.

« C'est une sérieuse révélation. Comment êtes-vous entrée dans la maison ?

— J'avais une clé.

— Et comment étiez-vous entrée en possession de cette clé ?

— Booth me l'avait donnée, au tout début, avant qu'on se brouille tous avec lui. »

Un mensonge, mais à peu près plausible. Jodie le contesterait, bien sûr.

« Donc vous aviez une clé et vous vous êtes introduite chez lui. Par quelle porte ?

— Celle de l'entrée.

— À quelle heure ?

— Il était environ 2 heures du matin. » Presque exactement le même moment de la nuit que lorsqu'elle avait commis son crime contre Amy quatre semaines plus tôt. « Il s'était endormi sur le sofa, ivre mort, alors il ne m'a pas vue.

— Quel brûleur avez-vous allumé ?

— Pardon ?

— Il y a plusieurs brûleurs sur la gazinière. Lequel était-ce ?

— Celui de devant.

— Gauche ou droite ? »

Sissy déglutit.

« Droite. »

Pendant tout cet échange, l'expression de l'inspectrice était restée analytique, presque scientifique, avec une pause après chacune des réponses de Sissy comme si elle attendait qu'un interprète finisse de les lui traduire.

« Pourquoi faire pareille chose ?

— Vous ne pouvez pas comprendre, répondit Sissy, sincèrement.

— Je vois. Eh bien, je sais que ces dernières semaines ont été très dures pour vous, alors expliquez-moi ce que vous ressentez. Aidez-moi à imaginer ce qui vous est passé par la tête cette nuit-là. »

Sissy la regarda, prise d'une envie inattendue de faire ce qu'elle lui demandait, les mots prêts à sortir de sa bouche.

« Imaginez qu'une jeune femme que vous aimez, qui est pour ainsi dire votre propre fille, vous est enlevée. Vous sombrez, sombrez dans un tuyau étroit, vous pouvez à peine respirer, mais chaque fois que vous essayez de bouger, vous ne faites que vous enfoncer un peu plus profondément. Vous rentrez chez vous et la porte d'entrée ne s'ouvre pas parce que la chaîne est mise. Quelqu'un s'est introduit chez vous et il est encore à l'intérieur alors que vous secouez la poignée et appelez les secours. C'est lui. Et chaque nuit après ça, vous n'arrivez pas à dormir parce que le moindre bruit vous fait penser qu'il est de retour. Vous avez les yeux fermés et vous imaginez qu'en les ouvrant, vous le verrez là, debout devant vous, en train de décider s'il va vous tuer. »

L'inspectrice semblait subjuguée par sa tirade. Elle fit rouler ses épaules, d'abord en avant puis en arrière, comme pour se libérer de son envoûtement.

« Ça semble extrêmement effrayant.

— Ça l'était. Je voulais que ça s'arrête. Je n'en pouvais plus. »

L'inspectrice avait l'air inquiète.

« Je ne suis pas sûre de vraiment comprendre, cependant. Vous aviez mis votre maison en vente, vous aviez prévu une porte de sortie. Vous n'aviez qu'à attendre quelques mois de plus et vous auriez été débarrassée de lui, alors pourquoi vous mettre en danger en vous introduisant dans sa maison ? Vous deviez savoir qu'il y avait de forts risques qu'il se réveille et se défende.

— Je m'en fichais, répondit Sissy, avant d'expliciter : je me fichais de ce qui pouvait m'arriver. »

L'inspectrice pinça les lèvres.

« Pourquoi ai-je l'impression que vous ne vous montrez pas honnête avec moi aujourd'hui, Sissy ? »

Sissy lui adressa un regard implorant.

« Mais justement si, je suis honnête, c'est pour ça que je suis là. Pour mettre fin à l'incertitude, et laisser tous les autres retrouver une vie normale.

— C'est très honorable de votre part. » Mais il y avait une note nouvelle d'impatience dans la compassion de l'inspectrice, et elle se leva brusquement, se cognant la hanche contre la table. « Remémorez-vous cette nuit-là, Sissy, minute par minute. Puis nous la passerons de nouveau en revue ensemble. Prenez autant de temps qu'il vous en faut. Je vais aller nous chercher une autre tasse de thé. »

Sissy baissa la tête. Elle ne voulait pas se remémorer la nuit, mais l'enquêtrice avait déjà quitté la pièce, refermant la porte derrière elle ; une thérapeute laissant sa cliente se reprendre après une séance. Ou avant.

D'abord, il y avait eu cette impression d'inconnu qu'on ressent au cœur de la nuit, comme si la rue ne nous appartenait pas. Comme si ne pas être vu signifiait ne pas exister.

Elle se rappelait les clés qu'elle avait laissées tomber sur le chemin, puis la main sur son épaule qui l'avait fait se retourner brusquement. Son cri, primal dans le silence de la nuit, puis Ant devant elle, le visage animé d'une inquiétude pressante.

« Qu'est-ce que vous faites, Sissy ? Qu'est-ce qu'Em vous a demandé de faire ? »

Elle s'était redressée face à lui dans la pénombre, en s'efforçant de se calmer.

« Je n'allais pas passer à l'acte, j'allais juste faire semblant. »

— De quoi ? »

Comme si elle se débarrassait d'un serpent lui enserrant la poitrine, elle lui avait expliqué le plan d'Em. Curieusement, avec sa formulation, ses chuchotements amplifiés par le silence froid, ça paraissait moins ridicule, moins juvénile. Ça paraissait prémédité.

« Mais où est-ce qu'elle a trouvé les clés, bon sang ? » avait demandé Ant.

Il avait la respiration lourde et haletante ; à cause de son rhume, il devait respirer par la bouche.

« Elle dit qu'elle les a trouvées le jour de la mort d'Amy.

— Donnez-les-moi et rentrez chez vous. Si elle vous en fait baver, dites-lui que je vous ai forcée à me les donner. » Il les lui avait arrachées de la main avec une certaine brutalité, pour faciliter sa décision. « Rentrez chez vous. »

Elle avait obéi, le sang lui tambourinant aux oreilles alors qu'elle retraversait la rue, couvrant le bruit de ses pas. C'était trop espérer qu'Em soit déjà partie se coucher ; elle attendait au pied de l'escalier, le visage impitoyable dans la pénombre, diabolique.

« Pourquoi êtes-vous déjà rentrée ? avait-elle chuchoté furieusement. Où est passé Ant ?

— Il m'a suivie, avait répondu Sissy. J'ai été obligée de rentrer.

— Pourquoi ?

— Comment vouliez-vous que je le fasse, alors qu'il était juste là ?

— Oh, pour l'amour du ciel ! s'était exclamée Em. Pourquoi est-ce que vous avez promis de le faire si vous n'en aviez pas l'intention ! Je vais m'en occuper moi-même.

— C'est Ant qui a les clés, avait avoué Sissy.

— Vous les lui avez données ? » La fureur d'Em faisait trembler ses épaules. « Ce n'est pas ce qu'on avait convenu ! »

Sissy l'avait regardée sortir en trombe. Elle avait songé à courir après elle, mais s'était souvenue de Sam. Elle était seule avec lui dans la maison, donc elle était obligée de rester. Ni Ant ni Em n'avaient les clés de chez elle, aussi avait-elle laissé la porte déverrouillée avant de se replier dans sa chambre. (L'ironie de laisser la maison ouverte à tous, alors qu'ils étaient censés être là pour l'aider à se sentir plus en sécurité, était le cadet de ses soucis.) Elle se sentait faible et bonne à rien d'avoir laissé à Ant la tâche de dissuader Em de sa mission si mal conçue, mais après tout, c'était son mari. Il allait peut-être réussir là où elle-même avait échoué.

Sauf qu'ils n'étaient pas revenus ensemble. Elle avait cru que si, au début : elle avait entendu la porte d'entrée s'ouvrir et se refermer, des pas monter l'escalier couvert de moquette, la porte de la chambre voisine s'ouvrir et se refermer discrètement à son tour, et elle s'était laissée aller à dormir. Mais quelque temps plus tard, elle s'était réveillée en entendant la même suite de sons : la porte d'entrée, les pas dans l'escalier – si légers ceux-ci qu'elle les avait à peine distingués –, la porte de la chambre d'amis. Un gémissement de bébé, un murmure d'adulte.

Il n'avait fait aucun doute pour elle qu'Ant avait perdu le débat. Il avait rendu les clés à Em et était revenu seul. Em avait mis son plan à exécution et placé la cigarette allumée. Incapable maintenant de retrouver le sommeil, Sissy avait monté la garde à la fenêtre de devant. Dès qu'elle verrait de la fumée, elle appellerait les secours.

Mais il n'y avait pas eu de fumée, seulement l'aube qui se levait doucement au-dessus des toits.

Après le petit déjeuner, lorsque Tess était arrivée avec son extraordinaire nouvelle, Sissy n'avait pu que supposer qu'Em avait adapté son crime avec un succès choquant. Toute la journée, elle l'avait regardée en pensant : *Mais qu'avez-vous fait ?*

Em, au moins, avait eu la présence d'esprit de déclarer que la chose était une miraculeuse coïncidence.

« Je n'arrive pas à croire qu'il est mort », avait-elle dit, et *continué* à dire.

Et même une fois seule avec Sissy, elle avait maintenu cette version des faits, avec un naturel digne des plus grands acteurs, si convaincant en fait que Sissy avait eu l'impression qu'elle y croyait elle-même. Sa seule allusion à ce qui s'était passé au cœur de la nuit avait été lorsqu'elle avait préparé Sissy à gérer les éventuelles questions de la police qui suivraient.

« On est tous allés se coucher à la même heure. Personne n'est ressorti de la maison. Sauf si quelqu'un soutient qu'il vous a vue, et alors vous dites que vous alliez chercher la girafe de Sam pour moi. Mais seulement dans ce cas.

— D'accord », avait répondu Sissy.

Mais qu'avez-vous fait ? avait-elle de nouveau songé.

L'inspectrice Forrester revint dans la pièce avec de nouvelles tasses de thé et reprit l'entretien avec aisance, comme si elle rattrapait une maille.

« Dites-moi la vérité, Sissy, oui ou non : êtes-vous entrée au nº 1 cette nuit-là ?

— Non, murmura Sissy.

— Pourquoi vous dénoncer pour un crime que vous n'avez pas commis ? »

Sissy ne répondit pas.

« Cherchiez-vous à protéger quelqu'un d'autre ? » Comme son ton était enjôleur à présent, presque doux. « Avez-vous vu ou entendu Em Kendall sortir cette nuit-là ?

— Non », répondit Sissy. Mais, à son grand désarroi, elle sentit l'émotion l'emporter sur la prudence, et sa voix prendre une énergie fiévreuse : « Il faut que vous compreniez que cette situation l'a rendue folle. Elle a un bébé qui n'arrive pas à dormir, pour lequel elle s'inquiète éperdument. Si elle a fait quelque de mal, elle ne mérite pas d'être punie. J'ai… Je suis plus âgée. »

J'ai quelque chose à expier.

L'enquêtrice porta sa tasse à ses lèvres, avec une expression conciliante, presque bienveillante. Mais elle pensait sûrement qu'il était franchement agaçant de devoir expliquer aux témoins que la culpabilité n'était pas transférable. On n'avait pas le droit d'assumer la faute d'un autre sous prétexte qu'on avait moins d'années devant soi – ou que celles-ci avaient moins de valeur.

« Sissy, saviez-vous si l'un de vos voisins s'était renseigné en ligne sur les morts causées par des fuites de gaz de ville ?

— Non, répondit-elle. Je ne savais rien de tel. »

Em n'avait quand même pas cherché ces informations sur un de ses propres appareils ?

Elle était partie, une fois de plus, séjourner chez ses parents, avait annoncé Ant à Sissy, sans parvenir à cacher son abattement. Mais à présent, Sissy se demandait si Em n'avait pas en réalité pris la fuite avec Sam. Pour échapper à la police. Et si, peut-être, Ant le savait intuitivement.

Elle comprenait maintenant qu'elle avait fait une terrible erreur en venant là et en tenant ces propos. Non seulement avait-elle attiré les soupçons sur la personne même qu'elle espérait protéger, mais elle s'était également mise elle-même en danger. Si l'inspectrice Forrester avait assez de preuves pour inculper Em, celle-ci n'aurait d'autre choix que d'essayer de négocier, d'offrir quelque chose en échange de la mansuétude de la cour. Elle avait certes effacé la vidéo de Sissy et de l'échafaudage de son téléphone, mais pas de sa mémoire.

« La raison pour laquelle j'ai dû vous faire attendre tout à l'heure est que nous étions en train de lire les résultats de l'autopsie de Mr Booth », reprit l'inspectrice, changeant de sujet avec une soudaineté presque désinvolte. Elle marqua un temps, comme pour décider quelles informations elle pouvait offrir à Sissy en échange du peu qu'elle avait avoué. « Nous avons déjà averti sa famille, alors je pense pouvoir vous informer aussi que sa mort n'a pas été causée par les effets du gaz. »

Sissy sentit son cœur trébucher et sa gorge se serrer ; elle ne put que rester bouche bée.

« Il est mort d'un syndrome de mort subite inopinée lié à l'abus d'alcool.

— Je ne comprends pas ce que ça veut dire », répondit Sissy.

Elle n'en avait jamais entendu parler.

« On n'y a donné un nom que récemment. Je vais vous laisser vous renseigner chez vous, mais d'après ce que je comprends, le cœur est atteint d'une anomalie électrique qui lui fait perdre son rythme, et qui est déclenchée par l'abus d'alcool répété à long terme. Au cas où vous voudriez partager l'information avec votre groupe WhatsApp. »

Leurs regards se croisèrent. Comment connaissait-elle l'existence de celui-ci ? Avait-elle deviné comme ça, par hasard ? C'était plus probablement une hypothèse raisonnée.

« Bien sûr, cela ne veut pas dire que nous allons renoncer à chercher la personne qui a ouvert le gaz et *tenté* de tuer Mr Booth. »

Sissy sentit son pouls s'accélérer.

« Vous voulez dire que ça peut encore être considéré comme une tentative de meurtre ? »

L'inspectrice hocha la tête.

« Vous avez l'air épuisée. Laissez-moi voir si je ne peux pas trouver quelqu'un pour vous ramener chez vous. » Puis, en se levant, elle ajouta : « Et rassurez-vous, Sissy, l'enquête qui vous soucie le plus reste absolument au sommet de nos préoccupations. »

Sissy la dévisagea sans comprendre.

« Amy », expliqua l'inspectrice avec tact.

Sissy se leva à son tour, le cœur fripé comme une vieille pomme dans sa poitrine.

« Amy. Bien sûr. »

36

Tess

Ils étaient un peu en retard pour l'école, de sorte qu'ils ne purent faire leur détour habituel par le parc. Les rigueurs des journées scolaires étaient nouvelles pour Dex, notamment la nécessité de s'habiller pour y aller. Bien qu'il soit souvent rendu à Tess avec son pull à l'envers ou une de ses chaussettes portant sur l'étiquette le nom d'un autre enfant, laisser arriver les élèves dans cet état n'était pas encouragé.

C'est donc au retour que Tess alla jeter un coup d'œil aux cygnons. Il y en avait encore cinq, ce qui dans cette vie précaire était un exploit. Elle se demanda quelle famille allait partir la première, la leur ou la sienne ? Si seulement déménager était aussi simple pour les humains : quelques vols d'entraînement sur l'eau et puis un jour, c'était parti. On décollait. On repérait sa nouvelle maison du ciel, on faisait sa descente et on comptait sur une intégration heureuse.

Eux n'allaient pas se faire la belle si rapidement, mais attendre d'avoir une idée plus claire de ce que Jodie avait l'intention de faire du nº 1. Elle était encore en contact avec la police – Tess avait vu l'inspectrice Forrester lui rendre visite pas plus tard que la veille – mais tout le monde s'accordait à dire que le fait que les voitures aient été enlevées était un excellent présage. *A priori*, ils allaient laisser Dex terminer l'année à Lowland Primary, puis déménager pendant l'été et gérer la recherche du collège d'Isla depuis leur nouvelle adresse, qui devrait permettre de rejoindre sans trop de mal London Bridge, la gare de grandes lignes la plus proche de l'entreprise de Ralph et du nouveau travail de Finn.

Son regard s'arrêta sur une femme guidant une poussette double, tandis qu'un troisième enfant jetait du grain dans l'eau. Elle consulta son moniteur Fitbit – encore une demi-heure avant la sortie de l'école – et s'approcha à grands pas.

« Bonjour, pardonnez ma curiosité, mais êtes-vous Becky Wallace ? Celle qui a trouvé le cygnon mort ? »

Brièvement prise de court, la femme retrouva rapidement ses esprits.

« Je ne savais pas quoi faire. J'avais un carton dans le panier de ma poussette alors je l'y ai mis. Je ne voulais pas qu'ils… »

Qui elle entendait par « ils » et ce qu'elle craignait qu'ils fassent resta inexprimé.

Tess sourit.

« Je suis contente que vous l'ayez fait. S'il était resté là trop longtemps, les rats et les corbeaux s'y seraient attaqués. Mais vous avez été courageuse. Vous auriez pu vous faire attaquer par ses parents. Ces trois-là sont à vous ?

— Sean, oui. Les jumeaux, je les garde seulement.

— Mon petit garçon a à peu près ton âge, dit Tess à Sean. Il vient de commencer l'école cette année. Quand est-ce que tu commences, toi ? L'année prochaine ?

— Non, répondit l'enfant en la regardant d'un air profondément soupçonneux.

— Oui, le reprit sa mère.

— Alors tu devrais rencontrer Dex, et il pourra tout te raconter sur le sujet. Tu as entendu parler de Dimanche On Joue Dehors, dans Lowland Way ? C'est quand on ferme la rue à la circulation pour que tout le monde puisse y jouer. On avait arrêté pendant l'été, mais on recommence dimanche prochain. Tu devrais venir. » Tess reporta son attention sur Becky. « Ça vous dit, un petit café vite fait à la paillote ? Je vous l'offre. Nous pourrions en profiter pour demander aux filles si elles veulent bien mettre une affiche permanente avec le numéro du service de protection des cygnes ? »

Elle avait l'impression d'être Naomi, à entraîner ainsi la femme dans un flot irrésistible de suggestions et d'idées, mais le petit garçon faisait contrepoids, insensible au charme de sa proposition, réclamant en geignant que sa mère l'emmène immédiatement à la tyrolienne, et celle-ci hésita.

« Ou peut-être une autre fois », dit Tess, l'air dégagé.

Dans sa poche, son téléphone sonna et elle consulta l'écran : un nouveau message WhatsApp de Sissy.

J'ai parlé à la police hier...

Seigneur, ça n'allait donc jamais finir ?

Elle s'apprêtait à continuer sa route lorsque Becky Wallace la surprit.

« Non, maintenant, c'est bien, répondit-elle en souriant. Sean peut attendre un moment. Je serais ravie de prendre un café. »

37

Sissy

Pete était avec elle lorsque la police vint une dernière fois. C'était le lundi matin qui suivait sa fâcheuse visite au commissariat, et il avait pris sa journée pour l'aider à commencer les cartons. Elle et son acheteur venaient seulement de se mettre d'accord sur un prix et de prévenir leurs notaires respectifs, mais cela allait prendre des semaines de vider une maison de presque trois cents mètres carrés des affaires accumulées pendant plus de trente ans.

Elle se rappelait le jour où Colin et elle étaient arrivés dans la rue ; elle était enceinte de Pete à l'époque. Jean leur avait apporté une tarte aux cerises, tout juste sortie du four. Elle se rappelait encore la douceur estivale du dessert dans sa bouche, l'acidité des fruits. À cinquante-cinq ans, Jean leur avait paru très vieille, une baby-sitter potentielle qui n'avait plus de vie personnelle. « Ça bouge pas beaucoup dans le quartier, hein ? » avait dit Collin. Lowland Way avait semblé plus ordinaire, alors. La passion de rénover les vieilles demeures ne s'était pas encore emparée de la société et les maisons avaient encore des prix qui semblaient justes et abordables, rien à voir avec les sommes fabuleuses demandées aujourd'hui. Une fois payé tout ce qu'elle devait payer, elle serait tranquille. Tranquille ou en prison, l'un ou l'autre.

Au moins, elle s'était débarrassée des cigarettes qu'Em lui avait données, et qu'elle avait découvertes, horrifiée, dans la poche de la veste qu'elle avait portée pour aller au commissariat. Était-ce pour cela qu'Em avait eu recours au gaz plutôt qu'au feu ? Se trouvant sans l'arme de son crime, avait-elle été obligée d'improviser ?

Pete était arrivé le dimanche, à temps pour le déjeuner. Du rôti d'agneau, le premier vrai repas qu'elle ait cuisiné depuis la mort d'Amy. C'était lui qui avait proposé de l'aider à faire ses cartons. Elle ne l'aurait jamais soumis à pareille torture émotionnelle, mais sa thérapeute avait dit que cela pourrait participer positivement à ses efforts pour aller de l'avant, être un entraînement pour le jour où il mettrait en cartons les affaires d'Amy, qui étaient toujours dans leur appartement, telles qu'elle les avait laissées.

« C'est entièrement expérimental pour l'instant, lui avait-il dit alors qu'ils s'activaient. C'est entièrement provisoire. »

Et elle ne l'avait pas contredit.

Tout l'après-midi et jusque tard dans la nuit, ils avaient rempli des cartons, un pour chaque sac-poubelle rempli d'objets à jeter. Sissy avait jugé la thérapeute de Pete très astucieuse lorsqu'elle avait eu des aperçus de l'homme qu'il serait d'ici un an. Sa joie de vivre avait été paralysée, mais pas détruite. Il allait se remettre, renaître.

« C'est le facteur ? » demanda-t-il le lendemain matin, lorsqu'on sonna à la porte.

Il était peu avant 8 heures et, inspirée par ce souvenir de Jean, Sissy avait fait des muffins anglais aux cerises pour le petit déjeuner.

« Ou un journaliste, répondit-elle d'un ton lugubre. Je vais m'en débarrasser. »

Mais, sur le pas de sa porte, elle trouva l'inspectrice Forrester. Celle-ci avait au coin des lèvres une petite tache blanche que Sissy supposa être du dentifrice. Un homme que Sissy n'avait jamais vu auparavant attendait sur le chemin derrière elle.

« Je vous présente mon collègue, l'inspecteur Nardini, dit l'enquêtrice, avec l'absence de préambule d'une amie proche. Avec votre permission, j'aimerais qu'il fouille la chambre de l'étage qui donne à l'avant. Cela ne vous dérange pas ? »

Pete s'avança à grands pas pour se poster à côté de Sissy.

« Qu'est-ce qui se passe ? demanda-t-il. Qu'est-ce que vous cherchez exactement ?

— Je vais vous expliquer pendant qu'il travaille, si vous êtes d'accord ? »

Attendant scrupuleusement le consentement de Sissy, l'inspectrice Forrester lâcha son collègue dans l'escalier et accepta le café et le muffin anglais qu'elle lui offrait.

Nous y voilà sûrement, songea Sissy. L'autre enquêteur devait être en train de chercher des vêtements, des fibres qui correspondaient à celles retrouvées sur l'échafaudage. Ou sur les outils qu'elle avait utilisés, peut-être. C'était remarquable, l'absence de peur qu'elle ressentait, assise à la table de la cuisine avec Pete à ses côtés. Dans les faits, l'inspectrice Forrester la désarma en la complimentant sur ses talents de pâtissière, avant de lâcher sa bombe avec un sourire :

« Nous pouvons maintenant vous confirmer que c'est bien Darren Booth qui s'est introduit chez vous le 23 août dernier. »

Sissy sentit son cœur battre à tout rompre.

« Je savais bien que c'était lui ! Je l'avais dit aux policiers qui sont venus et ils étaient allés lui parler, mais ils m'avaient affirmé qu'il n'avait rien à voir là-dedans.

— Il est probable qu'ils cherchaient des indices de vol, mais Darren Booth est entré chez vous dans l'optique d'y *laisser*, et non d'y prendre, quelque chose. Il a installé une caméra.

— Quoi ? Vous voulez dire… bredouilla Sissy, horrifiée. Il me surveillait ?

— Non, pas vous. Sa propre maison. D'après les images que nous avons, la caméra se trouve à l'une des fenêtres de votre étage.

— Les images que vous avez ? répéta Sissy, toujours assourdie par les battements de son propre cœur.

— Enregistrées sur l'un de ses téléphones, expliqua l'enquêtrice. Nos téléchargeurs viennent de réussir à récupérer toutes les vidéos – il l'avait configuré de façon à pouvoir consulter les images à distance.

— Comment est-ce possible ? » Les compétences technologiques de Sissy étaient rudimentaires ; elle en savait juste assez pour vérifier ses factures et fournir le mot de passe du Wi-Fi à ses clients. « Il n'aurait pas eu besoin de mes informations Internet ? »

L'enquêtrice hocha la tête.

« Nous avons été en mesure de découvrir qu'il avait utilisé le mot de passe trouvé sur un autocollant sur votre routeur. »

Pete prit le relais :

« Tu sais, maman, quand tu veux accéder à Internet, il y a une liste de plusieurs réseaux ? Ce sont tous ceux qui sont à portée, ceux des voisins. Avec le mot de passe en sa possession, ce type pouvait accéder au tien quand il voulait.

— Merci », dit l'enquêtrice, qui avait terminé son muffin, miettes comprises.

Elle avait « été en mesure de découvrir » tout cela grâce à Jodie, supposa Sissy.

« Est-ce que Jodie vous a dit pourquoi il avait ressenti le besoin de faire une chose pareille ? Il avait déjà une caméra chez lui pour protéger sa maison.

— Son objectif était d'améliorer sa sécurité à la suite de l'effondrement de son échafaudage. Il voulait pouvoir filmer toute autre tentative d'assassinat. Il s'attendait à ce que sa propre caméra soit la cible d'un acte de vandalisme et il s'est avéré qu'il avait raison. Comme vous le savez peut-être, elle a été mise hors d'usage par un des voisins le week-end précédant sa mort.

— Oui. »

Sissy sentait la nausée l'envahir, l'étrangler. Une pensée dominait toutes les autres : que la police trouve la caméra ou non, elle était désormais en possession des images vidéo de la nuit où Booth était mort.

L'inspectrice attendit qu'elle relève les yeux et ne reprit la parole qu'une fois qu'elle tint son regard.

« Il semble que vous soyez sortie de chez vous une seconde fois cette nuit-là, finalement.

— Quelle nuit ? Maman ? »

Pete ne comprenait pas, et Sissy regretta de tout son cœur qu'il soit présent pour la direction que cette conversation risquait de prendre. Elle avait l'étrange impression d'avoir été hypnotisée, ce qui ne pouvait pas être vrai, elle le savait. Il était important d'ordonner ses pensées, de planifier la suite du parcours, avec tous ses obstacles possibles.

« Oui. Je suis allée chez les Kendall – ou du moins, j'ai traversé la rue. Em m'avait demandé d'aller chercher la girafe de Sam, une peluche avec laquelle il dort. Ils ont beaucoup de mal à le faire dormir.

— C'est un problème que je connais bien, dit l'inspectrice avec un petit sourire.

— Vous avez un bébé ?

— Elle a trois ans maintenant. Mais elle dormait terriblement mal la première année. »

Disait-elle cela pour s'humaniser à ses yeux, lui donner un faux sentiment de sécurité ? Incertaine, Sissy resta silencieuse, et l'inspectrice reprit son interrogatoire :

« Pourquoi Em n'est-elle pas allée la chercher elle-même ? Ou n'a-t-elle pas demandé à son mari d'y aller ?

— Parce que j'étais encore debout, j'imagine. C'est moi qui l'ai proposé. Mais Ant m'a rejointe et y est allé lui-même, alors je suis rentrée chez moi. »

Exactement comme ça devait apparaître sur la vidéo.

« Vous avez fait tomber quelque chose, il me semble ? »

Sissy réfléchit, soulagée que son cœur batte moins violemment à présent.

« Oui, c'est exact. Juste les clés d'Em. Je les ai données à Ant. »

La police serait-elle capable de lire sur leurs lèvres la conversation qu'elle avait eue avec lui ? Probablement pas, il y avait peu de chances que la vidéo soit digne du MI5 en matière de résolution.

Un appel leur parvint du haut de l'escalier – « Eithne ! » – et leur petit groupe, enquêtrice en tête, monta dans la chambre principale, où Sissy et Pete eurent le droit de voir la petite caméra plate qui avait été trouvée fixée à l'arrière de la commode, et que l'autre enquêteur était en train de glisser dans une pochette à sceller.

« C'est dommage qu'elle n'ait pas déjà été installée la nuit avant la mort d'Amy, remarqua Pete.

— Tous les crimes ne sont pas si commodément filmés », lui répondit l'inspectrice Forrester.

Oh, Em, songea Sissy.

Pete et elle restèrent dans la chambre après le départ des enquêteurs, lui à la fenêtre et elle assise dans le fauteuil près du lit, épuisée par les émotions cumulées de la descente de police et du sursis obtenu. Les draps du lit étaient froissés, les oreillers aplatis. Lorsque Pete avait dit qu'il allait rester pour la nuit, Sissy s'était demandé s'il allait choisir la chambre où Amy avait vécu sa dernière nuit, mais à la place, il avait suggéré celle-ci. En le voyant à la fenêtre, elle comprenait à présent qu'il l'avait choisie pour pouvoir examiner la scène de la mort d'Amy. Pour l'imaginer, puis effacer ce qu'il avait imaginé.

« Ils vont en face maintenant, annonça-t-il. La femme qui était là à l'instant et le type que j'ai déjà rencontré. L'inspecteur Shah. Il devait attendre dans la voiture.

— Ah bon ? Je ne pensais pas qu'Em était chez elle. »

Elle n'avait pas fui, finalement – l'idée semblait à présent grotesque. Plus probablement, la police avait exigé qu'elle rentre, l'avait menacée d'une arrestation chez ses parents, sous les yeux de leur communauté. Fallait-il que Sissy la prévienne sur WhatsApp ? Où était son téléphone ? Dans la cuisine, en train de charger. Elle avait informé le groupe des résultats d'autopsie de Booth le lendemain matin du jour où elle les avait appris elle-même, mais cette fois, c'était différent. Cela pouvait être vu comme une aide à la fuite du coupable, une complicité d'évasion, quelque chose de ce genre.

« Oh, là, là, ils ont sorti leurs menottes ! » s'exclama Pete, et Sissy se leva comme si c'était à elle qu'on récitait ses droits. Une chose était sûre, elle serait la prochaine, car son destin était lié à celui d'Em : elles tomberaient ou seraient sauvées ensemble. Ce n'était plus de la peur qu'elle ressentait, mais de la peine, la plus immense peine. Pour Em, pour Sam, pour eux tous.

« Pauvre Em, c'est affreux. Tellement affreux.

— Non, ce n'est pas elle qu'ils ont arrêtée. C'est un homme.

— Fais voir ! »

Mais le temps qu'elle arrive à la fenêtre, Ant Kendall était déjà à l'arrière de la voiture de patrouille, tête baissée comme s'il priait alors que le véhicule s'éloignait.

38

Ant

— Anthony Kendall, 3 Lowland Way, Lowland Gardens. Oui, je comprends que cet entretien est enregistré.

— Ce que je sais sur le gaz naturel ? C'est votre première question ? Je sais qu'il n'a pas tué Darren Booth, quoi qu'en disent les journaux.

— Non, je ne veux pas dire que je pensais que ça pourrait tuer, je veux dire qu'à lire les journaux, j'ai supposé que c'était ce qui l'avait tué, mais j'ai appris depuis d'une voisine que c'était un syndrome de l'alcoolique ou quelque chose comme ça. Eh bien, je peux attester de son abus de l'alcool, si ça peut vous aider ?

— Oui, j'ai effectivement googlé « brûleur de gazinière ». L'un des nôtres était cassé et je voulais voir comment le réparer et s'il était dangereux de continuer à l'utiliser.

— Si vous le dites, oui, j'ai passé quarante minutes en ligne – il y avait beaucoup d'infos à trouver.

— Non, finalement j'ai décidé de faire appel à un professionnel. Je ne voulais pas prendre le risque de faire quoi que ce soit moi-même, pas avec un bébé dans la maison.

— Non, je ne l'ai pas encore appelé. Je n'ai pas eu le temps.

— Quoi ? Je vous ai dit pourquoi j'avais cassé sa caméra, j'étais furieux à cause des problèmes d'audition de Sam. Ça n'avait rien à voir avec ça.

— Non, je n'essayais pas de la désactiver à l'avance. Je n'avais même pas décidé où j'allais frapper, j'ai juste vu rouge et commencé à fracasser tout ce que je voyais. C'était juste un incident isolé.

— Qu'est-ce que... ? C'est moi sur cette vidéo, oui. Oh, mon Dieu. D'où est-ce que ça sort ? Qui a filmé ça ?

— Oui, c'est moi. Oh, Seigneur.

— Je traverse la rue entre chez ma voisine Sissy Watkins et chez moi et je lui mets la main sur l'épaule.

— L'horodateur indique le 7 septembre, 2 h 09.

— Je lui demandais ce qu'elle faisait et elle m'a répondu qu'elle allait chercher la girafe en peluche de Sam pour Em. Je lui ai dit que j'allais y aller et qu'elle ferait mieux de rentrer chez elle. Ce qu'elle a fait.

— Je ne dirais pas que c'était une longue discussion, non.

— Je rapporte les clés chez moi, c'est tout. Celles qu'Em avait données à Sissy. Je suis entré et je suis monté chercher la girafe.

— Non, je ne suis pas ressorti immédiatement. C'est sur votre vidéo, je suppose. Je suis resté assis dans le salon, je ne sais pas, à réfléchir, c'est tout.

— Pas particulièrement inhabituel, non. On est souvent réveillés la nuit, à cause des problèmes de bruit à côté.

— Oui, c'est ma femme. Elle traverse la rue et frappe à la fenêtre. Je suis allé à la porte lui ouvrir.

— L'horodateur indique 2 h 20.

— On a parlé quelques minutes, oui. Elle voulait juste savoir pourquoi j'avais suivi Sissy. Elle m'a dit que Sam s'était rendormi.

— C'est elle qui retourne chez Sissy. Écoutez, avant qu'on aille plus loin, est-ce que je peux juste déclarer sans ambiguïté que ni Sissy ni Em ne savaient ce que j'allais faire ensuite ? Elles ne savaient rien. Je veux dire, je ne savais pas moi-même !

— Oui, c'est moi. Je m'approche de la porte du n° 1. Il est 2 h 46.

— J'avais les clés depuis le jour où l'échafaudage s'est effondré. Je les ai vues par terre et je les ai prises.

— Non, personne d'autre ne savait que je les avais.

— Non, je vous jure que je n'avais rien préparé. Je ne sais pas ce qui m'a pris. J'ai juste eu envie d'entrer et de jeter un coup d'œil. Je suppose que je ne ressentais pas des émotions normales ; par exemple, j'aurais dû avoir peur, non ? Il s'est déjà montré agressif envers nous, et il aurait pu m'attaquer s'il m'avait entendu. Tout ce que je peux dire, c'est que c'était comme si ce n'était pas moi. C'était comme si je me regardais faire : une étrange impression d'être hors de mon corps.

— J'ai refermé la porte derrière moi et j'ai attendu un moment dans le vestibule. Je n'entendais rien et j'ai supposé qu'il était à l'étage, couché. Je savais que Jodie n'était pas là, qu'elle était partie de Londres pour la semaine. J'ai fait quelques pas vers la porte du salon et j'ai eu le choc de ma vie, parce qu'il était juste là ! Endormi sur le canapé.

— Non, il ne ronflait pas, ne faisait aucun bruit, il était juste allongé là avec le bras en travers du visage. Vous ne croyez pas... Vous ne croyez pas qu'il était déjà mort ?

— Eh bien, je suis resté là, complètement pétrifié, à me dire qu'il allait se réveiller et me voir, mais ensuite j'ai remarqué qu'il y avait des cannettes partout, il avait visiblement énormément bu et il était HS.

— Je savais qu'il fallait que je parte, que je n'aurais pas dû être là. J'ai essayé de partir, mais je n'ai pas

réussi à rouvrir la porte d'entrée, elle était dotée d'un mécanisme bizarre que je n'ai pas su actionner dans le noir, et je ne voulais pas prendre le risque d'allumer la lumière. Je n'ai pas eu d'autre choix que de passer à pas de loup dans le salon pour atteindre la cuisine et utiliser la porte de derrière.

— Il n'y avait pas d'odeur de gaz, non, pas que je me souvienne, mais j'avais un gros rhume, alors il est possible que je n'aie rien senti. Em et Sissy pourront vous le confirmer, ou mes collègues.

— Je n'ai pas regardé la gazinière, non, donc je n'aurais pas pu voir si un des brûleurs était ouvert ou non.

— J'ai ouvert la porte de derrière et lorsque je l'ai refermée derrière moi, elle s'est verrouillée automatiquement. J'ai laissé tomber les clés près de la clôture et je les ai recouvertes d'un peu de terre à coups de pied. Puis j'ai fait le tour de la maison – il y a un portail avec un verrou qu'il m'a été facile d'ouvrir.

— Oui, c'est moi. Il est 2 h 50. J'ai été sur les lieux pendant quatre minutes. Attendez, vous auriez des empreintes sur le bouton de gaz, non, si je l'avais tourné ? Et vous n'en avez pas, n'est-ce pas ? À part cette vidéo, quelles preuves avez-vous ?

— Bien sûr que je vois l'impression que ça donne, d'être entré chez lui au milieu de la nuit. Mais il est entré chez Sissy, pas vrai ? Personne ne l'a arrêté pour ça. Les gens font des choses bizarres, illégales, mais ce n'est pas pareil que d'essayer de tuer quelqu'un.

— Non, je ne pensais pas qu'il serait mort le matin venu, pourquoi l'aurais-je cru ? Je n'ai pas touché au gaz ! Croyez-moi, quand j'ai appris la nouvelle, j'ai été aussi surpris que tout le monde. De toute façon, si ce n'est pas le gaz qui l'a tué, qu'est-ce que ça peut faire ? Je ne sais pas pourquoi je suis là, pourquoi on a besoin

de parler de ça.

— OK, d'accord. Oui, je suis retourné chez Sissy et je me suis couché. Em n'avait pas mis le verrou à la porte. Sam et elle étaient tous les deux endormis, et ils dormaient encore lorsque je me suis levé pour aller au travail. Parlez à mes collègues ; demandez-leur s'ils pensent que c'est un meurtrier qui est arrivé au boulot ce matin-là !

— Non, c'est faux. Je suis la dernière personne à l'avoir vu en vie, ça, c'est peut-être vrai, mais je ne lui ai rien fait, je vous le jure.

— Je ne suis pas d'accord avec ça. Vous additionnez deux et deux pour arriver à cinq. Vous savez quoi ? Depuis le début, vous cherchez un malin complot derrière tout ça, mais peut-être que la réalité, c'est que c'était eux les méchants dans l'affaire, pas nous ? Ce sont eux qui nous pourrissent la vie depuis le début.

— Non, sans commentaire à partir de maintenant. C'est du harcèlement. Quelle est la procédure désormais ? J'aimerais parler en privé avec mon avocat. J'aimerais téléphoner à ma femme. Quand serai-je autorisé à voir mon fils ?

Entretien enregistré avec Mr Anthony Kendall,
3 Lowland Way,
par les inspecteurs Shah et Forrester
au commissariat de Milkwood Lane,
17 septembre 2018

Ils étaient venus le chercher à 8 h 30, alors qu'il s'apprêtait à aller prendre le train, et étaient arrivés au commissariat vers l'heure où il aurait été à mi-chemin de Victoria Station, en train de regarder un épisode de série sur son téléphone ou de consulter la matinale du

Guardian sur son site. Ils l'avaient fait passer par l'arrière-cour et un portail métallique, puis placé en détention provisoire. Il avait vécu tout cela comme si ça arrivait à quelqu'un d'autre, sous ses yeux, et ce n'est que plus tard qu'il fut en mesure de s'en rappeler toutes les composantes : on l'avait fouillé et on lui avait confisqué ses possessions, à l'exception de son alliance ; on lui avait laissé la possibilité de voir une infirmière (il avait répondu que non, il était en parfaite santé, il avait juste la gueule de bois, et le sergent responsable des gardes à vue avait eu un petit rire) ; on lui avait demandé s'il avait un avocat ou s'il souhaitait qu'on lui en fournisse un (il avait accepté cette deuxième option avec reconnaissance) ; on avait pris sa photo, ses empreintes et un échantillon de son ADN.

Cela devait avoir duré près de cinq heures en tout.

Puis, l'entretien, avec son avocate commise d'office à côté de lui, une femme prénommée Harriet qu'il ne connaissait ni d'Ève ni d'Adam jusqu'à ce jour, mais qui semblait désormais être la seule personne sur le pont à l'avoir repéré dans l'eau, en train de se noyer.

Après l'entretien, on l'amena dans une cellule pendant que les enquêteurs s'efforçaient de convaincre le service des poursuites judiciaires de l'inculper immédiatement. La cellule comportait une banquette étroite avec un matelas, une haute fenêtre en verre dépoli, hors de portée, et une cuvette de toilettes en métal. Il y régnait une température raisonnable, l'ambiance était en fait moins lugubre qu'il ne s'y serait attendu, mais il se sentait nu et vulnérable sans son téléphone. Extraordinaire de penser que le matin même, il avait prévu d'aller au travail, que les vêtements qu'il portait avaient été choisis pour une journée chez Saule Blanc Aliments & Boissons, pas en prison.

Ils avaient choisi de l'inculper de tentative de meurtre, lui dit Harriet, ce qui était « un peu exagéré », même pour la police.

« Ils se sont trompés de coupable », répondit Ant.

C'était marrant comme on recourait aux clichés lorsqu'on se trouvait en grave péril. Peut-être était-ce un réflexe de survie, la limitation du vocabulaire, pour pouvoir consacrer toute sa matière grise à la résolution de questions de vie ou de mort.

Harriet avait pu consulter les résultats de l'autopsie et obtenir confirmation qu'il n'y avait pas de quantités nocives de gaz de cuisine dans les tissus pulmonaires ou le sang de Booth.

« Alors s'il est vraiment mort de ce syndrome lié à l'alcool, pourquoi est-ce qu'ils s'embêtent avec cette histoire de gaz ? demanda-t-il.

— La tentative de meurtre implique l'intention de tuer, même si la tentative échoue, lui expliqua-t-elle. La police va devoir prouver que vous pensiez que le gaz pouvait tuer et que vous aviez l'intention qu'il le tue. Ils vont également essayer de trouver un expert médical pour avancer que le gaz a pu être un facteur contributif. La moindre possibilité, si elle est crédible, sera une mauvaise nouvelle pour nous. »

Le problème qu'avait Ant – enfin, il avait plusieurs problèmes, mais les plus importants semblaient être : la vidéo de son intrusion, filmée par une caméra cachée dans la chambre de Sissy, sa recherche Google sur le fonctionnement des brûleurs à gaz, et sa destruction (devant témoins) de la caméra de sécurité des Booth, la seule dont les autres voisins et lui aient eu connaissance.

Mais il restait un doute raisonnable, assurait Harriet. Il y avait le témoignage de Tess au sujet du brûleur laissé sans surveillance, et de multiples autres attestations de la négligence du défunt. Et surtout, Em et Sissy confirmeraient qu'Ant était affligé d'un gros rhume, ce qui voulait dire que le gaz aurait déjà pu être en train de se répandre dans la maison quand il y était entré.

« Ils ont un dossier solide, mais pas invulnérable, conclut-elle.

— Ils se sont trompés de coupable, répéta Ant.

— Qui est le bon, à votre avis ? » lui demanda Harriet, mais il vit bien qu'elle ne s'attendait pas vraiment à une réponse.

39

Ralph

Cela faisait si longtemps qu'il tournait dans les rues du Rushmoor Estate qu'il commençait à craindre qu'on l'accuse de chercher une prostituée. Non qu'il y en ait dans le quartier, qui était plutôt correct sur ce plan, pour autant qu'il sache. Mais des drogues, oui. Ces cuillères qui traînaient partout n'avaient pas servi à dissoudre du sucre dans une tasse d'Earl Grey, ça non. Et ce couple qui se dirigeait d'un pas traînant vers le magasin voisin du *Star*, les pupilles complètement dilatées, il était clean, mais oui, bien sûr.

Les voitures – parfois des modèles plutôt coûteux – étaient rangées pare-chocs contre pare-chocs ; il n'avait nulle part où se garer s'il le voulait.

Le matin précédent, dans Lowland Way, il avait vu Jodie devant chez elle en train de donner des directives à deux types en bleu de travail qui avaient entrepris d'enlever méthodiquement les dernières voitures de Booth encombrant la rue. Manifestement, elle s'en débarrassait en les revendant en lot à un autre garagiste, ou alors à la casse. Il lui faudrait s'y prendre séparément pour le camping-car, avait-elle dit à Tess, car sa batterie était morte, surprise, surprise. Elle semblait considérer Tess, découvreuse du corps de son mari, comme la seule parmi les voisins à être au-dessus de tout soupçon. Toutefois, Tess n'avait pas évoqué avec elle le sujet de l'autopsie de Darren (elles n'étaient pas à ce point en bons termes), et l'extraordinaire nouvelle information concernant la cause de sa mort leur était venue de Sissy.

Enfin, Ralph repéra la jeune femme qu'il cherchait. Elle se trouvait avec son bébé et deux amies, ainsi qu'un tas de jeunes enfants, dans un pitoyable petit square doté de balançoires et d'une cage à poules. Indépendamment du fait qu'il était 19 heures passées et que des enfants de cet âge auraient déjà dû s'apprêter à se coucher, que faisaient-ils là alors qu'à dix minutes de marche, ils auraient trouvé un parc magnifique avec une aire de jeux aménagée par un paysagiste et des centaines d'arbres ?

Il s'arrêta sur la zone « DÉFENSE DE SE GARER » près du portail et baissa sa vitre.

« Hé, vous, là, en veste argentée ? Est-ce que je peux vous parler ? »

Le groupe l'ignora.

Il éteignit le moteur, détacha sa ceinture et ouvrit la portière. Jamais, dans toutes ses promenades antérieures à travers la cité, il n'était sorti de sa voiture. Et à pied, il ne s'y était jamais enfoncé aussi profondément, s'arrêtant toujours au *Star*, à quelques pas de course de Lowland Gardens. Le ciel était froid, l'air lourd et granuleux : c'était comme entrer dans l'atmosphère d'une autre planète après la neutralité étanche de sa BMW.

Refermant la voiture à clé, il s'approcha tranquillement du groupe et s'arrêta devant la fille à la veste argentée. Les autres jetèrent des regards en coin à cette dernière, qui leva le menton d'un air de défi, en lui lançant un regard noir.

« Vous ne vous souvenez probablement pas de moi, dit-il. Nous nous sommes rencontrés à quelques rues d'ici, en juillet. »

Dans son souvenir de leur dispute, elle avait été diabolique, mais elle offrait en réalité une apparence assez adorable. La peau lisse, d'une maigreur comique ; juste une enfant, à vrai dire.

« Ah ouais. C'est celui qu'a failli m'écraser, expliqua-t-elle à ses amies.

— J'aurais dû ralentir, je l'avoue, mais vous n'auriez pas dû marcher au milieu de la route comme ça. Ce n'est pas dans l'intérêt de votre enfant, n'est-ce pas ? »

Elle grimaça comme s'il lui avait parlé cantonais.

« Par ailleurs, ce n'est pas bon de montrer ce genre de colère devant lui. » Il indiqua la poussette d'un geste, comme si elle pouvait avoir oublié quel enfant était à elle. « Vous ne voulez pas transmettre des comportements agressifs à la nouvelle gen, n'est-ce pas ? »

Le groupe ricana en l'entendant dire « nouvelle gen ». Il se sentit aussi vieux et ridicule qu'il savait l'être à leurs yeux.

« Qu'est-ce que vous voulez ? » lui demanda la jeune femme, et ses amies le regardèrent aussi, en un écho muet.

Qu'est-ce que vous voulez ? *Qu'est-ce que vous voulez ?*

Que voulait-il, en effet ? C'était comme se voir demander le sens de la vie.

Prenant conscience de la présence d'individus périphériques qui approchaient comme des zombies, sentant peut-être le seul cerveau en état de marche des environs, il soutint le regard de la jeune femme.

« Je voulais juste m'excuser. » Il lui tendit une carte de visite, en se demandant si ses amies et elle avaient seulement idée que les informations pouvaient se présenter sous forme imprimée. « Si vous avez besoin de quoi que ce soit un jour, d'un stage ou d'un emploi peut-être, appelez-moi. J'aimerais vous aider. »

Les amies eurent des rires caquetants de dérision.

« Appelle-le, Leesha, il aimerait t'aider !

— Il veut te sauter, Leesh, qu'est-ce que ton nouveau copain va dire de ça ? »

La jeune femme se redressa avec colère.

« Dites pas mon nom, bande d'idiotes !

— Ta gueule.

— Non, toi, tu fermes ta gueule. »

Contre toute attente, elle tourna le dos à sa bande pour regarder Ralph comme s'ils n'étaient que tous les deux. Était-ce trop optimiste que d'espérer trouver un moment de communion dans cette interaction, sa toute première tentative d'engagement communautaire au-delà de sa propre rue ? Quelque chose de profond qui aurait un effet durable sur elle comme sur lui ? Il lui sembla qu'elle hésitait, jusqu'à ce qu'avec un sourire narquois à l'adresse de ses amies, elle donne un coup de pied dans sa direction.

« Dégage, pervers. »

Mais elle prit sa carte. La glissa dans sa poche, en détournant les yeux.

Ralph sourit de toutes ses dents et entreprit de regagner sa voiture, qui faisait maintenant l'objet de l'attention d'un trio d'adolescents.

« Oust ! » leur aboya-t-il de son meilleur ton parental, et ils l'injurièrent en retour avec un vocabulaire qu'il aurait peut-être compris autrefois, mais qui dorénavant lui paraissait inintelligible.

Il s'engageait tout juste dans Lowland Way lorsque Naomi l'appela, sa voix filtrant par les enceintes pour emplir l'intérieur en cuir et chrome de ses notes graves aux accents moelleux :

« Je viens de rentrer du travail et d'apprendre de Tess une nouvelle absolument incroyable. Ant Kendall a été inculpé pour tentative de meurtre ! »

Le pied de Ralph effleura accidentellement la pédale de frein, le faisant cahoter.

« Tu es sérieuse ? Celui de Booth ou d'Amy ?

— De Booth. »

Bien sûr. Celui d'Amy n'avait pas été qu'une tentative.

« Je crois qu'ils ont renoncé à trouver le responsable pour Amy, continua Naomi. Je ne le dirai jamais à Sissy, mais ça fait plus d'un mois maintenant. À moins que quelqu'un avoue, je ne vois pas ce qu'ils peuvent faire de plus. »

Ralph était enclin à acquiescer.

« Mais Ant ? Pauvre gars, ça peut pas être vrai. » Dans un été de nouvelles stupéfiantes, aucune ne l'effarait plus que celle-là. « Écoute, chérie, je viens d'entrer dans la rue, donc je suis là dans une seconde. »

En dépit de la terrible nouvelle, des discussions anxieuses qui l'attendaient, à la fois avec Naomi et avec les autres voisins, il ne put s'empêcher d'esquisser un sourire en voyant la place libre devant chez lui. Enfin, le camping-car avait disparu et il pouvait de nouveau garer sa BMW devant son propre portail, à sa juste place.

40

Ant

Il avait été inculpé. Inculpé, et placé en garde à vue jusqu'à la date encore indéterminée de son procès. Bien que l'établissement dans lequel il était retenu soit moderne et bien tenu, son avenir ressemblait à l'abîme d'avant la création : ténébreux et inconnaissable.

On l'avait enfin autorisé à appeler Em et elle avait promis de laisser Sam à ses parents et de revenir immédiatement à Londres.

« Continue de dire la vérité, c'est tout, l'avait-elle exhorté. Tu n'as rien fait de mal. »

Ant imagina une salle d'audience, avec Em, Sissy et les Morgan assis côte à côte, les yeux fixés sur lui. Pas un seul d'entre eux n'était croyant, mais ils prieraient pour lui et parleraient ensemble de garder la foi. Ils conviendraient que c'était une chance que Sam soit trop jeune pour comprendre ce qui arrivait à son père. Il sera jugé non coupable, diraient-ils à Em, mais même si le pire arrive, au moins vous êtes là pour Sam, et cela suffira.

Ant était d'accord avec cette platitude fictive. La police pourrait l'interroger autant de fois qu'elle voudrait, le procureur faire preuve de toute son habileté, jamais il n'impliquerait Em. Sam avait besoin de sa mère, et ça s'arrêtait là.

Peu à peu, cependant, alors que les journées vides se suivaient et se confondaient, l'ironie de sa situation lui apparaissait plus nettement et c'était cela, plus que ses nombreuses privations, qui lui donnait envie de taper du poing sur la porte de sa cellule comme il avait entendu d'autres détenus le faire. Si le gaz avait tué Booth, que ce soit en l'asphyxiant ou en provoquant une explosion meurtrière, le risque en aurait peut-être valu la peine. Mais rien de cela n'était arrivé, et à présent il risquait d'être condamné pour une simple intention.

Même s'il ne savait pas lui-même quelle avait été son intention exactement.

Les ombres nocturnes de leur salon étaient d'une familiarité déchirante après toutes ces nuits passées à essayer de rendormir Sam ; la lumière du réverbère au coin de Portsmouth Avenue faisant un monstre du fauteuil à haut dossier dans le coin, l'ombre au pied des rideaux ressemblant à de noires flaques de sang. Le visage furieux d'Em à la fenêtre n'appartenait pas à sa femme, mais à quelque esprit vengeur qui avait pris possession de son corps.

Il lui ouvrit la porte et sa fureur la précéda, le poursuivant dans les profondeurs du couloir pour l'y acculer.

« Je sais que Sissy t'a tout dit. Je sais qu'elle t'a donné les clés. Rends-les-moi. Tu as peut-être réussi à l'arrêter, mais avec moi ça ne marchera pas. »

Il la dévisagea sans comprendre.

« Pourquoi est-ce que Sissy t'aide ? Je sais que c'est toi qui as dû faire en sorte qu'elle vienne nous voir et nous persuade de dormir chez elle. Mais pourquoi a-t-elle accepté de participer à quelque chose d'aussi dangereux ? »

Em marqua un temps, et il y eut une illusion de prévenance dans son regard avant qu'elle crache les mots suivants :

« À ton avis ? Parce que c'est pas une putain de lâche comme toi ! Personne ne t'a rien demandé de faire, Ant ; donne-moi juste les clés et va-t'en.

— Non.

— Donne-les-moi, ou demain je me trouve un avocat et je lance une procédure de divorce. »

Ant sentait la chaleur lui monter au visage, mais il n'avait pas peur d'elle. Elle était méconnaissable, mais elle restait Em, la mère de son fils. C'était une bonne mère.

« Je ne te donnerai pas ces clés, Em. Retourne chez Sissy, oublie ces bêtises.

— OK. Alors on n'est plus mariés.

— C'est ridicule, enfin ! »

Ses yeux étincelaient comme sous l'effet d'un envoûtement, mais ses mots étaient d'une cruauté bien humaine.

« Tu as le choix. Donne-moi les clés et on reste mariés, ou bien ne fais rien et demain matin, Sam et moi, on sera partis. Pour de bon. C'est toi qui vois.

— Je ne te donnerai pas ces clés, répondit-il.

— OK, très bien. Très bien. »

Et elle donna un grand coup de pied dans le mur, avant d'abattre son petit poing crispé sur son épaule.

Il eut besoin de toute sa force pour la contenir tout en la poussant vers la porte.

Une fois Em partie, il resta assis de longues minutes, haletant, les doigts douloureusement crispés sur les clés de Booth, tourmenté par les paroles d'Em.

Personne ne t'a rien demandé de faire.

Putain de lâche.

Tout à coup, plus rien ne fut pareil, plus rien ne lui sembla réel. De folles pensées s'embrasèrent dans sa tête, des élans incontrôlables qui agitèrent de spasmes les muscles de ses cuisses. Il répondit furieusement à Em, silencieusement, ses lèvres formant les mots sans qu'un son sorte de sa gorge :

Je ne suis pas un lâche.

Qui ai démoli sa fenêtre et ses voitures, hein ?

Peut-être que c'est lui que j'aurais dû démolir ?

Poussé par l'instinct plutôt que par la détermination, il quitta le n° 3 pour s'approcher du n° 1. La nuit était si calme qu'il sursauta en entendant un bruit dans Portsmouth Avenue – le hoquet du bus de nuit – mais il ne s'arrêta qu'un instant, certain qu'aucun voisin n'allait apparaître au coin de la rue. Tout habitant de Lowland Way rentrant si tard chez lui l'aurait fait en taxi ou au volant de sa propre voiture.

Tourner la clé dans la serrure et entrer lui donna un tel sentiment de puissance – c'était faire mentir Em et défier Booth en un seul acte ! Il s'apprêtait à faire le tour du rez-de-chaussée pendant que l'ennemi était assoupi à quelques mètres de là dans une chambre à l'étage, seul et vulnérable.

Mais c'est alors qu'il le vit : Booth, juste là, dormant d'un sommeil de plomb sur son canapé-île au milieu d'un océan de cannettes et d'emballages de fast-food. Il attendit, complètement immobile, la respiration suspendue comme s'il était sous l'eau. Ce n'est que lorsqu'il fut absolument sûr que Booth n'allait pas se réveiller qu'il s'autorisa à reprendre une inspiration. Il songea au plan d'Em. Il était évident que celui-ci n'aurait pas marché. Ça aurait été différent si Booth avait été à l'étage, dans son lit, mais pas ici, où la fumée et la chaleur auraient été si proches – et c'était à supposer qu'une cigarette allumée puisse mettre le feu au tissu du canapé.

Il se retourna vers la porte d'entrée, dans l'intention de ressortir, mais ne réussit pas à la déverrouiller et sentit une nouvelle vague d'adrénaline l'envahir. Était-il prisonnier ?

Ne panique pas, se dit-il. Il allait sortir par la porte de la cuisine.

C'est alors qu'il passait lentement, à pas de loup, devant la forme endormie de Booth pour gagner la cuisine que le souvenir lui était revenu, comme une révélation divine : Tess lui racontant qu'elle avait trouvé la flamme allumée sans surveillance. *Elle aurait pu s'éteindre et le gaz les aurait tous les deux asphyxiés*, avait-elle dit. Exactement comme sa propre gazinière défectueuse à côté. Il ralentit puis s'arrêta. Un rouleau d'essuie-tout traînait sur la table, et il en prit une feuille. Puis, en recouvrant ses doigts, il tourna le bouton du brûleur avant gauche. Laissa le gaz s'échapper. Il ne savait pas combien de temps cela durerait, s'il y avait un cran de sécurité quelconque qui coupait l'arrivée de gaz après un certain temps en l'absence de flamme. C'était la gazinière de Jean, celle qu'elle utilisait depuis des années, donc il n'y avait probablement pas de fonction de sécurité dessus.

Il imagina Booth se réveillant le lendemain matin et attrapant ses cigarettes. Lorsque le briquet produirait une étincelle, cela mettrait le feu au gaz qui emplissait la pièce et Booth ne serait plus.

Il aimait cette expression : *ne serait plus*. Elle avait une dimension abstraite, une certaine sérénité.

Il garda le rouleau d'essuie-tout dans sa main. Il allait le déchiqueter et le jeter dans les toilettes. Il n'y aurait aucune preuve.

Lorsqu'il rentra chez Sissy, dans leur chambre à l'arrière de la maison, Em dormait, le visage tourné vers le mur. Le démon qui l'avait possédée, quel qu'il soit, l'avait quittée et laissée se reposer.

Sam geignit un peu et Ant lui posa une main apaisante sur le ventre.

« Chuut, rendors-toi. »

Les geignements s'estompèrent et pour une fois, dans le monde d'Ant, le silence régna.

Le personnel de la prison était très juste dans l'accès qu'il permettait aux avocats, et l'espace où ses rendez-vous avec Harriet avaient lieu était privé et bien aéré. Lorsqu'elle lui expliquait comment les choses allaient se passer, décrivant l'équipe de renom qui allait se battre pour lui, Ant se découvrait capable de s'imaginer en héros du procès – une victime, rien de moins ! Non coupable et de retour chez lui à Lowland Way comme s'il ne s'était rien passé. À boire son vin, regarder son téléphone, et subir la musique de la maison d'à côté.

Combien de temps allait-il s'écouler avant ce moment ? Jodie habiterait-elle encore la maison ? Il espérait que oui. Après ses compagnons de prison, elle serait une voisine appréciée, une présence consolatrice de l'autre côté du mur.

Il repensait souvent à la nuit qui avait précédé son arrestation. Il était rentré de son expédition chez le marchand de vins et avait ouvert une bouteille de cabernet à la seconde où il avait refermé la porte derrière lui, le verre déjà incliné pour recevoir le liquide, pas une seconde à perdre. Le glouglou du liquide avait été réconfortant, mais la soirée qui se profilait semblait interminable et impossible à remplir. Booth n'était plus là, mais Em non plus. Sam non plus.

Il n'avait pas eu le courage de faire défiler les chaînes de télévision pour trouver quelque chose qui retienne son attention fragile, mais lorsqu'il avait entendu Jodie allumer la sienne de l'autre côté du mur, il avait écouté le dialogue comme s'il suivait un feuilleton radiophonique, tendant l'oreille pour mieux entendre lorsque les voix parlaient moins fort. C'était un soap opera, dont le sujet semblait être la querelle entre une future mariée et sa demoiselle d'honneur. Il eut du mal à faire tenir la première bouteille de vin plus d'une heure.

Lorsqu'il prit conscience que Jodie ouvrait sa porte d'entrée pour sortir de chez elle, il se surprit à faire la même chose. Elle était debout près de la fenêtre de son salon, en train de fumer, le chemin et le jardin maintenant vides de voitures à part la fourgonnette blanche de Darren et une vieille Toyota. L'air nocturne était agréablement vif.

« Je me rends compte que je ne vous ai pas offert mes condoléances, lança-t-il. Comment allez-vous ? »

De mauvaise grâce, elle le regarda dans les yeux.

« À votre avis ? »

Il se rapprocha.

« Vous venez de vivre une période difficile. S'il y a quoi que ce soit que je puisse faire… »

Il écarta les bras en haussant les épaules, comme si sa serviabilité n'avait pas de limites, et lui sourit. Il avait en tête une image d'elle lui offrant une cigarette, puis d'eux fumant ensemble, muets et épuisés, tels les survivants d'une apocalypse retrouvant la civilisation.

Mais lorsqu'il croisa de nouveau son regard, il n'y lut qu'un mépris profond.

« Pas la peine de vous montrer sympa maintenant », fit-elle.

41

Jodie

— Non, vous vous trompez. La maison appartenait à Darren, pas à moi. On est pas mariés ni rien. Ça me faisait marrer quand les voisins m'appelaient Mrs Booth. Voilà le genre de minables que c'étaient, ils ont jamais pris la peine d'apprendre mon nom !

— Complètement sûre. Il n'en a été propriétaire que pendant quelques mois de toute façon, j'ai aucun droit dessus. Y a pas de droits pour les concubins au Royaume-Uni, apparemment. La seule chose que je possède, c'est la voiture avec laquelle je suis arrivée. Et vous savez quoi d'autre ? Il avait pas fait de testament. Le notaire lui avait conseillé de s'en occuper après qu'il a hérité de la maison, mais il avait pas trouvé le temps.

— Il avait un frère, oui, mais il est mort il y a des années. C'est son neveu qui va la récupérer. Liam, qu'il s'appelle. Il vit au Rushmoor Estate, pas loin de chez nous. De chez moi. C'est le parent le plus proche de Darren. On s'est parlé hier, je lui ai demandé s'il savait que Darren avait accepté une offre pour la maison, mais il dit que d'après l'avocat, fiscalement parlant, il a intérêt à y habiter quelque temps. Fiscalement parlant !

Comme s'il avait payé le moindre impôt dans sa vie ! Vous le connaissez probablement, en fait, il a eu quelques soucis avec la justice. Il a fait six mois de taule il y a quelques années. Pour coups et blessures, c'était. Pas quelqu'un que vous avez intérêt à vous mettre à dos, le Liam, c'est tout ce que je dirai. Sa nouvelle copine est pas en reste, cela dit. C'est un sacré personnage, cette Leesha, et une grande gueule. Elle a un bébé, aussi, je sais pas comment Liam va gérer ça.

— Pourquoi je ris ? Parce que je viens de penser : si les gens dans cette rue nous aimaient pas, ils vont encore moins les apprécier, eux. Ils vont pas les apprécier du tout.

Ms Jodie Raynor, 1 Lowland Way,
interrogée par les inspecteurs Shah et Forrester
au commissariat de Milkwood Lane,
19 septembre 2018

Elle aurait aimé voir Ant Kendall elle-même avant de ressortir du commissariat. Le regarder dans les yeux et lui demander ce qui lui avait pris de leur voler leurs clés et de s'introduire chez eux. D'essayer de tuer un homme innocent, un voisin immédiat ! Quel genre de psychopathe avait autant de haine en lui ? Mais il avait été déplacé dans un établissement de détention provisoire, d'après l'inspecteur Shah, quelque part près de Woolwich.

« Merci d'être venue, lui dit-il alors qu'ils sortaient de la salle d'interrogatoire. Je peux vous assurer que vous n'êtes pas soupçonnée de quoi que ce soit et que nous sommes là pour vous soutenir. »

Tu parles ; dès qu'il avait su qu'elle n'héritait de rien et n'avait donc aucune raison de faire du mal à Darren, il avait essayé de se débarrasser d'elle le plus vite possible. Il avait fallu un moment à Jodie pour comprendre qu'ils l'interrogeaient au sujet de l'échafaudage – apparemment, ça, ils n'avaient pas réussi à le mettre sur le dos d'Ant Kendall. Ils étaient gonflés d'avoir fait comme si ça pouvait être elle !

« Donc vous allez continuer à enquêter ? lui demanda-t-elle alors qu'il l'escortait dans le dédale de couloirs pour la raccompagner jusqu'à l'accueil. Sur ce qui est arrivé à la fille ? La famille va vouloir faire son deuil, hein ? »

C'était pour Sissy Watkins qu'elle disait ça, à défaut de quiconque d'autre. Elle avait beau la trouver agaçante, elle respectait son chagrin. N'étaient-elles pas toutes les deux dans le même bateau désormais ? Sissy avait autant le droit qu'elle de savoir qui avait fait du mal à l'être qui lui était cher.

Elle n'avait pas vu Amy Pope de son vivant, seulement morte. (Ça faisait bizarre de formuler ça comme ça : *seulement* morte.) Darren avait été le dernier à la voir en vie, et maintenant il était mort aussi.

« Nous allons continuer jusqu'à ce que nous trouvions le ou la responsable, lui assura l'inspecteur Shah. D'ailleurs, je m'apprête à interroger un autre témoin potentiel. »

Juste avant l'accueil se trouvait une salle d'attente sans fenêtres, et il s'arrêta là pour dire quelque chose à un autre membre du personnel. L'œil de Jodie fut attiré par un homme assis, dont le langage corporel exprimait exactement la même réticence et la même méfiance que celles qu'elle ressentait à l'égard de l'endroit où il se trouvait. Maintenant qu'elle y songeait, son visage lui disait quelque chose. Elle n'arrivait pas à le remettre, mais dans la fraction de seconde où leurs regards s'étaient croisés, elle avait eu l'impression qu'il la reconnaissait aussi.

« Vous êtes l'inspecteur Shah ? » demanda-t-il en reportant son attention sur l'enquêteur. Sa voix, à l'accent des Midlands, ne disait rien à Jodie. « Je vous l'ai déjà dit au téléphone, tout cela n'est qu'une immense perte de temps. Je n'ai rien à dire.

— Je suis avec vous dans deux minutes, répondit Shah, avant de faire signe à Jodie de continuer sa route.

— Qui c'était ? » demanda-t-elle, mais bien sûr il ne voulut pas lui dire.

Il aimait juste poser les questions, pas y répondre.

Ce n'est qu'en montant dans la vieille Toyota – la dernière de leurs voitures, même le camping-car que Darren avait tant aimé était parti à présent – qu'elle se rappela. Elle l'avait vu une fois dans Lowland Way.

Darren était en train de fumer à la fenêtre de leur chambre un soir, environ une semaine avant que l'échafaudage s'écroule.

« Jodes, viens voir ça ! » Il était ivre, un peu chancelant, penché par la fenêtre en train de ricaner. « Je t'avais dit que ce qu'il lui fallait, c'était une bonne partie de jambes en l'air, pas vrai ?

— Qui ?

— Sissy Spacek. En face. »

Jodie l'avait rejoint, avait sorti une cigarette aussi, tant qu'elle y était. Ça masquait l'horrible odeur de l'échafaudage, qu'elle mettait un point d'honneur à ne jamais toucher, de peur d'attraper quelque chose. À l'étage du n° 2, il y avait un vieil homme à la fenêtre de la chambre. Tout nu, apparemment.

« Qu'est-ce que tu racontes ? C'est juste un de ses clients. Elle dort probablement à l'arrière », avait-elle répondu à Darren.

— Non, non, elle est là aussi. Je viens de la voir. Attends un peu. »

Il avait raison, le type s'était retourné pour parler à quelqu'un dans la chambre, et soudain Sissy apparut juste à côté de lui, souriante. C'était marrant de la voir en couple comme ça.

« Je trouve ça sympa, avait-elle dit. Tout le monde souffre un peu de la solitude parfois, pas vrai ? »

Et Darren avait passé le bras autour de sa taille à ce moment-là, l'y avait laissé jusqu'à ce qu'ils terminent leurs cigarettes.

Assise là dans sa Toyota, elle sentit les larmes lui monter aux yeux, comme toujours lorsqu'elle pensait à Darren et à toutes ses contradictions. Il disait quelque chose de méchant, comme cette remarque sur Sissy qui avait besoin d'une partie de jambes en l'air, et après il *faisait* quelque chose de gentil. Clignant des yeux, elle tourna la clé dans le contact et se remémora le visage de l'homme qu'elle avait vu au commissariat. Oui, l'ami de Sissy. C'était lui, elle en était certaine. Elle se demandait bien pourquoi il avait été convoqué là pour être interrogé sur l'échafaudage de Darren, mais quoi qu'il ait fait, quoi qu'il ait vu, elle avait dans l'idée que l'inspecteur Shah lui ferait cracher le morceau.

Avec plus de détermination qu'elle n'en avait ressenti depuis longtemps, elle mit son clignotant à droite et prit la direction de Lowland Way.

② Remerciements

Tout d'abord, j'aimerais remercier Jo Dickinson de Simon & Schuster ainsi que Danielle Perez de Berkley, à qui ce livre est dédié. Vos contributions ont eu un profond impact et sont immensément appréciées, même – ou peut-être surtout – celles m'invitant vivement à « faire sauter quinze mille mots au milieu ».

Les équipes chez Simon & Schuster et Berkley sont toutes les deux formidables, et j'espère n'oublier personne lorsque je remercie, chez Berkley : Fareeda Bullert, Loren Jaggers, Jenn Snyder, Ivan Held, Christine Ball, Jeanne Marie Hudson, Craig Burke et Claire Zion ; et chez S. & S. : Sara-Jade Virtue, Jess Barratt, Hayley McMullan, Laura Hough, Dom Brendon, Joe Roche, Maddie Allan, Gill Richardson, Emma Capron, Alice Rodgers, Susan Opie et Saxon Bullock.

Merci aux graphistes Katie Anderson (États-Unis) et Pip Watkins (Royaume-Uni) pour leurs couvertures exceptionnelles.

Mes humbles remerciements, également et comme toujours, à Sheila Crowley, Deborah Schneider, Luke Speed, Abbie Greaves, Ciara Finan, Sophia Macaskill,

Claire Nozieres, Katie McGowan, Callum Mollison et Alice Lutyens – quelle équipe !

Je suis redevable à Lisa Cutts pour son expertise policière – et pour la générosité avec laquelle elle l'a partagée. Toute erreur est bien entendu de mon fait, et n'existerait certainement pas dans les excellents romans de Lisa elle-même.

Il y a toute une armée de distributeurs, journalistes, libraires, confrères et consœurs de part et d'autre de l'Atlantique qui se sont faits et continuent de se faire les champions de mon travail depuis deux ans. Du fond de mon cœur, merci à tous ! Sans vous, je serais mon unique lectrice.

Je lève mon verre une fois de plus à ma famille et à mes potes, parmi lesquels Nips, Greta, Mats'n'Jo.

Et enfin, toutes mes excuses à Metallica, Motörhead et compagnie. Même si je serais personnellement ravie d'entendre vos morceaux faire vibrer mes murs depuis chez le voisin, je suis partie du principe que, dans nos communautés les plus paisibles, certains ne le seraient pas.

Cet ouvrage a été composé par
Fr&co - 61290 Longny-au-Perche

#lisez! engagé
www.lisez.com

Pour plus d'informations:

Imprimé sur du papier issu de forêts gérées durablement.

Imprimé en France par MAURY IMPRIMEUR
en mai 2024
N° d'impression : 278149

POCKET – 92, avenue de France, 75013 Paris

S34116/01